KB044048

놓아 버림

LETTING GO:
The Pathway of Surrender
by David R. Hawkins, M.D., Ph.D.

LETTING GO
The Pathway of Surrender

내 안의 위대함을 되찾는
항복의 기술

놓아 버림

데이비드 호킨스 지음 | 박찬준 옮김

David R. Hawkins

옮긴이 일러두기

● '항복하다surrender'에 대하여

surrender라는 용어는 우리말에서 '항복하다'의 의미로 쓰일 때는 자동사지만 '포기하다'의 의미로 쓰일 때는 타동사다. 평상시 언어 생활에서 '항복하다'를 타동사로 쓰는 일이 드물지만 이 책에서는 '부정적 감정을 항복하다'와 같이 '항복하다'의 타동사 용법을 부활시켜 사용했다. '항복'은 『고려대 한국어대사전』에 다음과 같이 풀이되어 있다.

(1) 상대편이나 적의 힘에 눌려 굴복함
(2) [불교] 자아(自我)를 굽혀 복종함
(3) [불교] 부처의 힘으로 악심(惡心)을 누르는 것

또한 '항복하다'가 위 (3)번의 의미일 때는 타동사라고 표기되어 있다. 『표준국어대사전』과 『이희승 국어대사전』에도 마찬가지로 풀이되어 있다.
'letting go'에 해당하는 불교 용어가 '방하(放下)' 또는 '방하착(放下著)'임을 아는 독자라면 'surrender'는 '항복'의 사전적 의미와 일치한다는 점에 쉽게 공감할 것이고, 호킨스 박사의 저작과 강연에 익숙한 독자라면 이 책에 수없이 나오는 '부정적 감정'은 곧 위의 '악심(惡心)'이라는 점에도 공감할 것이다. 또 불교의 오랜 역사를 감안하면 오히려 '항복'과 '방하'에 해당하는 영어 단어로 'surrender'와 'letting go'가 선택되었다고 보는 것이 맞는 순서일 것이므로 앞서 일러둔다.
surrender는 가톨릭교와 개신교에서도 쓰이는 말이다. 기존의 우리말에 적확한 용어가 있어서 번역어로 사용하였을 뿐 책의 내용 자체는 어떤 특정 종교와도 무관하다는 점도 밝혀두는 바이다.

깨달음에 이르는 길에서

높은 큰나 앞에 가로놓인 걸림돌을 치우는 일에

이 책을 바칩니다.

Dedicated to removing the blocks to the Higher

Self on the path to Enlightenment.

차 례

이 책에서 제시하는 틀을 활용하면 각자 타고난 능력으로 행복과 성공, 건강, 안락, 직관, 조건 없는 사랑, 아름다움, 내면의 평화, 창조성에 이를 수 있다. 우리의 내면에는 이를 성취할 능력이 있다. 이 능력은 외부 환경이나 개인 특성과는 무관하다. 또 특정 종교에 대한 신념이 있어야만 얻을 수 있는 것도 아니다. 내면의 평화는 단일한 집단이나 제도에 속하지 않은 인간 영혼이 태생적으로 지닌 특질이다. 위대한 스승, 현자, 성인 모두가 예외 없이 이런 뜻이 담긴 말을 하지 않았던가. "천국은 너희 안에 있다." 호킨스 박사도 비슷한 말을 자주 했다. "여러분이 찾고 있는 것은 다름 아닌 여러분 자신의 큰나입니다."

이런 능력이 타고난 어떤 것, 즉 진정한 자아와 떼려야 뗄 수 없다면 어째서 이토록 손에 넣기 힘든 것일까? 애초에 행복을 타고났다면 이 모든 불행은 다 뭐란 말인가? '천국'이 내면에 있다는데, 왜 툭하면 '지옥이 따로 없다'는 기분이 드는 것일까? 평화가 아닌 것만 잔뜩 쌓인 진창을 어떻게 하면 벗어날 수 있을까? 이 진창 탓에 내면의 평화로 가는 여행은 몹시 힘들어 보이다 못해 목적지에 이를 가망조차 없어 보인다.

평화와 행복, 기쁨, 사랑, 성공이 본래부터 인간의 영혼에 있다는 것은 분명 반가운 소식이다. 하지만 분노, 슬픔, 절망감, 허영심, 질투, 불안, 사소한 일상의 판단이 우리 내면의 정적을 깨트리는 이유는 도대체 무엇일까? 진창에서 벗어나 자유로워질 수 있는 방법이 과연 있을까? 어떤 거리낌도 없이 기쁨의 춤을 출 수 있는 방법이 있을까? 살아 있는 모든 존재를 사랑할 수 있는 방법은? 위대함을 한껏 떨치고 잠재력을 활짝 펼치며 살아갈 방법이 있을까? 세상 속 우아함과 아름다움의 통로가 될 방법이 있을까?

우리가 그토록 갈구하는데도 찾아내지 못한 자유로 가는 길이 이 책에 담겨 있다. '놓아 버리면' 성공할 수 있다는 말은 언뜻 우리의 직관과 충돌한다. 그러나 저자인 호킨스 박사는 임상과 개인적 경험을 통해 항복이야말로 완전한 성취에 이르는 가장 확실한 길이라는 점을 입증한다.

우리는 어려서부터 청교도 윤리에 물들어 있는 문화의 영향으로 자신에게 엄격해야 한다는 철칙에 따라 세속적인 일에서 영성적인 일에 이르기까지 무언가를 성취하려면 '힘들게 일하고', '뼈 빠지게 일하고', '땀 흘리며 일해야 한다'는 교육을 받으며 자랐다. 이 관점에 따르면 성공하기 위해서는 고통을 겪고, 고생하고, 노력해야만 한다. '고통 없이는 얻는 것도 없다.' 하지만 숱한 고통과 노력이 우리를 어디로 데려왔는지 보라. 우리는 진정 마음속 깊이 평화로운가? 그렇지 않다. 우리는 여전히 죄책감을 느끼고, 타인의 비판에 상처받으며, 상대가 맞장구쳐 주길 바라고, 적개심 때문에 속이 곪는다.

이 책을 읽고 있다는 것은 '노력 기제'라는 밧줄을 이미 끝까지 당겨 보았음을 의미하는지도 모른다. 경험해 본 사람은 알겠지만 원하는 곳에 닿기 위해 열심히 당겨 봤자 밧줄은 점점 더 너덜너덜해질 뿐이다. 그러다 보면 의문이 드는 것은 당연하다. '더 쉽고

편한 길은 없을까?' 이런 의문을 품어 본 적이 있다면 이제 그 밧줄을 놓아 보는 것은 어떨까? '노력 기제' 대신 '항복 기제'를 써 보면 어떨까?

내 경험담이 도움이 될지도 모르겠다. 나는 공부도 제법 했고, 직업적으로도 성공했으며, 자아 발전에 관심이 많아 여기저기 기웃거리기도 했다. 하지만 그 어떤 방법으로도 신체적, 정서적 문제를 해결하지 못해 결국 한계에 이르렀다. 그즈음 데이비드 호킨스 박사를 알게 되고 그의 글을 읽으면서 전혀 생각지도 못한 극적인 치유를 받았다.

처음에는 미심쩍었다. 이미 영적, 철학적, 종교적인 길을 두루 답사했지만 일시적인 효과만 얻었을 뿐 만족스러운 방법을 찾지 못했기 때문이다. 따라서 호킨스 박사의 가르침을 접했을 때도 '별다를 것 없겠지.'라고 생각했다. 그런데도 내 안의 탐구 본능이 꿈틀댔다. '과연 그런지 확인해 보자. 손해날 일이야 있겠어?' 곧 『의식 혁명』을 펼쳤다. 마지막 책장을 넘기는 순간 절감했다. '지금 나는 이 책을 처음 펼칠 때의 나와 완전히 다른 사람이다.' 그게 벌써 2003년의 일이다. 그로부터 많은 날이 지났지만 책을 통해 얻은 변화의 효과는 여전히 내 인생의 모든 면에 영향을 미치고 있다.

나는 신체적 변화와 의식의 변화를 몸소 체험했기에 호킨스 박사가 쓴 책의 진실성을 확신한다. 받아들일 수밖에 없는 나의 경험을 들려 주자면, 우선 숱한 노력에도 극복하지 못한 중독을 치유했다. 애완동물 비듬, 덩굴 옻나무, 곰팡이, 꽃가루 등으로 인한 알레르기에서 벗어났다. 살면서 겪은 이런저런 충격적인 경험 속에 숨어 있는 선물을 볼 수 있게 된 덕에 해묵은 원망을 놓아 버렸다. 직업적, 개인적 생활을 크게 제약하던 고질적인 두려움과 불안 장애를 극복했다. 인생의 목적, 자아 수용과 관련된 내적 갈등을 깨끗하게 해소했다. 나 자신뿐 아니라 주변 사람들도 이런 신체적, 비신체적 수준의 획기적인 변화를 뚜렷이 알아볼 정도였다. 사람들이 물었다. "어떤 방법으로 그렇게 달라진 겁니까?" 이제 이러한 질문을 받으면 따끈따끈한 이 책 『놓아 버림』을 읽어 보라고 권할 참이다. 책에는 내가 호킨스 박사의 저서들을 읽으면서 경험한 내적 변화의 과정이 고스란히 담겨 있다.

『놓아 버림』은 더욱 자유로운 삶을 찾아 여행을 떠날 용의가 있는 사람들에게 일목요연한 지도가 되어 줄 것이다. 책에 나온 원리를 적용함으로써 삶이 더 나은 방향으로 달라지는 경험을 할 것이다. 이해하기 힘들거나 실천하기 어려운 내용은 없다. 돈이 들지도 않는다. 특별한 의복을 갖추어 입을 필요도 없고 신비한 나라로 여행을 떠날 필요도 없다. 그저 살아가며 강하게 애착하고 있는 것들을 기꺼이 놓아 버리겠다는 의지만 발휘하면 된다.

호킨스 박사가 설명했듯 우리의 '작은' 부분은 친숙한 것에 집착한다. 이런 집착이 아무리 큰 고통과 비능률을 낳더라도 말이다. 기이한 일이지만 실제로 우리의 작은 자아는 질 떨어지는 삶과 그런 삶이 만든 온갖 부정성을 즐긴다. 스스로를 하찮게 보거나 잘못되었다 여기고, 자신과 타인을 재단하고, 우쭐대고, 늘 자기가 옳다며 이기려 들고, 지난 일로 슬퍼하고, 다가올 일을 두려워하고, 마음의 상처를 질질 끌며, 확신을 바라고, 사랑을 주기보다 받기를 원한다.

손쉽게 성공을 거머쥐고, 원망에서 자유로워지고, 눈앞에 펼쳐지는 모든 일에 감사하고, 기발한 영감을 떠올리고, 사랑을 나누고, 기쁨을 누리고, 모두가 이기는 해결책을 찾아내고, 행복을 만끽하고, 창의성을 발휘하는 새로운 삶을 상상할 용의가 있는가? 호킨스 박사는 행복으로 가는 길의 가장 큰 걸림돌은 행복을 얻을 수 없다는 믿음이라고 말한다. "어딘가에 함정이 숨어 있을 거야.", "내게 이런 좋은 일이 벌어지다니 믿기지 않아.", "이런 행운이 나에게 찾아올 리 없어. 다른 사람에게라면 몰라도."

행복 자체이자 끝없는 환희, 깰 수 없는 평화인 호킨스 박사 같은 스승의 존재를 직접 보고 경험하는 것은 크나큰 선물이었다. 데이비드 호킨스 박사는 항복 기제의 힘을 모두 직접 체험했고 그 내용을 책으로 남겼다. 책을 읽는 동안 우리는 자유로운 존재와 함께 있을 것이며, 이 경험이 기폭제가 되고 희망을 주어 각자의 내적 여행을 시작하게 될 것이다. 이 과정에서 우리의 작은 자아가 아무리 냉소를 퍼붓더라도 큰 자아는 계속 손짓하며 우리를 부를 것이다. 처음에는 이런 부름이 큰나를 깨우친 호킨스 박사나 다른 스승, 안내자, 현자 등의 진보한 의식에서 나오는 것처럼 느껴질지도 모른다. 그러나 진실과 치유, 확장을 직접 경험하다 보면 이 부름이 우리 내면에서 나온다는 사실을 알게 될 것이다. 호킨스 박사는 이렇게 말했다. "스승의 자아와 제자의 자아는 하나이며 동일하다."

이 책에 적힌 진실은 호킨스 박사에게서 나온 것이다. 나는 진지한 마음으로 이 길을 탐구해 왔기에 깊이가 얄팍한 영적 저술이 얼마나 많은지 잘 알고 있었다. 그러므로 호킨스 박사가 쓴 이 책을 믿어도 좋을지 검증하는 과정이 필요했다. 무엇보다 '저자가 하는 이야기가 과연 진정한 내적 '각성'에서 나온 것인지'가 중요했다. 검증 결과 답은 "그렇다!"였다. 나는 여러 해에 걸쳐 호킨스 박사를 찾아가 대화를 나누고 그를 가까이에서 지켜보며 그가 앞선 인물이라는 사실을 확인했다. 호킨스 박사는 책을 통해 다음과 같은 의식의 법칙을 일러준다. '에너지 차원에서 보면 우리는 모두 연결되어 있으며, (사랑 같은) 높은 진동은 (두려움 같은) 낮은 진동에 강력한 영향을 미친다.' 나는 호킨스 박사와 함께할 때마다 이 법칙이 진실하다는 것을 느꼈다. 그의 에너지 장은 사랑의 치유력과 깊은 평화를 전달한다. 호킨스 박사도 책에서 설명하고 있듯이, 이러한 고양된 상태는 우리 모두 어느 때나 경험할 수 있다.

당신이 삶의 어느 지점에 있든, 이 책은 '다음 단계'로 가는 길을 환하게 밝혀줄 것이다. 호킨스 박사가 설명하는 항복 기제는 내적 여행의 모든 과정에 적용할 수 있다. 어린 시절부터 쌓아온 원망을 놓아 버리는 것에서 시작해 결국에는 에고 자체를 포기하고 항복할 수도 있다. 성공에 관심 있는 직업인, 정서적 문제를 치료하기 위해 상담을 받고 있는 사람, 병을 진단받은 환자, '깨달음'을 추구하는 영적 탐구자 모두 이 책을 통해 도움받을 수 있다. 호킨스 박사는 우리 모두가 인간이기 때문에 부정적인 감정을 느낄 수밖에 없으므로 이 점을 인정한 후 어떤 재단도 하지 말고 부정적인 감정을 들여다보는 과정을 반드시 거치라고 조언한다. 우리의 목표는 이러한 비이원성에 대한 깨달음을 최대로 끌어올리는 것이다. 하지만 자신이 다른 사람들보다 '낫거나' '못하다'고 여기길 바라는 작은 자아의 고집스러운 이중성은 어떻게 다스려야 할까?

호킨스 박사가 앞서 펴낸 저서 열 권에서 보여 준 비이원성의 깨달음 상태 묘사는 신선하고 명확하다. 호킨스 박사는 강연을 시작할 때마다 이런 농담을 던졌다. "우리는 끝에서 시작합니다." 박사는 강연과 책을 통해 인간 진화의 정점인 의식의 최고 상태를 낱낱이 밝혀 보여 주었다.

호킨스 박사는 말년에 발표한 이 책을 통해 우리를 공통의 출발점, 작은 자아의 존재를 인정하는 자리로 데려간다. 원하는 곳에 도달하려면 지금 있는 자리에서 출발해야 한다! 이곳에서 저곳까지 가고자 한다면, 목표가 가깝다는 말로 자신을 속여서는 안 된다. 그렇게 한다고 해서 목적지에 빨리 도착할 수 있는 것은 아니다. 실제보다 더 가까이 있다는 생각은 여행을 더 길어지게 만들 뿐이다. 책에도 나오지만 우리 안의 부정성과 왜소함을 직시하려면 자신에 대한 정직함과 용기가 필요하다. 인간으로 태어났기에 물려받을 수밖에 없었던 부정성을 인정할 때 항복을 통해 비로소 부정성에서 벗어날 여지가 생긴다. 인간이라면 겪기 마련인 자신의 일면을 흔쾌히 인정하고 받아들이면 된다. 받아들이면 초월할 수 있다. 호킨스 박사가 그 길을 보여 준다.

이 책은 작은 자아를 초월해 우리가 바라는 자유로 나아갈 수 있는 실용적인 기법을 일러 준다. 호킨스 박사의 말처럼 이러한 내적 자유와 진실한 행복의 상태는 우리의 '타고난 권리'다. 책에는 호킨스 박사가 수십 년 동안 정신과 전문의로 일하면서 겪은 임상 사례들이 소개되어 있다. 그 내용을 읽다 보면 자극과 격려를 받을 것이다. 각 사례는 항복의 힘이 인간관계와 육체적 건강, 업무 환경, 여가 활동, 영적 변화, 가족 관계, 성, 감정 치유, 중독 치료를 망라하는 삶의 모든 영역에 적용된다는 것을 보여 준다.

또한 우리는 우리에게 닥친 문제의 답이 *내면within*에 있음을 알게 될 것이다. 내면의 걸림돌을 놓아 버리면 비로소 마음속 큰나의 진실이 눈부신 빛을 발하며 모습을 드러낼 것이고 평화로 가는 길 또한 저절로 나타날 것이다. 다른 영적 스승들 역시 개인적 곤경이나 집단적 갈등을 해소하려면 먼저 내적 평화를 갈고 닦아야 한다고 강조했다. "내면의 군비 축소가 먼저고, 외부의 군비 축소는 다음 일입니다."(달라이 라마), "세상에 바라는 변화가 있으면 스스로 그 변화가 되세요."(간디) 이런 말들이 무엇을 의미하겠는가. 우리는 전체의 일부이기 때문에, 각자의 일면을 치유하는 것은 곧 세상을 치유하는 것과 같다. 개개인의 의식은 에너지 차원에서 집합 의식에 연결되어 있다. 따라서 개인의 치유는 집단의 치유를 부른다. 호킨스 박사는 아마 이 원리를 과학적으로 이해하고 임상적으로 활용한 최초의 인물일 것이다. 중요한 점은 '스스로를 변화시키면 세상을 변화시킬 수 있다.'라는 것이다. 내적으로 더욱 사랑하면 외적인 치유가 발생한다. 바다의 수위가 높아지면 배가 모두 떠밀려 올라가듯, 한 인간의 마음속에 피어오른 무조건적인 사랑의 광휘 또한 모든 생명을 떠밀어 올린다.

데이비드 호킨스 박사는 세계적으로 유명한 작가이자 정신과 의사, 임상의, 영적 스승이며, 의식을 연구하는 학자다. 그의 비범한 생애는 책 뒷부분의 '저자에 대하여'에 자세히 나와 있다. 모든 인류에 대한 연민을 바탕으로 하기에 더욱 빛나는 그의 업적은 모든 차원의 생명이 겪는 고통을 경감시키는 것을 목적으로 한다. 호킨스 박사의 저서가 인간의 진화에 기여하는 바는 말로 다 설명할 수 없을 정도다.

깨달음이란 지복 속에 완결된 상태를 의미하므로 깨달은 사람은 신의 사랑과 인류에 대한 사랑에 완전히 항복하고 자신이 받은 선물을 나누려 한다. 호킨스 박사도 이러한 항복을 했기에 놓아 버림에 대한 이 책을 비롯해 수많은 저서를 남겼다. 본문에도 나오겠지만 그는 매우 깊이 항복한 후 세상에 대한 책임을 다하기 위해 개인적인 의식을 다시 깨웠다. 합일의 상태를 잃거나 떠나지 않은 채 말로 표현하기 힘든 것을 언어화하기까지는 엄청난 사랑이 필요했다. 본문을 읽다 보면 ("나의 삶"이 아닌) "우리의 삶"처럼 대명사를 어법에 맞지 않게 쓴 표현을 간혹 발견할 수 있는데, 모든 생명이 비개인적이며 하나라는 사실을 경험으로 알고 있는 호킨스 박사가 일부러 그렇게 쓴 것이다. 그는 한때 말을 잃었지만, 우리 각자의 운명을 완결하는 데 필요한 '의식의 지도'를 알려 주기 위해 논리와 언어의 세계로 돌아왔다. 이 사실은 인류에 대한 호킨스 박사의 이타적 사랑이 얼마나 큰지 단적으로 보여 준다. 호킨스 박사가 보여 준 해방으로 가는 길을 따라 걷다 보면 우리도 언젠가는 그곳에 도달할 수 있지 않을까.

완전무결한 항복을 통해 우리에게 선물을 남겨 준 호킨스 박사에게 감사한 마음뿐이다.

— 베리타스 출판사 편집자,
프랜 그레이스

병원에서 정신과 의사로 일했던 오랜 세월 동안 내가 중점을 둔 목표는 사람들이 겪는 다양한 형태의 온갖 고통을 효과적으로 줄일 방법을 찾는 것이었다. 이 목표를 위해 의학, 심리학, 정신의학, 정신분석, 행동 기법, 바이오피드백 치료법, 침술, 영양학, 뇌내 화학 작용 등 수많은 분야를 연구했다. 또한 이 같은 임상 치료법만 아니라 철학 체계와 형이상학, 수많은 전체론적 건강법, 자기 계발 강좌, 영적 기법, 명상법이나 여타 더 큰 자각으로 이끌어 줄 길을 찾기도 했다. 이렇게 여러 분야를 두루 섭렵한 끝에 '항복 기제 mechanism of surrender'야말로 대단히 실용적이고 효과적인 방법이라는 점이 밝혀졌다. 이처럼 항복 기제는 중요한 것이어서 임상에서 관찰한 바와 내 개인의 경험을 많은 이들과 나누기 위해 책을 쓸 필요가 있었다.

이전에 쓴 책 열 권에서는 진보된 자각 상태와 깨달음에 주안점을 두었다. 그러나 지난 수년간의 강의와 모임에서 많은 수강자로부터 거듭 받은 질문을 통해 깨달음을 가로막는 일상의 장애가 어떤 것인지 드러났다. 그들에게 현실적으로 도움을 줄 길은 그런 장애를 극복할 수 있게 해 줄 기법을 알려 주는 것이었다. 예컨대 가까운 이의 죽음이나 좌절, 스트레스, 위기 등으로 점철된 우리 인생을 능히 감당하려면 어찌해야 할까? 부정적 감정에서 벗어나고 부정적 감정이 건강, 일, 인간관계에 미치는 영향에서도 벗어나는 방법은 어떤 것일까? 원치 않는 감정을 모두 해소하는 방법은 어떤 것일까? 이런 부정적 감정을 놓아 버리고 자유로워질 수 있는 간단하고도 효과적인 방법이 이 책에 있다.

놓아 버림 기법을 활용하면 마음속 애착과 걸림돌을 없앨 수 있다. 이 기법을 항복 기제라 불러도 좋다. 본문에서 더 자세히 설명하겠지만 이 방법의 효과는 과학적으로도 입증할 수 있다. 연구 결과를 보면 스트레스에 대한 생리적 반응을 덜어 주는 놓아 버림의 효과가 현존하는 어떤 방법과 비교해도 단연 뛰어나다는 사실을 확인할 수 있다.

다양한 스트레스 해소법과 의식 수련법을 섭렵해 보니, 놓아 버림이야말로 정말로 단순하고 효과가 빠르고 강력하며 미심쩍지 않고 눈에 보이는 결과를 빨리 얻을 수 있는 점에서 단연 돋보였다. 놓아 버림 기법은 겉보기에 너무 단순해 오히려 그 진정한 혜택을 알아보기 어렵다. 간단히 말해 놓아 버림으로써 우리는 감정적 애착에서 벗어날 수 있다. 그리하여 '고통의 주된 원인은 애착'이라는 모든 현자의 견해는 과연 옳은 것임을 몸소 확인할 수 있다.

우리의 마음이나 생각은 감정이 몰아가는 것이다. 개개의 감정은 다시 겹겹이 쌓인 수많은 생각에서 나온다. 사람들 대부분은 감정을 억압하고 억제하거나 회피하려 애쓰면서 살아간다. 이로 인해 억제된 에너지는 심인성의 육체적 고통, 신체장애, 정서 질환, 대인 관계 상의 이상 행동 등으로 나타난다. 축적된 감정은 영적 성장과 자각을 방해할 뿐 아니라 인생의 성공을 여러모로 가로막는다. 따라서 놓아 버림 기법의 혜택은 다양한 측면에서 이야기할 수 있다.

- **육체적인 면에서는** 억제된 감정을 없애면 건강에 이롭다. 몸속의 자율 신경계로 흘러들던 기운이 줄어들고 막힌 경혈이 뚫린다. (이는 간단한 근육 테스트를 통해 입증할 수 있다.) 항복 기법을 꾸준히 실천하는 사람은 신체 이상이나 심인성 신체장애가 나아지기도 하며, 장애가 한꺼번에 사라지는 경우도 흔하다. 몸속에서 진행되던 병리적 과정이 전반적으로 역전되면서 몸이 최적의 상태로 되돌아간다.

- **행동 면에서는** 불안을 비롯한 부정적 감정이 점차 줄어들면서 현실에서 도피하기 위해 약물이나 알코올, 오락거리, 지나친 수면 등에 의존하던 성향이 사라진다. 이에 따라 활력과 기운이 솟고 인상도 좋아지고 안락감이 커지면서, 매사에 힘들이지 않고 효율적으로 일할 수 있다.

- **대인 관계 면에서는** 부정적 감정을 항복하면, 긍정적 감정이 갈수록 증가한다. 그 결과 모든 관계가 신속하고도 눈에 띄게 좋아진다. 사랑을 나누어 줄 수 있는 능력이 커진다. 사람들과의 갈등이 줄어들면서 업무 성과도 좋아진다. 부정적인 걸림돌을 없애면 직업적 목표를 더 쉽게 이루고, 죄책감에서 비롯된 자기 파괴적 행동도 점차 줄일 수 있다. 갈수록 논리적 사고에는 덜 의존하고, 직관적으로 아는 상태를 활용한다. 여러 면에서 성장과 발전이 재개되면서 이전에는 깨닫지 못한 창조적 정신 능력, 즉 부정적 감정으로 인해 발휘하지 못했던 능력들이 깨

어난다. 대단히 중요한 점은 모든 인간관계의 골칫거리인 의존성이 점차 줄어든다는 사실이다. 아픔과 괴로움의 근저에는 의존성이 자리 잡고 있는 경우가 매우 많다. 최악의 경우 의존성은 폭력과 자살로 표출된다. 의존성이 줄어들면 공격성과 적대적 행동도 줄어든다. 부정적 감정은 타인을 받아들이고 사랑하는 감정으로 바뀐다.

• **의식과 자각, 영성 면에서는** 항복 기제를 끊임없이 실천하면 의식과 자각, 영성에 눈을 뜬다. 부정적 감정을 놓아버리면 계속 커지는 행복과 만족, 평화, 환희를 느낀다. 내면의 진정한 큰나에 대한 자각이 커지면서 큰나를 갈수록 또렷이 인식하고 경험한다. 위대한 스승들의 가르침이 자신의 경험이 되어 내면에서 의미를 드러낸다. 한계를 점차 놓아 버림으로써 마침내 자신의 진정한 정체성을 깨닫는 일이 가능해진다. 놓아 버림은 영적 목표에 도달하기 위한 수단 중에서 가장 효과가 뛰어난 편에 속한다.

일상에서 온화하면서도 예민하게, 묵묵히 항복하는 사람은 누구라도 이 목표를 모두 이룰 수 있다. 부정성이 사라진 자리를 긍정적인 감정과 경험으로 채우는 과정은 지켜보기에도 즐겁고 몸소 체험하기에도 즐거운 일이다. 이 책에 정보를 담은 목적도 독자가 그처럼 보람 있는 경험을 하는 데 도움을 주고자 하는 데 있다.

— 데이비드 R. 호킨스

서론

말없이 깊은 생각에 잠겨 있던 어느 날 마음이 말했다.

"우리에게 도대체 무슨 문제가 있는 걸까?"

"행복은 어째서 한자리에 머무르지 않을까?"

"어디에서 답을 구해야 할까?"

"이러지도 저러지도 못할 상황에서 벗어날 길은 무엇일까?"

"내가 제정신이 아닌 걸까, 세상이 미친 걸까?"

어떤 문제든 해법의 효과는 잠시만 지속되는 것 같다. 해법 자체가 새로운 문제의 원인이 되기 때문이다.

"인간의 마음은 다람쥐 쳇바퀴처럼 탈출할 가망이 없는 것일까?"

"모두들 나처럼 마음이 혼란스러울까?"

"신은 자신이 어찌하고 있는지 알고 있을까?"

"신은 죽고 없는 것일까?"

마음은 끝없이 재잘거린다.

"비법을 아는 사람이 어디 없을까?"

마음 놓으라. 모두가 안간힘을 쓰고 있으니. 삶에 대해 초연한 태도를 보이는 사람들도 더러 있다. 그들은 말한다. "무엇 때문에 그렇게들 난리법석인지 모르겠어.", "내가 보기에 삶은 단순한데." 그들은 잔뜩 겁에 질려 삶을 바라보지 못하는 것뿐이다!

전문가들이라고 다를까? 전문가가 느끼는 혼란은 보다 정교해서, 그럴듯한 전문용어와 공들여 세운 정신적 구조물로 포장되어 있을 뿐이다. 그들은 미리 짜놓은 신념 체계belief systems에 우리를 밀어 넣으려고 한다. 그런 체계가 효과를 보는 것 같지만 오래지 않아 원래 상태로 돌아오게 마련이다.

사회 기관에 의지할 수 있던 시절도 있었지만, 이제 그런 기관은 한물갔다. 누구도 더 이상 그런 곳을 신뢰하지 않는다. 기관의 수보다 감시 단체의 수가 더 많다. 병원만 해도 여러 기관의 관리·감독을 받는다. 환자를 위해 정작 시간 낼 사람은 없어서, 환자들은 등한시되고 있다. 병원 복도를 보라. 의사나 간호사가 안 보인다. 사무실에서 서류 작업을 하고 있는 것이다. 이 모든 광경에서 인간미라고는 찾아볼 수 없다.

"글쎄요, 해법을 아는 전문가도 틀림없이 있겠죠."라고 할 사람도 있을 것이다.

우리는 기분이 좋지 않으면 의사나 정신과 의사, 정신 분석가, 사회복지사 혹은 점술가를 찾는다. 종교나 철학을 찾고, 에르하르트 세미나 훈련EST을 받고, 감정자유기법EFT을 써서 손으로 혈 자리를 두드리고, 생명 에너지의 중심점이라는 차크라의 균형을 맞추고, 반사요법을 받아 보고, 이침耳鍼을 맞으러 가고, 홍채 진단을 받고, 빛과 수정으로 치료받는다.

명상을 하고, 만트라를 외고, 다도를 하고, 오순절파의 성령 세례를 받아 보고, 쿤달리니 요가 방식으로 불의 호흡을 하고, 방언을 한다. 단전을 몸의 중심으로 삼고, 신경 언어학 프로그래밍NLP을 익히고, 현실화 기법이나 심상화 기법을 시도하고, 심리학을 공부하고, 융 심리학 공부 모임에 가입한다. 롤프식 신체정렬 마사지를 받고, 환각제를 먹고, 점을 치러 가고, 조깅을 하고, 재즈 에어로빅을 하고, 장세척을 받고, 유산소 운동에 좋은 영양 섭취를 하고, 거꾸로 매달리기를 하고, 신통력 있는 장신구를 착용한다. 통찰 치료나 자기 제어 훈련, 게슈탈트 요법을 받는다.

또는 동종요법 의사, 척추 지압사, 자연 요법가를 찾아간다. 신체운동학 요법을 받고, 에니어그램 유형을 알아보고, 경락의 균형을 맞추고, 의식 고양 모임에 가입하고, 신경안정제를 복용한다. 호르몬 주사를 맞고, 세포에 염류를 보충하고, 무기질 균형을 맞추

고, 기도하고, 애원하고, 간청한다. 유체 이탈을 배운다. 채식주의
자가 되어 채소만 먹는다. 자연식을 해 보고, 유기농 식품만 먹고
유전자 변형 식품은 먹지 않는다. 인디언 주술치료사를 찾아가 한
증막에서 정화 의식을 치른다. 한약을 먹고, 뜸을 뜨고, 지압을 받
고, 풍수 인테리어를 한다. 인도에 가서 스승을 새로 찾는다. 나체
수행을 한다. 갠지스 강에서 수영한다. 태양 바라보기 명상을 한
다. 삭발한다. 음식을 손으로 집어 먹는다. 술을 진탕 마신다. 냉수
욕을 한다.

부족 성가를 부른다. 최면으로 전생 체험을 한다. 유아기 트라우
마를 되살리는 프라이멀 스크림 요법을 받는다. 베개 치기로 스트
레스를 푼다. 펠덴크라이스 요법으로 몸 움직임을 자각한다. 부부
사이를 좋게 하는 ME 모임에 나간다. 유니티 교회에 나간다. 생각
대로 이루어지리라 확언하는 글을 적는다. 비전 보드에 원하는 미
래상을 붙인다. 거듭나기 호흡법을 익힌다. 주역 점을 본다. 타로
카드 점을 친다. 참선을 한다. 강좌와 수련회를 쫓아다닌다. 온갖
책을 읽는다. 교류 분석 상담을 받는다. 요가 강습을 받는다. 오컬
트 탐구에 빠진다. 마법을 익힌다. 하와이 원주민 마법사라는 카후
나와 함께한다. 신 내림을 받는다. 실내에 피라미드를 만들어 놓고
그 안에서 명상한다. 노스트라다무스 예언서를 읽고 최악의 사태
에 대비한다.

피정에 들어간다. 단식한다. 아미노산 보충제를 먹는다. 음이온
발생기를 산다. 비밀 교단에 들어간다. 비밀 악수법을 배운다. 근
육 단련으로 몸매를 가꾼다. 색채 요법을 받는다. 잠재의식 학습

테이프를 듣는다. 뇌에 좋다는 효소를 먹고, 우울증 약을 먹고, 꽃 요법을 받는다. 스파에서 마사지를 받는다. 색다른 재료가 들어가는 요리를 한다. 먼 지역에서 들여온 이상야릇한 발효 식품을 맛본다. 티베트에 가서 성자를 찾아낸다. 둘러앉아 손을 잡고 황홀경에 빠진다. 섹스를 끊고 영화도 보지 않겠다고 선언한다. 노란 법의를 걸친다. 사이비 종교에 빠진다.

끝없이 다양한 정신 요법을 체험한다. 갖은 특효약을 먹는다. 전문지를 잔뜩 구독한다. 저지방 고탄수화물 다이어트를 한다. 자몽만 먹는다. 손금을 보러 간다. 뉴에이지 사상을 믿는다. 생태계 보존 운동으로 지구를 구한다. 오라를 판독받는다. 신비한 힘이 있다는 수정을 몸에 지닌다. 힌두교식 별점을 본다. 영매를 찾아간다. 성 기능 장애를 치료한다. 탄트라 섹스를 경험한다. '무슨 바바'라는 인도 성자에게서 축복을 받는다. '익명의 ○○ 중독자들' 모임에 나간다. 기적의 샘물이 있는 루르드로 성지 순례를 간다. 온천욕을 한다. 에니어그램으로 유명한 아리카 스쿨에 가입한다. 지압치료 효과가 있다는 샌들을 신는다. 칩거한다. 생명의 기운 프라나를 들이마시고, 암울하고 맥 빠지게 하는 부정성은 내뱉는다. 금침을 맞는다. 뱀 쓸개를 먹는다. 차크라 호흡을 한다. 오라를 정화한다. 이집트 쿠푸 왕 피라미드에서 명상한다.

위에 열거한 것 전부가 본인이나 주변 사람이 시도해 본 것들이다. 그렇지 않은가? 아, 인간, 경이로운 피조물이여! 슬프고 우스꽝스러우면서도 고결한 존재여! 멈추지 않고 답을 찾아 헤매는 그 용기여! 우리는 무엇 때문에 계속 답을 찾는 것일까? 고통 때문일까? 맞다. 희망 때문일까? 그 또한 맞다. 하지만 그 이상의 무언가 가 있다.

우리의 직관은 어딘가에 궁극의 답이 있다고 알려 준다. 우리는 컴컴한 샛길을 따라 막다른 골목으로 비틀거리며 걸어간다. 그곳 에서 우리는 착취당하고 이용당한 후 환멸을 느끼고 진저리를 치 지만 그런데도 또 다시 시도한다.

우리의 사각지대는 어디일까? 우리는 어째서 답을 찾지 못하는 걸까?

우리는 문제를 이해하지 못했다. 그래서 답을 찾지 못하는 것이다.

어쩌면 답이 엄청나게 단순할 수 있다. 그래서 답을 보지 못하는 것이다.

어쩌면 해법이 '마음 바깥의 어딘가'에 없을 수 있다. 그래서 해 법을 찾지 못하는 것이다.

어쩌면 우리에게 신념 체계가 너무 많기 때문에 명백한 것을 보 지 못하는 것이다.

대단히 명료한 이해를 얻어 인간으로서의 고뇌를 궁극적으로 해결한 사람은 역사를 통틀어 소수에 불과했다. 이들은 어떻게 그 경지에 도달했을까? 비결이 뭘까? 우리는 어째서 그들이 남긴 가 르침을 이해하지 못하는 걸까? 답을 찾는 것은 정말 불가능에 가 깝거나 거의 가망 없는 일일까? 영적 천재가 아닌 보통 사람은 어 찌 해야 할까?

영적인 길을 걷는 많은 사람 가운데 궁극의 진실을 깨닫는 경우는 별로 없다. 왜 그럴까? 의식 절차나 신조 같은 것도 충실히 지키고 영적 수련도 열성적으로 하는데, 언제나 또다시 무너지고 만다! 그런 수련이 효과가 있을 때조차도 에고가 재빨리 끼어들게 마련이고, 그러면 우리는 자부심에 찬 나머지 우쭐해져서 해답을 안다고 생각한다. 오, 주여, 해답을 안다고 생각하는 자들로부터 저희를 구원하소서! 자기가 도덕적으로 옳다고 생각하는 자들로부터 저희를 구원하소서! 자기 딴에는 좋은 일 한다고 생각하는 자들로부터 저희를 구원하소서!

혼란이 우리를 구원한다. 혼란스러워하는 사람에게는 아직 희망이 있다. 혼란을 꽉 붙들라. 따지고 보면 혼란은 남이 내놓은 해답에 치명상을 입지 않고 남이 내놓는 발상에 능욕당하지 않도록 막아 주는 최고의 방패이자 최고의 친구다. 혼란스럽다면 아직은 자유로운 것이다. 그리고 이 책은 그처럼 혼란스러운 이를 위한 것이다.

그렇다면 이 책에는 무엇이 쓰여 있을까? 책에서 소개하는 간단한 방법을 활용하면 대단히 명료한 이해를 얻을 수 있고 또한 그 과정에서 자신의 문제를 초월할 수 있다. 해결책은 답을 찾는 것에 있지 않고 문제의 밑바탕을 원래대로 돌리는 것에 있다. 역사상의 위대한 현자들이 도달한 상태를 우리도 얻을 수 있는 것이다. 해답은 우리 내면에 있고, 찾기도 쉬운 것이기 때문이다.

항복 기제는 매우 간단해 따로 그 진상을 설명할 필요도 없다. 항복 기제는 일상에서 효과를 발휘하며, 어떤 신조나 신념 체계와도 무관하다. 모든 것을 직접 확인할 수 있으므로 무언가에 현혹당할 위험도 없다. 어떤 가르침에도 의존할 필요가 없다. 항복 기제는 다음과 같은 격언을 따른다. "너 자신을 알라.", "진리가 너희를 자유롭게 하리라.", "하나님의 나라는 너희 안에 있다." 항복 기제는 냉소가와 실용주의자, 광신자, 무신론자에게 똑같이 효과가 있다. 나이가 얼마든 문화 배경이 어떻든, 똑같이 효과가 있다. 영적인 사람과 그렇지 않은 사람에게 똑같이 효과가 있다.

항복 기제는 각자의 것이므로 누구도 우리에게서 이 도구를 빼앗을 수 없다. 환멸을 느낄 일도 없다. 어떤 것이 진짜이며 어떤 것이 마음속 프로그램이자 신념 체계에 불과한지는 스스로 알아내게 될 것이다. 이 모든 일이 진행되는 가운데 노력을 덜 하고도 더 성공하고, 더 건강해지고, 더 행복해지고, 더 참다운 사랑을 할 수 있게 될 것이다. 주위 사람들도 달라진 점을 눈치 채는데, 이 같은 변화는 영구적이다. '고양된' 상태를 얻으려고 힘쓰다가 도로 무너질 일은 이제 없다. 대신, 묻기만 하면 자동으로 답을 알려주는 스승이 우리 내면에 있음을 알게 된다. 그리고 마침내는 내면의 큰나를 발견한다. 큰나가 내면에 있음은 무의식적으로 항상 알고 있었다. 큰나를 발견할 때, 역사상의 위대한 현자들이 애써 전하려 한 바를 이해한다. 그처럼 이해하게 되는 것은, '진리'는 자명하며 우리의 큰나 속에 있는 것이기 때문이다.

읽을 사람을 내내 마음속에 품은 채로 이 책을 썼다. 쉬워서 힘들이지 않고 즐겁게 읽을 수 있는 책이다. 익히거나 외울 것은 없다. 읽으면서 마음이 가벼워지고 행복해질 것이다. 읽어 나가다 보면 책 내용으로부터 자동적으로 자유의 경험을 얻을 것이다. 마음에서 무게가 없어짐을 느낄 것이다. 하는 일 모두가 즐거워질 것이다. 기쁘고 놀랄 일을 삶에서 맞이할 것이다. 만사가 점점 더 좋아질 것이다!

의혹의 시선으로 읽어도 상관없다. 매혹적이나 그릇된 길에 빠진 적이 있을 터이니, 마음껏 의심하라. 원래 열정 분출은 삼가는 것이 좋다. 열정 분출은 나중에 맥 빠지기 위한 준비일 뿐이다. 그러니 열정보다는 차분한 관찰이 더 도움이 된다.

이 우주에 대가 없이 얻을 수 있는 것이 있을까? 물론 있다. 아주 확실하게 있다. 우리 자신의 자유, 잊고 있어서 이제는 경험하는 법도 모르는 자유다. 얻어 내야 하는 무언가를 지금 제안하는 것이 아니다. 자유는 새로운 것이 아니고 우리 외부에 있는 것이 아니다. 자유는 항상 우리 것이며 도로 일깨워 재발견할 필요만 있는 것이다. 자유는 그 자체의 본성으로 인해 드러나는 것이다.

독자로 하여금 자신의 내면에서 일어나는 감정과 경험을 마주하게끔 하는 것에 항복 기제라는 접근법을 이야기하는 목적이 있다. 아울러 이 책에는 우리의 마음이 알고 싶어 할 유용한 정보가 많다. 항복 과정은 저절로 개시될 것이다. 아픔과 괴로움에서 헤어나 행복을 더 크게 느끼고자 하는 것이 마음의 본성이기 때문이다.

놓아 버림의 기제

놓아 버림이란

놓아 버림은 무거운 물건을 떨어뜨리듯 마음속 압박을 갑작스레 끝내는 일이다. 놓아 버리면 마음이 놓이고 가벼워지는 느낌이 들면서 한결 기쁘고 홀가분해진다. 마음이 움직이는 기제가 실제로 그러하며, 누구나 때로 그런 경험을 한다. 예를 들자면 이렇다. 심하게 말다툼을 하느라 화내고 언짢아하다가 불현듯 모든 일이 터무니없고 우스꽝스럽다는 생각이 든다. 그러면서 웃음이 터지고 압박이 풀린다. 화나고 겁나고 욕본다 싶다가 문득 기쁘고 홀가분해진다.

언제 어디서 어떤 일에서든 이렇게 놓아 버릴 수 있다면 얼마나 좋을지 상상해 보라. 늘 기쁘고 홀가분하게 느낄 뿐 기분 탓에 난

처할 일이 다시는 없을 것이다. 이것이 기법의 목적이다. 즉 마음
만 먹으면 의식적으로 몇 번이든 놓아 버린다. 내가 어떻게 느낄
지는 내게 달린 일이다. 나는 더 이상 세상에 휘둘리지 않는다. 세
상에 대한 나의 반응에 휘둘리지 않는다. 더 이상 반응의 피해자
가 아니다. 놓아 버림은 부처의 가르침을 적용한 것으로, 자기도
모르게 반응할 때 생기는 압박을 없앤다.

　우리는 부정적 감정과 마음가짐, 믿음을 어마어마하게 쌓아 둔
저장소를 지고 다닌다. 여기에 압력이 쌓일수록 괴롭기 그지없고,
병이 생기며, 잦은 문제가 생긴다. 그래도 '사람 사는 일'이 으레
그러려니 하고 넘어간다. 압박에서 벗어나려고 수없이 많은 방법
을 동원하기도 한다. 마음속 두려움에 갈팡질팡하지 않고 심한 괴
로움에 겁먹지 않으려고 애쓰면서 인생을 보낸다. 이로 인해 다들
마음 안팎으로 끊임없이 긍지를 위협받는다.

　면밀히 살펴보면 인생이란 본디 마음속에서 겁내거나 기대하는
바를 투사해 세상에 덮어씌우고는 거기서 벗어나려고 긴 시간 동
안 이리저리 애쓰는 일이다. 이런 마음속 두려움에서 잠시 벗어나
신이 났던 때도 있지만, 여전히 마음 한구석에는 두려움이 도사리
고 있다. 마음속 감정을 겁내게 된 까닭은, 감정에는 엄청난 양의
부정성이 들어 있어서 자칫 깊이 들어갔다가 압도당할지도 모른
다는 두려움 때문이다. 또한 이런 부정적 감정을 두려워하는 까닭
은 마음속에서 감정이 생기는 대로 놓아둘 경우 감정을 처리해 줄
의식 기제가 없기 때문이다. 감정 마주하기를 겁내기 때문에 감정
은 계속 쌓이기만 하고, 마침내는 죽음이 모든 괴로움을 끝내 주

길 은밀히 고대하기에 이른다. 생각이나 일 때문에 괴로운 것이 아니라 그에 따르는 감정 때문에 괴로운 것이다. 생각 자체로는 괴롭지 않은데, 그 밑에 깔려 있는 감정 때문에 괴로운 것이다!

감정이 쌓여 생긴 압력으로 인해 생각이 일어난다. 예를 들면 하나의 감정이 일정 기간 동안 수많은 생각을 자아낼 수 있다. 어렸을 적에 괴로웠던 기억이나 끔찍하게 후회스러워 내내 감추었던 일 하나를 떠올려 보라. 그 하나의 사건과 관련 있는 세월 모두와 그동안 일어난 생각을 살펴보라. 그 밑에 깔려 있는 괴로운 느낌을 항복할 수만 있다면 모든 생각은 즉시 사라지고 사건 자체를 잊을 수 있을 것이다.

이러한 관찰 내용은 과학적 연구 결과와 일치한다. 심리학과 신경생리학을 통합한 그레이·라비올렛Gray-Laviolette 이론은 생각과 기억은 감정의 분위기에 맞추어 정리되는 것임을 입증했다.(그레이·라비올렛, 1981) 즉 생각이 기억 저장고 속에 보관되는 일은, 그 생각과 결부되어 있으며 다양한 분위기를 지닌 감정에 걸맞게 이루어진다는 것이다. 따라서 감정을 놓아 버리면 그와 결부된 모든 생각에서 해방된다.

항복하는 법을 아는 것이 가치가 높은 이유는 일단 방법을 알면 어떤 감정이든 언제 어디서나 즉시, 그리고 힘들이지 않고 계속해서 놓아 버릴 수 있기 때문이다.

항복 상태란 어떤 상태를 말하는가? 항복 상태란 창조성과 자발성이 마음속 갈등에 가로막히거나 방해받지 않고 나타날 수 있도록 특정 방면의 부정적 감정에서 벗어난 상태를 뜻한다. 갈등과 기대에서 자유로워지면 주위 사람들에게도 최대한의 자유를 줄 수 있다. 또한 항복 상태를 통해 우주의 본성을 체험하게 되어, 우주의 본성은 어떤 상황에서든 최대한 좋은 것이 현실로 나타나게 하는 것임을 알게 된다. 철학적으로 들릴 수도 있겠지만 그 상태에 있는 사람이라면 몸소 경험할 수 있는 진실이다.

감정과 정신 기제

우리가 감정을 다루는 방식은 크게 억제, 표출, 회피로 나눌 수 있다. 이 세 가지를 하나씩 살펴보자.

억제와 억압

이 두 가지는 감정을 억누르거나 제쳐 두려고 할 때 동원하는 가장 흔한 방법이다. 억압은 무의식적으로 일어나는 것이고, 억제는 의식적으로 행하는 것이다. 우리는 감정 때문에 애먹고 싶지 않아 하면서도, 감정을 처리할 방법을 달리 알지 못한다. 그래서 감정에 시달리면서도 계속해서 제구실을 다하려고 최대한 애쓴다. 억제하거나 억압하려고 마음먹은 감정은 사회 관습이나 집안 교육에서 주입받은 의식적, 무의식적 프로그램에 부합하기 마련이다. 억제한 감정이 주는 압력이 커지면 나중에는 짜증을 잘 내는 성격이 두드러지거나, 감정 기복, 목이나 등의 근육 긴장, 두통, 복통, 생리 불순, 대장염, 소화 불량, 불면증, 고혈압, 알레르기 및 기타 신체 문제를 느끼게 된다.

어떤 감정을 억압하는 것은 그 감정에 대한 죄책감과 공포가 너무 커 의식적으로 절대 느끼지 않으려고 하는 것이다. 우리는 그런 감정이 생겨날 조짐이 보이면 그 감정을 무의식에 곧바로 처넣는다. 그런 다음 다시는 자각하지 않으려고 다채로운 방법을 동원해 감정을 다룬다.

억압한 감정을 유지하기 위해 마음이 사용하는 기제 중에서는 아마도 부인과 투사가 가장 널리 알려진 수단일 것이다. 이 둘은 짝을 이루어 서로를 강화하기 때문이다. 부인은 정서와 성숙 면에서 큰 장애를 일으킨다. 또 부인에는 투사 기제가 으레 뒤따라온다. 죄책감과 공포 때문에 충동이나 감정을 억압하고는 그런 것이 내면에 존재한다는 사실을 부인한다. 스스로 충동이나 감정을 느끼는 대신 세상과 주변 사람들에게 덮어씌우는 투사를 한다. 그러고는 그런 감정이 '그들'의 것인 양 느낀다.

이제 '그들'은 적이 되며, 마음은 투사를 강화하기 위해 정당한 이유를 찾는다. 사람, 장소, 기관, 음식, 기후, 별자리, 사회 여건, 운명, 신, 운, 악마, 외국인, 민족, 정치적 경쟁자 등 외부의 대상을 탓한다. 투사는 현대 사회에서 두루 쓰이는 주요 기제다. 전쟁, 분쟁, 폭동은 모두 투사에서 비롯한다. 심지어 좋은 시민이 되려면 적을 증오해야 한다고 부추기기도 한다. 우리는 자존감을 유지하기 위해 다른 사람들을 희생시키며, 이는 결국 사회 붕괴를 초래한다. 공격, 침략 등의 사회적 파괴는 모두 투사 기제를 바탕으로 한다.

표출

우리는 표출 기제를 사용해 감정을 분출하거나 입 밖에 내거나 몸짓으로 드러내거나 끝없는 집단 시위로 보여 준다. 부정적 감정을 표출해 내면의 압력을 내보내고 나면 억제할 수 있는 만큼만 남는다. 이 점을 이해하는 것이 아주 중요하다. 오늘날의 사회에는 감정을 표출하고 나면 감정에서 자유로워진다고 믿는 사람들이 많기 때문이다. 실제로는 정반대다. 그 이유를 꼽자면, 첫째, 어떤 감정을 표출하면 그 감정은 증식되면서 더 큰 에너지를 얻는 경향이 있다. 둘째, 그 감정을 표출한 까닭에 나머지 감정은 알아차릴 수 없도록 억제되고 만다.

각 개인마다 억제와 표출 간의 균형점이 달라지는 것은 어릴 때 받은 훈육이나 현재의 문화 규범과 관습, 대중 매체의 영향에 달려 있다. 자기 표출이 유행하고 있는 것은 지그문트 프로이트의 저작과 정신분석을 오해한 결과다. 프로이트는 억제가 신경증의 원인이라고 지적했고, 그 결과 사람들은 표출이 그 치료법이라고 잘못 받아들였다. 이런 오해에서 타인을 희생해 방종해도 좋다는 근거를 얻은 것이다. 그러나 고전 정신분석에서 프로이트가 실제로 말한 바는, 억압된 충동이나 감정을 중화하고 승화시켜 사회화해 사랑과 일, 창조성 같은 건설적 욕구로 돌리라는 것이었다.

자신의 부정적 감정을 남에게 떠넘기면 이번에는 그 사람이 그것을 공격으로 느끼고 감정을 억제하거나 표출하거나 회피할 차례가 된다. 그래서 부정성 표출은 관계를 악화시키고 파괴하는 결과를 낳는다. 훨씬 바람직한 대안은 자신의 감정을 스스로 챙겨서 중화시키는 것이다. 그러면 긍정적 감정만 남기고 표출할 수 있게 된다.

회피

회피는 주의를 다른 데로 돌림으로써 감정에서 벗어나는 기제다. 회피는 연예 사업과 주류 산업을 받치는 근간인 동시에 일 중독자가 택하는 길이기도 하다. 마음속 느낌에서 달아나고 벗어나려는 기제는 사회에서 용인하는 것이기 때문이다. 우리는 마음속 자아에서 벗어나고 감정이 올라오지 않도록 끊임없이 다양한 활동을 하는데, 이런 활동에 의존할수록 활동 자체에 중독되는 경우가 많다.

사람들은 필사적으로 무의식 상태에 머무른다. 집에 들어오자마자 텔레비전을 잽싸게 켠 다음 꿈꾸는 듯한 상태로 돌아다니며, 쏟아지는 정보에 끊임없이 프로그래밍되는 모습을 쉽게 볼 수 있다. 또 사람들은 자신과 마주하기를 몹시 두려워한다. 잠시라도 홀로 존재하는 것을 끔찍이 겁낸다. 그래서 계속해서 미친 듯이 행동한다. 끝없이 어울려 놀고, 대화하고, 문자를 주고받고, 책을 읽고, 음악을 틀고, 일하고, 여행하고, 구경하고, 쇼핑하고, 과식하고, 도박하고, 영화를 보러 가고, 좋다는 약을 복용하고, 마약에 손대고, 파티를 연다.

이런 회피 기제는 대다수가 불완전할 뿐만 아니라 별 효과 없이 스트레스만 준다. 또한 그 자체에 더 많은 에너지를 써야 한다. 억제하고 억압한 감정에서 오는 압박을 낮추려면 어마어마한 에너지가 필요하다. 결국 갈수록 자각을 잃고 성장하지 못한다. 창조성과 에너지를 잃는다. 타인에게 참된 관심을 갖지 못한다. 영적 성장이 멈춘다. 끝내는 몸과 마음이 아프고 병들면서 늙다가 때 이른 죽음을 맞이한다. 억압된 감정이 세상에 투사되면 사회 문제와 무질서가 생기고, 현 사회를 특징짓는 이기심과 냉담함이 증폭된다. 무엇보다 개개인이 다른 사람을 진정으로 사랑하고 신뢰할 수 없어 외로움을 느끼고 자기혐오가 생긴다.

이와 반대로, 감정을 놓아 버리면 어떤 일이 일어날까? 감정 이면의 에너지를 즉각 포기하고 항복함으로써 압력이 줄어드는 결과를 얻는다. 즉 끊임없이 놓아 버리면 쌓인 압력이 줄어들기 시작한다. 이렇게 놓아 버리면 기분이 즉시 나아진다는 것을 모르는 사람은 없다. 몸의 생리작용에도 변화가 생긴다. 피부색과 호흡, 맥박, 혈압, 근육 긴장도, 위장 기능, 각종 혈중 수치가 눈에 띄게 좋아진다. 마음속 자유를 얻은 상태에서는 모든 신체 기능과 기관이 정상을 되찾고 건강해지는 쪽으로 변화한다. 근력이 곧바로 좋아진다. 시력이 좋아지고 세상과 자신을 보는 눈도 긍정적으로 바뀐다. 보다 행복하고, 보다 사랑에 차 있고, 보다 느긋해진다.

감정과 스트레스

대중과 언론은 스트레스라는 주제에 관심이 많지만 스트레스의 본질을 확실히 이해하지는 못한다. 현재 우리는 과거 어느 때보다도 스트레스에 약하다고 한다. 스트레스의 핵심 원인은 무엇일까? 외부 요인에 의한 것은 분명 아니다. 스트레스는 앞에서 이야기한 투사 기제를 보여 주는 본보기일 뿐이다. 보통 '그들'이나 '그 일'이 스트레스의 범인이라고 생각하지만, 스트레스라 느끼는 것은 사실 억압된 감정이 주는 마음속 압력이 새어 나오는 것일 뿐이다. 억압된 감정으로 인해 외부 스트레스에 약해진 것이다.

스트레스의 진정한 근원은 안*internal*에 있다. 밖에 있다고 믿고 싶겠지만 그렇지 않다. 예를 들어 겁이 얼마나 나는지는, 안에 이미 차 있는 두려움의 양에 달렸다. 외부 자극은 그 두려움을 촉발시킬 뿐이다. 안에 두려움이 많을수록 세상을 보는 눈도 앞일을 겁내고 조심하는 쪽으로 바뀐다. 겁먹은 사람에게 세상은 섬뜩한 곳이다. 화난 사람에게 세상은 불만스럽고 짜증나는 일투성이인 곳이다. 죄책감에 빠진 사람이 보는 세상은 유혹과 죄로 가득하다. 안에 품고 있는 대로 세상이 보인다. 죄책감을 놓아 버리면 순수해 보이지만, 죄책감에 사로잡힌 사람에게는 사악하게만 보인다. 즉 사람은 자기가 억압한 것에 정신이 팔리기 마련이다.

스트레스는 억압되고 억제된 감정이 쌓여 생긴 압력에서 비롯한다. 압력은 탈출구를 찾으려는 속성을 갖고 있는데, 이때 외부 사건은 우리가 잡아 누르던 것이 터져 나오도록 의식과 무의식 양면에서 방아쇠 역할을 한다. 감정을 억누르면 그 에너지가 자율신경계를 통해 다시 나타나 병적인 변화를 일으키고 이로 인해 실제로 병이 생긴다. 부정적 감정이 생기면 근력이 곧바로 반으로 줄고, 시야도 몸과 마음 양면에서 좁아진다.

외부의 촉발 요인이나 자극에 대한 감정 반응이 곧 스트레스다. 우리의 신념 체계 그리고 신념 체계와 결부된 감정 압력이 스트레스를 규정한다. 그러므로 스트레스의 원인은 외부 자극이 아니라 우리의 반응성 수준에 있다. 더 많이 포기하고 항복할수록 스트레스를 잘 받지 않는다. 스트레스로 인한 피해는 자신의 감정이 낳는 결과일 뿐이다. 스트레스에 대한 신체 반응을 놓아 버림으로써 반응을 줄이는 것에 대한 효과는 이미 과학적 연구 결과로 입증되었다. (14장 참조)

현재의 스트레스 경감 프로그램들은 핵심을 놓치고 있는 경우가 많다. 스트레스의 원인 자체를 없애기보다 스트레스의 여파를 완화시키려고 하거나 외부 사건에 초점을 맞춘다. 이는 마치 감염을 치료하지 않고 열만 내리려 하는 것과 같다. 예를 들면, 근육 긴장은 불안, 공포, 분노, 죄책감의 후유증이다. 그렇기 때문에 근육 이완 기법 강좌를 듣더라도 매우 한정된 성과만 얻는다. 대신 근육 긴장의 바탕에 깔려 있는 원인, 즉 억압받고 억제된 분노와 공포, 죄책감 등의 부정적인 감정을 없애면 훨씬 큰 효과를 볼 수 있다.

삶에서 겪는 사건과 감정

마음은 합리화에 능해 감정이 생긴 진짜 원인을 계속 외면하는 쪽을 택하며 그렇게 하는 데 투사 기제를 활용한다. 마음은 어떤 사건이나 타인이 감정을 일으킨 '원인'이라고 탓하면서 스스로를 그런 외부 원인에 당한 무력하고 순진한 희생자로 본다. *"개들 때문에 화가 나."*, *"그 인간 때문에 속상해."*, *"그 일 때문에 겁이 나."*, *"세상일 때문에 불안해."* 진실은 정확히 그 반대다. 억제되고 억압된 감정이 발산 수단을 찾다가 외부 사건을 방아쇠 겸 핑계 거리로 삼으면서 터져 나오는 것이다. 우리는 기회만 생기면 증기를 내뿜으려고 벼르는 압력솥과 같다. 언제든 폭발할 수 있도록 방아쇠를 당길 준비가 되어 있다. 정신의학에서는 이런 기제를 '전치

displacement'라고 부른다. 이런 저런 일들이 나를 화내게 '만드는' 것은 내가 원래 화가 나 있기 때문이다. 끊임없이 항복하여 분노를 억눌러 놓은 저장소를 놓아 버리면 어떤 사람이나 어떤 상황도 나를 화내게 '만들기'가 아주 어렵고 사실상 불가능하다. 마찬가지로 다른 부정적 감정도 항복하고 나면 어떤 일로도 재발하지 않는다.

사회에서 길들여진 탓에 사람들은 긍정적 감정마저 억제하고 억압한다. 사랑을 억제하면 상심한 가슴에 심근경색이 일어난다. 억제된 사랑은 애완동물을 지나치게 떠받들거나 그 밖의 갖가지 것을 숭배하는 형태로 다시 나타난다. 진정한 사랑은 공포가 없으며 애착이 없는 것이 특징이다. 잃을 수 있다는 공포로 인해 과도한 애착과 소유욕이 힘을 얻는다. 예를 들어 여자 친구에 대해 자신이 없는 남자는 질투가 심하다.

억제되고 억압된 감정의 압력이 참을 수 있는 수준을 넘어서면, 마음은 '저 바깥'에 어떤 일을 만들어 내 감정 압력을 분출시키고 그 자리를 다른 것으로 채우려 한다. 그렇기 때문에 억압된 슬픔이 큰 사람은 무의식적으로 삶에서 슬픈 일을 만들어 낸다. 겁 많은 사람은 겁나는 일을 촉발시킨다. 화난 사람은 짜증나는 상황에 둘러싸이고, 자부심에 찬 사람은 계속해서 모욕당한다. 그래서 예수가 이렇게 말했다. "왜 너는 형제의 눈 속에 있는 티는 보면서 네 눈 속에 있는 들보는 보지 못하느냐?"(마태복음 7:3) 위대한 스승들은 모두 우리의 내면을 가리키며 직시하라고 한다.

우주의 만물은 진동을 방출한다. 진동수가 높을수록 힘이 강력하다. 감정 또한 에너지이기 때문에 진동을 방출한다. 감정의 진동은 몸의 에너지 장에 영향을 주어, 보고 느끼고 측정할 수 있는 결과를 내놓는다. 초심리학자인 델마 모스 박사 등이 키를리안 사진술로 찍은 동영상을 보면, 감정이 바뀜에 따라 에너지 장의 색깔과 크기도 급격한 변동을 거듭하는 것을 알 수 있다.(심리학자 스탠리 크리프너, 1974). 이 에너지 장은 예로부터 '오라'라고 부르는 것으로, 오라의 진동을 보는 능력을 타고났거나 보는 법을 익힌 사람들에게는 오라가 보인다. 오라는 감정 변화에 따라 색깔과 크기가 바뀐다. 근육 테스트로도 감정 변화에 따른 에너지 변화를 알아볼 수 있다. 우리 몸의 근육은 긍정적이거나 부정적인 자극에 즉각 반응하기 때문이다. 이렇듯 우리의 기본 감정 상태는 우주로 송출되는 것이다.

마음은 차원이나 크기가 없고 공간의 제약을 받지 않는다. 그래서 마음이 진동 에너지를 통해 마음의 기본 상태를 송출할 때 송출 거리에 제약이 없다. 이는 우리가 일상적으로 무심결에 자신의 감정 상태와 생각으로 타인에게 영향을 미치고 있음을 뜻한다. 예컨대 감정 패턴과 그에 관련된 생각 형태는 심령 능력자들이 원거리에서 포착해 수신할 수 있는 것이다. 이 현상은 실험으로 입증할 수 있는 것이어서, 그 과학적 근거를 밝히는 일은 첨단의 양자물리학에서 큰 흥미를 보이는 주제가 되어 있다.

감정은 진동하는 에너지 장을 방출하기 때문에 우리가 살아가며 만나는 사람들에게 영향을 미치고 우리가 어떤 사람을 만나게 될지 결정한다. 억압되거나 억제된 감정은 정신적 차원에서 우리가 겪는 삶의 사건에 영향을 미친다. 즉 노여움은 노여운 생각을 끌어들인다. 정신적 우주의 기본 법칙은 '유유상종'이라는 것이다. 마찬가지로 '사랑은 사랑을 더욱 활성시킨다.' 그래서 내면에서 부정성을 많이 놓아 버린 사람은 사랑이 담긴 생각, 사랑스러운 사건, 사랑스러운 사람들, 사랑스러운 애완동물에 둘러싸인다. 이 현상은 지성인들을 어리둥절하게 만드는 다음 같은 성경 구절이나 속담을 설명해 준다. "부익부 빈익빈", "이미 가진 사람이 더 가진다." 따라서 의식에 의욕이 없는 사람은 삶에 빈곤한 여건을 끌어들이고, 의식에 번영이 가득한 사람은 삶에 풍요를 끌어들이는 것이 일반적인 법칙이다.

살아 있는 모든 것은 진동하는 에너지 차원에서 서로 연결되어 있기 때문에 우리 주변의 모든 생명은 우리의 기본적인 감정 상태를 포착하고 그에 반응한다. 동물이 인간의 감정 상태를 즉시 읽어 낼 수 있다는 것은 잘 알려진 사실이다. 심지어 박테리아의 성장이 인간의 감정에 영향을 받기도 하고, 인간의 감정 상태에 따른 식물 반응을 측정할 수도 있다는 사실을 입증한 실험도 있다.(전 CIA 거짓말탐지 전문가, 백스터 거짓말탐지 학교 설립 및 운영, 클리브 백스터, 2003)

놓아 버림 기제

놓아 버림에는 어떤 감정이 일어나는지 알아차리기, 감정이 일어나도록 놓아두기, 감정과 함께 있기, 감정을 바꾸거나 어떻게 하려는 바람 없이 감정 스스로 제 갈 길을 가도록 놓아두기가 포함된다. 즉 감정은 있는 그대로 놓아둔 채 단지 감정 이면의 에너지를 방출시키는 일에만 집중하는 것이다. 그 첫 단계는 감정을 지니고만 있을 뿐 감정에 저항하거나 감정을 분출하거나 겁내거나 비난하지 않고, 감정을 가지고 도덕을 따지지 않는 것이다. 요컨대 판단을 멈추고 감정은 감정일 뿐임을 알아보는 것이다. 이 방법은 감정을 그저 생생히 느끼기만 하면서 어떻게든 바꿔 보려는 노력을 모두 항복하는 것이다. 감정에 저항하고 싶은 바람을 놓아 버려라. *저항 때문에 감정이 지속되는 것이다.* 감정에 저항하거나 감정을 바꾸려는 노력을 포기하면 감정이 달라지면서 강도가 약해진다. 감정에 저항하지 않으면 감정 이면의 에너지가 사라지면서 감정이 없어진다.

이 과정에 들어가 보면, 감정을 갖는 것 자체를 두렵고 죄스럽게 여기고 있음을 알게 된다. 즉 감정 전반에 저항이 있다. 감정이 일어나도록 놓아두기 위해서는 먼저 감정에 대한 반응부터 놓아 버리면 쉽다. 쉬운 예로 우리는 두려운 감정 자체를 두려워한다. 그러니 감정에 대한 두려움이나 죄책감부터 놓아 버린 다음, 감정 자체에 접근한다.

놓아 버릴 때는 모든 생각을 무시한다. 감정에만 초점을 맞추고 생각에는 신경을 끈다. 생각은 끝없이 이어지며 스스로 강해져 다른 생각을 더 많이 일으킬 뿐이다. 생각이란 감정이 생긴 까닭을 설명하려는 마음의 합리화에 불과하다. 감정이 생기는 진짜 원인은 감정 이면에 쌓여 있는 압력이 감정을 밀어붙여 특정 시점에 올라오게 하는 데 있다. 생각이나 마음 밖 사건은 마음이 지어내는 변명일 뿐, 감정의 원인이 아니다.

놓아 버림에 보다 익숙해지면, 모든 부정적 감정은 생존에 대한 근본적 두려움과 관련이 있으며 모든 감정이란 마음이 생존에 필요하다 믿고 있는 프로그램일 뿐이라는 점을 알게 된다. 놓아 버림 기법을 쓰면 프로그램이 점차 제거된다. 이 과정을 통해 감정 이면에 깔려 있는 동기가 점점 더 명확하게 드러난다.

항복한다는 것은 어떤 일에 대해 격한 감정이 없음을 뜻한다. 그런 일이 생겨도 괜찮고, 생기지 않아도 괜찮다. 자유로워지면 애착을 놓아 버린다. 어떤 것을 즐길 수는 있어도, 그것이 행복에 꼭 필요하지는 않다. 자신 이외의 사물이나 사람에게 점점 덜 의존한다. 이러한 원리는 세상일에 애착을 갖지 말라는 부처의 근본 가르침과 일치하며, "세상 속에 있되 세상의 일부가 되지 말라."라는 예수의 근본 가르침과도 일치한다.

어떤 감정을 항복했는데도 그 감정이 돌아오거나 계속 이어질 때가 있다. 항복할 것이 아직 남아 있기 때문이다. 평생토록 감정을 잔뜩 쌓아 놓았기에 꽉꽉 눌러 놓은 에너지가 많을 수 있는데, 이것이 올라오게 놔두고 존재를 인정해야 한다. 항복이 일어날 때면 '황홀경' 같은 경쾌한 느낌이 즉시 따른다.

우리는 계속 놓아 버림으로써 이러한 자유 상태에 머물 수 있다. 감정은 오고 가지만 나의 감정이 곧 나는 아니며 진짜 '나'는 감정을 지켜볼 뿐임을 깨닫기에 이른다. 더 이상 자신을 감정과 동일시하지 않는다. 일어나는 일을 관찰하고 자각하는 '나'는 늘 똑같다. 변치 않는 목격자가 존재함을 더욱더 자각하면서, 자신이 그런 의식 수준에 들어섰음을 알게 된다. 갈수록 현상의 경험자가 되기보다는 현상의 목격자가 된다. 진정한 큰나와 점점 더 가까워 지면서 그동안 감정에 속았음을 깨닫기 시작한다. 전에는 내가 감정 때문에 피해를 본다고 생각했으나 이제 감정은 나의 참모습이 아님을 안다. 감정은 에고가 창조한 것에 불과하다. 생존에 필요한 것으로 마음이 잘못 믿었던 프로그램들을 모아놓은 것일 뿐이다.

놓아 버림은 믿기지 않을 만큼 신속하고 절묘한 결과를 가져온 다. 효과 역시 아주 강력하다. 이미 놓아 버리고도 아직 놓지 못했 다고 생각하는 경우도 많다. 이럴 때는 주변 사람들을 통해 자신 의 변화를 깨닫는다. 이런 일이 일어나는 이유는 어떤 것을 완전 히 항복하면 그것이 의식에서 사라지기 때문이다. 이제 그 일이 전혀 생각나지 않는 까닭에 사라진 줄 모르고 있는 것이다. 이런 현상은 의식 면에서 성장 중인 사람들에게 흔하다. 캐놓은 석탄을 통째로 의식하지는 않는다. 지금 막 푸는 한 삽만 바라볼 뿐이다. 쌓였던 더미가 얼마나 줄었는지 본인은 깨닫지 못한다. 친구나 가 족이 먼저 알아차릴 때가 많다.

진도 파악을 위해 진전 상황을 도표로 그려 놓는 사람이 많다. 그렇게 하면 "이거 효과 없잖아."와 같은 식의 저항을 극복하는 데 도움이 된다. 엄청난 진전을 이루고도 "안 되는 것"이라 단언하는 사람들도 많다. 그래서 때로는 과정 시작 전에 자신이 어떠했는지 를 상기해야 한다.

놓아 버림에 대한 저항

부정적 감정을 놓아 버린다는 것은 번번이 저항하는 에고를 무효화하는 것이다. 이 기법을 실천하다 보면 회의가 들거나, 항복하는 것을 '잊거나', 회피하고 싶다는 생각이 불쑥 들거나, 감정을 표출하고 행동으로 옮겨 감정을 분출하고 싶다는 생각이 들지도 모른다. 해결책은 과정 전체에 대해 느끼는 감정을 계속해서 놓아 버리는 것이다. 저항감을 내버려 두고 이에 저항하지 말라.

우리는 자유롭다. 놓아 버릴 *필요*가 없다. 강요하는 사람은 아무도 없다. 저항감 뒤에 있는 공포를 살펴보라. 항복 과정과 관련하여 과연 무엇이 겁나는 것일까? 그 공포를 기꺼이 놓아 버릴 수 있겠는가? 공포가 올라올 때마다 계속해서 놓아 버리라. 그러면 저항이 해결된다.

우리는 지금 오랜 세월 우리를 노예와 피해자로 만들어 온 프로그램을 전부 놓아 버리고 있음을 잊지 말자. 그런 프로그램들에 눈이 가려 우리는 진정한 정체성의 참모습을 보지 못했다. 설 자리를 점점 잃게 될 에고는 우리에게 속임수를 쓰고 엄포를 놓으려 할 것이다. 우리가 놓아 버림을 시작하는 순간, 에고는 죽을 날을 받아놓은 셈이며, 그 힘도 점점 줄어든다. 에고가 잘 쓰는 속임수 한 가지는 기법 자체를 외면하는 것이다. 그리고 예를 들어 항복 기제는 효과가 없는 것이라 상황은 여전히 그대로이고, 어떻게 하는 것인지 헷갈리는데다 잊지 않고 실천하기가 너무 힘들다고 단정한다. 하지만 이런 단정 자체가 정말로 진전하고 있음을 보여주는 신호다! 또한 우리에게 에고의 속박을 잘라 내 자유를 되찾을 칼이 있으며 자기가 설 자리를 잃고 있음을 에고가 알고 있음을 의미한다. 에고는 우리의 친구가 아니다. 영화 「트론Tron」(1982년)에 나오는 마스터 컨트롤 프로그램처럼 에고는 갖은 프로그램을 동원해 우리의 노예 상태를 유지시키고 싶어 한다.

놓아 버림은 타고난 능력이다. 새롭거나 생소한 방법도 아니다. 비밀리에 전수되는 가르침도 아니고, 누군가가 주창한 사상이나 신념 체계도 아니다. 더욱 자유롭고 행복해지기 위해 우리 내면의 본성을 활용하는 일일뿐이다. 놓아 버림 기법을 실천할 때 기법에 대해 '생각'하는 것은 도움이 되지 않는다. 그저 단순히 실행에 옮기는 편이 더 낫다. 그러다 보면 모든 생각은 결국 저항이라는 사실을 알아차리게 될 것이다. 생각은 모두, 실제로 존재하는 것을 우리가 경험하지 못하게끔 마음이 만들어내는 이미지다. 얼마 동안 놓아 버림을 실행해서 실제로 벌어지는 바를 느끼기 시작하면 자신의 생각을 웃어넘기게 된다. 생각은 모조품이다. 실상을 보기 어렵게 만드는 우스꽝스런 환상이다. 생각을 좇으면 계속해서 생각에 점유될 뿐이다. 처음 출발한 바로 그곳에 우리가 있음을 어느 날 깨달을 때가 올 것이다. 생각은 어항 속의 금붕어와 같고, 진정한 큰나는 어항의 물과 같다. 진정한 큰나는 생각들 사이의 공간, 더욱 정확하게는 모든 생각 아래에 있는 고요한 자각의 장이다.

누구나 자기가 하던 일에 완전히 몰입한 경험이 있다. 그럴 때는 시간의 흐름조차 거의 알아채지 못한다. 마음은 아주 고요하고, 아무런 저항감이나 노력 없이 그 순간에 하고 있던 일을 할 뿐이다. 행복을 느끼며 콧노래를 흥얼거렸을 수도 있다. 스트레스 없이 제구실을 다했다. 아주 느긋하면서도 바쁘게 움직였다. 그러다 문득, 생각은 전혀 필요 없음을 깨달았다. 생각은 물고기 앞의 미끼와 같다. 생각을 덥석 무는 순간 우리는 사로잡힌다. 생각이라는 미끼를 물지 않는 것이 가장 좋다. 우리는 생각이 필요 없다.

자각하고 있지는 못하지만 우리 내면에는 "내가 알아야 할 모든 것을 나는 이미 알고 있다."라는 진실이 있다. 이 진실은 제 스스로 성립한다.

기법의 효과가 좋은 탓에 역설적으로 항복에 저항이 생기는 일도 벌어진다. 삶이 별로 여의치 않거나 불쾌한 감정으로 괴로울 때는 계속해서 놓아 버림을 실천한다. 그러다 마침내 항복을 통해 곤경에서 벗어나고 만사가 순탄하면 놓아 버림을 그만둔다. 이는 실수다. 느낌이 아무리 좋아도 더 놓아 버릴 것이 있는 법이기 때문이다. 놓아 버림으로써 얻은 고양 상태와 탄력을 활용하여 계속해서 놓아 버리라. 그러면 내내 더욱더 나아질 것이기 때문이다. 놓아 버림 자체에 어떤 탄력이 생긴다. 일단 놓아 버리기 시작하면 유지하기가 쉽게 된다. 고양됨을 느낄수록 놓아 버리기도 수월하다. 이때가 (억제되고 억압된 '쓰레기' 같은) 어떤 것들에 손을 뻗어 놓아 버릴 좋은 기회다. 의기소침할 때라면 붙잡고 씨름하고 싶지 않을 것들이다. 완화시켜 항복할만한 감정은 언제나 존재하는 법이다. 기분이 좋을 때면 그런 감정을 감지하기 어려울 따름이다.

어떤 특정 감정을 떨쳐 버릴 수가 없다고 느낄 때도 있다. 그럴 때는 떨쳐 버릴 수 없다는 느낌을 그냥 항복하라. 느낌을 그대로 놓아두고 그것에 저항하지 말라. 그래도 사라지지 않을 때면 느낌을 낱낱으로 조각내 놓아 버릴 수 있을지를 알아본다.

우리를 가로막는 또 다른 걸림돌은 무언가에 대한 욕망을 놓아 버리면 그것을 얻지 못할지도 모른다는 공포다. 그럴 때는 흔히들 품고 있는 신념 몇 가지를 살펴본 뒤에 맨 먼저 그런 신념부터 놓아 버리는 것이 좋다. 이를테면 (1) 열심히 일하고, 안간힘 쓰고, 희생하고, 노력해서 얻은 것이라야 누릴 자격이 있다. (2) 고통은 이롭고 유익한 것이다. (3) 세상에 공짜는 없다. (4) 아주 단순한 것은 그다지 가치가 없는 것이다. 이러한 심리적 장벽을 놓아 버리면 더욱 쉽고 수월하고 즐겁게 항복을 실천할 수 있다.

03

감정의 해부학

인간의 감정을 다루는 복잡한 심리학 이론들이 많이 있다. 이런 이론은 상당 부분 상징학과 관련이 있고 신화학 이론을 빌려오는 경우도 있으며, 뜨거운 논란을 불러일으키는 가설을 바탕으로 하기도 한다. 그 결과 각기 다른 목표와 방식을 추구하는 다양한 심리요법 학파들이 있다. 단순성은 진실의 전형적 특징이다. 따라서 이 장에서는 단순하면서도 효과적이고 누구나 시험해 볼 수 있는 '감정의 지도'를 살펴볼 것이다. '감정의 지도'는 누구라도 주관적 경험과 객관적인 실험을 통해 검증할 수 있는 것이다.

생존이라는 목적

어떤 심리학 이론을 연구하든 인간의 주된 목표는 그 무엇보다도 생존이라는 사실을 알 수 있다. 개인의 생존과 자신이 동일시하는 집단, 이를테면 가족, 사랑하는 사람들, 국가의 생존을 확보하고 싶은 것이 모든 인간의 욕망이다. 인간이 가장 두려워하는 것은 경험할 수 있는 능력을 잃어버리는 것이다. 그런 일이 없게끔 사람들은 몸의 생존에 관심을 기울인다. 자신이 곧 몸이며 따라서 존재를 경험하기 위해서는 몸이 필요하다고 생각하기 때문이다. 사람들은 스스로를 개별적이며 한계가 있는 존재라 여기기 때문에 늘 결핍감으로 스트레스를 받는다. 그러므로 외부에서 이런 결핍을 채워 줄 무언가를 찾는 것은 흔한 일이다. 그리고 사람들은 그로 인해 자신이 취약하다고 느낀다. 자신이 독자적으로 존재하기에 불충분한 존재이기 때문이다.

따라서 마음은 일종의 생존 기제이며, 생존 방법으로 주로 감정을 사용한다. 생각은 감정이 불러일으키는 것이어서, 결국 감정이 생각의 약칭과도 같게 된다. 수천 가지, 수백만 가지의 생각을 단 하나의 감정으로 대체할 수 있다. 감정은 정신 과정보다 근본적이고 원시적이다. 이성은 마음이 감정적 목적을 달성하기 위해 사용하는 도구다. 지적 능력을 통해 이성이 사용될 때 그 바탕에 깔려 있는 근본 감정은 대개 무의식적으로만 작용하거나 최소한 자각하지는 못하는 상태로 있다. 바탕에 깔려 있는 감정을 잊거나 무시하거나 느끼지 못하면 사람들은 자신이 하는 행동의 이유를 자각하지 못하고 대신 갖가지 그럴듯한 이유를 지어낸다.

사실 사람들은 자신이 하는 행동의 이유가 무엇인지 모르는 경우가 많다.

어떤 행동이든 그 이면에 깔려 있는 감정적 목표가 의식에 떠오르게 할 수 있는 간단한 방법이 있다. "무엇 때문에?"라는 질문을 사용하는 것이다. 답이 나올 때마다 그에 대해 또다시 '무엇 때문에'라고 질문하여 근본 감정이 드러날 때까지 반복한다. 예를 들어 이런 문답이 이어질 수 있다. 새로 벤츠 승용차를 사고 싶은 남자가 있다. 남자의 마음은 갖은 논리적 이유를 대지만, 사실 논리로는 설명이 안 되는 바람이다. 그래서 남자는 자문한다. '무엇 때문에 벤츠가 갖고 싶은 걸까?', '사회적 지위와 인정, 존경, 확실한 성공의 상징 같은 것을 얻고 싶은 거지.' 다시 묻는다. '무엇 때문에 지위를 원하는 걸까?', '다른 사람들에게서 존경받고 인정받고 싶은 거지. 그런 존경을 확실하게 받으려는 것일 수도 있고.' 또 묻는다. '무엇 때문에 존경과 인정을 원하는 걸까?', '안전하다는 느낌을 얻고 싶은 거지.', '무엇 때문에 안전을 원하는 걸까?', '행복을 느끼고 싶어서지.', '무엇 때문에?'라는 질문을 계속하면 불안감과 불행감, 성취하지 못한 데서 오는 결핍감이 기본적으로 깔려 있다는 사실이 드러난다. 모든 행동이나 욕망에서 드러나는 사실은 어떤 감정을 성취하는 것이 기본 목표라는 점이다. 공포를 극복하고 행복을 성취하는 것 외에 다른 목표는 없다. 감정은 우리가 생존을 보장해 준다고 믿는 것과 결부되어 있을 뿐 실제로는 그렇지 않다. 말하자면, 감정 자체는 모든 사람이 끊임없이 안전을 추구하도록 몰아가는 기본적 공포를 일으키는 원인이다.

감정의 척도

간단명료한 설명을 위해 의식의 수준 대신 그와 일치하는 감정의 척도를 활용할 것이다. 의식 수준이란 어떤 것이며 그 과학적 근거는 무엇이고, 어떻게 실제로 적용하는 것인지는 『의식 혁명』에 자세히 나와 있다.

간단히 설명하면, 만물은 에너지를 방출하고 그 에너지는 긍정적이거나 부정적이다. 우리는 (호의적이고 진실하고 사려 깊은) 긍정적인 사람과 (욕심 사납고 남을 잘 속이고 아주 불쾌한) 부정적인 사람의 차이를 직감적으로 안다. 테레사 수녀의 에너지는 아돌프 히틀러와 분명 다르다. 나머지 사람들은 대부분 그 둘 사이 어딘가에 있다. 즉 음악이나 장소, 책, 동물, 마음속 의도 등 삶의 모든 사물은 에너지를 방출하는데, 각 사물이 얼마나 참된지 그 정도가 숫자로 나타나게끔 사물의 본질과 에너지의 크기에 따라 '눈금'을 붙일 수 있다.

유유상종이라는 말대로 에너지도 크기별로 '끌개 패턴attractor pattern'을 형성하는데 이것이 곧 '의식 수준levels of consciousness'이다. 의식의 지도(부록 A 참조)는 끌개 패턴이 보여 주는 비선형적이고 역동적인 지형을 로그 값을 통해 선형적으로 나타낸다. 즉 각 의식 수준(끌개 패턴)에다 그 에너지의 힘을 1에서 1000 사이로 나타내는 로그 값 눈금을 붙인 것이다. 지도 맨 위에 있는 '완전한 깨달음'의 수준(1000)은 인간의 영역에서 도달할 수 있는 최고 수준을 나타낸다. 예수나 부처, 크리슈나의 에너지가 그렇다. 의식의 지도 맨 아래에서 죽음 가까이에 있는 '수치심'의 수준(20)

은 가까스로 생존하는 정도를 나타낸다.

'용기'의 수준(200)은 에너지가 부정에서 긍정으로 바뀌는 결정적인 지점이다. 이 수준은 진실성과 정직, 자율, 대처 능력의 에너지를 뜻한다. 용기 아래의 의식 수준은 파괴적이지만, 용기 위의 수준은 삶에 힘이 된다. 간단한 근육 테스트로 그 차이를 알아볼 수 있다. (200 이하의) 부정적인 자극을 받으면 곧바로 근육에 힘이 빠지고, (200 이상의) 긍정적인 자극을 받으면 곧바로 근육에 힘이 들어간다. 진정한 '파워power'는 힘을 주고, '포스force'는 힘을 뺀다. 우리가 용기 위의 수준에 있으면 ('파워'가) 에너지를 줄 뿐더러 호의를 베풀기 때문에 사람들이 다가온다. 한편 우리가 용기 아래의 수준에 있으면 ('포스'가) 에너지를 빼 갈 뿐더러 물질적이거나 정서적인 욕구를 채우는 데 이용하려 들기 때문에 사람들이 피한다.

이제 높은 에너지에서 시작해 아래로 내려가면서 감정의 기본 척도를 자세히 살펴보자.

- **평화(600)** 이 수준은 있는 그대로의 완전함, 지극한 행복, 모든 일의 수월함, 모든 존재의 일체성을 경험할 수 있다. 신약 성경에 나오는 "모든 이해를 뛰어넘는 평화"처럼 만물의 분리를 넘어서고 지성을 넘어선 비이원성의 상태다. '광명'이나 '깨달음'으로도 묘사하며 인간의 영역에 매우 드물게 존재한다.

- **환희(540)** 무조건적이고 변함없는 사랑의 상태로, 상대의 처

지나 행동에 구애받지 않는다. 만물에서 보이는 강렬한 아름다움으로 세상이 빛난다. 만유가 완전함은 자명한 사실이다. 일체성 도달과 큰 나 발견이 멀지 않다. 만물에 연민을 느낀다. 인내심이 엄청나다. 타인과 하나라 느끼며 타인의 행복을 염려한다. 자기완성감과 자족감으로 충만하다.

• **사랑(500)** 용서하고 보살피고 도와주는 존재 방식이다. 사랑은 마음이 아니라 가슴에서 뿜어져 나온다. 또한 상황의 세부보다는 핵심에 집중하고, 부분보다는 전체를 다룬다. 진정한 시각이 사물에 대한 지각을 대체해 아무런 입장을 취하지 않고 만물이 지닌 본연의 가치와 사랑스러움만을 본다.

• **이성(400)** 인간을 다른 동물과 구분하는 특징이다. 이는 사물의 요점을 보고 개념을 만들어 감정에 치우치지 않고 빠르고 정확하게 판단하는 능력이다. 이성은 특히 문제 해결에 매우 유용하다. 과학과 철학, 의학, 논리학 등은 이 수준의 산물이다.

• **받아들임(350)** 이 수준의 에너지는 태평하고, 느긋하며, 타인과 잘 어울리고, 유연하며, 대인 관계의 폭이 넓고, 거리낌이 없다. "삶은 좋은 것이다. 당신도 나도 좋은 사람이다. 나는 우리가 연결되어 있다고 느낀다." 삶의 여건대로 살아간다. 남을 탓하거나 삶 자체를 탓할 이유가 없다.

• **자발성(310)** 이 수준의 에너지가 생존에 도움이 되는 이유는 어떤 삶이 펼쳐지든 긍정적 자세로 달갑게 맞이하기 때문이다. 모두에게 호의적이고 협조적이며 누군가를 돕고 싶어 하고 무언가 봉사할 길을 찾는다.

• **중립(250)** 편안하고 실용주의적이며 비교적 감정에 빠지지 않는 삶을 산다. "이래도 좋고 저래도 좋다." 강경한 입장을 취하지 않고 비판을 삼가며 경쟁하지 않는다.

• **용기(200)** 이 수준의 에너지에서는 "난 할 수 있다."라고 말한다. 단호하고, 삶에서 열정을 느끼고, 생산적이고, 독립적이고, 자율적이다. 효과 있는 행동을 할 수 있다.

• **자부심(175)** 이 수준은 "내 방식이 제일 좋은 것"이라고 말한다. 주된 관심사는 성취하고, 인정받고, 남달라지고, 완벽해지는 일이다. '누구보다 낫다.'라고 느끼거나 남보다 우월하다고 느낀다.

• **분노(150)** 이 에너지는 두려움을 주는 근원을 제압하는 방법으로 강제력과 협박, 비난을 동원한다. 짜증을 잘 내고, 욱하기 쉬우며, 과격하고, 불안정하고, 툭하면 분개한다. "두고 보자."라는 말대로 꼭 되갚아 주려 한다.

• **욕망(125)** 항상 이익과 재물, 향락을 추구하며 자기 외부의 무

언가를 '얻어 내려' 한다. 만족을 결코 모르고, 물리는 법도 없으며, 끊임없이 갈망한다. "그걸 가져야 돼.", "내가 원하는 걸줘. 지금 바로!"

- **공포(100)** 이 에너지는 '모든 곳'에 '위험'이 있다고 생각한다. 사람을 피하고, 방어적이며, 안전에 집착하고, 사람에 대한 소유욕과 질투심이 강하고, 제대로 쉬지 못하며, 불안하고, 늘 바짝 경계한다.

- **비탄(75)** 무력감과 절망, 상실감, 후회에 차 있다. "무언가를 하기만 했어도……" 하는 심정이다. 소외와 우울, 슬픔을 느낀다. 낙오자가 된다. "더 이상 어쩔 수 없다."라는 애석함이 있다.

- **무의욕(50)** 이 에너지의 특징은 가망 없어 보이고, 죽은 듯 무기력하며, 보기만 해도 기운 빠지고, 옴짝달싹 못하는 상태와 "난 못해.", "내 알 바 아니야."라는 감정이다. 흔히들 가난하다.

- **죄책감(30)** 이 에너지 장에서는 누군가에게 벌을 주고 싶거나 스스로 받고 싶어 한다. 그 결과 자기거부와 자기학대, 자기파괴에 빠지고 회한과 낙심에 찬다. 다 내 탓이다. 사고를 잘 당하고, 자살행위를 하고, 자기혐오를 '사악한' 타인에게 뒤집어 씌우는 투사 현상도 흔하다. 심인성 육체 질환의 원인이 되는 경우가 많다.

• **수치심(20)** "창피해서 고개를 떨군다."라는 말대로, 이 에너지
　는 굴욕이 특징이다. 전형적으로 추방을 동반한다. 건강에 파
　괴적인 영향을 주며 자신과 타인을 모질게 학대하게 만든다.

　이 척도의 아래쪽은 보통 낮은 진동 주파수와 결부된다. 즉 에
너지와 힘이 약하고, 생활형편이 어렵고, 인간관계가 빈약하며, 뭐
든 넉넉하지 않고, 사랑이 부족하고, 육체적으로나 정서적으로나
건강하지 않다. 궁핍한 사람들은 에너지가 약한 탓에 여러모로 우
리 기운을 뺏는다. 그 때문에 기피당한 끝에 (예컨대 교도소에서)
같은 수준 사람들과 섞이곤 한다.

　부정적 감정을 놓아 버릴수록 감정의 상태가 척도를 따라 점점
올라가 '용기'에 이르고, 용기를 넘어서면 성과를 거두기가 더욱
쉬워져 성공하고 힘을 덜 들여 넉넉해지기도 한다. 주위에서는 이
런 사람들을 아쉬워하기 마련이다. 이런 이들을 '고양'되어 있다
고 한다. 이들은 주위의 모든 생명체에게 생명 에너지를 내뿜는다.
동물들도 이들에게 끌린다. 기르는 능력이 있기 때문에 마주치는
모든 이의 삶에 좋은 영향을 준다. '용기'의 수준에서는 부정적 감
정이 다 사라지지는 않았더라도 그런 감정을 다룰 에너지가 충분
하다. 힘과 자신감을 다시 얻었기 때문이다. 척도 맨 밑에서 맨 위
로 올라가는 가장 빠른 길은 자신과 타인에게 정직해지는 것이다.

　또한 에너지 수준은 우리 몸에서 '차크라'를 나타내는 에너지
중심점과 관련이 있다. '용기'의 수준(200)에서 '쿤달리니 에너지'
가 깨어나는데, 차크라는 쿤달리니 에너지가 흐르는 에너지 중심

점이다. 에너지 중심점, 즉 차크라는 다양한 임상 기법과 정밀 전자기기로 검출할 수 있다. 의식의 지도에서 차크라는 다음과 같이 측정된다.

정수리 차크라 600, 제3의 눈 차크라 525, 목구멍 차크라 350, 가슴 차크라 505, 명치 차크라 275, 엉치뼈(또는 지라) 차크라 275, 기저(또는 근저) 차크라 200. 부정적 감정을 포기하면 상위 차크라의 에너지가 증가한다. 예를 들어 걸핏하면 (두 번째 차크라인) 지라에 축적된다는 '울분을 터뜨리는' 대신에 (다섯 번째 차크라인) '가슴이 따뜻한' 사람이 될 수 있다.

이러한 에너지 체계는 육체에 직접적으로 강력한 영향을 준다. 각 차크라의 에너지는 '경락'이라는 경로를 통해 전체 에너지 신체energy body로 흘러나가는데, 이 에너지 신체는 육체의 청사진과 같다. 각 경락은 특정 장기와 관련이 있고, 각 장기는 특정 감정과 관련이 있다. 부정적 감정은 이와 연관된 침술 경락 및 관련 장기의 에너지 균형을 깬다. 예를 들어, 우울이나 절망, 비애는 간 경락과 연관되어 있어 간 기능에 지장을 주기 쉽다. 부정적 감정은 모두 장기에 손상을 입혀 장기를 병들게 하고, 끝내 기능을 멈추게 한다.

감정 상태의 수준이 낮을수록, 우리는 자신의 삶뿐 아니라 주변의 모든 생명에도 부정적 영향을 미친다. 감정의 진화 수준이 높아질수록 삶도 모든 면에서 좋아지고 주변의 모든 생명에게 힘을 준다. 부정적인 감정들을 인정해 항복하면 보다 자유로워지면서 감정 수준도 올라가고 결국에는 긍정적 감정을 주로 경험할 수 있다.

낮은 감정은 모두 우리에게 제약이 되기 때문에 낮은 감정일 때 우리는 진정한 큰나가 보는 현실을 보지 못한다. 항복을 통해 척도 맨 위에 가까워지면, 새로운 유형의 경험이 시작된다. 척도 맨 위에 이르면, 진정한 큰나를 깨달아 여러 수준의 광명을 얻는 현상이 발생한다. 이때 알아야 할 가장 중요한 점은 척도 상에서 상승해 자유로워질수록 이른바 영적 자각이나 영적 직관이 생기면서 의식이 성장한다는 사실이다. 이는 부정적 감정을 항복하는 사람들 모두가 공통적으로 경험하는 바다. 그들의 의식은 점점 더 깨어난다. 낮은 의식 수준에서는 볼 수도 없고 경험할 수도 없는 것이 높은 수준에서는 자명한 것이 되면서 놀랄 만큼 명백해진다.

감정의 이해

과학적 연구 결과에 따르면, 모든 생각은 관련된 감정 및 감정의 미세 변화 단계에 바탕을 둔 정리 체계에 맞게 마음의 기억 저장고에 정리된다.(그레이·라비올렛, 1981) 생각은 감정의 분위기에 따라 정리되는 것이지 사실에 따라 정리되지 않는다. 따라서 생각보다는 감정을 지켜보면 자기 자각이 빠르게 증대된다는 견해는 과학적 근거가 있는 것이다. 심지어는 하나의 감정에 관련된 생각조차 수천 개에 이를 수 있다. 그러므로 생각 이면의 감정을 이해하여 올바르게 다루는 것이 생각 자체를 다루는 것보다 성과가 좋고 시간 소모도 덜하다.

감정이라는 주제 자체가 낯선 사람이라면, 처음에는 감정을 상대로 뭔가 하려 하지 말고 감정을 그저 지켜보는 것이 바람직할 수도 있다. 이렇게 하면 감정과 생각 사이의 관계가 보다 명확하게 드러난다. 지켜보는 데 익숙해지고 나면 일종의 실험도 할 수 있다. 이를테면 되풀이해서 떠오르기 쉬운 유형의 생각을 골라내어 그와 연관된 감정이 어떤 것인지를 알아볼 수 있다. 이어서 그 감정을 다루기 위해서는 먼저 저항하거나 비난하지 않고 그 감정이 존재함을 받아들인다. 그런 다음 감정의 에너지를 비우는 일에 들어가는데, 방법은 감정이 소진될 때까지 감정을 있는 그대로 놓아두는 것이다. 조금 지나면 앞서 들었던 생각을 들여다볼 수 있게 되어 생각의 성격이 바뀌었음을 관찰하게 될 것이다. 감정을 완전히 항복하고 놓아 버렸다면, 그것과 관련된 모든 생각은 완전히 사라지고 지금 일을 신속히 마무리하자는 생각만 남는다.

외국에 가기 전에 여권을 잃어버린 사람의 경우를 예로 들어 보자. 출발 예정일이 다가오면서 그의 마음은 공황 상태가 되었다. 미친 듯이 머리를 굴려 어디다 여권을 두었는지 생각해 내려고 애썼다. 사방을 다 뒤졌다. 기억해 내려고 이런저런 묘책도 써 보았지만 소용없었다. 결국 자책할 뿐이었다. "멍청하게 여권을 잃어버리다니! 새로 만들 시간도 없다고!" 여권이 없으면 여행도 가지 못하니 운명의 날이 다가오자 그는 진퇴양난에 빠졌다. 사업과 개인 일을 겸해서 가는 것이라 이번 여행을 가지 못하면 일이 잔뜩 꼬이고 상황이 어렵게 될 것이 분명했다. 그러다 막판에 이르렀을 때, 놓아 버림 기법이 생각났다.

그는 자리에 앉아 자문했다. "어떤 근본 감정을 무시하고 있는 것일까?" 근본 감정으로 드러난 것은 놀랍게도 슬픔이었다. 사랑하는 누군가와 떨어져 있기 싫은 감정과 관련 있는 슬픔이었다. 자리를 비움으로써 관계를 아예 잃거나 관계가 약화될까 봐 두려워한 것이다. 슬픔을 놓아 버리고 관련된 두려움도 놓아 버리자 문득 문제를 안고도 마음이 편안해졌다. 또한 2주간의 부재도 견디지 못할 관계라면 유지할 만한 가치가 없다는 결론도 얻었다. 그러고 나니 이제 위태로울 일은 아무것도 없었다. 마음이 편해지자 곧바로 여권이 어디에 있는지 생각났다. 사실 너무 뻔한 곳이라 무의식적 차단 때문이 아니라면 기억하지 못할 이유가 없었다. 여권 분실과 여행 불발, 그로 인해 있을 수 있는 일 등 수많은 생각도 모두 즉시 없어졌다. 그의 감정은 좌절 대신 감사와 행복의 상태가 되었다.

놓아 버림은 일상에서도 매우 쓸모가 있지만, 특히 삶의 위기 때 사용하면 크게 괴로울 일을 미리 막거나 가볍게 하는 데 결정적인 역할을 한다. 삶의 위기에서는 보통 감정이 압도적으로 밀어닥친다. 이러한 위기에는 억제되거나 억압된 감정 중 주요한 유형한 가지가 활용된다. 이 상황의 과제는 어떤 감정인지를 알아내는 것이 아니라 압도하는 감정을 상대하는 것이다.

감정적 위기 다루기

감정적 위기는 사람들이 대체로 아주 힘겨워하는 문제이므로 더 자세히 알아볼 필요가 있다. 감정상의 재앙을 내버려 두어 제풀에 사라지게 하는 대신 그것을 훨씬 빠르게 통과하고 좋은 결과를 내는 데 도움이 되는 여러 기법이 있다. 앞서 이야기했듯이, 감정을 다룰 때 마음이 동원하고자 하는 평상시 기제는 (억압이나) 억제와 표출, 회피다.

이런 기제는 의식적으로 사용하고자 할 때라면 해롭지 않다. 감정 압도 시의 기제 활용은 '의식적으로' 하면 바람직할 때가 많다. 이 묘책의 목적은 감정을 해체해 하나하나 놓아 버릴 수 있도록 감정의 양 자체를 줄이는 데 있다.(이 과정은 뒤에서 서술하겠다.) 따라서 이런 경우라면 감정에 압도되는 순간 가능한 한 많이 '의식적으로' 감정을 제쳐 놓아도 된다. 가까운 친구나 멘토에게 기분을 털어 놓아 감정의 강도를 줄일 수도 있다. 기분을 표출하기만 해도 그 이면의 에너지가 얼마간 줄어든다.

같은 상황에서 회피 기제를 의식적으로 활용하는 것도 괜찮다. 속상한 일을 멀리하기 위해 사교 모임에 나가거나, 개와 놀거나, 텔레비전을 보거나, 영화를 보러 가거나, 음악을 틀거나, 섹스를 하는 등 평소 습관대로 무엇이든 하는 것이다. 감정의 양과 강도 자체가 줄고 나면, 전체 상황보다는 상황의 여러 작은 일면과 그에 따르는 감정을 놓아 버리는 일에 들어가는 것이 가장 좋다.

방법의 요점을 명확히 제시하기 위해 어느 회사에서 오래 일하다 실직해 절망이라는 감정에 압도당한 남자의 예를 들어 보자. 위에 서술한 세 가지 기제를 활용하면 감정을 얼마간 줄일 수 있다. 그 후에는 일터와 관련된 사소한 것들을 돌이켜 볼 수 있다.

이를테면 동료들과 자주 찾던 식당에서 점심을 먹고 싶은 바람을 놓아 버릴 수 있을까? 이전까지 매일 주차하던 공간에 주차하고 싶은 바람을 놓아 버릴 수 있을까? 늘 타던 엘리베이터에 타고 싶은 바람을 놓아 버릴 수 있을까? 쓰던 책상에 대한 애착을 놓아 버릴 수 있을까? 비서가 보여 주던 친절과 비서에 대한 애착을 놓아 버릴 수 있을까? 쓰던 컴퓨터에 대한 애착을 놓아 버릴 수 있을까? 매일 같은 상사를 보던 일을 놓아 버릴 수 있을까? 사무실 소음이 주던 친숙한 느낌을 놓아 버릴 수 있을까?

이렇듯 자질구레한 실직의 일면을 항복하는 목적은 그렇게 함으로써 마음을 놓아 버림 모드로 바꾸는 것이다. 마음이 놓아 버림 모드로 바뀌면 '용기'의 수준으로 올라갈 수 있다. 부정적 감정들을 받아들여 통과했고, 그 결과 부정적 감정이 힘을 잃었기 때문이다. 그러고 나면 상황을 직면하고 감정을 인식해 감정에 대해 무언가 할 수 있는 용기가 있음을 불현듯 자각한다.

사소한 것을 항복하면 기묘하게도 중심 사건이 주는 억압 또한 점차 덜해진다. 이런 현상이 일어나는 이유는 한 가지 감정에 항복 기제를 사용하면 감정 전부를 동시에 항복하는 것과 같기 때문이다. 이는 마치 감정 모두의 이면에 동일한 에너지가 있어서, 한쪽 방향에서 항복하면 표면상으로는 반대 방향에 있는 듯한 감정까지 항복하는 것과 같다. 이 점은 임상 체험의 문제라 공감하려면 각자 개인적으로 시도해야 한다.

(억제, 표출, 회피, 사소한 면에서의 항복이라는) 위의 네 가지 방법을 적용하고 나면 이제 다섯 번째가 명확해진다. 사실 모든 강한 감정은 여러 부수적 감정이 합성된 것이라, 전체 감정 복합체 또한 해체가 가능한 것이다. 이를테면 실직한 사람은 처음에는 절망에 압도당한 느낌을 받는다. 그러나 그가 느낌 주변부의 사소한

것들을 항복하면서 회피와 억제, 표출의 기제를 의식적으로 활용해 압도된 느낌을 줄여 나가면 분노의 존재 또한 깨달을 수 있다. 분노는 자부심과 연결되어 있음이 보인다. 분노는 억울함의 형태로 많이 나타난다. 자기는 이제 틀렸다고 하는 것도 자신을 향해 표출되는 분노의 형태다. 또한 분노에는 상당한 두려움도 존재한다.

따라서 연결된 감정들을 이제 곧바로 다룰 수 있다. 이를테면 다른 일자리를 얻지 못하리라는 두려움을 놓아 버릴 수 있다. 두려움을 인정하고 놓아 버릴 때, 가능성 있는 대안 전부가 갑자기 뚜렷해진다. 그리고 자부심을 항복하면서 생각했던 것처럼 자신이 경제난에 직면한 것이 아님을 금세 알게 된다. 이렇듯 감정 복합체가 해체되어 구성 요소로 갈라지고 나면 각 요소는 에너지가 약해져 개별적으로 항복할 수 있다.

감정 압도에서 벗어나면서 감정의 일부를 의도적으로 억제하거나 회피했다는 사실이 기억날 것이다. 이제 그 감정을 다시 검토해 억울함이나 무의식적인 죄책감, 낮아지는 자존감 등의 후유증을 없앨 수 있다. 감정 복합체의 파편들이 일정 기간 동안 다시 나타날 수도 있고 그 기간이 몇 년이 될 수도 있지만, 이후에는 다 감정의 조각들뿐이라 올라오는 대로 처리할 수 있다. 적어도 위기 수준의 상황만큼은 또렷이 의식하며 무사히 통과할 수 있게 된다.

위기 처리를 지적 수준이 아니라 감정 수준에서 하면 위기 지속 시간이 극적으로 줄어든다. 실직한 사람의 경우, 지적 수준에서 위기를 처리하면 갖은 생각과 가상 시나리오가 수없이 떠오른다. 생각이 폭주하는 탓에 밤마다 잠 못 이루는 고통을 받으며 마음은 위기를 검토하고 또 검토한다. 아무런 성과도 없다. 이면의 감정을 항복할 때까지 온갖 생각만 꼬리를 물 것이다. 아주 오래 전에 감정적 위기를 겪고 지금까지도 회복하지 못한 사람들이 있다. 그들은 그 위기로 인해 삶 전체가 악영향을 받았고, 이면의 감정을 다루는 노하우가 없는 대가를 톡톡히 치렀다.

삶의 위기를 성공적으로 처리하면 이로운 점이 많다. 그중 하나로 억제하거나 억압된 감정이 크게 줄어든다. 위기로 인해 올라온 감정을 포기한 결과, 저장고에 남은 양이 크게 줄어든 것이다. 삶에서 무슨 일이 닥쳐도 해결하고 견딜 수 있다는 자각이 있기에 자존감과 자신감이 커진다. 삶에 대한 두려움이 전반적으로 줄어들고, 삶을 스스로 통제한다는 느낌이 커지며, 타인의 고통에 대한 연민이 깊어지고, 다른 사람이 비슷한 상황을 헤쳐 나가도록 도울 수 있는 능력이 높아진다. 역설적으로 삶의 위기 뒤에는 길든 짧든 평화와 고요가 이어지는 시기가 오는 경우가 많다. 혹은 신비한 경험을 하는 수준에 이르기도 한다. '영혼의 어두운 밤'을 거친 후에 높은 자각 상태에 이르는 경우가 많다.

이런 역설을 보여 주는 사례 중 사람들이 가장 많이 알고 있는 것으로 임사 체험자들의 경험이 있다. 시중에는 임사 체험을 다룬 책이 많이 나와 있는데, 거기엔 모두 공통점이 있다. 그들이 직면한 공포 중의 공포, 즉 죽음이 주는 두려움과 충격이 깊디깊은 평정과 평화, 일체성, 두려움에 대한 면역성으로 대체된다는 것이다. 그들 중 많은 이가 비상한 능력을 얻거나, 치유자가 되거나, 영안靈眼이 생기거나, 영적 광명 상태에 들어섰다. 비약적인 성장을 이루고 뜻하지 않게 새로운 재능까지 생기는 경험을 하는 것이다. 이렇듯 삶의 모든 위기는 의식을 뒤바꿔 새롭게 도약하게 해 주며 옛것을 놓아 버려 새것이 탄생하게 해 줄 씨앗을 품고 있다.

과거 치유

자신의 삶을 살펴보면, 미해결된 과거의 위기가 지닌 잔재가 보일 것이다. 그 당시 일어났던 사건에 대한 생각과 감정은 세상을 인식하는 데에도 악영향을 미친다. 또한 이런 생각과 감정이 삶의 어떤 부분을 망가뜨렸다는 사실도 알게 될 것이다. 이때 그 일이 계속해서 대가를 치를 가치가 있는지 자문하는 것이 현명하다. 이제는 잔재를 처리하는 데 쓸 수 있는 기제를 알고 있으므로 문제를 해결할 수 있다. 즉 남은 감정을 조사해 놓아 버림으로써 치유가 일어나게 할 수 있다. 이 과정에서 큰일을 치른 뒤에 진가를 발휘하는 새로운 감정 치유 기법을 알게 된다. 사건을 새로운 맥락에서 이해하고, 새로운 시각으로 보고, 의의와 의미가 다른 새로운 패러다임에서 평가하는 것이다.

사람들은 대개 과거를 후회하고 미래를 두려워하며 일생을 보낸다고 한다. 그래서 지금 이 시점의 환희는 경험하지 못한다. 인간의 운명이 원래 그러하니 '쓴웃음'이라도 지으며 참는 것이 최선일 것이라고 흔히 짐작한다.

철학자들은 때로 이런 부정적이고 비관적인 태도를 활용해 허무주의 철학을 만들어 내기도 한다. 이런 철학자들 중 일부는 수년간 유명세를 얻기도 하지만 사실 그들은 해결하지 못한 고통스러운 감정의 희생자에 불과하다. 그런 감정을 계기로 끝없이 사물을 논리적으로 자세하게 설명하려 들게 된 것뿐이다. 억제된 감정일 뿐임이 분명한데도 그것을 합리화하는 정교한 지적 체계를 구축하느라 평생을 바치기도 한다.

과거 해결에 효과가 좋은 방법 중 하나로 새로운 맥락 만들기가 있다. 과거에 새로운 의미를 부여한다는 뜻으로, 새로운 마음가짐으로 과거의 곤경이나 트라우마 안에 선물이 숨어 있었음을 인정하는 것이다. 이 기법의 가치를 정신 의학계에서 처음 알아본 사람은 빅토르 프랭클이다. 프랭클은 자신의 명저 『죽음의 수용소에서Man's Search for Meaning』에서 '의미 요법Logotherapy'으로 명명한 접근법을 풀이했다.

그는 임상 경험과 개인 체험을 통해 감정과 트라우마를 새로운 의미로 에워싸면 그 발생 양상이 현저히 달라지면서 치유된다는 것을 보여 주었다. 프랭클은 자신의 육체적, 정신적 고통을 내면의 승리를 가져올 기회로 보고 나치 수용소의 경험에 대해 이렇게 적었다.

"인간에게서 모든 것을 빼앗으려 해도 빼앗을 수 없는 한 가지, 즉 인간의 마지막 자유는 어떤 상황에서도 자신의 태도를 선택할 수 있는 자유, 자신만의 길을 택할 수 있는 자유다."(프랭클, [1959] 2006). 프랭클은 그때의 끔찍한 상황을 새로운 맥락에서 이해하는 재맥락화를 통해 인간 영혼의 심오한 의미를 발견했다.

아무리 '비극적인' 경험이라 해도 모든 인생 경험에는 교훈이 숨어 있다. 경험 속에서 숨은 선물을 발견하고 그것을 받아들일 때 치유가 일어난다. 앞에서 예로 든 실직자는 시간이 흐른 뒤 지난 일을 돌이켜 보고는, 이전 직장은 성장에 방해가 되었으며 그 안에서 판에 박힌 생활을 했을 뿐이라는 사실을 깨달았다. 일하면서 궤양까지 얻었던 그는 실직하기 전까지는 그곳의 즐거운 면만 보았다. 일단 상황에서 벗어나자, 그동안 육체적, 정신적, 감정적으로 치렀던 대가가 보이기 시작했다. 실직한 뒤에 그는 새로운 능력과 재능을 찾아내는 일에 마음을 열었고, 나아가 더욱 유망한 직업을 새로 찾았다.

이렇듯 삶에서 일어나는 사건들은 성장하고, 확장하고, 경험하고, 발전할 기회다. 어떤 사건들을 돌이켜 보면 그 이면에 무의식적인 목적이 있었다고 느낄 때가 있다. 중요한 무언가를 배워야 하는데, 그것을 경험할 유일한 길이 고통스럽더라도 그 같은 사건이었음을 무의식이 알고 있는 것이다. 이는 정신분석학자 칼 융이 제창한 이론의 일부다. 평생에 걸친 연구 끝에 융은 무의식 속에는 전체가 되고 완전해지고 큰나를 깨닫고자 하는 선천적 충동이 있어, 무의식이 설사 의식적인 마음에 상처를 준다 해도 충동을 실현할 방법과 수단을 고안한다는 결론을 내렸다.

또한 융에 의하면 무의식 속에는 우리가 지닌 어떤 측면이 존재하는데 이를 '그림자'라 한다. 그림자는 자신에 대한 생각과 감정, 개념을 억압한 것들의 일체로, 스스로 직면하고 싶지 않은 것이다. 위기의 이점은 위기 덕에 종종 자신의 그림자를 익힌다는 것이다. 또 위기 덕에 우리는 보다 인간미 있고 폭넓은 사람이 되어 자신이 모든 인간과 공유하는 점을 깨닫는다. '그들'의 죄라고 생각한 모든 것이 내 안에도 똑같이 있다. 따라서 이런 면을 의식적으로 자각해 인정하고 항복하면 더 이상 무의식적으로 휘둘리지 않는다. 일단 그림자를 인정하면 그림자는 힘을 잃는다. 단지 내게 어떤 금지된 충동과 생각, 감정이 있음을 알아보기만 하면 된다. 그러고 나면 그런 것들을 "그래서 뭐?"하며 다룰 수 있게 된다.

삶의 위기를 통과하면서 우리는 보다 인간미 있고 인정 많은 사람이 될 수 있으며, 자신과 타인을 받아들이고 이해하게 된다. 더 이상 타인이나 자신을 비난하는 일에 빠질 이유가 없어진다. 감정적 위기를 해결하면 보다 큰 지혜를 얻게 되며, 그 지혜는 평생 이익이 된다. 삶을 겁내는 것은 감정을 겁내는 것이다. 우리가 두려워하는 것은 사건이 아니라 사건에 대한 자신의 감정이다. 감정을 정복하면 삶에 대한 두려움이 줄어든다. 자신감이 커져 기꺼이 더 큰 모험을 한다. 감정으로 인한 결과가 무엇이든 해결할 수 있다고 느끼기 때문이다. 두려움은 모든 주저함을 낳는 근원이어서 두려움을 정복하면 이전에 꺼렸던 인생 경험에 들어가는 길 전체가 뚫린다.

실직 위기를 다루는 데 성공하는 사람은 다시는 그런 두려움에 떨지 않는다. 그래서 다음 직장에서는 보다 창의적으로 일하며, 일에서 성공하는 데 필요한 위험을 기꺼이 감수한다. 마음 한구석에 늘 실직의 두려움이 있었기에 과거에는 얼마나 심하게 몸을 사리고 걱정하고 조심스러웠는지, 굽실대며 윗사람을 따르느라 얼마나 자존감이 상했는지 차차 보이기 시작한다.

삶의 위기가 주는 또 다른 이점은 자신에 대한 자각이 커지는 것이다. 위기 상황이 압도하는 가운데에서는 한눈팔 새도 없이 자신의 상황을 유심히 들여다보고, 자신의 믿음과 목표, 가치관, 삶의 방향을 되짚어 보아야만 한다. 위기는 죄책감을 되짚어 보고 놓아 버릴 기회다. 또한 마음가짐을 완전히 바꿀 기회이기도 하다. 삶의 위기를 통과하면서 우리는 극과 극에 마주친다.

그 사람을 증오할 것인가, 용서할 것인가? 이번 경험에서 교훈을 얻어 성장할 것인가, 분개하고 억울해 할 것인가? 다른 사람이나 자신의 결점을 눈감아 줄 것인가, 화내며 따지고 들 것인가? 미래에 비슷한 상황이 닥치면 더욱 겁내며 물러설 것인가, 이런 위기를 완전히 초월하고 정복할 것인가? 희망을 선택할 것인가, 좌절을 선택할 것인가? 이번 경험을 나눔을 배우는 기회로 삼을 것인가, 겁내고 억울해 하는 겉모습 속으로 움츠러들 것인가?

모든 감정 경험은 올라가거나 내려갈 기회다. 어느 쪽을 택할 것인가? 이 문제에 부딪친다. 우리에게는 감정 혼란을 움켜쥐고 싶은지, 놓아 버리고 싶은지 선택할 기회가 있다. 즉 감정 혼란을 움켜쥐는 대가를 살펴볼 수 있다. 대가를 치르고 싶은가? 아니면 기꺼이 감정을 받아들이고 싶은가? 놓아 버리면 이로운 점도 살펴볼 수 있다. 나의 선택이 미래를 결정한다. 어떤 미래를 원하는가? 치유되는 쪽을 택할 것인가, 걸을 수는 있는 부상자 축에 낄 것인가?

선택을 할 때는 고통스러운 경험의 잔재를 움켜쥠으로써 얻을 수 있는 보상을 살펴보면 좋다. 어떤 만족을 얻으려는 것일까? 얼마나 하찮은 것에 선뜻 만족하려는 것일까? 분노, 증오, 자기연민, 억울함. 이 모두에 하찮은 싸구려 보상, 하찮고 은밀한 만족감이 들어 있다. 아닌 척하지 말자. 고통을 움켜쥐는 데서 오는 이상야릇한 쾌감이 분명히 있다. 이 쾌감으로 인해 벌을 받아 죄책감을 덜고자 하는 우리의 무의식적 요구가 충족된다. 아울러 비참하고 꺼림칙한 기분이 든다. "계속 이래야 돼?" 하는 의문이 떠오른다.

23년 동안 형과 말을 하지 않고 지낸 남자의 예를 보자. 무슨 일로 그렇게 되었는지 형도 동생도 기억하지 못한다. 잊은 지 오래다. 말을 섞지 않고 지내는 것에 익숙해지는 바람에 23년 동안 형제가 함께하며 서로 보살피지도, 가족끼리 단란하게 지내지도 못했고, 고락을 같이하며 우애를 나눌 일도 없었다.

항복 기제를 알고 난 남자는 형에 대한 감정을 놓아 버리는 일에 들어갔다. 그러자 느닷없이 슬픔의 눈물이 쏟아지며, 지난 세월 동안 잃어버린 온갖 것들이 떠올랐다. 남자가 형을 용서하니 형도 이에 호응해 두 사람은 관계를 회복했다. 그러자 둘 중 한 사람에게 옛 기억이 떠올랐다. 테니스 신발 한 켤레 때문에 말다툼을 한 기억이었다. 테니스 신발 한 켤레 때문에 23년간 대가를 치른 것이다! 놓아 버림 기법을 배우지 않았다면 그때의 억울함을 무덤까지 고스란히 가지고 갔을 판국이었다.

따라서 중요한 것은 "얼마 동안이나 계속 괴로워하고 싶은가?"이다. 언제가 되어야 기꺼이 괴로움을 포기할 것인가? 그만하면 되고도 남는 것이 언제인가?

내면에서 부정적 감정에 매달리고 싶어 하는 것은 우리의 왜소함이다. 왜소함은 심술궂고, 옹졸하고, 이기적이고, 경쟁심 많고, 인색하고, 음해하기 좋아하고, 의심 많고, 앙심을 잘 품고, 비판 잘

하고, 보잘것없고, 나약하고, 죄책감 많고, 떳떳하지 못하고, 자만심 강한 측면이다. 왜소함에는 에너지가 별로 없어서, 자존심만 고갈시키고 낮춘다. 자기혐오와 끝없는 죄책감, 벌을 받고 건강하지 못하고 병이 나길 바라는 마음이 생기는 것은 우리 안의 왜소한 측면 때문이다. 그런 측면과 자신을 동일시하고 싶은가? 그런 측면에 힘을 보태고 싶은가? 자신을 그렇게 여기고 싶은가? 내가 나를 그렇게 여기면 남들도 나를 그렇게 여긴다.

내가 나를 보는 대로 세상이 나를 볼 수밖에 없다. 이로 인한 결과를 감수할 준비가 되어 있는가? 스스로 자신을 인색하고 옹졸한 사람으로 본다면, 연봉 인상 목록의 첫머리에 올라가기는 어렵다.

왜소한 면을 고집한 대가는 근육 테스트로도 알아볼 수 있다. 테스트는 매우 간단하다.(데이비드 호킨스, [1995], 2012) 마음속에 심술궂고 옹졸한 생각을 품은 채 옆으로 뻗은 팔을 다른 사람에게 눌러 달라고 하고 누르는 힘에 저항한다. 결과가 어떤지 본다. 다음에는 정반대의 생각을 품는다. 스스로를 관대하고 너그럽고 다정하며 자신의 내적 위대함을 느끼는 사람으로 상상한다. 그러면 즉시 근력이 세져서 긍정적인 생명 에너지가 급상승한 것을 볼 수 있다.

왜소함은 나약함과 허약함, 질병, 죽음을 가져온다. 이런 것을 정말로 원하는가? 부정적 감정의 놓아 버림과 병행할 수 있는 매우 건전하면서도 내적 변모에 크게 도움이 되는 방법이 있다. 긍정적 감정에 저항하기를 멈추는 것이다.

긍정적 감정 높이기

부정적 감정의 놓아 버림은 긍정적 감정에 대한 저항을 그만두는 것으로 이어질 수밖에 없다. 우주 만물에는 각각 정반대의 것이 존재한다. 그래서 마음속의 모든 부정적 감정에도 그와 반대되는 것이 왜소함과 위대함 사이에 존재한다. 어느 특정 순간에 그런 정반대의 존재를 자각할 수 있는지 없는지와는 상관없이 존재한다.

이해하는 데 큰 도움을 줄 좋은 연습으로는, 자리에 앉아 지금 느끼는 부정적 감정에 정반대되는 감정을 살펴보고 그에 대한 저항을 놓아 버리는 것이 있다. 예를 들어 친구의 생일이 다가오는데, 싸워서 분한 마음에 돈을 쓰고 싶은 기분이 아니라고 하자. 도저히 선물을 사러 나갈 수 있을 것 같지 않다. 생일 날짜는 점점 다가온다. 이에 정반대되는 감정은 용서하고 베푸는 마음이다. 이제 용서하는 감정을 마음속에서 찾아내 그에 대한 저항을 멈춘다. 용서하는 사람이 되는 일에 대한 저항을 계속해서 놓아 버리면, 놀랍게도 용서하는 마음이 용솟음친다.

우리 천성의 일부는 항상 기꺼이 용서하길 원했지만 스스로 그럴 엄두를 내지 못했음을 점차 알게 된다. 그랬다가는 바보 같아 보일지도 모른다고 생각했다. 또한 분한 마음을 품는 것으로 상대를 벌하고 있다고 생각하지만, 실제로는 사랑을 억제하고 있었던 것이다. 처음에는 친구에 대해 의식적으로 딱히 그렇게 느끼지 않을 수도 있지만, 자기 성격에 그런 일면이 있음을 점차 알게 된다. 사랑에 대한 저항을 계속해서 항복해 갈 때, 나누고 베푸는 것으로 나타나고자 하는 어떤 것이 마음속에 있으며 이것이 과거를 놓아 버리고 화해하고자 하는 것임을 알게 된다.

우호적인 태도를 보이고 싶은 바람이 있다. 화해하고, 상처를 치유하고, 잘못을 바로잡고, 감사를 표하고, 바보라 여겨져도 상관없다는 바람이 있다. 이 연습을 통해 내면에서 찾아내려는 것은 '위대함'으로 묘사할 수밖에 없다. 위대함은 장애를 극복하려는 용기다.

위대함은 사랑의 수준으로 높이 올라가려는 자발성이다. 위대함은 타인의 인간적 약점을 받아들여 상대의 입장에서 그 사람의 고통에 연민을 느끼는 것이다. 타인을 용서하면 자신도 용서되어 죄책감이 해소된다. 부정성을 놓아 버리고 사랑을 선택할 때 진정한 보상을 얻는다. 이때 혜택을 받는 사람은 자신이다. 다시 말해 진정한 보상을 얻는 사람은 자기 자신이다.

자신의 참모습을 자각할수록 고통에 덜 상처받는다. 자신과 타인의 인간적 약점을 연민으로 받아들이면 더 이상 굴욕당하지 않는다. 참된 겸손은 위대함에 포함되기 때문이다. 자신의 참모습을 알아보면, 보다 큰 행복을 주는 근원을 갈구한다. 이것에서 삶의 새로운 의미와 맥락을 얻는다. 자신의 가치를 못 느껴 내심 허무해 하는 대신에 자신을 참으로 사랑하고 존중하고 존경하면, 행복의 근원을 세상에서 더 이상 찾지 않는다. 그것은 우리 내면에 있기 때문이다.

더불어 세상에서는 결코 행복의 근원을 얻을 수 없음을 깨닫는다. 아무리 부를 쌓아도 마음속 빈곤감은 메꿀 수 없다. 마음속 공허와 자존감 결핍을 해소하려고 애쓰는 억만장자가 많다는 점을 모르는 사람은 없다.

내면의 큰나, 내면의 위대함과 만날 때, 내면의 완전성과 만족감, 진정한 행복감과 만날 때, 우리는 세상을 초월한다. 이제 세상은 즐기는 곳일 뿐, 나를 더 이상 휘두를 수 없다. 나는 세상의 영향을 더 이상 받지 않는다.

부정성을 포기하는 기법과 긍정에 대한 저항을 항복하는 기법을 활용하면, 언젠가는 자신이 얼마나 큰 존재인지를 전체적으로 자각한다. 이는 일단 경험하면 절대 잊히지 않는다. 전과 같이 세상에서 위협을 느끼는 일은 없다. 세상 관례를 습관처럼 계속 따르긴 하겠지만, 사로잡히거나 쉽게 상처받고 의심 많던 마음속 성향은 이제 사라지고 없다.

겉으로 보이는 행동은 똑같아 보일지라도 마음속 원인은 이제 전혀 다르다. 의식적으로 감정을 해결한 결과, 다치지도 흔들리지도 않는 사람이 되었다. 어떤 총알에도 내면은 끄떡없다. 이제 평정과 품위를 잃지 않는 삶을 살아갈 수 있다.

무의욕과 암울함

무의욕은 "난 못해."라는 믿음이다. 상황을 어떻게 할 도리가 없으며 다른 누구도 도움이 안 된다는 느낌을 말한다. 무의욕은 절망과 무력의 상태다. "아무도 관심 없어.", "소용없어.", "지겨워.", "됐어.", "어차피 못 이겨." 무의욕은 이런 생각과 관련 있다. 만화 영화 「곰돌이 푸」에 나오는 침울한 당나귀 이요르가 보여 주는 모습이 바로 무의욕이다. 이요르는 항상 "그래, 그래. 그래 봤자 별수 없어." 라고 한다.

낙심, 패배, 불가능, 궁지, 고독, 포기, 고립, 소외, 자폐, 단절, 적막감, 암울, 박탈, 되는 일 없음, 비관, 무신경, 유머 없음, 무가치함, 말도 안 됨, 소용없음, 속수무책, 실패, 너무 피곤함, 좌절, 심란, 태만, 체념, 너무 때늦음, 너무 늙음, 너무 어림, 기계적임, 비운, 비관, 허망함, 쓸모없음, 도리 없음, 무의미함, 절망, 무관심.

무의욕이라는 생명 작용은 도움을 요청하는 것에 목적이 있지만, 한편으로는 어떤 도움도 불가능하다는 감정이기도 하다. 세계 인구의 상당 비율이 이 무의욕 수준에 있다. 그들에게는 최소한의 필요를 충족시킨다거나 다른 데서 도움이 곧 오리라는 희망이 없다.

일반적인 사람이라면 삶의 특정 영역에서 의욕이 없는 경우를 자주 겪을 순 있어도, 삶 전체를 압도하는 무의욕은 주기적으로만 맞닥뜨린다. 무의욕은 생명 에너지가 결핍되어 죽음이 가까이 있음을 나타낸다. 이는 제2차 세계대전 때 런던 대공습 기간에 목격된 현상이다. 당시 영국 정부는 젖먹이들을 영국의 안전 지역에 있는 탁아 시설로 보냈는데, 그곳에서는 아기들의 영양이나 의료와 같은 신체적 상태에 충분한 주의를 기울였다. 하지만 아기들은 무의욕 상태를 보였으며, 건강이 오히려 나빠졌다. 일부는 식욕을 잃기도 했고, 사망률 또한 높아졌다. 따뜻한 보살핌, 즉 엄마 같은 존재와 정서적으로 친밀감을 나누지 못한 탓에 무의욕이 발생한 것으로 나타났다. 문제는 감정 상태였지 육체가 아니었다. 사랑과 애정을 받지 못한 아기들은 살 의지를 잃었다.

미국에는 주민 전체가 무의욕에 빠진 경제 침체 지역이 있다. 이 지역 사람은 텔레비전 뉴스에 나와 보통 이런 식으로 이야기한다. "복지 급여 수표가 떨어지면 굶을 수밖에 없어요. 우린 희망이 없어요."

놓아 버림 기법 자체에 대한 무의욕이 여러 저항으로 나타날 수도 있다. 이런 저항이 취할 수 있는 마음가짐이나 생각의 형태는 이렇다. "하여간 효과는 없을 거야.", "뭐가 다른데?", "아직 그럴 준비가 안 됐어.", "효과가 안 느껴져.", "바빠서 못하겠어.", "놓아 버림이라면 지겹다.", "버거워서 못하겠어.", "잊었어.", "암울해서 못하겠어.", "졸려서 못하겠어." 무의욕에서 벗어나는 방법은 의도를 상기하는 것이다. 우리의 의도는 감정의 척도를 상승시킴으로써 더욱 자유롭고 일 잘하고 행복해지는 것이며, 또한 기법 자체에 대한 저항을 놓아 버리는 것이다.

'못해' vs '안 해'

의욕 없는 태도에서 얻는 보상을 살펴보는 일 또한 무의욕에서 벗어나는 방법이다. 진짜 두려움을 숨기려고 둘러대는 체면치레용 구실 속에 보상이 있을 수도 있다. 사실 우리는 아주 능력 있는 존재라 '못해'가 실은 '안 해'일 때가 많다. '못해'나 '안 해'의 이면에는 흔히 두려움이 있다. 이때 감정 이면에 있는 참모습을 직시하면, 감정의 수준이 무의욕에서 공포 수준으로 올라간다. 공포는 무의욕보다 높은 에너지 상태다. 공포는 적어도 행동의 동기가 된다. 행동하는 가운데 다시 공포를 항복해 분노나 자부심, 용기로 옮겨 갈 수 있다. 이 모든 것은 무의욕보다 훨씬 높은 상태다.

인간이라면 누구나 부딪히게 마련인 문제 하나를 놓고 망설임에서 벗어날 때 항복 기제가 어떻게 작동하는지 보자. 가장 흔한 망설임 문제로 대중 연설을 꼽을 수 있다. 대중 연설을 앞두고 무의욕 수준에 있다면 이렇게 말한다. "아, 사람들 앞에서 이야기하는 건 불가능해. 너무 부담스러워. 내 얘길 누가 듣고 싶어 하겠어.

이야기할 만한 게 아무것도 없어." 기법에 대한 저항을 놓아 버리겠다는 의도를 상기해 보면, 무의욕은 공포를 숨기고 있을 뿐임을 알 수 있다. 이제 대중 연설을 해야 한다는 생각은 두려울 뿐, 절망을 주지는 않는다. 이로써 무언가가 명확해진다. '못한다'가 아니라 '겁난다'인 것이다.

공포가 일어나는 것을 놓아 버리면 두려워하는 바로 그 일에 욕망이 있음을 자각한다. 욕망을 살펴보면, 공포가 욕망을 차단하고 있으며 과거에 기회를 놓친 것에 대한 슬픔이 욕망을 심화시키고 있다는 사실을 알게 되면서 분노가 일어난다. 이 시점이면 이미 무의욕의 수준(50)을 벗어나 비탄(75)과 욕망(125)을 거쳐 분노(150)로 옮겨 온 것이다. 분노의 수준은 에너지가 훨씬 많고 행동 능력도 훨씬 크다. 분노는 억울함의 형태로 나타날 때가 많다. 이를테면 이미 대중 연설을 하기로 했고 이제 와서 하지 않을 도리는 없으니 억울한 것이다.

또한 공포에 대한 분노가 존재한다. 과거에 두려움 때문에 성취하지 못한 일들이 있었을 것이다. 그래서 분노는 다시 공포에 대해 뭔가를 해 보려는 결정으로 이어진다. 이 결정은 대중 연설을 배우는 형태로 나타날 수도 있다. 강좌에 등록한다는 것은 마침내 문제에 정면으로 맞서 뭔가를 해 보려는 시도이므로 자부심의 에너지 수준으로 이미 올라간 것이다. 수업을 받으러 가는 길에 또 다시 공포가 일어난다. 이 공포를 끊임없이 인정하고 항복할 때, 우리는 우리의 능력 속에 다른 것은 몰라도 공포를 직면하고 극복하기 위해 행동할 용기만큼은 존재한다는 점을 자각한다.

용기의 수준에는 에너지가 많다. 이 에너지가 공포와 분노, 욕망의 잔재를 놓아 버리는 형태로 나타나면, 연설 수업 도중에 문득 받아들임(350)을 느낀다. 받아들임과 함께 저항에서 벗어난다. 이전까지 공포와 무의욕, 분노의 형태로 나타나던 저항이다. 이제는 즐거움을 느끼기 시작한다. "할 수 있다."며 받아들일 자신감이 생긴다.

받아들임 수준에서는 타인에 대한 자각이 커진다. 그래서 같이 수업을 받는 사람들이 연설 수업 중에 겪는 아픔과 괴로움, 쑥스러움을 알아차리고 그들에게 관심을 갖는다. 타인을 향한 연민이 생기고 자의식이 줄어든다. 이타심이 생기고 평화의 순간이 찾아온다. 수업을 마치고 돌아가는 길에는 어떤 내적 만족과 좀더 성장해 타인과 함께 나누었다는 느낌을 경험한다. 나누면서 자신은 잠시 잊고 다른 누군가의 행복에 관심을 가졌다. 타인의 성취에서 기쁨을 얻는다. 이런 가운데 나를 탈바꿈시키는 은총이 존재하며, 마음속에서 연민을 발견하고, 타인과 유대감을 느끼고, 타인의 고통에 동정한다.

이러한 진행 과정을 통해 충분히 발전을 이루면 이제 다른 사람들과 나눌 수 있다. 어쩌다 대중 연설에 두려움이 생겼고, 두려움을 극복하기 위해 어떤 단계를 거쳤으며, 성공 경험이나 자존감 증가 경험은 어떠했고, 대인 관계는 어떻게 좋아졌는지를 함께 나눈다.

이러한 전체 진행 과정은 '자조 집단self-help group'이 지닌 큰 힘의 바탕이다. 자조 집단에서는 알코올 중독과 같이 치유가 필요한 증상을 가진 이들이 정기적으로 모여 서로 회복을 돕는다. 이들은 감정의 척도상 최저 수준에서 최고 수준까지 망라하는 내적 경험을 함께 나눈다. 그리고 나면 처음에는 엄청나고 어마어마하게 보이던 문제가 극복되고 해결되면서 생기와 안락감이 커진다. 이렇게 높아진 자존감을 삶의 다른 영역에서도 느끼게 되어 자신감이 커지고, 나아가 물질적으로도 풍요로워지고 직업적 능력도 향상된다. 이 수준에서 사랑은 타인과 나누고 타인을 격려하는 형태로 나타나며, 그 활동은 파괴적이지 않고 건설적이다. 타인에게 긍정적이고 매력적인 에너지를 발산해 긍정적인 피드백이 끊임없이 되돌아오는 결과를 낳는다.

어떤 특정 영역 한 가지에서 감정의 척도가 진보하는 경험을 하면, 한계에 부딪힌 삶의 다른 영역에서도 그렇게 할 수 있다는 사실을 깨닫는다. 모든 '못해'의 이면에는 '안 해'가 있을 뿐이다. 그리고 '안 해'는 사실 "하려니까 겁이 나." 또는 "하려니까 창피해." 또는 "시도해 보기에는 난 자부심이 너무 세. 실패가 두려우니까."를 의미한다. 이면에는 자신을 향한 분노(150)가 있고, 자부심(175)으로 인한 사정이 있다. 이러한 감정을 인정하고 놓아 버리면 용기(200)의 수준으로 올라가고, 마침내 받아들임과 내적 평화에 이른다. 스스로 극복한 영역에서만큼은 그렇게 된다.

무의욕과 암울함은 자신의 왜소함을 만족스럽게 여기고 믿어 버린 대가다. 피해자를 자처한 대가이며, 세상이 자신을 프로그래밍하도록 놓아둔 대가다. 부정성을 믿어 버린 대가이며, 사랑과 용기, 위대함을 가진 자신의 일면에 저항한 결과다. 또한 남이 나를 잘못된 인간으로 낙인찍도록 놓아두거나 내가 나를 그러하도록 놓아둔 결과며, 그에 따라 스스로 부정적인 맥락에 놓인 결과다. 사실 무의욕과 암울함은 자신을 그렇게 규정짓도록 부지불식간에 허용한 결과일 뿐이다. 이 상태에서 벗어나는 길은 보다 의식하는 것이다.

'보다 의식한다.'라는 말은 무슨 뜻일까? 첫째로 자신의 참모습을 찾는 일에 나서서 남이나 내 마음속 목소리가 나를 나약하고 무력한 쪽으로 깎아내리고 낙인찍으려 할 때, 그 목소리가 나를 프로그래밍하도록 놓아두지 않는 것을 의미한다. 이 상황에서 벗어나려면, 그동안 자신이 부정성을 믿었으며 그것도 기꺼이 믿었다는 점에 대해 책임을 져야 한다. 벗어나는 길은 '모든 것'에 이의를 제기하는 것이다.

마음을 설명하는 데 쓰는 모델이 많은데, 최근에는 컴퓨터의 구조를 마음의 모델로 삼기도 한다. 마음이 갖는 개념이나 생각, 신념 체계를 프로그램으로 보는 모델이다. 프로그램이기 때문에 이의를 제기해 삭제하고 반대로 바꿀 수가 있다. 즉 원한다면 부정적 프로그램을 긍정적인 것으로 대체할 수 있다. 우리의 왜소한 측면은 아주 적극적으로 부정적 프로그램을 받아들인다.

생각이 솟는 근원을 살펴보고 생각을 어디서 얻는지를 확인해 생각에 '내 것'(이므로 신성불가침)이라는 딱지를 붙이는 허영을 버리면, 생각이란 객관적으로 살펴볼 수 있는 것임을 알게 된다. 생각의 근원은 부모나 기타 가족, 선생님에게서 아주 어릴 때 받은 교육에 있는 경우가 많고, 친구나 신문, 영화, 텔레비전, 라디오, 교회, 소설, 아니면 감각을 통해 무심결에 들어온 것에서 얻은 잡동사니 정보에 있는 경우도 있다.

의식적으로 선택권을 행사해 보지도 못한 채, 이 모든 것이 부지불식간에 들어 왔다. 아울러 우리의 무의식적이고 무지하고 천진하고 순진한 면과 마음의 본성으로 인해 우리는 세상에 널린 온갖 부정적 헛소리로 이루어진 합성물이 되고 말았다. 게다가 우리는 그 헛소리가 각자에게 따로따로 해당되는 것이라 결론 내리기도 했다.

깨어 있을수록 우리에게 선택권이 있음을 깨닫는다. 우리는 마음의 모든 생각에 지휘권을 더 이상 맡기지 않고, 그 모두에 의문을 갖고, 생각 속에 우리를 위한 진실이 과연 조금이라도 있는지를 알아낼 수 있다.

무의욕을 느끼는 상태는 '못해'라는 믿음과 연결되어 있다. 마음이 듣고 싶어 하는 말은 아니지만, 앞서 말했듯 대부분의 '못해'는 사실 '안 해'다. 마음이 이 말을 듣고 싶어 하지 않는 것은 '못해'가 다른 감정을 감추고 있기 때문이다. 그런 감정을 자각할 수 있으려면 자신에게 가상 질문을 던진다. "'못'하기보다 '안' 하는 것이 사실일까? '안' 하는 것임을 받아들이면 어떤 상황이 펼쳐지며 그 상황이 어떻게 느껴질까?"

예를 들어 춤을 못 춘다는 신념 체계가 있다고 하면, 자신에게 이렇게 말한다. "감추려는 거야. 사실은 하고 싶지가 않아서 안 하는 것이지." 감추려는 감정을 알아내는 방법은 춤을 배우는 자신을 상상하는 것이다. 이렇게 해 보면 관련된 모든 감정이 올라오기 시작한다. 쑥스럽고, 자존심 상하고, 어색하고, 새로운 동작을 익히느라 애쓰고, 시간과 에너지를 들이는 것이 아깝다는 마음이 느껴진다. '못해'를 '안 해'로 바꾸고 나면 그 모든 감정이 드러나고, 그러고 나면 감정을 항복할 수 있다.

춤 배우기란 기꺼이 자부심 놓아 버림을 의미한다. 치를 대가를 살펴보고 이렇게 자문한다. "이 같은 대가를 계속해서 기꺼이 치를 것인가? 실패에 대한 두려움을 기꺼이 놓아 버릴 것인가? 필요한 노력에 대한 저항을 기꺼이 놓아 버릴 것인가? 배우는 사람답게 버벅거릴 수 있도록 허영심을 기꺼이 놓아 버릴 것인가? 인색함과 왜소함을 놓아 버리고, 기꺼이 강습에 시간과 돈을 들일 수 있을까?" 관련된 모든 감정을 항복하고 나면, 진짜 이유는 거리낌에 있지 무능력에 있는 것이 아니라는 사실이 아주 명확해진다.

우리에게는 감정을 인정하고 항복할 자유도 있고 항복하지 않을 자유도 있음을 잊지 말아야 한다. 갖가지 '못해'를 검토해 그것이 실제로는 '안 해'임을 알아내더라도, '안 해'를 가져오는 부정적 감정을 놓아 버려야 하는 것은 아니다.

우리에게는 놓아 버림을 거부할 자유가 있다. 원하는 한 계속 부정성을 움켜쥘 자유가 있다. 부정성을 포기해야 한다는 법은 존재하지 않는다. 우리는 자유인이다. 그러나 "나는 감정의 피해자라서 못한다."라고 생각하는 것에 비해 "나는 안 하겠다."라고 하는 것은 사뭇 다른 느낌임을 깨달으면, 자아 개념에 큰 차이가 생긴다. 예를 들어, 원한다면 누군가를 미워하기로 마음먹을 수 있다. 남을 탓하기로 마음먹을 수도, 환경을 탓하기로 마음먹을 수도 있다. 그러나 분명히 의식해 '우리는 자유로이 마음가짐을 결정한다.'는 점을 깨달을 때 더 높은 의식 상태에 들어갈 수 있으며, 감정에 무력한 피해자가 되기보다는 더 큰 힘과 장악력을 가질 수 있다.

원망

암울함과 무의욕에서 벗어나기 위해 넘어야 하는 커다란 걸림돌 가운데 원망이 있다. 원망은 그 자체만으로도 독립적인 주제이며, 파고들 만한 가치가 있다. 첫째, 남을 원망하면 큰 보상이 따른다. 나는 죄가 없어진다. 자기연민을 즐길 수 있다. 순교자나 피해자가 된다. 동정받는 사람이 된다.

원망의 가장 큰 보상은 나는 죄 없는 피해자가 되고 상대방은 나쁜 자가 된다는 점에 있다. 이런 게임이 벌어지는 모습은 대중 매체에서 늘 볼 수 있다. 수많은 논란과 비방, 인신공격, 소송으로 각색된 원망 게임이 끝없이 이어진다. 원망에는 감정적 보상만 아니라 상당한 경제적 이득도 따른다. 따라서 죄 없는 피해자가 되는 것은 구미가 당기는 일이다. 종종 경제적 보상까지 따르기 때문이다.

이런 현상의 유명한 사례가 수년 전 뉴욕 시에서 있었다. 어느 날 버스 사고가 일어났다. 앞문으로 쏟아져 나온 사람들이 작은 무리를 짓고는 경제적 보상을 받기 위해 이름과 주소를 적어 냈다. 그러자 무슨 일이 벌어지고 있는지 재빨리 감을 잡은 구경꾼들이 몰래 버스 뒤쪽으로 기어들어 가더니, 부상 당한 '죄 없는 희생자'가 되어 슬며시 앞문으로 나왔다. 그들은 사고를 당하지도 않았으면서 보상금을 받으려 했다.

원망은 최고의 변명이다. 원망을 하면 매일 한계 속에서 왜소하게 있으면서도 죄책감을 느끼지 않을 수 있다. 그러나 대가가 있다. 자유를 잃는다. 또한 피해자 역할에는 '나는 나약하고, 상처받기 쉽고, 무력하다.'라는 자아 개념이 따라오기 마련이고, 이 개념은 무의욕과 암울함의 주요 성분이다.

원망에서 벗어나는 첫걸음은 우리가 원망하려고 '마음먹는다'는 점을 아는 것이다. 비슷한 상황에 처한 다른 사람들은 그 같은 상황을 용서했거나, 잊어버렸거나, 완전히 다른 방법으로 해결했다. 앞에서 빅토르 프랭클의 경우를 보았는데, 프랭클은 나치 수용소 간수들을 용서하기로 마음먹었으며, 수용소에서의 경험 속에 선물이 숨어 있음을 보았다. 원망하지 않기로 마음먹은 프랭클 같은 사람도 있으니, 우리에게도 선택권은 있다. 원망하려고 마음을 먹었기 때문에 원망하는 것임을 깨달을 수 있는 정직성이 있어야 한다. 상황이 아무리 원망할 만하게 보인다 해도, 모두 마음먹기에 달렸다. 이는 옳고 그름의 문제가 아니다. 스스로 자신의 의식을 책임질 것인가 하는 문제일 뿐이다.

원망*해야 한다*라고 보지 않고 원망하기로 마음먹을 뿐이라고 보는 사람은 입장이 완전히 다르다. 같은 상황에서 마음은 보통 "그래, 다른 사람이나 다른 일 탓이 아니라면 그럼 *내* 탓이 분명하네."라고 생각하기 때문이다. 남을 원망하든 나를 원망하든 둘 다 필요 없는 일일 뿐이다.

원망의 매력에 빠지는 일은 어린 시절에 교실이나 운동장, 집에서 또래끼리 매일같이 아웅다웅하는 것에서 시작한다. 우리 사회의 특징인 끝없는 소송과 재판 절차에서 '상대방 탓하기'는 가장 중요한 안건이다. 사실 원망은 마음이 믿도록 내버려 둔 부정적 프로그램 중 하나다. 원망을 멈추고 원망에 의문을 가져 본 적이 한번도 없기 때문이다.

왜 꼭 어떤 일이 늘상 누군가의 '책임'일까? 왜 꼭 애초에 그 상황에서 '잘못'이라는 개념이 등장할까? 왜 꼭 우리 가운데 누군가가 잘못했거나 나빴거나 책임이 있을까? 당시에는 좋은 아이디어로 보았던 일이 좋지 않게 끝날 수도 있다. 그러면 그뿐이다. 불운한 일이 생겼을 뿐이다.

원망을 극복하려면 자기연민, 분개, 분노, 자기 변명에서 얻는 비밀스런 만족감과 즐거움을 자세히 살펴, 그 모든 하찮은 보상을 항복해야 한다. 이 과정의 목적은 감정에 당하는 피해자 수준에서 벗어나 감정을 갖고 있겠다고 선택할 수 있는 수준으로 올라서는 것이다. 감정을 그저 인정하고 관찰 및 해체해 구성 요소를 항복하면, 의식적으로 그런 선택권을 행사할 수 있다. 이렇게 해서 우리는 무력함의 늪에서 벗어날 수 있다.

부정적 프로그램과 감정이 자신의 왜소한 면에서 나오는 것임을 알면, 이에 대한 저항을 극복하고 스스로 책임지는 데 도움이 된다. 우리의 가장 왜소한 면의 본성은 부정적인 생각이므로, 무심결에 자기의 좁은 관점에 찬동하기 쉽다. 그러나 이런 면이 우리 존재의 전부는 아니다. 작은 자아의 밖에 작은 자아를 넘어서는 큰 자아, 즉 큰나가 있다. 자신의 내적 위대함을 의식하지 못할 수 있지만, 느끼고 있지 못하더라도 큰나는 존재한다. 큰나에 대한 저항을 놓아 버리면, 큰나를 느끼기 시작한다. 따라서 암울함과 무의욕은 작은 자아와 그 신념 체계를 달갑게 움켜쥐고 자신의 높은 큰나에게 저항하는 데서 나타난다. 반면 높은 큰나는 부정적 감정에 반대되는 것으로만 이루어져 있다.

우주의 본성상, 모든 것은 그와 동등하며 반대인 것으로도 나타난다. 전자와 동등하며 반대인 것은 양전자다. 모든 힘에 대해 그와 동등하며 반대인 힘이 존재한다. 음은 양으로 상쇄된다. 두려움이 있으면 용기도 있다. 증오가 있으면 그와 반대인 사랑도 있다. 소심한 성격이 있으면 대담성도 있다. 인색한 씀씀이가 있으면 후한 인심도 있다.

마음속의 모든 감정에는 그와 반대인 것이 있다. 따라서 부정성에서 벗어나는 길은 부정적 감정을 인정하고 놓아 버리는 동시에 그와 반대인 긍정적 감정에 대한 저항도 놓아 버리는 자발성에 있다. 암울함과 무의욕은 부정적 극성에 영향을 받아 생긴다. 부정적 극성은 일상에서 어떻게 작용할까?

친구의 생일이 곧 다가오는 사람의 예를 다시 보자. 과거에 일어난 일로 분한 마음에 생일에 무언가를 주고 싶은 기분이 아니다. 나가서 생일 선물을 사는 것이 그저 못할 일로만 보인다. 돈을 써야 하는 것이 억울하다. 마음은 온갖 타당한 이유를 지어낸다. "쇼핑할 시간이 없어.", "얼마나 못되게 굴었는지가 아직도 생생해.", "사과부터 받아야 해." 이 경우를 보면 두 가지 작용이 있다.

자기 안의 부정성과 왜소함에 집착하는 동시에, 자기 안의 긍정성과 위대함에 저항한다.

무의욕에서 벗어나려면 '못해'는 '안 해'임을 알아야 한다. '안 해'를 잘 살펴보면 부정적 감정 때문에 '안 해'가 존재하며, 그런 감정은 솟는 대로 인정하고 놓아 버릴 수 있는 것임을 알 수 있다. 긍정적 감정에 저항하고 있는 것도 분명하니, 사랑과 너그러움, 용서 같은 긍정적 감정도 하나하나 잘 살펴본다.

자리에 앉아 너그러움의 느낌을 상상하면서 그에 대한 저항을 놓아 버린다. 내 안에 너그러운 어떤 것이 있는가? 생일인 친구에게 그 너그러움을 내어 쓰기가 처음에는 내키지 않을 수도 있다. 그러다 의식 속에 너그러움과 같은 특성이 있는 것이 보이기 시작한다. 너그러운 느낌에 대한 저항을 놓아 버리면, 너그러움이 존재한다는 점도 알게 된다.

우리는 어떤 상황에서는 남에게 선물하는 일을 즐긴다. 선물을 받고 감사를 표할 때 솟구치는 긍정적 감정도 떠오른다. 사실은 용서하고 싶은 마음을 억제했으며, 너그러움에 대한 저항을 놓아 버릴 때 불만을 놓아 버리려는 자발성도 생겨남을 알게 된다. 이렇게 할 때, 우리는 더 이상 자신을 작은 자아와 동일시하지 않으며 보다 큰 어떤 것이 내 안에 존재함을 의식적으로 자각한다. 그것은 항상 거기 있지만, 보이지 않게 숨어 있다.

이 과정은 모든 부정적 상황에 적용할 수 있다. 과정을 통해 맥락을 바꾸면 현 상황을 다르게 지각할 수 있다. 상황에 새로운 의미를 부여할 수 있다. 대책 없이 피해 보는 자에서 의식적으로 선택하는 자로 진보한다.

위에서 든 예는 뛰어나가 생일 선물을 사야 한다는 이야기를 하는 것이 아니다. 스스로 선택한 결과로 현재 입장에 있는 것임을 자각하자는 것이다. 우리에게는 완전한 자유가 있어서 보다 자유롭게 행동하고 선택할 수 있다. 과거의 억울한 일에 붙들려 대책 없이 피해 보는 사람보다 훨씬 높은 의식 상태에 있는 것이다.

의식의 법칙 중에 이런 것이 있다. "*자기에게 어떤 부정적 생각이나 믿음이 적용된다고 의식적으로 말하면, 실제로 그 영향 하에 놓인다.*" 우리에게는 부정적 신념 체계를 믿지 않기로 결정할 자유가 있다.

그렇다면 이런 신념 체계는 일상에서 어떻게 작용할까? 흔한 예를 들어 보자. 신문을 보니 실업률이 사상 최고다. 텔레비전 뉴스에서는 해설자가 "일자리가 없다."라고 잘라 말한다. 이 시점에서 우리에게는 부정적 사고방식을 믿는 일을 거부할 자유가 있다. 대신 이렇게 말할 수 있다. "내게는 실업률이 적용되지 않는다." 부정적 신념은 그것을 받아들이기를 거부하면 우리 삶에 아무런 영향을 미치지 못한다.

내 경험을 밝히면, 제2차 세계대전 직후 실업률이 높았던 기간에도 일자리를 구하는 데 아무런 문제가 없었다. 사실 동시에 두세 가지 직업을 가질 수도 있었다. 접시닦이, 웨이터, 사환, 택시 운전사, 바텐더, 공장 노동자, 온실 노동자, 창문 청소부 등을 할 수 있었다. 이는 다음과 같은 신념 체계를 따른 결과였다. "실업률은 다른 사람에게는 적용되어도 내게는 적용이 되지 않는다.", "뜻이 있는 곳에 길이 있다." 또한 일자리를 얻기 위해 자존심을 포기할 자발성이 있었다.

또 다른 예로 전염병과 관련된 신념 체계가 있다. 수년 전 독감이 돌던 시기에 열네 명의 지인을 가까이서 지켜보았다. 그들 중 여덟 명은 독감에 걸렸지만 여섯 명은 걸리지 않았다. 여기서 중요한 것은 여덟 명이 독감에 걸렸다는 점이 아니라 여섯 명은 걸리지 않았다는 점이다! 어떤 전염병이 돌더라도 감염되지 않는 사람들이 있다. 심지어 대공황이 절정에 이르렀던 때에도 여전히 부자가 되는 사람들과 억만장자가 되는 이들이 있었다.

당시 사람들은 가난이 '전염성 있는' 것이라 생각했지만, 부자가 될 사람들은 어떻게 해서든 이 생각을 믿지 않았다. 따라서 그들에게는 가난에 대한 생각이 적용되지 않았다. 부정성이 우리 삶에 작용하려면 먼저 유선 방송 가입하듯 부정성에 가입한 다음, 부정성에 신념 에너지를 공급해야 한다. 부정성이 삶에서 현실로 나타나게 할 힘이 우리에게 있다면, 그 반대의 것이 이루어지게 할 힘 또한 분명 우리 마음에 있다.

긍정적 선택

내면의 부정성을 자발적으로 놓아 버리면 놀랍게도 부정적 감정에 완전히 반대되는 것을 발견한다. '내면의 위대함' 내지 '높은 큰나'라고 할 만한 내적 현실이다. 내면의 위대함은 내면의 부정성보다 훨씬 강력하다. 부정적 입장에서 얻던 보상을 놓아 버리면, 놀랍게도 답례처럼 긍정적 보상이 긍정적 감정의 힘에서 생긴다.

예를 들어, 원망을 놓아 버리고 나면 용서를 경험한다.

우리의 큰나는 높은 감정의 합성물이라 할 수 있는데, 그 능력에는 한계가 없다. 일자리를 만들어 낼 수도 있고, 관계 치유를 위한 상황을 만들어 낼 수도 있다. 연인 관계를 맺을 기회나 경제적 기회를 창출할 수도 있고, 육체적 치유를 일으킬 수도 있다. 자신의 생각에서 생겨나는 모든 부정적 프로그램에 더 이상 권한과 에너지를 넘겨주지 않으면, 자신의 힘을 다른 것에 주지 않고 되찾는다. 그에 따라 자존감이 올라가고, 창조성이 되살아나고, 노심초사하는 대신 미래를 긍정적으로 볼 수 있다.

분함이 풀리지 않아 사이가 좋지 않은 사람을 상대로 실험을 해보자. 자리에 앉아 속으로 이것은 실험일 뿐이라고 말한다. 실험의 목적은 순전히 배움에 있다고 말한다. 그저 의식의 법칙에 친숙해지고 싶고, 일어나는 현상을 지켜보고 싶을 뿐이다. 부정적 감정에서 보상을 얻고 있음을 인정한다. 감정을 이루는 낱낱의 요소를 항복하는 동시에, 관계 치유에 자발적인 마음에 대한 저항도 놓아버린다. 상대방이 아니라 나 자신을 위해 실험하는 중이니까, 상대방과 접촉할 필요는 없다.

내면을 들여다보며 묻는다. "분노 밑에 무엇을 숨기고 있지?" 분노 밑에서 공포를 발견할 수 있다. 분노 외에 질투도 보인다. 경쟁심도 보이고, 그동안 관계를 가로막은 감정 복합체의 자잘한 요소들이 모두 보인다. 부정성 놓아 버림과 긍정에 대한 저항 놓아버림을 동시에 한 결과 내면의 에너지가 달라지고, 자존감도 미묘하게 바뀐다. 관계에 무언가 긍정적인 일이 생기게 하려는 자발성에 대한 저항을 놓아 버리기만 하면 된다.

이제 그냥 편히 있으면서 무슨 일이 생기는지 지켜본다. 이 실험에서 상대방이 '이해했는지'는 관심사가 아니다. 내가 이해했는지만이 중요하다. 문제를 대하는 나 자신의 입장을 바꾼 다음, 무슨 일이 생기는지 지켜보는 것만이 관심사다. 보통은 아주 보람찬 경험이 따라오기 마련인데, 이 경험은 상황에 따라 다르게 나타난다.

이전에 겪은 트라우마의 찌꺼기를 아직까지 해결하지 못하면 이 또한 무의욕에 빠지는 원인이 된다. 마음은 과거가 되풀이되리라는 예상을 미래에 투영한다. 이런 무의식적 심리 역동이 나타나면, 감정 복합체를 다시금 잘 살펴보려는 마음을 먹고 그것을 낱낱이 나눠서, 부정적인 면을 놓아 버리고 긍정적인 면에 대한 저항도 놓아 버린다.

이렇게 하면 미래를 보는 눈이 달라진다. 격정에 압도되었을 때 해결할 방법을 몰랐던 자신을 용서할 수 있다. 당시에 남은 찌꺼기로 인해 감정 장애에 빠졌지만, 무의식적인 마음속에는 시간 같은 것이 존재하지 않으므로 이제 언제라도 과거의 일을 치유하기로 마음먹으면 된다. 자신을 위해 감정 치유를 할 때, 과거 일이 다른 의미를 띠기 시작한다. 우리의 높은 큰나가 그 일을 이해할 새로운 맥락을 창출하기 시작한다. 숨은 선물이 보인다. 끝내는 그 일 덕에 배우고 성장하고 지혜를 습득할 기회를 새롭게 얻은 것에 감사를 표하기에 이른다.

감정 장애를 볼 수 있는 가장 흔한 경우 중에 이혼이 있다. 많은 사람들이 이혼한 후에 억울함만 남아 새로운 연인 관계를 맺을 능력이 손상되는 일을 겪는다. 원망 놓아 버림을 꺼리면 감정 장애가 계속되어 수년 혹은 평생 동안 지속될 수도 있다.

억울함과 마주할 때 확실히 알게 되는 것은 자신의 감정 구성 중 치유가 되지 않은 부분이다. 그 부분을 치유하기 위해 노력하면 커다란 보상을 얻는다. 고통이 따르는 상황마다 이렇게 자문해야 한다.

"언제까지 대가를 치를 참이지? 카르마에서 온 성향은 애초에 어떤 것이었을까? 얼마나 원망하면 될까? 원망에 마침표를 찍을 날이 올까? 원망에 언제까지 집착할까? 진짜로 잘못한 것이든 상상한 것이든, 남이 잘못한 일에 내가 얼마나 큰 희생을 치르려는 셈일까? 죄책감을 얼마나 느끼면 될까? 얼마나 자학하면 될까? 언제쯤 자학의 은밀한 즐거움을 포기할까? 이 형벌이 언제 끝날까?"

원망을 확실하게 살펴보면, 무지하고 순진하고 천진하며 정신교육이 되어 있지 않다는 이유로 자신을 벌하고 있었음을 알게 된다.

이렇게 자문해 보자. "감정 자가 치유법을 교육받은 적이 있었나? 학교에 다닐 때 의식에 대해 가르쳐주는 수업이 있었나? 마음에 무엇을 넣을지 선택할 자유가 있다고 말해 준 사람이 있었나? 부정적 프로그래밍을 모두 거부할 수 있다고 배운 적이 있었나? 의식의 법칙을 알려 준 사람이 있었나?" 그런 적이 없다면 순진하게 어떤 것을 믿었다고 자신을 두들겨 팰 이유가 있을까? 지금 당장 때리는 일을 그만두는 게 어떨까?

당시에 최선이라 생각한대로 했을 뿐이다. 영화 제목처럼 "그때는 그게 좋은 생각 같았다."라고 하는 것이 나와 남의 과거 행동을 그나마 설명해 주는 말이다. 의식적으로 동의한 적도 없는데 부지불식간에 모두에게 부정적 프로그램이 설치되었다. 뭐가 뭔지 모르고 순진무구했던 까닭에 우리는 설치된 프로그램을 믿었고, 이것에 휘둘렸다. 그러나 이제 우리는 그만 멈추기로 마음먹을 수 있다. 방향을 바꾸기로 마음먹을 수 있다. 보다 잘 자각하고, 잘 의식하고, 잘 감독하고, 잘 파악하겠다고 마음먹을 수 있다. 녹음기 마냥 앉아서 세상이 건네주는 대로 프로그램을 흡수하기를 거부할 수 있다. 세상은 왜소함 특유의 자만심과 공포심을 최대한 자극해서 우리의 순진함과 왜소함을 이용하는 일에 혈안이 되어 있다.

자신이 어떻게 조종되고, 이용되고, 기만당했는지를 깨달으면 분노가 치밀어 오를 것이다. 이런 시도가 있으면 즉시 상대하라. 화내도 괜찮다. 무의욕에 빠지느니 화내는 편이 백번 낫다. 분노 속에는 큰 에너지가 들어 있다. 그런 시도를 상대로 뭔가를 할 수 있다. 행동을 취할 수 있다. 마음을 바꿀 수 있다. 방향을 거꾸로 할 수 있다. 그러면 분노에서 용기로 뛰어오르기가 쉬워진다. 용기의 수준에서는 그런 시도를 보고, 조사하고, 대체 어떻게 발생하는지 관찰할 수 있다.

자신의 왜소함은 돈 주고 산 짝퉁 상품과 같은 것임을 알게 된다. 이 조사를 하다 뜻하지 않게 자기 내면의 결백성과 만날 때가 있을 것이다. 결백성을 재발견하면 죄책감을 놓아 버릴 수 있다. 죄책감이 사라지면 자학할 필요도 사라지고, 그러면 무의욕과 암울함에서 곧바로 탈출한다. 우리는 자기 자신을 인정하기로, 즉 자신이 중요하며 가치 있음을 인정하기로 마음먹을 수 있다. 또한 자신이 겪었던 프로그램이 다른 이들에게는 어떻게 설치되었는지 볼 수 있다. 그들 역시 당시에 최선이라 생각한대로 행동했던 것뿐이다. 그들을 더 이상 원망할 필요도, 나 자신을 원망할 필요도 없다. 더 이상 쓸모가 없고 먹히지도 않으니, 원망 게임을 완전히 포기할 수 있다.

함께하는 사람들

무의욕과 암울함, '못 해'라는 생각에 시달리는 상황에서 벗어나기 위한 요긴한 기법이 또 있다. 자신이 씨름 중인 문제를 이미 해결한 사람들과 같이 있는 것이다. 이것이 자조 집단이 발휘하는 위대한 힘의 일부다. 부정적 상태에 빠져 있을 때 부정적 생각 형태에는 에너지가 많고 긍정적 생각 형태는 허약하다. 에너지 진동수가 높은 사람은 긍정적 생각 형태에 에너지를 불어넣는다.

그들과 같이 있기만 해도 이롭다. 그렇게 하는 것을 몇몇 자조 집단에서는 "성공한 사람과 시간 보내기"라고 부른다. 그 이점은 의식의 정신적 측면에 작용한다. 긍정적 에너지가 전해져서 잠재하던 긍정적 생각 형태를 일깨운다.

이 현상을 어떤 자조 집단들은 "삼투 현상으로 얻기"라 부른다. 현상이 *어떻게* 일어나는지 알 필요는 없지만, *정말로* 일어난다는 점만은 알아야 한다. 이 현상은 흔히 볼 수 있다. 예를 들어 우리 사회에서는 대개 논리적이고 좌뇌적인 성향을 갖도록 교육받는다. 그러나 어떤 사람들은 날 때부터 우뇌 지향적이다. 우뇌적인 사람들은 직관과 창의성, 텔레파시 의사소통, 생각 형태와 에너지 진동 감지에 큰 능력이 있다. 이런 능력에 흔히 포함되는 것으로 몸 주위의 생체 에너지 장인 오라를 보는 능력도 있다. 이 능력이 있는 사람과 함께 있으면 능력을 공유하는 일이 가능해진다.

이런 현상은 회의적이고 논리적인 좌뇌 성향의 과학자에게도 일어난다. 좌뇌 성향의 과학자가 오라를 보는 능력이 있는 사람들과 함께 있을 때였다. 오라를 보는 법을 따라하자 놀랍게도 사람들의 머리 주위에 있는 빛의 장이 보였다.

특히 어떤 사람 주위의 오라는 '엑토플라즘'이라는 심령체 같은 것이 왼쪽 귀에 많이 매달려 있는 것처럼 보였다. 반면 머리 오른쪽에는 거의 아무것도 보이지 않았다. 남자는 이 현상이 사실인지 상상으로 인한 것인지를 알기 위해, 오라를 보는 데 능숙한 옆 사람에게 확인해 보았다. 그녀 또한 한쪽으로는 폭이 매우 넓고 다른 쪽으로는 거의 아무것도 없는 오라를 보고 있었다.

그의 오라를 보는 능력은 그런 능력이 있는 사람들과 함께 있을 때만 나타났다. 그리고 그 자리를 뜨자 능력이 사라졌다. 이후로도 수년간 오라를 볼 수 있는 친구들과 함께 있을 때면 능력이 되돌아왔다. 그중 한 번은 병원에서 어느 심리학자와 함께 있을 때였다. 그녀의 직업은 사람들의 오라를 관찰해 색깔이 바뀌는 패턴을 보고 심령 진단을 하는 일이었다. 그녀와 함께 있자 오라를 보는 능력이 돌아왔을 뿐만 아니라 흥미진진한 색깔도 보였고, 출렁이는 감정에 따라 오라가 바뀌는 모습도 지켜볼 수 있었다. 이야기를 함께 나누는 것만으로 능력을 느닷없이 사용할 수 있게 되었다.

마치 어떤 능력이 있는 사람 가까이에 있으면 그 능력이 전해지는 것 같았다. 다시 말해, 우리는 계속 함께 있는 사람들에게서 긍정적, 부정적으로 영향을 받는다. 숫기 없는 사람이 같은 문제가 있는 이들과 함께 있기로 마음먹는다면, 수줍음 극복은 요원한 일일 것이다.

이런 현상은 이혼 뒤에 상담을 하러 온 여성의 경우에서 뚜렷이 나타났다. 그녀는 심리 치료를 받는 것이 좋을지 알고 싶어 했다. 궤양 재발과 편두통으로 몸이 아픈 상태였다. 이야기가 펼쳐지자, 뜻밖의 이혼으로 입은 상처 때문에 그녀가 심히 억울해 하는 것을 알 수 있었다. 그녀는 페미니스트 의식화 그룹에 가입했다고 했다. 이 집단의 구성원은 거의 전부가 남자에게 원통함과 분노, 증오를 느끼는 이혼 여성이라고 했다. 그들은 한데 모여 자기들의 부정성에서 큰 보상을 얻고 있었다. 그들이 자존감을 되찾으려고 애쓴 방법은 극단으로 치달으며 감정 균형을 무너뜨리는 것이어서, 실제 삶은 쓸쓸하고 애처로워 보였다.

그녀의 이야기를 듣고 생활 여건도 살펴본 후에, 심리 치료를 받는 대신 석 달 동안 간단한 권고대로 해 보라고 제안했다. 효과가 없으면 그때 가서 심리 치료를 받아야 할지 다시 따져 보기로 했다. 권고는 단지 그 집단에서 나와 이혼한 여성들과 얽히지 말라는 것과 이혼 경력에도 불구하고 관계를 다시 맺는 데 성공한 이들과 함께 있으라는 것이었다.

그녀는 처음에는 저항하면서 자기는 그런 사람들과는 아무런 공통점이 없다고 단언했다. 그러더니 두 가지는 분명한 사실이라고 인정했다. 첫째는 긍정적인 사람들과 관계 맺는 일에는 에너지가 훨씬 덜 들어간다는 것이고, 둘째는 의식의 법칙 중 하나가 '유유상종'이라는 것이다. 원통함은 원통함을 끌어당기고, 사랑은 사랑을 끌어당긴다. 그녀는 자문했다. "원통함에 빠져 있었던 결과로 나는 지금 어디에 있는 걸까? 긍정적이고 도움이 되는 것에서 뭐라도 얻으려 한 적이 있었나?" 시간이 가면서 그녀는 기존 집단에서 시간 보내기를 그만두고, 자기보다 건강하고 균형 잡힌 사람들과의 관계에 집중하기 시작했다.

그녀는 자기보다 행복한 사람들과 함께하면서 자신이 속으로 정말 많은 부정성을 부둥켜안고 있었음을 자연히 깨닫고 몹시 기뻐했다. 즉 부정성을 부둥켜안기로 마음먹고 의식적으로 그것을 쥐고 있었음을 깨닫고 부정성으로 인한 대가가 어떤 것인지도 제대로 살펴보기 시작했다. 그렇게 하면서 사회생활 전체가 달라졌다. 웃음과 행복을 되찾았다. 편두통이 사라졌다. 결국 다시 사랑에 빠졌고, 사랑에 빠지는 것이야말로 이제껏 자기가 받아본 궤양 치료 가운데 최고라는 농담도 했다.

자신이 무의욕 상태라 느껴지면, 스스로 무엇을 증명하려는 것인지를 자문함으로써 숨어 있는 프로그램을 찾아내면 된다. 삶이 끔찍하다는 증명을 하려는 것인가? 사랑할 만한 사람이 없다는 것인가? 이 세상이 절망적이라는 것인가? 내 잘못이 아니라는 것인가? 행복은 불가능하다는 것인가? 무엇을 정당화하려는 것일까? "내가 옳다."라고 하려고 얼마나 많은 대가를 치를 셈일까? 이때 생겨나는 감정을 인정하고 놓아 버리면, 해답이 나타나기 시작한다.

LETTING GO

05

비탄

비탄은 우리 모두의 경험이다. 비탄 속에서는 상황이 너무 어렵게 보인다. 절대 이겨 내지 못할 것으로 느끼기도 한다. 애정을 주지도 못하고 받지도 못한다. '낭비해 버린 모든 세월' 같은 생각만 든다. 비탄은 슬픔과 상실을 느끼는 감정이다. 쓸쓸함이다. '무엇을 하기만 했어도……'를 되뇌는 감정이다. 후회, 버려진 느낌, 고통, 무력감, 절망, 향수, 비애, 우울, 갈망, 돌이킬 수 없는 상실, 애통, 비통, 낙심, 비관.

비탄은 어떤 신념 체계나 인간관계, 능력, 사회적 역할, 희망을 잃은 탓에 생기거나, 삶에 대한 태도 전반, 외부 환경이나 제도 때문에 생길 수 있다. 비탄은 이런 느낌이다. "이 일은 절대 극복하지 못할 거야. 너무 힘들어. 노력했지만 아무 도움이 안 돼." 고통

103

에 상처받기 쉬운 감정이 내면에 있어서, 바깥세상을 보면 이러한 감정을 강화하고 정당화할 상처만 잔뜩 보인다.

도와줄 사람을 찾아 운다. 스스로는 상황에 대해 아무것도 할 수 없지만 다른 누군가가 자기를 위해 무언가를 해 줄 수 있을지도 모른다고 느끼기 때문이다. 무의욕과는 반대다. 무의욕 상태에는 아무도 도움이 안 된다고 여긴다.

비탄 허용하기

우리 대부분은 비탄을 억제해 품고 있다. 특히 남자들은 비탄이라는 감정을 숨긴다. 울면 남자답지 못하다는 소리를 듣기 때문이다. 사람들은 대부분 자기가 억제한 비탄의 양에 두려움을 느낀다. 넘쳐 나는 비탄에 압도당할까 봐 겁을 잔뜩 먹는다. "한번 울기 시작하면 절대 못 그칠 거야.", "세상에 비탄이 가득해. 나도, 가족도, 친구들도 인생에 비탄이 가득해.", "오, 이루 말할 수 없는 삶의 비극이여! 그 모든 실망, 박살난 희망이여!" 억제한 비탄은 심인성 신체 질환과 기타 건강 문제의 원인이 될 때가 많다.

감정을 억제하는 대신 감정이 올라오게 놔두고 그 감정을 포기하면, 비탄의 수준에서 받아들임의 수준으로 단숨에 올라갈 수 있다. 어떤 상실에 대해 비탄이 계속되는 것은 상실을 받아들이지 않으려고 저항하면서 비탄만 쏟아지도록 놓아두기 때문이다. 어떤 감정이 지속되는 것은 감정을 포기하지 않으려고 저항하기 때문이다.(그래서 "운다고 되나."라는 말이 있다.) 비탄을 해결할 수 있다는 사실을 받아들이면, 이미 자부심 수준으로 올라간 것이다.

그러면 '할 수 있다.', '해결할 수 있다.'는 감정에 힘입어 용기로 올라간다. 마음속 감정을 직시해 놓아 버릴 용기가 있으면 그 힘으로 받아들임의 수준에 도달하고, 최종적으로는 평화의 수준에 이른다. 오랫동안 붙잡고 있던 비탄을 충분히 놓아 버리고 나면, 얼굴 표정이 바뀐 것을 친구와 가족이 알아본다. 발걸음도 가벼워지고 젊어 보인다.

비탄에는 시한이 있다는 사실에서 그것을 직시할 용기와 자발성을 얻을 수 있다. 비탄의 감정에 저항하지 않고 완전히 항복하면, 10분에서 20분쯤 지나면 감정이 줄어들어 없어진다. 그 후 감정이 멎어 있는 시간은 일정하지 않다. 비탄이 생길 때마다 계속 항복하면 결국에는 비탄이 없어진다. 완전하게 감정을 경험하도록 자신을 놓아두는 것이 전부다. 비탄의 압도를 10분에서 20분 동안 견디기만 하면 된다. 그러면 어느 결에 비탄이 사라진다. 비탄에 저항하면 비탄은 이어지고 또 이어진다. 억제한 비탄은 수년을 갈 수도 있다.

비탄을 직시할 때는 스스로 비탄에 빠지는 것 자체가 창피하고 쑥스럽다는 점을 인정하고 놓아 버려야 한다. 남자들이 특히 그렇다. 감정에 대한 두려움을 포기해야 하고, 넘쳐나는 감정에 압도당할 것에 대한 두려움을 포기해야 한다. 감정에 대한 저항을 놓아 버리면 감정을 빨리 통과할 수 있다는 점을 알면 도움이 된다.

예로부터 여성들이 경험에서 얻은 지혜의 말이 있다. "잘 울고 나면 기분이 좋아진다." 이 말이 사실임을 깨닫는 남자들이 많다. 경험상, 과거 상황에 대한 비탄이 올라오도록 놓아두자 지끈거리던 두통이 놀랍게도 거의 사라졌다. 비탄이 올라올 때면 "남자는 울지 않는다."라는 문장도 함께 떠올랐다. 남자는 울지 않는다는 자부심을 놓아 버리고 나니, 이번에는 일단 울기 시작하면 절대 그칠 것 같지 않다는 공포가 올라왔다. 이런 공포가 사라지자 바로 분노가 일었다. 남자에게 감정을 억제하라고 강요하는 사회에 대한 분노였고, 남자는 감정을 가져서는 안 된다는 생각에 대한 분노였다.

이런 분노를 놓아 버리면서 용기의 수준에 도달했고, 그러자 필요한 대로 울 수 있었다. 두통에서 해방되었을 뿐만 아니라, 흐느낌의 급류가 빠져나가자 깊은 평화가 자리를 잡았다. 이후로는 비탄이라는 것을 피할 필요가 없었다. 비탄이 올라오도록 충분히 놓아두어 억제했던 에너지에서 완전히 벗어난 남자는 평화로워지고, 자신의 남성성을 보는 눈이 달라진다. 자기의 남성성이 이제 더욱 완전함을 깨닫는다. 같은 남자인 점은 여전하지만, 이제는 자신의 감정과 접촉해 감정을 해결할 수 있다. 그 결과 남자는 보다 일에 적합하고, 보다 능력 있고, 다방면으로 균형 있고, 보다 성숙하고, 타인을 보다 잘 이해할 능력이 있고, 보다 동정심 많고, 보다 다정해진다.

심리적 측면에서 모든 비탄과 애도는 애착에서 비롯한다. 애착과 의존이 생기는 것은 내면이 불완전하다고 느끼기 때문이다. 즉 우리가 물건과 사람, 관계, 장소, 개념을 쫓는 것은 내면의 필요를 채우기 위해서다. 내면의 필요를 채우기 위해 무의식적으로 그런 대상을 활용하다 보니, 대상을 아예 '내 것'이라고 생각한다. 대상에 에너지를 쏟고 외부 대상을 '내 것'으로 보던 것에서 나아가 그것들이 정말로 '나'의 확장이라고 본다.

물건이나 사람을 잃으면 자신의 자아를 잃은 것이자 감정 경제를 구성하던 중요한 부분을 잃었다고 여긴다. 물건이나 사람이 자신의 가치를 대변하며, 그것을 상실하면 가치가 떨어진다고 느낀다. 물건이나 사람에 투자한 감정 에너지가 클수록 상실감이 크고, 의존적으로 맺은 유대는 잃는 아픔도 크다. 애착이 있으면 의존이 생기고, 의존은 그 특성상 상실의 공포도 내포한다.

사람마다 내면에는 아이와 부모, 어른이 있다. 그래서 비탄이 올라올 때 이렇게 자문하면 좋다. "나의 내면에 있는 아이와 부모, 어른 중 어느 것이 이 감정을 일으키고 있을까?" 예를 들어, 내면의 '아이'는 사랑하는 애완견에게 무슨 일이 생길 것 같아 겁이 나 "무슨 일이 생기면 견딜 수 있을까?" 하고 생각한다. 내면의 어른도 비탄을 느끼지만, 어른은 불가피한 일을 받아들인다. 고양이나 강아지가 죽지 않을 수는 없다. 영구적일 수 없는 것이 삶의 현실이란 점을 내면의 어른은 유감스럽지만 받아들인다. 젊음은 영원하지 않고, 낭만적인 관계는 평생을 가지 못하는 경우가 많으며, 애완견은 언젠가 죽을 것임을 받아들이는 것이다.

상실 감당하기

상실을 실제로 경험하기에 앞서 애착의 본성으로 인해 상실을 두려워하는 상태가 먼저 찾아온다. 그리고 사람들은 이 상태를 대개 둘 중 하나의 방법으로 방어한다. 하나는 유대를 강하게 만들기 위해 끈질기게 시도함으로써 애착의 강도를 높이는 방법이다. 이런 접근법은 '유대가 강할수록 잃을 가능성이 적을 것'이라는 공상에 근거한다. 그러나 바로 이런 꼼수 때문에 관계가 깨지는 일이 많다. 상대방은 자기가 구속과 통제를 받는다고 느끼는 만큼 소유욕 강한 애착에서 벗어나려 안간힘을 쓰기 때문이다. 이렇게 되면 우리가 마음속에 품는 것이 현실로 나타나기 쉬워서 상실을 두려워하는 상태가 역설적으로 상실을 일으키는 기제가 될 수 있다.

상실의 공포를 방어하는 또 다른 방법은 부인하는 심리 기제를 이용하는 것이다. 부인하는 것은 타조가 위험을 피한답시고 모래에 머리만 처박는 것과 같다. 우리 주변의 다양한 모습 속에서 피할 수 없는 것을 직면하기 거부하는 부인 기제를 볼 수 있다. 사방에 온갖 경고 표시가 있지만 고개를 들어 제대로 보지 않는다. 이런 식으로, 실직 위기에 놓인 사람은 자신이 일자리를 잃을 것이라 생각하지 못하기 쉽고, 이혼 위기에 놓인 부부는 적절한 행동을 취하지 못한다. 심각한 병이 있는 사람은 갖은 증상을 무시하며 치료받기를 회피한다. 정치인은 사회 문제를 보지 못하고 그저 문제가 없어질 것이라는 기대만 한다. 나라 전체가 (9·11 테러와 같이) 존립이 위태로운 상태를 알아채지 못한다. 운전자는 엔진 오작동으로 인한 불길한 경고 신호를 무시한다. 이런 식으로 우리 모두는 저마다 다가올 문제가 주는 경고 신호에 주의하지 않았다가 후회한 적이 있다.

상실의 공포를 해결하려면 자신의 삶 속에서 타인이나 물건이 갖는 용도를 잘 살펴보아야 한다. 어떠한 감정상 필요를 충족시키는 데 쓰일까? 특정 물건이나 사람을 잃는다면 어떤 감정이 생길까? 상실이 예상될 때 상실감과 관련된 다양한 공포를 해결하는 길은 공포가 나타내는 감정 복합체를 해체한 다음, 낱낱의 감정 요소를 놓아 버리는 것이다.

예를 들어, 여러 해 동안 정든 애완견이 있다고 하자. 이 녀석은 분명 갈수록 늙는다. 그렇지만 녀석이 늙는다고 생각하기 싫다. 언젠가는 죽는다고 생각하면 마음이 편치 않아 생각 자체를 피한다. 자신의 이런 모습을 발견하고 이런 감정이 경고 신호임을 깨닫는다. 또한 자신의 감정이 처한 상황을 스스로 외면하고 있음을 깨닫는다. 그래서 이렇게 자문한다. "내 삶에서 개는 어떤 의미일까? 녀석은 감정 면에서 어떤 봉사를 할까?" 사랑, 동료애, 헌신, 재미, 기분 전환. "개를 잃으면 이런 감정상의 필요가 채워지지 않을까?" 이런 점을 잘 살펴보면서 공포의 일부를 인정하고 포기할 수 있다. 공포를 놓아 버리고 나면, 부인 기제에 빠져 녀석이 영원히 살 것처럼 자신에게 둘러댈 필요가 없다.

비탄이나 애도에 따르는 또 다른 감정은 분노다. 소중한 것을 잃으면 격노하는 감정이 빈번하게 생겨 이 감정을 세상이나 사회, 사람들에게 투사하기도 하고, 우주가 어떤 곳인지는 신에게 달렸다는 생각에 결국에는 신에게 투사하기도 한다. 삶 속의 만남이나 소유물은 그리 오래가는 것이 아니라는 점을 받아들이기를 거부한 데서 분노가 나온다. 우리에게 딸려 있는 것 중 가장 크다고 할 수 있는 육체조차도 결국에는 포기해야 하는 것임을 모두가 알고 있다.

사람들은 어떤 것이 자신에게 중요하거나 익숙하면 이것이 자기에게 영원히 딸려 있을 것처럼 느낀다. 따라서 이런 착각을 위협받으면 분노와 분개, 자기연민이 생기는데, 이런 감정으로 인해 억울함이 오래갈 수 있다. 세상 돌아가는 방식을 바꾸고 싶지만 바꾸지 못하는 데서 오는 것이 '무력한 격노'다. 존재의 이런 실상과 직면하면 중요한 것을 잃었을 때 각자의 철학적 입장이 바뀐다. 한 번의 중요한 상실로 모든 애착과 관계의 본성을 깨우칠 수도 있지만, 모든 관계는 오래 가지 않는다는 명백한 사실을 다시 부인하고 상실을 보상받기 위해 기존 유대를 맹렬하게 강화하기도 한다.

한편 피할 수 없는 상실을 부인하려고 끝까지 조종을 시도하기도 한다. 착각 속에서 마음은 상실을 피하기 위해 전술을 개발하려 든다. 이 전술은 더 착하거나, 더 열심히 일하거나, 더 정직하거나, 더 인내하거나, 더 충직하려는 모습으로 나타나기도 한다. 종교를 가진 사람들의 경우는 약속과 협상으로 신을 조종하려는 모습으로 나타날 수도 있다. 인간관계에서는 과도하게 보상하려는 행동으로 나타나기도 한다. 결별을 막으려는 노력으로 배우자에게 잘해 주고, 다정하게 굴고, 배려하기도 한다. 무신경하던 남편이 문제의 근본 원인을 알아보는 대신 갑자기 선물과 꽃을 사 들고 귀가하기 시작한다.

부인에 실패하고 조종이 먹히질 않고 두려움을 겪고 나면, 암울함 자체, 즉 애도와 비탄에 빠지는 과정이 실제로 일어난다. 놓아 버리는 과정을 통하면 이 모든 감정 단계를 훨씬 빠르게 통과할 수 있다. 이 과정에서는 불가피한 비탄을 항복하고, 자발적으로 저항을 놓아 버려 과정이 스스로 지나가 끝이 나도록 놓아둔다. 또한 비탄에 대한 저항을 놓아 버리겠다고 결정할 수 있다. 부인하고 저항하는 대신 대뜸 뛰어들어 극복한다. 애견을 잃거나 관계를 잃은 일에 대해 '잘 우는 것'이다.

비탄의 감정은 항상 다양한 죄책감과 결부된다. 상실은 벌을 받은 것이라거나 마음가짐이나 행동이 달랐으면 그런 일을 미리 막았을 거라는 착각에서 비롯된다. 죄책감을 포기하지 않으면 죄책감은 분노를 되살리는 연료를 공급한다. 분노를 인정해 포기하지 않으면 분노는 원망의 형태로 주변 사람들에게 투사될 수도 있다. 그러면 다른 관계로까지 투사된 분노가 또 다른 상실을 일으켜 사태를 악화시킬 수 있다.

이런 일은 부부 사이에서 아이가 죽었을 때 자주 일어난다. 아이를 잃은 부부의 이혼율이 90퍼센트에 이른다는 보도가 있다. 원망을 투사한 탓에, 아이를 잃은 심각한 상실이 이혼이라는 또 다른 심각한 상실을 낳으며 악화된다.

이런 식으로 반응한 예로, 40세 여성의 경우가 있다. 그녀는 뭐든 잘해 주고 배려하는 남편과 함께한 20년의 결혼 생활이 매우 만족스러웠다. 그러던 중 막내아들이 백혈병에 걸렸다. 아들이 죽자 비탄과 애통에 빠졌는데, 격분 반응을 일으킨 것이 더 큰 문제였다. 격분이 증오로 나타났다. 의사들을 증오했고 병원을 증오했다. 신을 증오했고 남편과 남은 자식들을 증오했다.

격노가 통제할 수 없을 만큼 커져, 육체적으로 사납게 굴며 상대를 위협하는 지경까지 이르렀다. 난폭한 행동을 제압하기 위해 몇 번이나 경찰이 출동했다. 결국 자식들은 그 난리와 육체적 학대, 위협적 감정 상태에 질려 집을 나갔다.

아내의 격노 문제를 해결하려고 백방으로 노력한 남편에게도 아내는 마찬가지로 격분했고 사납게 공격한 적도 여러 번 있었다. 마침내 절망과 자포자기에 빠진 남편이 집을 나갔다. 이 수라장은 결국 이혼으로 마무리되었고 여자는 가정을 잃었다. 이 후 거의 5년이 지나서야 격분이 가라앉았고, 그 시점에서 여자는 삶 전체가 망가져 처음부터 다시 새 삶을 꾸려야 했다.

부정적 감정을 모두 통과하고, 항복하고, 놓아 버리고 나면, 마침내 감정이 해소되면서 전처럼 고통을 겪지 않고 받아들일 수 있다. 받아들임은 감수와 다르다. 감수하면 여전히 이전 감정의 찌꺼기가 남아 있다. 감수할 때는 실상을 인정하는 것을 주저하고 미룬다. 감수는 "좋아하지는 않지만 참아야지." 하는 것이다.

받아들임과 함께 실상에 대한 저항을 포기한다. 따라서 받아들임의 징후 중 한 가지는 평정이다. 받아들임과 함께 분투가 끝나고 새 삶이 시작된다. 부정적 감정에 묶여 있던 에너지가 풀려나면서, 그 사람의 건강한 측면이 되살아난다. 마음의 창조적 측면이 새로운 삶의 기회와 더욱 성장하고 경험할 여지를 얻을 기회를 개척하면서 새삼 살아 있다는 느낌을 준다. '익명의 알코올중독자들Alcoholics Anonymous, AA' 모임에서 하는 「평정 기도Serenity Prayer」는 많은 이가 따르는 유명한 가르침이다.

신이시여,

바꿀 수 없는 것을 받아들이는 평정과

바꿀 수 있는 것을 바꾸는 용기와

그 차이를 아는 지혜를 얻게 해 주소서.

애도와 상실에 딸려 오는 갖가지 감정을 통과하지 못하면 각 감정이 만성 정체에 빠질 수 있다. 우울이 장기화되고 부인이 장기화되어 고인의 죽음을 사실상 부인할 수 있다. 또한 노상 죄책감에 빠져 있거나, 상실에 따르는 감정 통과하기를 거부하면 비탄 반응이 길어지고 몸에도 병이 생길 수 있다. 이런 과정 이면의 기제는 뒤에서 마음과 몸의 관계를 다룰 때 설명하겠다.

포기하지 않은 감정 속에 에너지를 억제하면 그것이 내분비계와 신경계에서 에너지 균형이 맞지 않는 현상으로 다시 나타나, 침술 경락상의 생명 에너지 흐름에 손상을 입힌다. 이렇게 되면 여러 장기에 병이 든다. 주변의 누군가를 떠나보낸 사람들은 일반 사람들에 비해 사망률이 훨씬 높으며, 특히 배우자가 죽은 사람의 경우 배우자 죽음 이후 1~2년 사이에 높은 사망률을 기록한다는 것은 잘 알려진 사실이다.

비탄과 관련해 죄책감이 생기는 원인 중 한 가지는 사랑하는 이가 자신을 떠난 것에 대한 분노다. 의식적으로 품자니 비이성적인 것 같아 흔히 억제하는 감정이 분노다. 한편으로는 떠난 사람의 좋았던 점을 상상 속에서 더 좋게 부풀리기도 하는데, 이때 두 심리의 불일치가 죄책감을 악화시킨다. 그렇게 멋진 사람한테 어찌화를 내겠는가? 또는 신이 우주의 입안자로서 그런 비극이 일어나도록 방치한 것에 화를 내며 죄책감을 느끼기도 한다.

여러 가지 증상으로 몸이 불편한 60세 여성이 진료실에 들어왔다. 천식 발작, 알레르기, 기관지염, 잦은 폐렴 증상과 기타 호흡 곤란 증세가 있었다. 심리 치료 중에 22년 전 어머니가 돌아가셨을 때 기이하게도 아주 무덤덤했다는 이야기가 나왔다. 자신이 할 일인데도 어머니 무덤에 세울 비석을 주문하지 않았던 것도 이상한 일이었다.

이런 정보로 볼 때 그녀는 어머니에게 극도로 의존적이었으며, 이 모든 의존 욕구를 채워 주지 않고 떠난 어머니에 대한 애증이 있었다. 자신을 떠난 어머니에 대해 분노가 치밀었다는 죄책감과 이와 결부된 완강한 부인 상태에서 벗어나는 데만 여러 달이 걸렸다. 어머니에 대한 분노가 마음속에서 자기 자신을 겨냥하면서 결국 분노는 병이 되어 나타났다. 그런데 이 병은 자신은 무력하니 엄마가 절실하다는 바람의 표현이기도 했다. 엄마를 잃어 울고 싶은 욕망을 억제한 것이 숨을 쉬지 못하겠다는 느낌으로 계속 나타났다. 또한 어머니에게 느끼는 사랑과 증오 때문에 자신을 미워했고, 이렇게 억압된 감정의 총합이 호흡기 증상과 통증 같은 '심인성 육체' 질환으로 나타났다.

뒤늦게나마 애통해 하는 과정을 거치자, 상실로 인한 비탄 반응이 표면으로 올라왔다. 그런 감정을 거치는 일에 대한 저항이 얼마나 컸는지, 그런 저항이 어떻게 육체적 증상을 일으켰는지를 이제 스스로 또렷이 인식했다. 결국 그녀는 직업 훈련까지 받아 호스피스 프로그램에서 임종을 다루는 치료사가 되었다.

비탄 예방하기

지금까지 이야기한 심리 과정의 본성상, 극심한 슬픔과 상실, 그
에 따른 병적 반응들은 초기에 인식하여 그 반응과 연관된 감정을
항복한다면 예방할 수 있다.

앞에서 보았듯이 모든 큰 슬픔과 상실은 애착에서 기인하며 모
든 관계는 일시적이라는 점을 부인하는 데서 시작한다. 삶을 잘
살펴보고 자신이 어떤 것에 애착을 갖는지 찾아낸 다음 이렇게 자
문하라. "이런 것이 채워 주는 마음속 요구는 어떤 것일까? 잃는다
면 어떤 느낌이 들까? 어떻게 하면 마음속 감정생활의 균형을 맞
춰 마음 밖 물건이나 사람에 대한 애착의 양과 정도를 줄일 수 있
을까?"

외부 사물에 대한 애착이 클수록 상실을 두려워하거나 상실에
상처받기 쉽다. 왜 그렇게 스스로 불완전하게 느끼는지 자문할 수
도 있다. "왜 이토록 내면의 공허를 느끼면서 애착과 타인 의존이
라는 형태의 해결책을 찾아야 할까?"

내면에서 미숙한 부분을 잘 살펴본다. 그리고 구체적으로 이렇
게 조사해 보아야 한다. "사랑을 주기보다 사랑을 받기 위해 관심
을 보이는 것은 어떤 것일까?" 다정할수록 비탄과 상실에 상처받
기 어렵고, 애착을 가질 필요도 덜하다. 모든 부정적 감정을 인정
하고 놓아 버리면 왜소함에서 벗어나 자신의 위대함을 알아보고,
주는 즐거움과 사랑하는 즐거움에서 내면의 환희가 일어난다. 때

문에 상실로 상처받지 않는다. 행복의 근원을 '안에서' 발견할 때 우리는 세상을 잃는 상실에 면역이 생긴다.

자신의 삶을 비평적인 시선으로 살펴보면, 자신이 빠져 있는 모든 애착과 도피가 보인다. 그 하나하나가 미래에 아픔과 괴로움을 일으키는 근원이다. 그중에서도 정말로 중요한 부분들은 면밀히 조사해야 한다. 이런 문제를 직시하지 못하는 예로 은퇴 증후군이 있다.

이 증후군은 아이들이 자라 집을 떠나면서 자신의 역할을 잃은 여자나(빈 둥지 증후군) 퇴직할 나이에 이르거나 일자리를 잃었거나 신체장애로 이전에 하던 일을 못하게 된 남자에게 일어날 수 있다. 이런 상황에 처했을 때 중년기 사람이 보이는 보통 반응은 이전부터 수년간 해온 부인에서 비롯한다. 불가피한 일에 직면해 내면의 동일한 욕구를 충족시킬 만한 다른 활동을 미리 계획하지 못하는 경우가 흔하다. 여기서 내면의 욕구란 자존감이나 중요한 일을 한다는 느낌 또는 누군가 자신을 필요로 하며 그로 인해 자신이 중요하다는 느낌을 얻으려는 욕구, 무언가 기여하고 생산하려는 욕구 등을 말한다. 불가피한 일을 예상해 미리 준비하면 나중에 상실로 상처 입고 비탄에 빠지는 것보다 상대적으로 덜 불쾌하다.

연애 관계도 정직하게 검토한다. 내면의 이기적 욕구에 상대가 얼마나 보탬이 되는 걸까? 나는 나의 이득을 위해 상대를 얼마나 활용하는 걸까? 상대는 나의 행복에 보탬이 되는데, 어느 정도로 그럴까? 이를 알기 위해서는 이렇게 자문하기만 하면 된다. "나를 떠나는 것이 그 사람이 가장 행복해질 수 있는 길이라면, 어떤 기분이 들까?" 이 질문을 통해 내가 상대방을 얼마나 구속하고 통제하려 했는지가 드러난다. 그것은 애착이지 사랑이 아니다.

2500년 전에 부처는 인간의 모든 고통은 욕망과 애착에서 비롯한다고 했고, 인간의 역사는 그의 가르침이 진실이라는 증거가 되었다. 이 딜레마의 해결책은 무엇일까? 애착을 갖는 것은 우리의 왜소한 측면이다. 우리는 겁먹고 무능한 프로그램의 세트가 우리를 휘두르도록 부지불식간에 용납했는데, 왜소한 자아가 믿는 것이 이 프로그램 세트다. 이러한 프로그램들이 더 이상 우리를 휘두르지 못하도록 에너지 공급을 끊는 것이 놓아 버림의 목적이다. 이렇게 할 때 우리는 의식이 커지면서 높은 큰나에 대한 자각도 커질 수 있다. 우리 내면의 '큰나'라고 하는 것은 사랑을 구하기보다 그냥 사랑한다. 따라서 우리는 언제나 한계 없는 사랑에 감싸여 있다는 자각이 생긴다. 사랑은 사랑하는 사람에게 저절로 끌린다.

부정적 감정을 끊임없이 놓아 버리면 현재의 고통이 치료되고 미래에 고통이 생기는 것을 막는다. 공포가 신뢰로 대체되고, 신뢰와 더불어 크나큰 행복의 느낌이 온다. (개인인) 작은 자아에 대한 의존을 (내면의 신성인) 큰나에 대한 의존으로 대체하면 상실로 인한 비탄에 면역된다. 일시적인 작은 자아가 아니라, 영원한 큰나에서 안전을 찾는다.

공포

우리는 공포가 지닌 다양한 모습에 친숙하다. 걷잡을 수 없는 불안과 공황 상태에 빠지기도 하고 공포로 마비되고 얼어붙은 가운데, 심장이 두근거리고 불안감이 엄습하기도 한다. 걱정은 만성적인 공포며 편집증은 극도의 걱정이다. 약간 불안한 것은 가벼운 형태의 공포다.

공포가 더욱 심각하면, 잔뜩 겁을 먹고, 조심스럽고, 폐쇄적이고, 긴장하고, 낯가리고, 말도 못하고, 미신적이고, 방어적이고, 의심이 많고, 위협을 느끼고, 불안정하고, 심하게 겁내고, 수상쩍어하고, 소심하고, 궁지에 빠져 있는 듯하고, 가책을 느끼고, 무대 공포증에 빠지기도 한다. 아픔과 괴로움을 겁내고, 사는 일을 겁내고, 사랑을 겁내고, 가까워지기를 겁내고, 거절을 겁내고, 실패를 겁내고, 신을 겁내고, 지옥을 겁내고, 지옥살이를 겁내고, 가난을 겁내고, 조롱과 비판을 겁내고, 함정을 겁내고, 자신 없어 겁내고, 위험을 겁내고, 반감을 살까 겁내고, 지루할까 봐 겁내고, 어떤 일의 책임을 맡는 것을 겁내고, 결정 내리기를 겁내고, 지휘권 갖기를 겁내고, 처벌을 겁내고, 변화를 겁내고, 위험해질까 봐 겁내고, 폭력을 겁내고, 통제력을 잃을까 겁내고, 감정 자체를 겁내고, 조종당할까 봐 겁내고, 들킬까 봐 겁내고, 높은 곳을 겁내고, 섹스를 겁내고, 홀로서기에 따르는 책임을 겁내고, 공포 자체를 겁낸다.

게다가 원인을 자각하지 못하는 공포도 있다. 바로 보복에 대한 공포다. 이 공포는 공개적으로 비판하고, 되받아치고, 공격하고 싶은 기대에서 생긴다. 공포의 대상에 대한 분노가 공포 이면에 있다가, 공포를 놓아 버렸을 때 종종 드러난다. 공포를 놓아 버려서 극복하려는 자발성 덕분에, 그 다음 수준인 분노에 이른 것이다. 이 공포 · 분노 감정의 조합을 직시해 항복하면, 즉시 자부심과 용기의 수준으로 상승한다.

대중 연설의 공포

공포 자체에 대한 공포 놓아 버림은 아주 좋은 실험이다. 공포 겁내기를 멈추고 나면 공포도 단지 어떤 느낌일 뿐이라는 것을 안다. 사실 공포는 우울증보다는 훨씬 견딜 만한 것이다. 심한 우울증에 빠졌던 사람은 놀랍게도 공포의 감정이 되돌아오면 반긴다. 절망보다는 공포가 낫다고 느낀다.

공포가 얼마나 쉽게 자가 증폭하는지를 이해하려면, 한 가지 의식의 법칙에 주목해야 한다. *마음에 품은 대로 실현되기 쉽다.* 한결같이 마음에 품고서 에너지를 불어넣은 생각은 마음에 품었던 형태대로 삶에 나타나기 쉽다는 뜻이다. 이렇듯 공포는 두려운 생각을 낳는다. 두려운 생각을 마음에 품을수록 두려운 일이 일어나기 쉽고, 그 일이 다시 공포를 증폭시킨다.

나는 인턴 의사 시절부터 연설에 대한 공포가 있었다. 동료 의사들 앞에서 환자 사례를 설명하는 일은 생각만으로도 섬뜩해 목소리조차 나오지 않았다. 이런 공포를 품었기 때문에 오히려 전체 직원 회의에서 환자 사례를 발표해야만 하는 불가피한 상황까지 생겨 버렸다. 환자 병력을 몇 단락 읽었을 때부터 목소리가 떨리더니 점점 약해지다가 끝내는 멎고 말았다. 마음에 품었던 공포가 치솟으면서 당연히 연설 공포가 더욱 증폭되어 연설 의욕마저 잃은 것이다.

이후로 오랫동안 내 능력을 한정하는 신념 체계가 작동했다. "나는 대중 앞에서 연설할 수 없어. 나는 대중 연설가가 아니야." 연설할 기회라면 어떤 것이든 모두 피했고, 그에 따라 자존감을 잃고, 활동을 피하고, 직업상 목표마저 제약을 받았다. 그리고 세월이 흐르면서 공포는 다소 다른 양상을 보였다. 신념 체계가 이렇게 변했다. "여러 사람 앞에서 말하고 싶지 않아. 난 말을 재미없게 하는 사람, 말을 잘 못하는 사람이니까." 그러던 어느 날 어떤 공개 모임에서 말할 일이 생겼다. 자리에 앉아 공포에 직면할 용기를 낼 겨를은 있었다. 마음속으로 이렇게 자문자답했다. "어떤 일이 생겨야 최악의 사태라고 할 수 있을까? 음, 내 이야기를 듣는 것이 끔찍이도 지루할 수 있겠지." 그러자 다른 사람이 연설을 지루하게 했던 경우들이 전부 생각났고, 그런 연설은 사실 흔해서 사람들이 지루해 하더라도 세상이 절대 끝장나지는 않는다는 점을 받아들일 수 있었다. 그러면서 공포 이면에 있던 자부심과 자만심도 놓아 버렸다. 그렇다. 연설은 끔찍하게 지루할 수도 있다.

운명의 날이 밝았다. 미리 다 써 놓아서 읽기만 하면 되었다. 물론 즉석 연설을 하는 것이 훨씬 재미있을 수도 있겠지만, 공포가 있음을 인정하고 받아들였기에, 할 말을 미리 적어 갔다. 단상에 올라갈 순간이 왔다. 비록 속으로는 잔뜩 겁먹은 채 풀기 없이 단조로운 목소리로 읽기만 했지만, 연설이라는 위업을 이루어 냈다. 연설이 끝나자 친구 몇 명이 소감을 이야기했다. "좋은 내용인 건 맞는데, 확실히 지루하더라." 그렇지만 내면의 자아는 상관하지 않았다. 상황을 직면해 받아들이고 연설을 실제로 해낼 용기가 있었다는 것만으로도 의기양양했다. 연설이 지루했다는 사실은 상관 없었다. 중요한 것은 어쨌거나 해냈다는 점이었다. 공포와 장애를 극복했기에 자존감이 올라갔고, 연설을 더 이상 피하지 않았다.

한술 더 떠, 솜씨가 늘면서 발표를 시작할 때마다 청중에게 경고부터 했다. "저는 이 동네에서 말이 지루한 것으로 유명합니다. 솔직히 아주 짜증나실 수도 있습니다." 그랬더니 놀랍게도 청중이 웃었다. 그들의 웃음은 누구나 갖고 있을 만한 인간적인 면모를 받아 주겠다는 의미여서, 공포가 가벼워졌다. 이를 통해 유머가 연설을 할 때에 유용하다는 사실을 알게 되었다. 유머는 청중의 인간적인 면모를 파고들어 연민을 얻는 방법이다. 연민 속에서 청중과 하나가 되면, 청중이 응원하며 격려해 주는 것을 느낄 수 있다. 내 공포를 받아들여 준 청중을 사랑하면, 청중도 그들 자신이 두려워하는 일을 하고 있는 나를 사랑해 준다. 감정의 수준에서 이렇게 진화를 이루고 나니, 연설을 즐기게도 되었다. 사람들 앞에 나설 일이 생기면 마음에서 남을 웃길 수 있는 부분이 활성화된다는 사실을 알 수 있다.

마침내 완전한 항복과 함께 미리 준비한 원고를 읽지 않고 즉석에서 연설할 수 있게 되었다. 경험이 쌓이면서 연설 실력이 느니, 연설할 일도 늘었다. 덕분에 이전에는 이룰 수 없었던 직업상 목표도 성취했다. 또한 텔레비전 토크쇼에 출연하는 일도 생겼다. 몇 안 되는 동료 인턴 앞에서 환자의 병력을 읽는 일조차 겁냈던 사람이 긴 과정을 거쳐 텔레비전 방송에 나가 「바바라 월터스 쇼」의 수백만 시청자 앞에서 이야기하는 것을 즐기게 되었다.

겁나는 일에서 자신을 해방시켜 성공적으로 실행하는 과정은 모두에게 이롭다. 이러한 학습 과정이 자동적으로 삶의 여러 다른 영역으로 번져 나가기 때문이다. 그에 따라 우리는 더욱 능력 있고, 자유롭고, 행복해지며, 마음의 평화를 얻는다.

사랑의 치유 효과

공포는 우리 사회에 만연한 유행병 같이 세상을 지배하는 감정이다. 또한 공포는 수십 년간 임상에서 수없이 진료한 환자들을 지배한 감정이었다. 공포는 아주 폭넓게 여러 모습으로 나타나 그 유형을 일일이 열거하기에는 지면이 모자랄 정도다. 특히 공포는 생존과 결부된 것이어서, 마음속에서 의견 일치가 잘된다. 대부분의 사람에게 구석구석 스며 있는 공포로 인해 우리의 삶 자체가 공포를 물리치는 데 쓸 장치들을 모은 거대한 집합체처럼 되어 있다.

그러나 이것으로도 충분하지 않아 대중 매체에서는 거듭 공포스러운 상황을 알려 준다. 이를테면 아침 뉴스에서 "테러리스트 집단이 음식에 독을 넣을 것이라 위협한다."라고 보도하는 식이다. 이런 주요 뉴스가 끊임없이 나오는 모습을 보면, 감정을 망라해 가장 무서운 것에 마음이 완전히 젖어들 기회를 더 많이 주려는 것 같다. 노래 가사대로 "우리는 삶의 공포와 죽음의 공포 사이에 붙잡혀 있다."

마음의 상쇄 장치를 다 동원하고도 해결하지 못한 공포가 의식에 쏟아져 나와 불안 발작이나 공포증이 나타난 사람에게는 불안 신경증이 있다는 꼬리표가 붙는다. 이런 신경증에 효과가 있는 바륨이 미국에서 가장 잘 팔리는 진정제라는 사실을 알아 둘 필요가 있다.

공포는 확대되기 쉽다. 전형적인 공포증 환자는 삶에서 나아갈 많은 길목에서 갈수록 커지는 공포감을 드러내면서 활동에 점점 더 제약을 받는다. 심한 경우에는 완전히 꼼짝 못하게 되기도 하는데 베티라는 환자의 경우가 그랬다.

34세인 베티는 워낙 야위고 핼쑥해서 나이보다 훨씬 더 늙어 보였다. 진료실에 들어올 때 한아름 안고 있던 종이 봉지 무더기에는 건강식품점에서 산 쉰여섯 가지의 비타민, 영양 보충제가 들어 있었고, 특별한 음식이 든 봉지도 따로 있었다. 그녀는 처음에 세균 공포증이 있었고, 곧 주위의 모든 것이 세균에 감염될 거라고 생각하기에 이르렀다. 갖가지 전염성 질병에 걸릴지 모른다는 공포가 암에 대한 공포로 발전하기도 했다.

베티는 공포를 조장하는 언론 보도를 모두 믿었고, 그래서 거의 모든 음식과 공기, 피부에 내리쬐는 햇볕까지 두려워했다. 흰 옷만 고집하는 이유는 색깔 있는 천에 들어 있는 염료가 두려웠기 때문이었다. 그녀는 진료실에서 절대 앉지 않았다. 의자가 오염된 건 아닌지 두려워해서다. 처방이 필요할 때면 처방전 묶음 중간에서 아직 누구도 손대지 않은 부분에 적어 달라고 했다. 한술 더 떠 용지를 자기가 떼어 내겠다고 했다. 내가 용지를 만지는 것도 싫어했는데, 그건 앞서 진료한 환자와 악수하면서 내게 세균이 옮겨왔을 수도 있기 때문이었다. 베티는 항상 흰 장갑을 끼고 있었다. 전화로 진료를 받게 해 달라고도 했는데, 진료실까지 오기가 두렵기 때문이라는 것이었다.

진료 다음 주에는 잠자리에서 일어나기가 겁난다고 했다. 그래서 전화로 상담했다. 거리로 나가기가 겁난다고도 했다. 강도와 강간, 공기 오염에 대한 공포가 생겼다. 동시에 자신의 증상이 악화될까 겁이 나 침대에만 있는 것도 두려워했다. 그리고 여타 모든 공포를 혼합해 자신이 미치지 않을까 두려워했다.

베티는 약이 듣지 않을까, 약에 부작용이 있지는 않을까 겁이 났지만, 반면 자신이 좋아지지 않을 것이란 공포에 약을 먹지 않을까 봐 겁이 나기도 했다. 나아가 알약에 질식할까 봐 겁이 나 스스로 고른 약마저 끊었다고 했으니, 처방받은 약은 말할 것도 없었다. 베티의 공포에 모든 치료 방법은 소용이 없었고 치료 자체가 어려웠다. 내가 자기 가족과 이야기하는 것도 막았다. 정신과 의사에게 상담을 받고 있다는 것을 알면 자기를 미쳤다고 생각할까 봐 두려웠던 것이다.

나는 도저히 어찌할 바를 몰라 어떻게 하면 도울 수 있을지 몇 주간 머리를 쥐어짰다. 그러다 결국에는 놓아 버렸다. 그냥 완전히 포기하고 항복이 주는 후련함을 맛보았다. "베티를 돕기 위해 내가 할 수 있는 일은 없다. 유일하게 남은 일은 베티를 사랑하는 것뿐이다."

그래서 그렇게 했다. 베티를 마음에 떠올리며 사랑스럽게 여겼고, 전화로 이야기할 때마다 베티에게 최대한의 사랑을 보냈다. 그렇게 '사랑 요법'에 들어간 지 몇 달 만에 진료실에서 그녀를 만날 수 있었다.

시간이 흐르면서 스스로 아무런 이해도 얻지 못하긴 했지만 베티는 조금씩 나아졌고 공포와 장애가 줄어들기 시작했다. 그녀는 심리 문제를 놓고 이야기하기가 몹시 두렵다고 했다. 그래서 몇 달, 몇 년이 지나도록 진료하면서 내가 한 일은 그저 그녀를 사랑하는 것뿐이었다.

이 사례가 보여 주는 개념은 앞에서 무의욕을 다룰 때 제시한 것과 같다. 즉 사랑 같은 높은 진동수는 낮은 진동수에 대해 치유 효과가 있는데, 베티의 경우에 낮은 진동수란 공포이며 사랑은 안심시키는 기제다. 그저 함께 있으면서 사랑하는 에너지를 보내 감싸 안는 것으로 다른 이의 공포를 진정시킬 수 있는 경우가 상당히 많다. 그 사람에게 해 주는 말이 아니라, 같이 있다는 사실 자체에 치유 효과가 있는 것이다.

여기서 의식의 법칙을 하나 더 배울 수 있다. '공포는 사랑으로 치유하는 것이다.' 정신과 의사 제리 잼폴스키는 (『사랑 수업Love is Letting Go of Fear』을 비롯한) 일련의 저서에서 이 법칙을 중심 주제로 삼았다. 이 법칙은 뉴욕 주 롱아일랜드 섬의 작은 마을 맨하셋에 있던 '마음가짐 치유 센터Attitudinal Healing Center'에서 치유법의 바탕으로 삼기도 했다. 나는 이곳의 공동 설립자이자 의료 고문이었다. 마음가짐 치유는 치명적인 죽음의 병을 앓는 환자들과 이루는 집단상호작용에 관한 것으로, 치유의 전 과정이 공포를 놓아 버리고 그것을 사랑으로 대체하는 일과 관련이 있다.

이 법칙은 위대한 성자와 깨달은 치유자가 보여 주는 치유와 기제가 동일하다. 그들이 방출하는 사랑의 진동은 강렬하기 때문에 그들은 존재 자체에 치유하는 힘이 있다. 이러한 치유력은 영적 치유를 가능하게 하고, 사랑을 보내는 생각을 통해서도 전송된다. 이렇게 사랑만으로 치유하는 전설적 존재들은 역사에 기록된 경우만 보아도 아주 많다. 예를 들어 테레사 수녀는 무조건적인 사랑과 존재의 빛을 보내는 기제로 수많은 사람을 치유했다. 의식의 법칙을 잘 모르는 사람들은 이런 치유를 기적으로 여긴다. 그러나 의식의 법칙을 잘 아는 사람들에게는 이런 치유 현상이 아주 흔하며 예견할 수도 있는 일이다.

높은 의식 수준은 그 자체에 타인을 치유하고, 변화시키고, 일깨우는 힘이 있다. 사랑에 방해되는 것을 놓아 버리면 사랑하는 능력이 점차 좋아져 그 에너지가 자신은 물론 타인까지 치유하는 능력을 갖는다는 점에 항복 기제의 가치가 있다.

그러나 이러한 유형의 치유에는 한 가지 결점이 있다. 높은 수준의 사랑을 방출할 수 있는 사람이 가까이에 있는 동안은 치유 상태가 유지되지만, 환자가 이런 존재 곁을 떠나면 병이 재발하는 경우가 많다는 점이다. 환자 스스로 의식 수준을 끌어올리지 않는 한 어쩔 수 없는 일이다.

이런 질문이 있을 수 있다. "사랑하는 생각 보내기에 치유력이 있다면, 병원에 있는 환자들은 다 뭔가요? 가족이 그렇게도 염려하는데 가족의 사랑은 왜 환자를 치유하지 못하나요?" 가족이 환자에게 보내고 있는 생각의 종류를 잘 살펴보면 답이 나온다. 그들의 생각은 주로 비통과 공포이며 거기에 죄책감과 애증이 따르고 있음을 알게 될 것이다. 사랑은 햇빛과 같고 부정적인 생각은 구름과 같다고 상상할 수 있다. 우리의 높은 큰나는 태양과 같은데, 우리가 품는 모든 부정적 생각, 즉 의심, 공포, 분노, 억울함 등이 태양의 빛을 어둡게 해 결국 침침해진다.

예수는 우리 모두에게 믿음으로 치유할 수 있는 힘이 있다고 했다. 성자나 의식 수준이 높은 사람은 말뜻 그대로 부정성의 구름을 없애고 태양의 치유력을 최대한 내뿜는 사람이다. 그렇기 때문에 성스런 존재들에게는 자석과도 같은 힘이 있으며 그 힘이 몸이 가는 곳마다 군중을 끌어당기는 것이다. 예를 들면 인도의 성자 스리 라마나 마하리시가 생일을 맞았을 때, 2만 5000명의 사람들이 찌는 듯한 열대의 태양 아래 어깨를 맞댄 채 한 덩어리로 서서 마하리시가 존재함을 축하하며 건강을 빌었다.

공포에 대한 저항을 끊임없이 놓아 버려서 공포를 항복하면 공포에 묶여 있던 에너지가 풀려나와 사랑의 에너지로서 빛을 발할 수 있다. 따라서 무조건적 사랑에는 가장 큰 힘이 있으며, 이러한 사랑이 이름난 성자들의 힘이다.

또한 무조건적인 사랑은 어머니와 아버지의 힘이다. 부모의 존재는 아이가 자라면서 사랑을 배우는 데 반드시 필요하다. 지그문트 프로이트는 엄마의 사랑을 받는 아이라는 사실이 우리가 자랄 때 생길 수 있는 가장 운이 좋은 일이라고 했다. 자랄 때 운이 나빠 무조건적인 사랑 속에 감싸이는 경험을 해 보지 못한 사람은 어떻게 될까? 흔히들 이러한 경험이 없으면 마음에 어떤 식으로든 상처가 남거나 평생 불구가 된다고 믿는다. 사실 그렇지 않다. 삶의 초기에 큰 사랑을 경험한 사람은 공포가 적어서 유리하지만, 이러한 사랑은 우리 모두가 본디 갖고 있는 것이다. 우리 존재의 본성 자체가 그러하며 우리에게 흐르면서 우리가 숨 쉬고 생각하게 해 주는 생명 에너지의 본성 자체가 그렇듯이, 우리 모두는 동일 수준으로 에너지가 진동하는 사랑을 내면에 지니고 있다.

스스로를 잘 살펴, 커져 가는 공포가 자신의 본성을 가로막도록 놓아두었다는 것을 알면 우리는 항복 기제를 활용해 내면의 사랑을 재발견할 수 있고 부정성의 구름을 놓아 버릴 수 있다. 이러한 내면의 사랑을 재발견함으로써 우리는 사랑의 진정한 근원을 찾는다.

"그림자" 인정하기

우리가 무의식 속에 감추고 있는 공포도 감정 성장에 장애가 된다. 그렇듯 우리가 직시하고 인정하기를 싫어하는 영역을 칼 융은 "그림자"라고 명명했다. 융은 자아가 치유되기 위해서는 반드시 그림자를 직시하고 인정해야 한다고 했다. 우리 모두의 내면, 즉 융이 "집단 무의식"이라 부른 것 속에는 우리가 자신에 대해 받아들이기 싫어하는 것들이 모두 감추어져 있다는 것이다.

융에 의하면, 사람들은 자신의 그림자를 세상에 투사해 세상을 악으로 보고 규탄하면서 세상 속의 악과 싸우는 일이 자신의 문제라고 생각한다. 실제로는 자신의 내면에 그런 생각과 충동이 존재함을 인정하는 것이 문제다. 생각과 충동은 인정하면 조용해진다. 일단 조용해지면, 우리는 더 이상 그 생각과 충동에 무의식적으로 휘둘리지 않는다.

무의식의 가장 깊은 곳에 있는 미지의 것에 대해 느끼는 공포를 잘 살펴볼 때는 유머 감각을 갖는 것이 도움이 된다. 일단 잘 살펴보고 인정하면 그림자는 더 이상 힘을 쓰지 못한다. 사실 유일하게 그림자에 힘을 부여하는 것은 그런 생각과 충동에 대한 공포 자체다. 일단 자신의 그림자와 친숙해지면 더 이상 자신의 공포를 세상에 투사할 필요가 없어져 공포가 신속하게 사라진다.

어떤 매력이 있기에 갖가지 형태의 아수라장을 다루는 텔레비전 프로가 끝도 없이 나올까? 화면에 나오고 있기는 하지만 실제로는 안전한 장면들이 모두 우리의 정신 속에서 금지되어 있는 무의식적 환상을 담고 있기 때문이다. 자신의 마음이라는 텔레비전

화면에 나오는 동일한 영화를 잘 살펴보고 그런 영화가 어디서 비롯되는지를 알고자 한다면, 이런 '오락'이 갖는 매력은 사라진다. 자신의 그림자에 담긴 내용을 인정한 사람은 범죄와 폭력, 무서운 재앙에 아무런 관심이 없다.

타인의 의견을 두려워하는 것도 마음속 공포와 친숙해지는 데 장애가 된다. 마음속에서는 타인의 동의를 기대하는 공상이 끊임없이 계속되고 있다. 따라서 권위 있는 인물을 포함한 다른 사람의 의견에 동조하고 그 의견까지 합쳐 자신의 의견처럼 마음속에서 듣는다.

공포를 살펴볼 때, 칼 융이 그림자 속에 있는 금지된 것들의 저장고를 '집단 무의식'의 일부로 보았다는 점을 기억해 두면 좋다. 집단 무의식이라는 용어는 그런 생각과 공상이 모든 사람에게 있음을 의미한다. 누구나 감정을 상징으로 표현한다. 또한 누구나 자신이 멍청하고 못생겼으며 귀여운 데라고는 없는 실패작이라는 공포를 남모르게 내내 품고 있다.

무의식적인 마음은 예의를 모른다. 지극히 무례한 개념을 떠올리며 생각한다. "노숙자를 죽여라!"라는 말을 떠올리면 무의식은 그 말 그대로 의도를 갖는다. 운전할 때 누가 끼어들면 자기 내면을 깊숙이 들여다보면서, 상대를 어떻게 하고 싶은지 아주 솔직하게 마음에 떠오르는 이미지를 상상해 보라. 상대방 차를 도로 밖으로 밀어내고 싶을 것이다. 그렇지 않은가? 아주 박살내 버려. 절벽 끝으로 밀어 버려. 이렇지 않은가? 그것이 무의식의 사고방식이다.

유머 감각이 도움이 되는 까닭은 잘 살펴보기만 하면 그런 이미지가 웃길 따름이기 때문이다. 하나도 무서울 것이 없다. 무의식이 이미지를 다루는 방식이 그럴 뿐이다. 내가 형편없는 인간이거나 범죄자가 될 가능성이 있다는 의미가 아니다. 인간의 동물적 마음이 무의식의 차원에서 어떻게 움직이는지를 정직하게 직시했음을 의미할 뿐이다.

그런 이미지가 떠오른다 해서 스스로 멜로드라마를 연출하거나, 자기비판에 열을 올리거나, 비극적인 기분을 느낄 이유는 없다. 무의식은 원래 상스럽고 미개하다. 우리의 지성이 초등학교에 다니는 동안, 우리의 무의식은 정글에 남아 여전히 나무에서 줄을 타고 있다! 그림자 측면을 살펴보는 시간은 얌전을 떨거나 비위가 약한 척하는 시간이 아니다. 그렇다고 곧이곧대로 받아들이는 시간도 아니다. 무의식에서의 상징은 상징일 뿐이며, 천성 자체가 원시적이다. 상징을 의식적으로 다룬다면 상징으로 인해 제약을 받기보다 힘을 얻을 수 있다.

그림자를 계속 감추고 그 많은 공포를 억제하려면 에너지가 많이 든다. 그 결과 에너지는 줄어들고 감정 면에서 사랑할 능력을 발휘하지 못한다.

의식의 세계에서 감정은 유유상종하는 법이라 공포는 공포를 끌어당기고 사랑은 사랑을 끌어당긴다. 공포를 많이 품을수록 무서운 상황을 삶에 더 많이 끌어당긴다. 각각의 공포에는 방어 장치를 만들어 낼 에너지가 더 필요해져 에너지가 전부 방어 조치를 확대하는 일에 소모된다. 자발적으로 공포를 유심히 살펴 공포에서 벗어날 때까지 공포를 연구 대상으로 삼으면 즉시 보상을 받는다.

사람들의 내면에는 의식적으로 억제하거나 무의식적으로 억압해 공포를 쌓아 놓은 저장소가 있다. 이런 다량의 공포가 삶에 흘러넘쳐 경험하는 모든 것을 물들이고, 삶의 환희를 퇴색시키고, 안면 근육에 반영되어 외모에 영향을 주고, 체력이나 신체 장기의 건강 상태에도 영향을 미친다. 특히 만성 공포는 우리 몸의 면역 체계를 억제한다. 신체운동학의 테스트 방법을 사용하면, 두려워하는 생각은 근력을 크게 떨어뜨리며 경락을 따라 주요 장기로 가는 에너지의 흐름을 어지럽힌다는 사실을 즉시 확인할 수 있다. 우리는 공포가 인간관계와 건강, 행복 등 모든 면에서 해롭다는 점을 알고 있으면서도 계속 공포를 움켜쥐고 놓지 않는다. 왜 그럴까?

우리가 무의식적으로 하는 공상에 의하면, 우리가 살아 있는 것은 공포 덕분이다. 공포는 생존 기제 전부와 관련이 있기 때문이다. 우리는 주된 방어 기제인 공포를 놓아 버리면 어딘가 취약해진다고 생각한다. 하지만 현실은 정반대다. 공포로 인해 우리는 삶에 위협이 되는 것들을 제대로 보지 못한다. 공포야말로 몸에 닥치는 가장 큰 위험 요소다. 공포와 죄책감이야말로 만사에 실패를 부르고 질병을 발생시킨다.

보호하기 위해 똑같이 하는 일이라도, 공포 때문이 아니라 사랑하는 마음에서 할 수 있다. 자기 몸을 보살피는 일도 질병과 죽음의 공포 때문이 아니라 건강한 몸의 가치를 알고 몸을 소중히 여기는 마음에서 할 수 있지 않을까? 삶에서 만나는 이들에게 도움이 되는 존

재가 되는 것도 그들을 잃을까 봐 겁나서가 아니라 사랑하는 마음에서 할 수 있지 않을까? 모르는 사람에게 예의바르고 공손하게 대하는 것도 좋지 않은 소리를 들을까 봐 두렵기 때문이 아니라 같은 인간으로서 보살피는 마음에서 할 수 있지 않을까? 일을 잘 해내는 것도 우수한 성과를 원하고 동료를 위하는 마음에서 할 수 있지 않을까? 업무를 문제없이 수행하는 것도 실직의 공포나 야망 추구 때문이 아니라 내가 하는 일로 혜택을 받을 사람 때문이라 할 수 있지 않을까? 겁나는 경쟁보다는 협력을 통해 더 큰 성취를 할 수 있지 않을까? 운전을 조심해서 하는 것도 사고가 겁나서가 아니라 자신을 깊이 존경하기에 안전을 위해 할 수 있지 않을까?

영적인 차원에서도 마찬가지다. 같은 인간에 대해 연민을 느끼고 자기 일처럼 느끼기에 타인을 보살피는 것이 신에게 벌을 받을까 봐 두렵기에 사랑하려 애쓰는 것보다 진보가 빠르지 않을까?

죄책감

우리는 공포가 취하는 특정 형태 중 한 가지를 죄책감이라고 부른다. 죄책감은 실제로든 상상으로든, 잘못했으니 처벌받을 수도 있다는 느낌과 연관된다. 처벌은 바깥세상에서 다가오거나, 감정상으로 자신을 처벌하는 것으로 나타난다.

모든 부정적 감정에는 죄책감이 딸려 오며, 따라서 공포가 있는 곳에는 죄책감이 존재한다. 죄스러운 생각을 하면서 다른 사람에게 근력을 시험해 달라고 하면, 근육이 순간적으로 약해짐을 알 수 있다. 대뇌 반구의 동기화 상태가 깨지고, 경락의 에너지 균형이 깨진다. 이렇듯 죄책감의 본성은 파괴적이다.

죄책감이 파괴적이라면, 죄책감을 찬양하는 찬가 같은 것이 존재하는 이유는 무엇일까? 이른바 전문가라는 사람들은 왜 죄책감을 이롭다고 할까? 예를 들어 어느 정신과 의사는 잡지 기고문에서 죄책감을 찬양하며 단언했다. "죄책감은 우리에게 좋습니다." 그러면서 "적절한 죄책감"이라는 단서를 달았다. 이제 죄책감이란 과연 어떤 것인지를 살펴보면서, 그 말에 동의할 수 있는지 보자.

우리는 길을 건널 때 차가 오는지 보려고 양방향을 살핀다. 이런 습관이 어떻게 해서 생겼을까? 우리는 어렸을 때 조심성 없이 길을 건너는 것은 '나쁜' 행동이라고 배웠다. 그렇게 해서 아이의 미숙한 마음에는 현실을 보는 눈 대신 죄책감이 들어앉는다. 또다시 잘못하거나 실수하지 않도록 예방하는 일은 현명하다고 알려져 있는 학습된 행동이다. 그러나 죄책감의 99퍼센트는 현실과 아무 상관이 없다. 사실 가장 경건하고 온화하고 악의 없는 사람들이 죄책감으로 만신창이가 된다. 죄책감은 자신을 비난해 쓸모 있고 가치 있는 인간이 되지 못했다며 스스로 못을 박는 일일 뿐이다.

죄책감은 공포처럼 널리 퍼져 있어서 우리가 무슨 일을 하든 우리를 죄스럽게 한다. 뭔가 다른 일을 하고 있어야 한다고 마음의 일부가 말한다. 아니면 그 순간에 실제로 하고 있는 일이 무엇이든, '더 잘' 해야만 한다. 골프 점수가 더 잘 '나와야' 한다. 텔레비전을 보는 대신 책을 '읽어야' 한다. 섹스도 더 잘 '해야' 한다. 더 맛있게 요리해라. 더 빨리 뛰어라. 더 힘세져라. 더 커라. 더 똑똑해라. 더 배워라. 사는 일이 두렵고 다가올 죽음이 두려운 가운데,

지금 이 순간은 죄스럽다. 우리는 죄책감을 잊고 사는 것으로 애써 죄책감을 피한다. 잊는 방법은 죄책감을 억제하고, 억압하고, 남에게 투사하고, 현실 도피를 하는 것이다.

그러나 (억압된) 죄책감을 의식하지 않는다고 해서 죄책감이 해소되지는 않는다. 죄책감이 다시 나타나는 형태로는 자기 처벌이나 사고, 불운, 실직, 실연, 질병, 피로, 탈진 등이 있고, 마음이 생각해 낸 기발하고 다양한 방법으로 즐거움과 환희, 생기를 잃는 일도 생긴다.

사랑이 삶을 상징하듯, 죄책감은 죽음을 상징한다. 죄책감은 왜소한 자아의 일부이며, 죄책감으로 인해 우리는 자신에 대한 부정적 이야기를 믿는다. 가족이나 친구, 이웃 사람이 던진 부정적 한마디가 그날의 행복과 환희를 한순간에 망친다. 육체적 질병이 있는 곳에 죄책감이 있을 공산이 크며, 죄책감은 우리의 내면이 본디 천진하다는 사실을 부인한다.

우리는 왜 그리도 많은 쓰레기를 믿는 걸까? 정말로 천진하기 때문일까? 자라면서 남에게 들은 말을 사실로 믿었기 때문이 아닐까? 그리고 지금도 여전히 남에게 듣는 말을 사실로 믿기 때문이 아닐까? 내면이 천진하고 순진한 탓에 그동안 오만 가지 거짓말을 믿었으면서 또 새롭게 오만 가지 거짓말을 믿을 준비가 되어 있기 때문이 아닐까? 우리가 남에게 이용당할 수 있는 것 역시 내면이 천진하기 때문이 아닐까? 내면을 깊숙이 들여다볼 때 알 수 있듯이, 스스로 죄가 있다고 믿는 것은 바로 우리가 천진하기 때문이 아닐까?

내면이 천진한 탓에 세상의 부정성을 모두 믿을 뿐 아니라, 그 부정성을 방치한 탓에 생기가 없어지고, 자신이 진정 어떤 존재인지를 전혀 자각하지 못하며, 작고 불쌍한 왜소함에 스스로 만족하고 만다. 천진한 나머지 갓난아이가 그렇듯 스스로를 방어하지 못하고, 제대로 파악하지 못하며, 컴퓨터처럼 프로그램이 설치되도록 내버려 둘 수밖에 없는 것이 아닐까?

이 점을 아는 것이 곧 의식하게 되는 것이다. 의식 수련 코스나 의식 확장 세미나가 있다. 여기선 뭘 하는 것일까? 신개념의 복잡한 수련법이라도 익히는 걸까? 누군가가 신비한 진실을 설명한 대로 프로그램을 설치하는 것일까?

의식 수련법은 대부분 다음과 같이 압축할 수 있다. 믿고 있는 것, 매일 받아들이는 것을 자각하라. 이미 설치된 프로그램들을 잘 살펴보고, 이의를 제기하고, 해체한 다음, 놓아 버리자. 정신을 바짝 차리고, 세상에서 주입되는 부정적 프로그램의 노예가 되어 이용당하는 일에서 벗어나자. 그러면 프로그램의 본색을 알게 될 것이다. 그 본색은 우리를 통제하고, 이용하고, 돈을 뜯어내고, 헌신과 에너지와 충성을 갈취하려는 것이다. 우리의 마음을 차지하려는 것이다. 영화 「트론」은 이런 일이 일어나는 기제를 아주 멋지게 보여 준다. 영화 속에서 '마스터 컨트롤'이 하는 기능이 바로 프로그램을 주입해 우리를 노예로 만드는 것이다.

프로그램이 주입되는 진상을 알면, 우리는 자신이 아무것도 깔리지 않은 새 컴퓨터와 같다는 사실을 알게 된다. 우리는 프로그램이 주입되는 빈 공간이다. 모든 과정을 살펴보면 분노가 치민다.

분노하는 편이 체념, 무의욕, 우울, 비탄에 빠지는 것보다 낫다! 분노한다는 것은 텔레비전이나 신문, 잡지, 이웃 사람, 지하철 대화, 종업원이 무심코 뱉은 한마디, 갖은 헛소리들에 넘어가지 않고 스스로 마음을 관장함을 뜻한다. 우리의 기억 장치에 들어온 것은 헛소리였다. 이 점을 알게 되면 공포가 크게 줄어든다. 감정이 일어나도록 놓아둔 채 그 본색을 알아보고, 모든 헛소리를 집어치우고, 모두 놓아 버리는 일을 즐긴다.

내면을 깊숙이 들여다보고 내면이 본래 천진하다는 것을 알면, 자신을 미워할 수 없다. 자신을 비난하지 않고, 남이 퍼붓는 비난을 믿지 않고, 가치 있는 인간이 되지 못한 것으로 못 박으려는 교묘한 시도에 당하지도 않는다. 자신의 힘을 되찾을 때다. 지나가던 사기꾼에게 번번이 힘을 넘겨주는 일을 그만둘 때다. 그들은 우리의 공포심을 자극해 주머니에서 돈을 털어 내거나 자기들이 내세우는 대의의 노예가 되게 함으로써, 우리의 에너지를 먹고 산다. 이제 선택할 능력이 있기에, 그 모든 공포에서 벗어나는 것은 쉬운 일이다.

우리는 내면 탐험을 하다가 끔찍하고 지독한 참모습을 만날까 봐 두려워한다. 이 두려움은 세상이 우리 마음에 설치한 프로그램의 하나로, 참모습을 발견하지 못하도록 세워 놓은 장애물이다. 세상이 우리가 발견하지 못하기를 바라는 것이 하나 있는데, 그것은 바로 우리 자신의 참모습이다. 왜일까? 발견하면 자유로워지기 때문이다. 그러면 더 이상 통제하고, 조종하고, 이용하고, 착취하고, 노예로 만들고, 가두어 놓고, 헐뜯고, 힘을 뺏을 수 없다. 그래서 내면 탐험은 신비한 분위기와 불길한 예감에 싸여 있는 것이다.

내면 탐험의 참모습은 어떤 것일까? 내면으로 들어가 환상을 하나씩 버리고, 거짓을 하나씩 버리고, 부정적 프로그램을 하나씩 버리면 내면은 더욱더 밝아진다. 사랑이 존재하는 것이 더욱더 강하게 자각된다. 더욱더 가볍게 느낀다. 삶이 점차 수월해진다.

태초부터 위대한 스승들은 한결같이, *내면within*을 보고 참모습을 발견하라고 했다. 우리가 진정 어떤 존재인지 그 참모습을 알면 자유를 얻기 때문이다. 내면에서 발견할 것이 죄책감을 느낄 만한 무엇이라면, 뭔가 부패하고 악랄하고 부정적인 것이라면, 세상의 위대한 스승들이 한결같이 내면을 보라고 충고하지는 않았을 것이다. 그와 반대로 한사코 내면을 피하라 했을 것이다. 세상에서 "악"이라 부르는 것 모두가 겉보기에는 악이 맞음을 알게 될 것이다. 맨 위만 보면, 표면에 드러난 얇은 껍데기만 보면, 악이 맞다. 이렇게 오인하는 것은 잘못 알고 있기 때문이다. 우리는 부패하지 않았다. 무지할 뿐이다.

죄책감에서 오는 공포와 공포에 따르는 에너지를 많이 포기하고 나면, 어느덧 병이나 이런저런 증상이 사라진다. 자존감이 증가하는 형태로 자신을 사랑할 능력이 돌아오면서 남을 사랑할 능력도 생긴다.

죄책감에서 벗어나면 생명 에너지가 다시 솟는다. 종교 체험으로 변한 사람들에게서 이런 극적인 현상을 목격할 수 있다. 용서 기제를 통해 죄책감에서 홀연히 벗어남으로써 중증의 말기 질환에서 벗어난 사례가 수없이 많다. 그들의 종교관에 동의하는지 아넌지는 중요하지 않다. 중요한 것은 죄책감이 줄어들면 생명 에너지가 다시 솟으며 평안과 건강이 따라온다는 점을 아는 것이다. 자신을 치유해 스스로 감정 건강을 증진시키는 일에 관한 한 편집증적으로 임하는 것이 좋다. 내게 죄책감을 주는 사람들이 누구인지 전부 파악해 그들이 주는 해로운 영향을 알아차리는 것이다.

공포와 죄책감 때문이 아니라 사랑하는 마음에서 동일한 동기를 얻어 행동할 수 있는지 자문할 수도 있다. 이웃 사람을 칼로 찌르지 않는 것이 단지 죄책감 때문일까? 그 사람은 본디 천진한 데다가 발전하려고 무던히 애쓰다 보니 실수도 할 수 있는 것이기 때문에 나도 같은 실수를 하는 사람으로서 그를 사랑하고 보살피는 마음에서 찌르지 않는 것일 수도 있지 않을까? 어떤 것이든 종교의 가르침을 따를 때에도, 죄책감과 공포 때문이 아니라 사랑하고 감사하는 마음에서 따르면 효과가 더욱 좋지 않을까?

죄책감이 과연 필요한지 자문해 볼 수도 있다. 우리에게 도움이 될 일이 과연 있을까? 오직 죄책감 때문에 행동해야 할 만큼 우리는 그렇게 멍청한 것일까? 그렇게나 의식이 없을까? 적절히 처신하려는 동기 면에서, 타인의 감정을 배려하는 마음이 죄책감을 대체할 수도 있지 않을까?

검토를 통해 이런 문제의 사회적 기원을 살펴보면, 중세 시대가 저물려면 멀었다는 사실을 알게 된다. 종교재판이 더욱 새롭고 미묘한 형태의 잔인성을 띠게 되었을 뿐이다. 우리는 그동안 이 행성 위에서 번성 중인 부정성 체계 한 가지를 부지불식간에 믿었다. 잘못을 따지고 죄책감을 주는 것은 일종의 잔인성이 아닐까?

우리는 타인이 자가 고문 프로그램을 우리에게 주입하게 했고, 대신 우리도 타인이 스스로를 고문하게 함으로써 보복했다. 또 우리는 죄책감이 우리를 조종하게 했고, 우리도 동일한 죄책감 기제를 써서 타인을 이용하고 통제하려고 했다.

진정한 큰나가 누리는 현실을 경험하지 못하도록 자신을 억제하는 만큼, 실제로 경험한 이들에 대해서는 분개한다. 자신이 장애를 느끼는 분야에서 남이 활발한 것에 분개한다. 이 냉엄한 실상은 바닷가를 걷다 잡은 게를 들통 가득 들고 오던 어부와 마주친 남자의 이야기에도 담겨 있다. 남자가 어부에게 물었다. "들통에 뚜껑을 덮어 게가 달아나지 못하게 하는 것이 좋지 않을까요?" "아니오." 현명한 늙은 어부가 말했다. "그럴 필요 없어요. 보다시피 한 놈이 들통을 빠져 나가려고 벽을 타고 올라오면, 다른 놈이 다리를 물고 뒤로 잡아당깁니다. 그래서 뚜껑이 필요 없지요."

계속해서 놓아 버림으로써 밝아지고 자유로워지면, 불행히도 이 세상의 본색 또한 게로 가득한 들통과 같다는 것이 보인다. 이때 부정성의 전체 규모가 뚜렷해진다. 그동안 받아들인 부정적 프로그램의 규모를 완전히 자각하면, 분노를 느끼고 부정성의 제약에서 자유로워지려는 바람을 강렬하게 느낄 것이다.

욕망

욕망이라는 감정은 어떤 사물이나 사람에 대한 가벼운 바람에서 강박적이고 투지 넘치는 갈망에 이르기까지 양상이 다양하다. 또한 욕망은 탐욕, 집착, 갈구, 부러움, 시샘, 애착, 수집증, 몰인정, 고착, 광분, 과장, 과욕, 이기심, 성욕, 소유욕, 통제, 미화, 불만족, 물욕 등으로도 나타난다. "절대로 만족이 안 되고", "절대로 충분하지 않으며", "꼭 가져야" 한다.

이 감정의 기저를 이루는 특징은 사로잡힘이다. 욕망의 영향 아래에 놓이면 자유는 끝난 것이다. 욕망에 지배되고, 욕망에 휘둘리고, 욕망의 노예가 되고, 욕망에 코가 꿰인다. 욕망의 경우에도 자유의 핵심은 어떤 바람의 실현을 의식적으로 결정했는가 혹은 무의식적 프로그램과 신념 체계에 휘둘릴 뿐인가에 달려 있다.

욕망은 장애물

바람이나 욕망의 작용을 이해하지 못하는 사람이 많다. 이들은 주로 이런 환상을 가지고 있다. "원하는 바를 얻으려면 그것을 욕망하는 수밖에 없다. 욕망을 놓아 버리면 원하는 바를 얻지 못할 것이다." 그러나 실제로는 그 반대가 진실이다. 욕망, 특히 갈망 같은 강한 욕망은 원하는 것을 얻는 데 장애로 작용하는 경우가 많다.

이유가 무엇일까? 사실 삶에 어떤 일이 생기려면 먼저 선택을 해야 한다. 벌어진 일은 의도가 낳은 결과다. 즉 그렇게 되기로 결정한 것이 먼저다. 삶에서 생긴 일은 *욕망이 있음에도 불구하고* 생긴 것이다. 어떤 것을 욕망하면 사실 그것을 이루거나 얻는 데 장애가 되기 때문이다. 뭔가를 욕망한다는 것은 말 그대로 '내게 없음'을 뜻하기 때문이다. 즉 어떤 것을 욕망한다고 말하는 것은 그것이 내 것이 아니라고 말하는 것이다. 그것이 내 것이 아니라고 말하면, 나와 내가 원하는 것 사이에 마음의 거리가 생긴다. 이 거리가 에너지를 소모시키는 장애물이 된다.

자신을 완전히 항복하자마자 불가능한 일이 가능해진다. 무엇을 원하면 그것을 받는 데 방해가 되며 그것을 얻지 못할까 두려움이 생기기 때문이다. 욕망의 에너지는 원하는 것을 바라기만 하면 가질 수 있다는 사실을 본질적으로 부인한다.

이는 세상에서 주입받은 프로그램에 젖어 있는 관점과는 다른 목표 성취 관점이다. 우리가 야망이나 성공과 연관해 으레 상상하는 것은 노고나 '청교도 윤리'의 전통 미덕이다. 자기희생도 마다 않고, 금욕하고, 엄청난 수고와 노력을 퍼붓고, 쉴 새 없이 죽어라

일하고, 허리띠를 졸라매고, 마음을 단단히 먹고 덤벼들고, 엄숙한 자세로 힘들게 일하는 모습이다.

이런 모습을 전체적으로 살펴보면 몹시 힘들어 보이지 않은가? 사실이 그렇다. 모두가 분투하는 모습이다. 이렇게 노력해야 하는 이유는 욕망으로 인해 우리 스스로 자기 앞길에 장애물을 놓았기 때문이다.

낮은 의식 상태에서 목표를 몹시 힘들게 성취하는 길과 욕망을 인정하고 놓아 버려 한결 자유로운 높은 의식 상태의 길을 비교해 보자. 한결 자유로운 상태에서는 선택한 것이 수월하게 현실로 나타난다. 욕망의 감정을 항복하고, 대신에 목표를 선택해 사랑스럽게 마음속에 그리고, 그것이 이미 내 것임을 보고 있으니 그대로 이루어지도록 놓아둔다.

왜 그것이 이미 내 것일까? 낮은 의식 상태에서 우주는 부정적이고, 거부하고, 좌절을 주고, 마다하는 것으로 보인다. 우주는 모질고 인색한 부모 같다. 높은 의식 상태에서는 우주를 다르게 경험한다. 이제 우주는 잘 주고, 다정하고, 무조건 찬성하는 부모처럼 내가 원하는 대로 전부 갖게 해 주고 싶어 하기 때문에 청하기만 하면 그것은 내 것이다. 이런 상태는 맥락을 새롭게 창조한다. 우주에 새로운 의미를 부여한다.

타인에게 인색하고 적대적인 세상에서 살더라도 세상이 늘 그런 식이라고 믿어야 할 이유는 없다. 그런 식이라고 믿으면, 삶은 그런 식으로 일을 만든다. 욕망을 놓아 버리는 경험을 하면 자신의 선택이 마술처럼 삶에 나타난다는 것을 알게 된다. "마음속에 품는 것은 현실로 나타나기 쉽다." 앞에서 이야기했듯이, 실업률이 높았을 때에도 어떤 사람들은 일자리가 있는 정도를 넘어 동시에 두세 가지 일자리를 갖고 있었다.

처음 이 시각을 접했을 때 이는 충격적이고도 새로운 관점이었다. 진실이기를 기대하기도 했지만 회의적이기도 했다. "실제로 활용하기는 불가능해." 엄격한 '청교도 윤리'를 근본으로 삼는 사람으로서 믿기 어려운 것이었다. 그렇긴 해도 나는 자발적으로 한번 시도해 볼 만큼 마음이 열려 있기는 했다. 욕망을 놓아 버리는 나의 첫 경험은 이러했다.

개인적인 목표를 몇 가지 적은 다음, 이에 대한 욕망을 놓아 버렸다. 역설적으로 보이지만 이렇게 하는 것이 순서다. 목표를 확인한 다음, 목표에 대한 바람을 놓아 버린다. 수년간 마음에 품고 있던 목표 하나는 뉴욕 시내에 있는 아파트였다. 맡고 있던 일을 하려니 통근 거리가 멀어 호텔 투숙에 돈이 많이 들어갔다. '삐에 아떼르'라 부르는 시내의 작은 아파트가 실속 있는 해결책이었다. 그래서 '뉴욕 시내에 있는 아파트'라고 목표를 적었다. 목표 성취에 이런 방법을 쓸 때는 이성적으로 보기에는 이루어질 것 같지 않더라도 온갖 세부 사항까지 포함시킨다. 나는 아파트로 이상적인 조건을 상세히 열거했다. 임대료가 알맞고, 70번대 블록에서 5번가에 있고, 거리 소음이 큰 길가는 아니면서 8~9층 이상이고, 거실과 방 하나가 있는 정도.

다음 날도 평소처럼 바빴다. 담당한 환자도 많았고, 회의도 많았고, 찾아오는 환자도 많았다. 회의를 하고 환자를 보는 사이사이에도 아파트를 원하는 느낌이 인지되면 놓아 버리곤 했다. 그렇게 하루를 지내며 아파트 일을 정말로 잊었다. 오후 4시 30분에 마지막 환자를 보고 나니 문득 시내로 드라이브를 하고 싶었다. 혼잡할 시간이었는데도 도로가 비어 있어서 드라이브하는 데 30분밖에 걸리지 않았다. 천천히 달리다 73번 블록의 렉싱턴 가 부근에 있는 부동산 중개 사무소 앞에 차를 세웠다. 마법과도 같은 우연처럼 사무소 바로 앞의 주차 공간이 비어 있었다.

5번가 아파트를 원한다고 농담처럼 이야기했더니 부동산 중개인이 놀란 눈을 했다. "와, 정말 운이 좋으십니다! 정확히 한 시간 전에 76번 블록에서 5번가를 통틀어 딱 하나 남은 임대 아파트가 매물로 나왔습니다. 9층이죠. 이면 도로에 있고, 거실과 방 하나가 있는 구조입니다. 임대료도 중간에 올리지 않는 조건으로 월 500달러니까 합리적이죠. 칠도 새로 해 놓아서 언제든지 입주하실 수 있습니다."

중개인과 함께 걸어가 아파트를 둘러보았더니, 목표로 적어 놓은 집과 정확히 일치했다. 그래서 그 자리에서 계약서에 서명했다! 이렇게 해서 개인적인 특정 목표에 대해 놓아 버림 기법을 시도한 지 24시간 내에 목표가 현실이 되었다. 마련하기 거의 불가능한 아파트였는데 아무런 부정적 감정 없이, 수월하게, 상상한 그대로 이루어졌다. 쉽고도 기분 좋은 경험이었다.

이런 일은 으레 경험할 수 있는 것이다. 욕망이 적당한 수준이어서 힘 들이지 않고 욕망을 완전히 항복할 수 있었다. 완전히 항복했다는 것은, 아파트가 생기면 좋고 생기지 않아도 좋았을 것이라는 말이다. 욕망을 완전히 항복한 덕분에 불가능한 일이 가능해졌으며, 수월하고 신속하게 현실화되었다.

이런 기제는 의심하고, 바라던 바를 야망이나 욕망, 갈망, 심지어 강박적이고 미친 듯한 욕심을 통해 이루었던 경우를 되새겨 보게 한다. 마음이 따진다. "바라던 바에 대한 욕망을 놓아 버렸다면 어떻게 되었을까? 욕망이 없었다면 과연 그것을 이뤘을까?" 그래도 이룰 수 있었다는 것이 진실이다. (이루지 못할까 두려워하는) 걱정 없이, 에너지 소모 없이, 노력 없이, 시행착오 없이, 노고 없이도 이룰 수 있었던 일이다.

"허 참!" 마음이 또 따진다. "일을 수월하게 이룰 수 있다면, 성취할 때 생기는 자부심은 어쩌지? 그것도 버려야 한다는 말인가?" 음, 그렇다. 일에 쏟아붓는 희생이니 노고니 하는 허영에 찬 것을 다 포기해야 한다. 자기희생이라는 감상에 툭하면 빠지는 것도 포기하고, 목표를 이루기 위해 감내했던 모든 아픔과 괴로움도 포기해야 할 것이다.

그런 감정은 사회의 기이한 도착 증세가 아닐까? 힘들이지 않고 바로 성공하면 사람들이 시샘한다. 목표에 도달하는 데 아무런 고초도, 아픔과 괴로움도 겪을 필요가 없었다고 하면 정말로 약이 오를 것이다. 그들의 마음은 이런 고통이 성공을 위해 반드시 치러야 할 대가라고 믿고 있다.

이런 믿음을 잘 살펴보자. 부정적 프로그램으로 인해 그렇게 믿는 일이 없었다면, 삶에서 뭔가를 이루기 위해 아픔과 괴로움을 조금이라도 감내해야 할 이유가 있을까? 그런 믿음은 세상과 우주를 보는 눈이 다소 가학적이라는 점을 보여 주는 게 아닐까?

　바람과 욕망을 이루는 데 장애가 되는 것은 물론 무의식적 죄책감과 왜소함이다. 기이하게도 무의식은 우리 스스로 가질 만하다고 생각하는 것만 갖게 한다. 자신의 부정성과 이로 인해 커지는 왜소한 자기 이미지에 대한 집착이, 가질 만하다고 생각하는 것을 줄어들게 하고 남에게는 쉽게 흘러드는 풍요를 무의식중에 거부한다. 이것이 "빈익빈 부익부"라는 말이 생긴 까닭이다. 스스로를 왜소하게 볼 때 가질 만한 것은 가난이므로, 자신의 무의식에 의해 가난을 꼼짝없이 현실로 만난다.

　자신이 왜소하다는 생각을 포기하고 내면이 무결함을 다시 인정할 때, 그리고 너그럽고, 열려 있고, 다정하고, 믿음직한 자신에 대한 저항을 놓아 버릴 때, 무의식에 의해 삶의 여건이 자동적으로 마련되어 풍요가 삶에 흘러들기 시작한다.

소유하기 – 행하기 – 존재하기

　무의욕이나 공포 같은 낮은 의식 상태에서 벗어나면 욕망의 수준에 이른다. 전에는 '할 수 없고' 불가능하던 일이 가능해진다. 의식이 가장 낮은 수준에서 가장 높은 수준으로 나아가는 과정은 대체로 소유하는 상태에서 행하는 상태를 거쳐 존재하는 상태로 이어진다. 의식의 수준이 낮을 때, 중요한 것은 *내가 가진 것*이다. 바라는 바도 *내가 갖는 것*에 있다. 소중히 여기는 것도 *내가 가진 것*이다. 세상에서 가치와 지위가 있는 자아상도 *내가 가진 것*에서 얻는다.

소유할 수 있고, 기본 욕구를 충족할 수 있으며, 자기의 욕구와 자기에게 의존하는 사람의 욕구를 해결할 역량이 있음을 입증하고 나면, 마음은 자기가 *하는* 일에 더욱 관심을 보인다. 그러면 자주 어울리는 무리도 바뀌는데, 거기서는 내가 세상에서 *하는* 일로 나의 가치와 남이 나를 어떻게 평가하는지가 결정된다.

사랑하는 상태로 올라갈수록 나 자신에게 봉사하는 일보다는 타인에게 봉사하는 쪽으로 점점 더 행동하게 된다. 의식이 성장하면서 사랑을 담아 타인에게 봉사하면 자동적으로 자신의 욕구도 충족된다. (이는 희생을 의미하지 않는다. 봉사는 희생이 아니다.) 결국 자신의 욕구는 우주가 자연스럽게 충족시켜 준다는 것을 확신하면서, 모든 행위가 자동적으로 사랑하는 일이 된다.

이 시점에서 중요한 것은, 세상에서 내가 하는 일이 아니라 나라는 *존재* 자체다. 자발성만 있으면 필요한 것을 가질 수 있고, 뭐든 해낼 수 있는 역량이 있음을 입증할 수 있다. 그러면 이제 나라는 *존재* 자체가 나의 내면과 타인에게 있어 가장 중요해진다. 사람들이 나와 친해지려는 이유가 내가 가진 것이나 내가 하는 일, 사회적 명성에 있지 않고, 이제 내 *존재* 자체에 있게 된다.

나라는 존재의 질 때문에 사람들은 그저 내 곁에 있으면서 나를 경험하고 싶어 한다. 사회에서 나를 가리키는 말도 달라진다. 더 이상 상류층 아파트나 큰 차, 잡다한 수집품을 가진 사람이라거나, 무슨 기업의 회장이나 어떤 조직의 이사진이라고 하지 않는다. 매우 인상적인 사람, 사람들이 무조건 만나려 하고 알려고 하는 사람이라고 칭한다. 카리스마 있는 사람이라고 부른다.

존재의 수준은 자조 집단에서 쉽게 볼 수 있다. 자조 집단에서는 다른 사람이 세상에서 하는 일이나 소유한 물건에는 아무 관심이 없다. 내적 목표를 성취했는지에만 관심 있다. 정직하고, 열려 있고, 나누고, 사랑하고, 기꺼이 돕고, 겸손하고, 진심이고, 깨어 있는지가 목표다. 존재하는 상태의 질에 관심이 있다.

매력

매력은 이해하면 매우 도움이 되는 주제다. 매력을 이해하고 나면, 욕망 놓아 버림이 대단히 쉬워진다. 『매력, 범세계적 문제 Glamour: A World Problem』(1950)라는 책에서 앨리스 베일리는 주제 전체를 노련하게 다루었다.

원하는 어떤 사물을 바라보면서, 사물의 속성이 지닌 오라, 은근한 멋, 반짝임, 자석처럼 마음을 끄는 느낌 등은 사물 자체와 서로 다른 것임을 분별할 수 있다. 이때 그러한 속성을 가장 잘 묘사할 수 있는 말이 '매력glamour'이다. 우리는 어떤 사물 자체와 우리가 사물에 부여한 매력 간의 차이에서 환멸을 느낀다. 그래서 어떤 목표를 추구해 막상 그것을 이루고 나면 실망하는 경우가 많다. 사물 자체와 사물에 대한 마음속 그림이 서로 일치하지 않기 때문이다. 매력이 있다는 것은 사물에 감상적인 느낌을 덧붙였거나 실제보다 과장했음을 의미한다. 사물에 어떤 마술적 특성을 투사해 놓고는, 그런 특성으로 인해 그것만 얻으면 왠지 더 행복하고 더 만족스런 상태를 마법처럼 성취할 수 있으리라 믿는다.

직업적 목표를 성취할 때 이런 일이 꽤 자주 벌어진다. 회사의 사장이 되거나 다른 어떤 분야에서 중요하고 저명한 인물이 되려고 몇 년이고 노력한다. 그리고 그 자리에 이르면, 성취에 걸맞게 온통 만족스럽고 화려한 경험을 할 것이라 기대한다. 직원들이 굽실대고, 고급 승용차를 타고, 사무실도 남다르고, 호칭과 직함이 바뀌고, 사는 동네도 특별하다. 그러나 이런 모든 것이 피상적이라는 사실을 알게 된다. 현실에서 자리가 요구하는 대로 괴로울 정도로 정력을 소모하며 매일 고되게 일하는 것에 비하면, 그러한 보상은 너무나 부적절하다. 감탄과 존경을 받을 것이라 상상했지만, 최고의 자리에서 걸핏하면 만나는 것은 악의와 경쟁심으로 시샘하는 자들과 권력 있는 사람에게 따라붙기 마련인 끊임없이 알랑거리며 음흉하게 조종하려는 자들, 광적으로 공격하는 경쟁자들이다.

정력 소모가 심하다 보니, 개인 생활에 쓸 기운은 남아나질 않는다. 그래서 관계가 망가진다. 아내는 그런 남편이 불만이다. 늘 기진맥진이니 성 생활에도 문제가 생기고, 기운이 너무 빠져 있으니 활력이 필요해도 얻을 수가 없다. 날마다 녹초가 되어 들어오니 좋은 아빠가 되기도 틀렸고, 항상 피곤하니 좋아하는 여가 활동도 즐기지 못한다고 불평한다.

전통적으로 여성들의 영역에서도 똑같은 일이 일어난다. 이를테면 어떤 여자가 유명 디자이너의 드레스를 입고 파티에 가면 자신이 사람들의 주목을 받고 칭찬을 듣고 감탄을 자아내서 나름의 사회적 지위를 얻을 수 있으리라고 생각한다. 그런 생각에 드레스를 맞추느라 많은 돈과 시간을 들이고 이리저리 뛰어다닌다. 그런데 실제로는 어떨까? 파티 때 드레스에 대해서는 지나가는 말만 몇 마디만 들을 뿐이었다. 전과 다름없이 아무도 춤추자고 하지 않는다. 파티 전에 비해 그녀의 비중은 달라진 것이 없다. 진지한 관심을 보이는 사람은 아무도 없다. 물론 드레스에 얼마나 많은 돈을 썼는지 알아보고 부러움과 적의에 찬 표정을 보이는 여자들은 몇 명 있다. 같이 간 남자와는 저녁 내내 늘 하던 식으로 입씨름이나 하고, 집에 오는 차 안에서는 대화가 거의 없다. 과거와 달라진 것이 없다.

기업이나 정치 무대에서 인정받는 여성은 간절히 바라던 대로 대중을 선도한다는 매력적인 역할을 맡지만 그에 따르는 실망도 맛보게 된다. 자신의 역할 덕에 위신이 높아지고 더욱 존경받을 줄 알았는데, 오히려 다른 여성에게조차 비판과 부러움, 반감만 산다. 목표를 이루는 경험은 종종 예상했던 바와 다르다. 여성이 공적으로 보여 주는 모습에는 끝없이 비판이 따르고, 자신 역시 직업적 성취에 힘을 쏟다가 가족을 실망시켰다는 걱정에 신경이 쓰인다. '쟁취'가 주는 매력을 믿고 싶지만, 쟁취는 때로 그 믿음만큼 자유를 주지 못한다.

또한 우리는 감상과 감정에 쉽사리 빠지는 습성 때문에 감정적 목표에 매력을 불어넣기도 한다. 즉 (오랜만의 동창 모임, 첫 데이트, 반장 선출 같이) 감정이 솟는 사건이 있으면 어떤 흥분된 상태를 투사한다. 그로 인해 사건이 진행되는 과정 전반에서, 사건이 실제보다 중요한 것으로 보인다. 사건이 지나간 후의 삶은 이전과 똑같고, 실망만 뒤따른다.

매력 불어넣기가 뻔히 보이는 분야는 광고다. 광고에서 매력을 불어넣는 방식은 매우 독특하다. 카우보이는 남성성에 매력을 불어넣은 것이고 발레리나는 여성성에 매력을 불어넣은 것이다. 남자는 개성에 끌리지 브랜드에 끌리지 않는다. 그래서 카우보이는 강인한 외모에 침착하고, 정중하고, 평정을 잃지 않는다는 매력을 불어넣은 남성을 상징한다. 소비자는 제품에, 그 제품을 사면 바라던 대로 광고 속 성격 특성을 얻을 것이라는 환상을 투사한다.

이러한 매력 불어넣기는 공상 속에서 이루어진다. 그러므로 어떤 욕망을 놓아 버리려면, 과장하고 공상해 낭만적으로 만든 부분을 잘라내야 한다. 매력을 포기하고 나면 욕망 자체를 항복하는 일은 비교적 쉽다. 예를 들어 카우보이를 낭만적으로 만들지 않고 놓아 버리면, 카우보이가 광고에서 들고 있던 담배나 치즈버거가 호소력을 잃는다.

그리고 아주 놀랍게도 욕망은 매력 넘치는 환상에 부여된 것일 뿐이라는 것을 알게 된다. 애초부터 욕망에는 현실성이 없었다. 욕망에 현실성이 없기에, 세상은 정직하지 못한 어떤 것을 끊임없이 납득시키려 하면서, 낭만적인 매력을 불어넣어 우리의 욕망에 영합한다. 우리를 실제보다 대단한 인물로 만들어 주겠다고 약속한다. 그런 이유로 부정직한 매력은 모조품과 같다.

마음은 항의한다. "그렇게 매력 넘치고 흥분되는 일을 다 그만두어야 한다고? 감정에 만족과 흥분을 주는 일을 놓아 버려야 한다고?" 그에 대한 답은 명백히 "그렇지 않다."는 것이다. 전혀 포기할 필요가 없다. 자신이 뭘 하고자 하는지 의식하면 수월하게 목표를 이룰 수도 있다. 그것을 곧장 가질 수 있다. 마음을 끄는 힘을 얻을 수도 있지만, 그렇다고 특정 스타일의 차를 모는 식으로 거짓을 꾸미지는 않는다. 왜소함을 놓아 버리고 위대함을 되찾아 위대함을 세상에 비춤으로써 마음을 끄는 힘을 얻는다.

사람들이 친해지고 싶어 안달할 만큼 흥미진진한 인물이 되는 것은 쉬운 일이다. 그런 인물이 되기로 결정하고, 그렇게 되려는 욕망이 장애가 되지 않도록 놓아 버리면 된다. 좌절과 실망만 안겨줄 사기성 약속에 넘어가 멀리 둘러 가는 일 없이, 곧장 원하는 바를 가질 수 있는 것이다.

사람들이 친해지고 싶어 할 만큼 흥미진진한 인물이 되는 법은 아주 쉽다. 자신이 되고 싶은 유형의 인물을 마음에 그리고 그렇게 되지 못하도록 만드는 부정적 감정과 장애물을 모두 항복한다. 그러면 가져야 하는 것 전부, 해야 하는 일 전부가 자동으로 아귀가 맞게 들어온다. 소유*having*하거나 행*doing*하는 수준에서가 아니라 존재*being*하는 수준에서 힘과 에너지가 가장 크기 때문이다. 우선권이 주어지면, 존재하는 수준은 자동적으로 사람의 행동을 통합하고 조직한다. 이러한 기제는 "마음에 품은 대로 실현되기 쉽다."라는 공통 경험으로 입증된다.

마음속 결정의 힘

이는 철학적 명제가 아니라 실제로 벌어지는 과정이며 경험으로 증명할 수 있는 것이다. 이 개념에 대한 실험을 하면 결과가 저절로 일어나는 것을 볼 수 있다. 하지만 마음은 자기의식의 힘이 아니라 다른 것 덕분에 일어난 일로 보려 하기 때문에 정말로 이루고 싶은 목표를 적어 놓은 일지를 만들어 나중에 결과와 대조해 상황을 기록하는 것이 좋다. 왜냐하면 실제로 자신의 힘으로 그런 목적을 성취했다는 것을 믿기까지는 시간이 필요하기 때문이다.

내면의 힘을 부인하는 예로 흥미로운 것이 있다. 일자리를 간절히 원하다 못해 몹시 광분하던 남자가 직장 문제에 놓아 버림을 적용하는 법을 배웠다. 남자는 종교가 있었기 때문에, 일자리 얻는 일은 잊어버리고 그 일을 신에게 넘긴 다음, 욕망을 항복하면서 무슨 일이 생길지 마음을 열고 있으라는 조언을 받았다. 일주일 후에 남자가 말했다. "일자리를 원하는 마음을 항복한 다음 날, 아무 일도 없었습니다. 그러다 매형의 전화를 받고 매형 회사에 들어가기로 했습니다. 매형이 아니었으면 절대로 얻을 수 없는 일자리죠. 신이 해결해 줄 때까지 기다리지 않았던 것이 참 다행입니다!"

이는 마음이 어찌하기 쉬운지를 보여 주는 좋은 예다. 스스로 항복했기에 매형이 전화하게 된 것은 의심할 나위가 없다. 남자가 너무나도 일자리를 욕망했기에 욕망이 목표의 실현을 가로막고 있었다. 남자가 일자리를 원하는 마음을 놓아 버리자, 24시간 내로 일자리가 나타났다. 그러나 마음은 사람의 힘을 인정하지 않고, 세상의 다른 것을 투사한다. 이런 이유로 사람들은 자신은 힘이 없다고 생각한다. 그러나 누구에게나 있는 힘을 외부의 힘에 투사했을 뿐이다. 우리는 모두 힘이 있는 존재지만 자신의 힘을 의식하지 못한다. 죄책감과 자신이 왜소하다는 느낌 탓에 남에게 자신의 힘을 투사하기 때문이다.

우리에게 일어나는 일들은 과거 어느 때에 의식적이거나 무의식적으로 내린 어떤 결정의 결과인 경우가 많다. 그렇기 때문에 자신의 삶을 살펴보고 역추적해 과거의 결정을 알아내는 것은 아주 쉬운 일이다.

이 원리는 심리 치료차 방문했던 여자의 사례에서도 볼 수 있다. 여자에게 치료가 필요했던 것은 본인의 말을 빌리자면 "관계가 잘 풀리는 법이 없기" 때문이었다. 만족스럽지 않은 연애만 차례로 이어졌다. 늘 버림받았고, 이용당하고 학대받는 느낌이었다. 여자는 분개와 자기연민, 우울감에 푹 빠져 있었다. 문제는 역시 "나는 관계가 잘 풀리는 법이 없다."라는 첫마디에 들어 있었다.

우리는 자기 마음의 힘을 부인하기 때문에, 아주 확실하고 명백한 것을 보지 못한다. 어떻게 그토록 자각하지 못하게 되었는지 궁금할 정도다. 본인이 답을 가진 채 바로 그 자리에 앉아 있는데도 여자는 그 답이 답임을 알지 못했다. 여자는 자신의 신념 체계가 지닌 힘을 전혀 알지 못했다. 우리의 마음은 힘이 너무 세서 마음에 '나는 관계가 잘 풀리는 법이 없어.'와 같은 생각 하나만 품으면, 삶에서 그런 일이 생기기 매우 쉽다. 무의식 속의 요정은 명령을 받을 줄만 알지 결정을 내릴 줄은 모르기 때문에 꼼짝없이 관계가 잘 풀리지 않도록 한다.

물론 여자는 자신의 실망스런 연애 이력에서 보상을 제법 얻었다. 자기연민, 분개, 시샘, 부러움 같은 작은 자아를 끊임없이 먹여 살리는 온갖 만족감을 경험했다. 자신의 왜소한 부분을 잘 살펴보면 이런 종류의 감정이야말로 작은 자아가 빠져서 뒹굴며 좋아 죽는 것임을 알게 된다. 작은 자아는 삶이 정말 비참하고, 운도 지지리 없고, 아주 더러운 일만 생기고, 사람들이 너무 못됐다고 떠벌린다. 그러나 이런 프로그램 모음에 귀 기울이면 큰 대가를 치른다.

같은 원리가 역으로도 작용한다. 결정하는 것만으로 삶에 부정적인 일이 생기게 하는 힘이 우리 마음에 있듯이, 반대로 긍정의 방향으로도 대등한 힘이 있다. 따라서 처음부터 다시 선택할 수 있다. 이번에는 긍정을 선택하고, 낡은 프로그램을 삭제할 수 있다. 삭제하는 방법은 부정적 보상에서 얻는 만족감을 포기하는 것이다.

문제를 살펴보았으니 이제 한 세트의 감정을 가장 적절히 묘사하는 용어를 내놓겠다. '이기심'. 이 단어를 입에 올리기만 해도 죄책감이 들어 즉각 저항이 생긴다. 우리는 모두 이기심으로 인해 죄책감을 느낀다. 이때 진퇴양난에 빠지는데, 세상에서 배운 대로 행하기 위해서는 세상에서 비난하는 것에 푹 빠져야 하기 때문이다. 그것이 바로 이기심이다. 이 문제를 살펴보기 위해서는 이기적이라고 자신을 난타하며 죄책감을 탐닉하지 않겠다는 결심부터 하자. 사실 죄책감이란 것이 바로 그렇지 않은가? 죄책감은 탐닉이다.

죄책감에 빠지는 대신, 작은 자아는 마음이 태생적으로 지니고 있는 것이며 '이기심'이라는 용어는 집단적으로 부여받은 동기대로 작은 자아가 움직이는 여러 방식을 묘사할 뿐이라고 생각해 보자. 우리는 순진한 탓에 이기심에 프로그래밍되었지만, 이제는 컴퓨터에 '프로그램 삭제' 명령을 내리듯 역으로 프로그래밍하겠다고 굳게 마음먹는다.

　이기심을 놓아 버리려는 이유는 죄책감 때문이 아니다. 이기심이 '죄'이기 때문이 아니다. 이기심이 '잘못된 것'이라서가 아니다. 이기적인 동기 부여는 모두 낮은 의식과 자기 판단에서 나오기 때문이다. 더 정확히 말해, 이기심을 놓아 버리려는 이유는 단지 이기심이 비현실적이기 때문이다. 이기심은 결과를 내지 못한다. 대가만 크다. 너무 많은 에너지만 소모할 뿐이다. 목표 달성과 소망 실현을 지연시킨다. 작은 자아는 그 본성상 죄책감을 지어내 영구화시킨다. 즉 죄책감으로 인해 우리는 성취하고 성공하고자 분투한다. 막상 성공을 거두면, 성공했기 때문에 죄책감을 느낀다. 죄책감 게임에서 승리는 없다. 유일한 해결책은 죄책감을 포기하고 놓아 버리는 것이다.

　마음은 우리가 죄책감을 칭찬으로 생각하게 만들고, 사방의 죄책감 유포자들은 죄책감을 숭배하는 일에 혈안이 되어 있다. 죄책감을 느끼는 쪽과 좋게 바뀌는 쪽 중에서 어느 쪽이 더 중요할까? 누가 내게 빚이 있다면, 그 사람이 죄책감을 느끼는 쪽과 내게 돈을 갚는 쪽 중에서 어느 쪽이 나을까? 죄책감을 느끼고자 한다면, 적어도 부지불식간에 죄책감에 휘둘리기보다는 의식적으로 죄책감을 선택해야 한다.

　작은 이기심에서 벗어나면, 큰 이기심에 들어선다. 작은 자아에서 큰나로 옮겨 온다. 무력함에서 힘으로, 자기 증오와 편협함에서 사랑과 조화로 옮겨 온다. 갈등에서 느긋함으로, 좌절에서 성취로 옮겨 온다.

요약하면, 이기심과 욕망에서 동기를 부여받는 대신 바라는 일을 마음속에 그림으로써 그 일을 삶에 수월하게 가져올 수 있다. 그렇게 하는 방법은 의도를 선언하고, 받아들이고, 결정하고, 의식적으로 선택하는 것이다.

분노

분노는 살짝 성난 것에서 격한 노여움에 이르기까지 다양하다. 복수, 격분, 분개, 격노, 질투, 앙심, 악의, 증오, 경멸, 대노, 시비조, 적의, 야유, 짜증, 불만, 부정적 태도, 공격성, 폭력성, 혐오감, 심술, 반항, 격정적 행동, 소요, 사나운 입버릇, 거친 태도, 노기, 뚱한 태도, 뿌루퉁함, 완고함 등이 모두 분노에 해당한다. 이러한 분노의 전형적이고 다양한 모습은 텔레비전 뉴스에서 볼 수 있다.

사실 항복 기제와 관련해서 분노가 생길 수도 있다. 과거에 소중히 여기던 감정을 놓아 버리라고 요구받는 데서 오는 분노다. 상실이 두려워 생기는 분노나 감정 전반에 대한 분노, 곧장 포기하지 않는 자신에 대한 분노가 그것이다.

분노에는 에너지가 많다. 그렇기 때문에 짜증이 나거나 화가 날 때면 에너지가 차오름을 느낀다. 무의욕과 비탄에서 재빨리 분노로 올라간 다음, 다시 분노에서 자부심으로 뛰어오르고, 계속해서 용기로 올라가는 것도 익혀 둘 만한 비결에 속한다. 또한 분노 속에는 행동하려는 에너지가 있다. 이 에너지로 인해 행하는 상태에 이른다. '가진 것 없는 사람들'이 욕망에서 에너지를 얻어 가지지 못한 것에 분노하는 수준으로 올라오면, 분노에 힘입어 더 나은 삶을 향하는 데 필요한 일을 행동에 옮기게 된다.

한편 텔레비전에서 폭력이란 주제가 얼마나 인기 있는지를 보면 사람들이 억제하고 있는 분노가 얼마나 많은지 쉽게 알아볼 수 있다. 시청자들은 텔레비전을 보며 다양한 '악당'을 때리고, 쏘고, 찌르고, 고문하고, 죽이는 형태로 분노를 터트리는 대리 경험을 한다.

우리는 분노에 대해 많은 죄책감을 느끼기 때문에 자신의 분노가 '정당한' 것이라고 이야기하려면 분노의 대상을 '잘못된' 것으로 만들어야 한다. 자신이 분노한 이유를 다른 데로 돌리지 않고 그저 "내가 화난 것은 나 자신이 노여움으로 꽉 차 있기 때문"이라고 말할 수 있는 사람은 별로 없다.

분노를 긍정적으로 사용하기

사람들은 보통 마음속에서 분노와 공격성, 적의를 억제한다. 이런 것은 불쾌하고 품위 없는 것이라고 보거나, 심지어 도덕적인 면에서 실패하거나 영적인 면에서 차질이 생기는 것이라고 여긴다. 설사 그렇더라도 억제한 분노 또한 분노의 에너지일 뿐이며, 인정해서 해소하지 않으면 건강이나 살아가는 일 전반에 파괴적인 결과를 가져온다는 점을 깨닫지 못한다. 분노 이면의 의도가 부정적이어서 표출되지 않는다 해도 결과는 마찬가지다.

유용한 접근법 한 가지는 분노의 에너지를 긍정적으로 보고 활용해, 자신에게 도움이 되는 쪽으로 야망과 행동을 촉발하는 것이다. 예를 들어 상사에게 화가 나 있다고 하자. 분하다. 상사는 나의 능력이나 노력을 절대 인정하지 않는 것 같다. 그러나 분노와 울분을 드러내는 것은 현명하지 않다는 사실을 안다. 그랬다가는 직장을 아예 잃거나, 오래도록 상사의 분노를 살 게 뻔하다. 분노를 드러내 봐야 형편만 나빠질 것이다.

그래서 분노의 에너지를 자기 자신을 위해 건설적인 방향으로 쓰겠다고 결정할 수 있다. 분노의 에너지에 힘입어, 나의 능력을 입증할 만큼 훌륭한 프로젝트를 만들 수도 있다. 스스로 성장해 만족스럽지 못한 상황에서 벗어날 힘을 얻을 수도 있다. 새로운 일자리를 만들거나, 더 나은 직장을 알아보거나, 위원회를 조직하거나, 고용 상황을 개선하거나, 노조를 결성하거나, 그밖에 뭐든 개인 목표에 이롭다 싶은 일을 하는 데 에너지를 활용할 수도 있다.

개인 관계에서도 이런 기회가 있다. 의사소통 능력을 향상시키고, 대인 관계 교육을 받고, 자기 향상 프로그램에 등록하도록 스스로 독려하는 데 분노를 활용할 수 있다. 분노에 힘입어 일에 다시 전념하고 공을 크게 들임으로써, 실제로 일을 더 잘 해낼 수도 있다.

이렇게 해서 분노 상황을 일에 다시 헌신하는 것으로 끝맺을 수 있다. 분노를 발판삼아 내면을 들여다보고, 받아들임을 통해 부정적 감정을 모두 포기할 수 있다. 상황에 흥분하는 대신 상황을 받아들일 수 있다.

자기희생

분노를 일으키는 근원은 많다. 성난 감정들의 복합체는 공포와 관련 있는 경우가 많으며, 공포를 놓아 버리면 분노가 사라진다는 점은 앞에서 거론했다. 분노의 또 다른 근원은 자부심이며 그중에서도 자기만족이다. 개인적 자부심이 먹이를 주어 분노를 번식시키곤 한다.

자부심의 근원 중 하나는 자기희생과 관련이 있다. 내가 희생한다는 식으로 나타난 작은 자아가 타인과의 관계에 결부되면, 화를 내려고 미리 준비하는 셈이나 마찬가지다. 타인은 대개 나의 '희생'을 알아차리지 못하고 나의 기대를 깨기 쉽기 때문이다.

이런 예를 전통적이고 전형적인 결혼 생활에서 찾아볼 수 있다. 아내는 집을 청소하고, 화초를 꼼꼼히 돌보고, 꽃꽂이를 하고, 가구 배열을 바꾸는 등 집이 근사해 보이도록 자기가 할 수 있는 일을 찾아 온종일 열심히 일했다. 하지만 집에 돌아온 남편은 집 안 변화에 대해서 한마디라도 건네기는커녕 눈치조차 채지 못한다. 남편도 직장 일로 지친 터라, 그날의 시련과 고난을 줄줄이 늘어놓을 뿐이다. 남편의 마음속에는 격분한 고객이며 출퇴근길의 고된 운전, 짜증내는 상사, 마감의 압박 등 그날의 자기희생이 죄다 떠오르는 참이다. 아내와 가족을 위해 감수한 일이 모두 떠오르는 것이다.

남편이 힘들었던 일을 떠올리는 동안 아내는 자신이 기울인 노력을 남편이 알아주지 않은 것에 분노가 슬슬 치밀면서, 자신이 그날 치른 희생을 마음속으로 되짚는다. 친구와 점심을 먹으러 나갈 수도 있었다. 좋아하는 책을 마저 읽을 수도 있었다. 좋아하는 텔레비전 프로를 볼 수도 있었다. 그런 일 대신 남편을 위해 힘든 집안일을 했는데, 노력의 결과물에 대해 남편은 말 한마디 없다. 두 사람 다 앙금과 울분, 불만이 쌓이면서, 마음속에서 분노가 치민다. 그 분노가 냉랭하고 무심한 태도로 드러나면서, 저녁에 각자 텔레비전 속으로 도피했다가 잠자리에 든다. 말없이 자기들의 불만을 되씹는다.

이는 전형적인 미국 가정의 풍경으로, 이 지면에 재현하기에도 따분할 지경이다. 그렇지만 그만큼 흔한 풍경이기에 공부할 가치가 있다. 이제 현상을 검토해서 관계가 악화되는 까닭을 풀어 보자.

다른 사람에게 원하고, 욕망하고, 고집하는 바가 있으면 상대방은 그것을 압박으로 느낀다. 그 결과 무의식중에 저항하게 된다. 위의 예에서 둘 다 바라는 바는 인정받는 것이다. 서로가 서로에게 인정받기를 원하고 욕망하기 때문에 인정받지 못한다. 각자 압력을 받는다고 느끼기 때문에 그 결과로 저항을 느낀다. 저항하는 이유는 압박이 나의 선택권을 부정하는 것으로 느껴지기 때문이다. 압박을 감정적 협박으로 느낀다.

무의식적인 공식은 이런 식이다. "내가 원하는 것을 줘. 그렇게 하지 않으면 구석에 틀어박히고, 화내고, 뿌루퉁해지고, 샐쭉해지고, 분한 모습을 보여서 너에게 벌을 줄 거야." 감정적으로 협박받고 있음을 느끼면서 다들 분개한다. 누군가 은근히 칭찬받고 싶어 한다는 것을 알아차릴 때 느낄 수 있는 저항이 어떤 것인지는 다들 알고 있다. 동일한 저항이 의식에서만 아니라 무의식에서도 계속된다.

자기희생을 동기로 삼으면 다른 사람에게 압박감을 준다. 억지로 인정을 받더라도, 그런 인정은 만족스럽지 못한 것이 된다. 억지 인정은 만족을 주지 못한다. 이때 분노는 부분적으로 자기희생이라는 자부심에서 생긴다. 우리는 남을 위해 하는 일에 대해 비밀스럽게 자기만족을 느끼고 있어서, 나의 '희생'을 인정받지 못할 때면 성취에서 오는 자부심 때문에 쉽게 분노한다.

이런 분노를 상쇄하는 법은 자부심을 인정해 포기하고, 자기연민에서 즐거움을 얻고 싶은 욕망을 항복하고, 타인을 돕기 위해 노력하는 일을 '선물'하는 일로 보는 것이다. 그럴 때면 타인에게 베푸는 환희는 그 자체가 보상이 된다.

알아주기

알아주기는 관계의 비밀 중 매우 중요한 것이다. 타인이 내게 하는 행동에는 언제나 숨은 선물이 들어 있다. 그 행동이 부정적으로 보이더라도 그 안에는 나를 위한 무언가가 있다. 그 무언가는 내게 더 잘 알아차리라는 신호를 주는 형태로 나타날 때가 많다. 예를 들어 누가 내게 "멍청하다."라고 한다. 이때 내가 자연스럽게 보일 반응은 분노의 일종이다. 이 분노 에너지를 의식적으로 활용할 수 있다. "이 사람이 내게 무엇에 대해 더 잘 알아차리라고 요구한 걸까?"

이렇게 자문함으로써 자신이 자기중심적이었음을 깨달을 수도 있다. 무신경했다. 그 사람을 알아주지 못했다. 상대방과의 관계 속에서 벌어지는 일을 의식하지 못했고, 알아차리지 못했다.

이런 과정을 거듭 밟으면, 삶에서 만나는 모든 이가 거울 역할을 한다는 점을 알아차리게 된다. 그들은 사실 내가 마음속으로 알아주지 못한 것을 내게 되비쳐 준다. 신경 써야 하는 것을 바라보도록 나를 몰아붙인다.

그렇다면 나의 왜소한 자아가 지닌 측면 중 어떤 것을 포기해야 할까? 상대의 분노를 취소하려면 내가 자부심을 거듭 놓아 버려야 한다. 그렇게 할 때 우리는 매일 겪는 경험에서 끊임없이 주어지는 성장의 기회에 감사할 수 있다.

그러자면 자신과 타인을 '그릇된' 자로 모는 일에 푹 빠지고 싶은 유혹에 저항해야 한다. 자신의 '작은 자아'를 잘 살펴보면, 자신과 타인을 '그릇된' 자로 모는 일은 작은 자아가 아주 좋아하는 것임을 알 수 있다.(예를 들어 정치적 조직체와 대중 매체) 왜냐하면 작은 자아는 목표를 이루는 더 나은 방법을 모르기 때문이다. 자유롭게 선택해서 상황을 바꾸겠다고 결정할 수도 있지만, 작은 자아는 그런 대안을 알지 못한다.

만족스럽지 못한 상황에서 억지로 빠져나오는 방법은 자기 자신이나 상황을 '잘못된' 것으로 모는 것이다. 예를 들어 단순히 더 나은 직장을 찾는 대신에 우리의 작은 자아는 직장과 상사와 동료를 '잘못된' 것으로 본다. 잘못된 곳이라는 인상 탓에 이제 그곳을 참을 수 없게 되었으니 바꿔야만 한다. 그저 단순히 더 나은 곳으로 옮기기로 했다면 얼마나 수월했을 일인가.

그러나 의무감으로 인해 죄책감이 단순한 해법을 가로막는 경우가 아주 많다. 다시 말해, 우리는 어떤 곳에서 덕을 보았으면 그곳을 떠나는 것에 죄책감을 느낀다. 그러면 무의식은 기발하게도 '잘못으로 모는 기제'를 통째로 창조해 내가 막다른 지경에서 벗어날 수밖에 없게끔 한다. 이런 일은 대인 관계에서도 흔하다. 어떤 사람을 떠나는 것을 정당화하기 위해 상대를 '잘못된' 사람으로 만들 필요를 느낀다. 이런 '잘못으로 모는 기제'에 의지하는 것은 스스로 택할 수 있는 자유를 부인하는 것에 불과하다.

타인에게 사랑을 행동으로 표현했다가 인정받지 못하는 것도 분노의 근원이 된다. 이 맥락에서의 사랑이란 모든 인간관계에서 벌어지는 일상적이고 소박한 형태를 말한다. 즉 사려 깊고, 배려하고, 태도를 바르게 하고, 격려하고, 베푸는 형태로 나타나는 사랑이다. 상대에게 느끼는 감정을 알아주지 않는 것에 분개하는 마음속 대화를 몇 년이고 계속하는 경우가 아주 많다. 내가 그렇다면 남도 그럴 것이 틀림없다. 그래서 우리의 삶에는 자기감정을 알아주지 못한 것으로 인해 마음속에서 나에 대한 생각을 끝없이 흘려보내는 사람들이 주변에 있기 마련이다.

타인이 내게 보여 주는 감정 표현을 알아주는 것의 가치가 중요하다는 사실을 알면, 그런 분노가 벌어질 무대 자체를 막아 버릴 수 있다. 상대가 내게 전달하는 의사 전체를 알아주는 것이다. 예를 들어, 친구가 내게 전화하면 전화해 준 것에 감사한다. 이렇게 하는 이유는 그래야만 상대가 나와의 관계가 온전함을 느끼고 안심하기 때문이다. 감사하는 행위는 상대가 나의 삶에서 갖는 가치를 알아주는 것이며, 모든 사람은 자신의 가치를 알아주면 기쁨을 느낀다.

이렇게 간단한 알아주기 기제를 써서, 며칠 안에 어떤 사람의 인간관계 전부를 상당히 극적으로 변화시킬 수 있다. 알아주기는 반드시 바깥 세상에서 일어날 필요가 없다. 그저 마음속에서 일어나면 된다. 자신의 관계를 검토하면서 이렇게 자문한다. "매일 연락하는 사람들에 대해 내가 알아주지 못한 것은 무엇일까?"

나에게 비판적인 사람을 골라, 그 사람을 알아주지 못한 까닭을 살펴보면 아주 값진 경험을 할 것이다. 상대에 대한 부정적 감정을 모두 항복한 다음, 인정을 담아 칭찬을 하며 그 사람은 내게 소중하다고 확언한다. 내가 감정 면에서 성장하고 발전하는 데 자극제가 된다는 이유만으로 그 사람이 소중할 수도 있다.

배우자가 잔소리하거나 이웃이 인상을 쓸 때는 내게 뭔가를 말하려고 애쓰는 것이다. 항상 그렇듯, 이런 상황에서 그들은 내가 자기들이 내 삶에 기여한 바를 알아주지 않는다고 느낀다. 내가 소중함을 알아주고 나면 그들은 잔소리를 멈춘다.

기대

타인에게 기대를 갖고 압박하는 일을 그만두면, 상대방이 마음에서 우러나 긍정적으로 내게 반응할 길을 연 것이다. 울분을 미리 없앨 수 있는 예방 조치는 타인을 위해서 한 일을 희생이 아니라 사랑의 선물에서 한 행동으로 전환하는 것이다. 그리고 그렇게 조치한 자신을 알아주면, 타인에게 저항감이 사라진다.

그런 전환이 어떤 것인지 간단한 실험에서 볼 수 있다. 멕시코에서 새 셔츠 두 장을 사 온 남자가 있었다. 새 셔츠들은 남자가 평소 즐겨 입던 옷과는 디자인이 전혀 달랐다. 두 셔츠 중 하나를 처음 입기로 한 날, 남자는 내심 기대가 컸고 새롭고 색다른 일을 한다는 것에 일종의 미묘한 자부심도 느꼈다.

그러나 남자는 자부심을 항복하지 않고 유지하기로 결심했다. 즉 자부심을 항복하기 위해 놓아 버림 기법을 사용하지 않고 일부러 그냥 내버려 두었다. 어떤 일이 생길지, 사람들이 어떻게 반응할지 보고 싶었다. 그가 자랑스럽게 새 셔츠를 입고 나서자 아니나 다를까, 옷이 평소 복장과 전혀 다른데도 셔츠 얘기를 입에 담는 사람이 없었다. 눈에 분명 확 띄었을 텐데도 다들 말 한마디 없었다.

집에 돌아온 남자는 자신의 상황이 사업가 로버트 링어가 지칭한 '소년·소녀 이론boy/girl theory'과 꼭 들어맞는다며 껄껄 웃을 수밖에 없었다. (소년은 소녀를 원한다. 하지만 소녀는 소년에게 관심이 없다. 소년이 소녀에게서 관심을 거두기가 무섭게, 이제 소녀는 소년을 원한다.)

다음 날 아침, 남자는 새 셔츠를 입기로 마음먹었지만 이번에는 자만심이나 주목받으려는 기대를 모두 항복했다. 새롭고 색다른 일을 하는 것에 대한 작은 자부심도 놓아 버렸고, 친구들은 모두 그를 사랑하며 그의 삶에 행복을 더하는 중요한 존재라는 점을 알아주었다.

놓아 버림 과정을 끝낼 즈음에, 남자는 셔츠 입는 일에서 완전히 항복했다. 사람들이 새 셔츠에 주목하면 좋고 주목하지 않아도 상관없었기 때문에 남자는 자신이 완전히 항복했음을 알았다. 그랬더니 그날이 갑자기 새 셔츠 기념일이 되어 버렸다! 만나는 사람마다 새 셔츠에 대한 평을 하면서, 어디서 샀느냐고 물었다. 온종일 많은 관심을 받았다. 이 실험의 익살맞은 결론은 이렇다. 요구를 멈추면 원하는 바를 얻는다!

남이 내게 기대를 거는 것은 감정상으로 협박하는 것과 같다. 남이 내게 어떤 감정 '자산'을 내놓으라고 하면 저항이 생기는 것을 느낄 수 있다. 감정상으로 협박받지 않으려면 나는 어떻게 남을 협박하는지 살펴보아야 한다. 그러고 나면 나에게 보여 주는 타인의 감정 반응을 조종하고 싶은 바람을 놓아 버릴 수 있다.

분노를 예방하는 또 다른 방법은 타인이나 나 자신의 왜소한 측면이 내게 낙인찍으려는 것을 더 이상 받아들이지 않겠다고 마음속으로 결정하는 것이다. 이 결정은 단호하게 확언하는 형태가 될 수도 있다. "나 자신이나 남이 내게 낙인찍으려는 것을 더 이상 받아들이지 않겠다." 이 결정이 자신과 타인의 내면에 있는 긍정적 측면을 전부 알아주려는 습관과 결합하면, 관계는 빠르게 변화하고 분노의 잠재적 근원은 제거된다.

만성 울분

만성적이고 자각하지 못하는 분노와 울분은 자신을 향하는 분노인 우울증이 되어 삶에 나타난다. 또한 무의식에까지 영향을 미치면 심인성 신체 질환으로 나타나기도 한다. 편두통이나 관절염, 고혈압은 만성적으로 억제한 분노가 병이 된 예로 자주 인용된다. 이러한 증상은 마음속으로 분노를 놓아 버리는 법을 익히면 완화되는 경우가 많다.

예를 들어, 실험 참가자들이 부정적 감정을 놓아 버리는 방법을 지도받기 전과 후에 혈압이 어떻게 달라졌는지 측정한 연구가 있다. 오랜 세월 동안 쌓인 감정적 압력을 놓아 버리기 시작하자, 고혈압이 있는 참가자 모두의 (최고 최저 측정치인) 수축기 확장기 혈압이 떨어졌다.

더불어 스탠포드 대학교의 '용서 프로젝트'에서도 분노와 울분을 포기하는 것이 심장에 이롭다는 사실이 확인되었다. 이 프로젝트에서는 북아일랜드의 구교도와 신교도간 분쟁에서 희생된 아동의 부모들이 '적'을 향한 분개심 놓아 버림을 배웠고, 그 결과 그들의 심장 건강 및 체력 측정치가 현저하게 향상되었다.(러스킨, 2003) 말 그대로 용서가 그들의 심장을 치유한 것이다. 앞서 이야기한 대로 근육 테스트를 통해 분노와 울분은 육체와 감정, 에너지 흐름, 뇌 반구 동기화에 파괴적 영향을 끼친다는 점을 즉시 입증할 수 있다. 분노는 이른바 '적'을 죽이는 것이 아니라 분노한 사람을 죽인다.

마음은 우리가 '정당한 분노' 같은 것이 존재한다고 믿기를 바란다. 이런 분노는 도덕주의자처럼 분개하는 모습으로 나타난다. 도덕적인 분개를 잘 살펴보면 자기만족과 자부심으로 지탱된다는 것을 알 수 있다. 우리는 어떤 상황에서 자신은 확실히 옳고 상대방은 확실히 '잘못되었다'라고 생각하기를 좋아한다. 이렇게 분노하면서 일시적이고 하찮은 저질 만족을 얻지만, 근육 테스트를 해 보면 감정 및 육체 건강 전반에 어떤 손실이 있는지 확인할 수 있다. 만성적인 분노와 울분으로 치르는 대가는 질병과 때 이른 죽음이다. 내가 옳다는 작은 만족에 그런 대가를 치를 가치가 있을까?

이런 상황에서 우리가 기꺼이 치르고자 하는 대가는 놀랍다. 누구에게 돈을 빌려주었는데 갚을 생각을 전혀 하지 않는 상황이라고 하자. 이 때문에 만성 울분이 생겨 모임 등에서 그 사람과는 될 수 있는 한 말을 나누지 않는다. 아마 스스로 속내를 정직하게 들여다보면 나는 옳고 그자는 틀려먹었다는 데서 만족을 얻고 있음을 알게 될 것이다. 사실 우리는 이런 만족을 몹시 즐기기 때문에 마음 한구석에서는 그 사람이 빚을 갚기를 바라지 않는다. 빚을 갚으면 더 이상 그 사람을 그릇된 인간으로 모는 은밀한 즐거움을 누릴 수가 없기 때문이다.

나 역시 몇 백 달러를 받지 못하고 있었을 때가 정확히 그런 경우였다. 나는 빌려준 사람으로서 나는 옳고 상대방은 틀렸다고 하는 데서 하찮은 만족을 얻고 있음을 솔직히 인정한 다음, 에고가 얻는 이득을 항복하겠다고 마음속으로 결정했다. 에고가 얻는 이득이 상대방이 빚을 갚지 못하게 막고 있음이 분명했다. 끊임없이 항복해 돈거래 자체를 완전히 놓아 버리자 빌려준 돈을 선물로 보는 변화가 이루어졌다. 인정하건대 그 사람에게는 정말로 그 돈이 필요했다. 돈은 그냥 선물한 셈치고, 돌려받을 기대를 놓아 버리면 어떨까? 이제 울분 대신 감사하는 마음이 더 강해졌다. 다른 사람이 정말로 도움을 필요로 하는 순간에 도울 기회를 얻을 수 있었기 때문이었다. 그러자 48시간이 되기도 전에 우편물이 도착했는데 그 안에는 늦게 갚아 죄송하다는 쪽지와 함께, 빌려준 금액만큼의 수표가 들어 있었다!

이러한 경험을 통해, 우리는 모두 정신적으로 연결되어 있음을 알 수 있다. 상대방에 대해 내가 고수하는 마음속 입장이 그 사람으로 하여금 상호 보완적으로 방어하는 입장을 취하게 한다. 따라서 용서하고 잊는 것은 지나친 낙천주의가 아니라, 감정상의 현실을 제대로 알아보는 것이다. 사람들 간에 이루어지는 상호작용은 인간의 감정이 공간에 방출하는 진동 에너지가 어떻게 배열되는지에 따라 결정된다. 진동 에너지는 그와 결부된 생각 형태와 함께 판독 가능한 기록을 만들어 낸다.

여자들은 대부분 직관력이 강해서 이런 일상 경험이 흔하고 별로 새롭지 않겠지만 상당 비율의 남자들에게는 이런 경험이 충격과 경악으로 다가온다. 이 사회에서 남자들은 특징적으로 좌뇌 성향을 갖고 있으므로 우뇌 기능의 특징인 직관보다는 이성과 논리가 발달했다.

계속해서 부정성을 놓아 버려 내면에서 감정 치유를 일으키면, 좌뇌 기능과 우뇌 기능 간 균형이 좋아진다. 남자도 직관적 능력을 가질 수 있다. 그런 능력이 나타나는 것을 알게 되면 남자들은 보통 놀라면서도 좋아한다.

이성과 논리로는 도저히 이해할 수 없는 상황을 한눈에 '읽을'

수 있는 것은 놀랍고도 만족스러운 경험이다. 직감을 통해 임시로 가설을 세운 다음, 이성과 논리를 통해 그 가설을 확인하는 것이 이상적이다. 이렇게 하면 오해와 오산에서 생기는 분노가 없어짐은 물론, 감정을 더욱 능란하게 장악할 수 있다.

또한 감정을 포기하겠다는 자발성만으로도 분노가 소멸된다. 더 나은 길을 찾을 것이며, 더 이상 분노에 의존하지 않을 것이며, 용기와 받아들임의 수준으로 올라가겠다는 결정의 총화가 자발성이다. 이런 자발성이 있으면 분노 놓아 버림의 과정이 이미 시작된 것이다.

무술을 배우는 사람이라면 잘 알고 있듯이, 분노는 무력함과 취약함을 드러내는 표시다. 분노하는 것은 상대방에게 무기를 넘겨주는 것과 같다. 그 이유는 근육 테스트를 통해 알아볼 수 있다. 화난 사람은 근력이 이미 절반으로 줄기 때문에 육박전에서 승리하는 데 결정적인 타이밍을 놓치게 된다.

일반적으로 사회에서는 화를 잘 내는 성향도 남자다운 '마초'의 자질에 포함된다. 우리는 사람들이 자부심에 똘똘 뭉쳐 의기양양한 태도로 자기가 '그 녀석에게 어떻게 호통을 쳤는지' 이야기하는 것을 본다. 이렇게 자문해 보자. "적이 왜 필요하지? 적 하나를 추가하지 않아도, 우리 삶에 부정적으로 영향을 주는 것들은 이미 충분하지 않나?" 게다가 모든 감정은 우주에 진동 에너지를 방출한다는 사실을 볼 때, 적으로 여기는 사람들에 대한 부정적 생각 형태로 자신을 에워쌀 이유가 있을까?

왜 굳이 그 사람들을 적으로 붙들어 놓으려고 내면에 울분과 부정성을 대량으로 비축하는 것일까? 자신의 경험을 되새겨 보면, 한때 적으로 여겼던 사람들을 친구로 바꾸는 데 들어간 노력은 그 자체로 만족스러웠고 나중에는 보상도 있었음을 알게 될 것이다. 대부분의 경우, 그들은 나의 삶에 이득을 주었다. 우리는 인생이라는 책의 마지막 장에서 누가 친구가 될지 전혀 알지 못한다.

우리는 부지불식간에 '부당한 일 수집가'가 되었음을 자각해야 한다. 언론 보도는 이런 식의 만성 울분으로 가득 차 있다. 국제 관계에서 볼 수 있는 '부당한 일 수집'은 다른 국가를 '잘못된' 것으로 모는 것이 주목적이다. 우리는 '부당한 일 수집'을 '정상적인' 일로 믿도록 프로그래밍되어 있다. 이런 습관적 패턴은 파괴적이며 힘 빠지게 하는 것이다. 그와는 대조적인 놓아 버림 기제를 사용하면, 주위에서 나에게 '잘못하는 일'을 일일이 세지 않는다. 대신 주변의 아름다움과 기회를 보는 데 시간을 들이고 주의를 기울이게 된다.

분노는 구속하는 것이지 자유를 주는 것이 아니다. 분노는 나를 타인에게 연결해 상대방을 나의 생활 패턴 속에 붙들어 놓는다. 분노의 에너지, 의로운 분노라는 하찮은 이득, 부당하게 취급받았다는 느낌, 복수의 열망 등을 놓아 버릴 때 우리는 비로소 부정적 패턴에서 벗어날 수 있다. 내 삶에 거듭 출현하는 사람의 유형이 정확히 같지는 않다. 그 사람이 아니면 내게 분노와 울분을 일으킬 만한 성질을 똑같이 지닌 다른 사람이 나타날 것이다. 내가 마침내 내면의 화난 상태를 해결할 때, 비로소 그런 일은 재발하지 않을 것이다. 갑자기 그 같은 성질을 지닌 사람들이 내 삶에서 사라진다. 그러므로 내가 분노와 울분을 완전히 포기하기 전까지 분노는 어떤 사람을 내게서 육체적으로 멀어지도록 강제할 수는 있더라도 정신적으로는 그 사람을 내게 더 가까이 묶어 놓는다.

분노 포기는 여러 가지로 이롭다. 편안하고 안락하게 느낄 수 있는 자유를 얻는다. 성장하고 치유할 기회를 매일 얻을 수 있고, 미묘한 '끈에 매어 있지' 않고도 서로를 보살필 수 있으며, 건강이 좋아지고 생명 에너지가 커지는 만족감을 느낄 수 있다. 이런 돌파구 덕에 우리는 힘은 덜 들고 성과는 더 좋은, 내적 자유의 상태로 올라갈 수 있다.

자부심

자부심이라는 말은 대개 '좋은 것'으로 생각하고 사용한다. 그러나 자부심을 잘 들여다보면, 지금까지 논의한 다른 부정적 감정과 마찬가지로 사랑이 전혀 없다. 따라서 자부심의 본질은 파괴적이다.

자부심이 취할 수 있는 형태로는 과대평가, 부인, 동정을 사려고 순교자인 체하기, 독선, 오만, 뽐내기, 허세, 우월감, 고결한 척하기, 허영, 자기중심적 태도, 자기만족, 냉담, 의기양양, 속물근성, 편견, 심한 편견, 경건한 척하기, 경멸, 이기심, 가차 없음, 버릇없음, 엄격함, 잘난 체하기, 자주 비판하기 등이 있고, 자부심의 가벼운 형태로는 대충 속단하는 태도가 있다.

지적 자부심은 무지를 낳고, 영적 자부심은 영적으로 발전하고 성숙하고자 하는 이들 누구에게나 가장 큰 걸림돌이 된다. 자신만이 올바르고 '유일하게 참된 길'에 속해 있다는 종교적 자부심은 모든 종교전쟁과 대립, 중세 가톨릭의 종교재판 같은 음울한 사건을 일으키는 요인이다. 그중에서도 가장 큰 화근은 종교적 자부심으로 말미암아 특정 신앙을 공유하지 않는 사람을 죽일 자격이 자신에게 있다고 보는 태도다.

우리는 모두 '나는 답을 안다.'는 자부심에 찬 기분 탓에 성장하거나 발전하지 못한다. 마음의 독선적인 부분이 독선을 위해 그 사람의 나머지 모든 면을 희생하는 것도 불사한다는 점은 흥미로운 사실이다. 사람들은 잘못을 인정하느니 (십자군 전쟁 같은 종교전쟁처럼) 목숨마저 포기해 생명의 모든 것을 에고의 제단에 바치려 한다.

우리 사회에서 남자다움을 상징하는 마음속 프로그램에 대해 남자들이 갖는 자부심은 그들의 내면에서 감정 발달이나 정신 발달에 걸림돌이 된다. 이제 일부 여성이 성별 우월주의 대열에 합류하고 있는 것도 문제를 악화시켜 성별 간 다툼이 심화되고 있다.

자부심의 취약성

자부심에 찬 사람이 끊임없이 방어적인 것은 허세를 부리고 부인하는 태도는 상처를 쉽게 받기 때문이다. 역으로 겸손한 사람이 굴욕감을 느낄 수 없는 것은, 자부심을 놓아 버린 덕에 자부심에 상처받을 일이 없기 때문이다. 그들의 마음속에는 자부심 대신 안도감과 자존감이 있다. 자부심으로 진정한 자존감을 대체해 보려고 애쓰는 사람이 많다. 그러나 자부심을 포기할 때 비로소 진정한 자존감이 생긴다. 에고를 키운다고 내면이 강인해지지 않는다. 오히려 상처에 더욱 취약해질 뿐이며 공포의 정도가 커질 뿐이다.

자부심 상태에 있으면, 자신의 생활 방식이며 직업, 주변 사람, 차림새, 자가용의 연식과 제조사, 조상, 국가, 정치적 신념 체계, 종교적 신념 체계 등에 끊임없이 집착하며 그것을 옹호하는 데 에너지를 낭비한다. 노상 겉모습에 사로잡혀 있고 남이 어떻게 생각할지 신경 쓰는 탓에, 남의 의견에 상처받기 쉬운 상태가 계속된다.

자부심과 허세를 포기하고 나면 어떤 안도감이 내면에 들어선다. 더 이상 자신의 이미지를 지킬 필요를 느끼지 못하면, 타인이 가하는 비판과 공격이 줄어들다가 결국 멈춘다. 옳다고 확인받거나 증명할 필요를 놓아 버리면, 도전받을 일도 서서히 줄어든다.

여기서 의식의 기본 법칙 하나를 알 수 있다. *방어적 태도는 공격을 자초한다.* 자부심의 본성을 자세히 살펴보고 나면 놓아 버림이 쉬워진다. 자부심이 더 이상 소중하게 생각되지 않기 때문이다. 자부심이 실은 허약하다는 사실을 보게 된다. "자부심 뒤에 몰락이 따라온다."라는 격언은 옳다. 자부심은 살얼음과 같아서 용기나 받아들임, 평화에서 나오는 바위 같이 단단한 진짜 힘을 대체하기에는 너무 빈약하다.

'건강한' 자부심이 있을까? 건강한 자부심은 자존감, 즉 나는 진정으로 소중하고 가치 있다는 내적 자각을 가리키는 것이다. 이러한 내적 자각은 자부심의 에너지와는 다르다. 자신의 진정한 가치를 자각하면 방어하는 태도가 없다는 것이 특징이다. 우리 존재의 참모습, 즉 내면의 자아는 진정으로 결백하고 위대하며 인간 영혼의 고귀함이 깃들어 있다는 점에 의식이 미치면, 자부심은 더 이상 필요치 않다. 그저 우리는 자신이 어떤 *존재*인지를 알 뿐이며, 이러한 자기 인식 외에 더 필요한 것은 없다. 우리가 참으로 알고 있는 바에 대해서는 방어할 필요가 없으며, 그것은 이 장에서 논의할 자부심의 에너지와는 다른 것이다.

우리에게 주입된 자부심 프로그램 몇 가지를 살펴보고 그렇게 파헤친 후에도 프로그램이 남아 있을지 보자. 집안에 대한 자부심, 국가에 대한 자부심, 성취에 대한 자부심 등이 전형적인 예로 떠오를 것이다. 자부심이 인간의 감정으로서 가장 고귀한 것이 분명할까? 옹호하는 태도가 자부심의 특징이라는 사실 자체가 그렇지 않음을 증명한다. 소유물이나 자신이 속해 있다고 여기는 조직에 자부심을 가지면, 방어해야겠다는 의무감도 느낀다. 자기의 발상과 의견에 자부심을 가지면 논쟁과 갈등, 비애가 끝없이 이어질 뿐이다.

자부심보다 높은 감정 상태는 사랑하는 상태다. (가족, 국가, 성취 등) 위에서 언급한 전부를 '*사랑*'하면, 마음속에 가치의 문제는 떠오르지 않는다. 방어하는 태도를 취할 필요가 없어진다. 의견 주장도 자부심의 일면인데, 진정으로 알아보고 알아주는 마음이 의견을 대체하면 논쟁을 벌일 여지가 없어진다. 어떤 것을 순전히 사랑하고 감사하게 여기는 입장은 견고하기 때문에 공격이 불가능하다.

자부심은 상처받기 쉬운 것이라, 해소될 필요가 있는 어떤 의아한 점이 자부심 속 어딘가에 있기 마련이고 상대방은 재빨리 그 의아한 점에 집중한다. 의아한 점이 모두 없어지면, 의견과 자부심도 사라진다. 자부심에는 마치, 자부하려는 어떤 것이 그 자체로는 인정받을 만하지 않은 양, 인정해 달라고 양해라도 구하는 듯한 미묘한 인상이 있다. 사랑과 존경을 받을 가치가 있는 것에는 옹호자가 있을 필요가 없다. 자부심은 논란의 여지가 있음을 미묘하게 나타내고 있어서 그 대상의 가치에 의문의 여지가 있다.

우리가 어떤 것을 진실로 사랑해 그것과 하나가 되는 것은 그것이 본디 완전함을 알기 때문에 가능하다. 사실 '결함' 자체가 어떤 것의 완전성에서 핵심적인 부분이 되는 이유는 우주에서 보이는 만물이 무언가로 되어가는 과정에 있기 때문이다. 그 과정에서는 완벽한 상태인 채 차츰 나아가는 것 자체가 완전성의 일부다. 따라서 반쯤 핀 꽃은 불완전하기 때문에 보호해야 하는 것이 아니다. 꽃이 피는 과정은 우주의 법칙에 따라 정확하고도 완벽하게 진행된다. 마찬가지로 지구상의 각 개인은 모두 그와 같은 완벽성을 펼치고 있고, 기르고 있고, 배우고 있고, 삶에 반영하고 있다. 그런 점진적 과정이 우주의 법칙에 따라 정밀하게 펼쳐진다고 할 수 있다.

자부심이라는 입장의 결점 가운데 하나는 앞서 이야기했듯이 상처받기 쉽다는 점이다. 상처받기 쉬우면 공격을 자초한다. 사회에서 목격하듯이, 자부심에 찬 사람들은 비판을 끌어들인다. 또한 쉽게 상처받기 때문에 "자부심 뒤에 몰락이 따라온다."라는 속담도 등장했다. 성경을 보면 루시퍼는 위상이 대단했는데도 자부심이 아킬레스건이었다.

겸손

죄책감 때문에 자부심을 억제하는 것은 효과가 없다. 자부심의 에너지에 '죄'라는 꼬리표를 붙이고 그 죄책감 때문에 마음속에서 자부심을 억제하거나 감추는 것, 또는 자부심을 느끼지 않는 척하는 것은 도움이 되지 않는다. 그렇게 하면 자부심의 에너지가 감지하기 힘든 새로운 형태를 취하는데, 이를 '영적 자부심'이라고 한다.

자부심에 찬 사람과 함께 있으면 느낌이 편치 않다. 자부심에 찬 상태는 사랑의 소통과 표현을 방해한다. 우리는 성취를 자부하는 사람들을 사랑한다. 하지만 그들이 자부심을 지녔는데도 불구하고 그들을 사랑하는 것이지, 자부심 때문에 그들을 사랑하는 것이 아니다.

자부심을 영적인 죄로 보고 죄책감을 느끼면 자부심에 고착될 뿐, 앞서 말했듯이 문제가 해결되지는 않는다. 진짜 해결책은 자부심이란 과연 어떤 것인지를 파헤치는 방법으로 자부심을 단순히 놓아 버리는 것이다. 일단 자부심의 본색이 보이면, 자부심도 쉽게 항복할 수 있는 감정이 되어 버린다. 먼저 이렇게 자문한다. "자부심은 어디에 쓰는 것일까? 자부심이 주는 이득은 어떤 것일까? 나는 왜 자부심을 추구할까? 자부심으로 무엇을 보상받으려는 것일까? 상실감 없이 자부심을 놓아 버리려면, 나의 실상에 대해 어떤 점을 깨달아야 할까?" 그 답은 상당히 명백하다. 속으로 자신을 왜소하게 느낄수록, 무능하고 별 볼 일 없고 무가치하게 느낄수록 우리는 그런 느낌을 자부심의 감정으로 대체해 더 크게 보상받으려고 한다.

부정적 감정을 항복할수록 자부심이라는 목발에 의지하지 않는다. 자부심 대신 이른바 '겸손'이 들어서고, 주관적으로는 평화로운 상태를 경험한다. 진정한 겸손은 공개 석상에서 흔히 볼 수 있는 '겸손을 자부하는 모습'이나 '거짓된 겸양'과는 뚜렷이 구별된다. 거짓된 겸양이란 자부심이 지나치다 보니 내놓고 떠벌리지는 못하는 자기 업적을 남들이 알아주기를 기대하는 마음에서 자신을 깎아내리는 척하는 것이다.

참된 겸손은 겸손하다는 말을 듣는 사람 스스로는 느낄 수가 없는 것이다. 참된 겸손은 감정이 아니기 때문이다. 앞에서 이야기했듯이 진정으로 겸허한 사람은 굴욕을 느낄 수 없다. 굴욕에 면역이 되어 있다. 방어할 것이 아무것도 없다. 상처받지 않으므로 타인이 가하는 비판적인 공격을 경험하지 않는다. 타인이 가하는 비판적 언사는 비판자 자신의 내면 문제를 드러낸 것으로 여길 뿐이다.

예를 들어 누가 "넌 네가 꽤나 잘났다고 생각하지?"라고 하면 진정으로 겸허한 사람은 질문자에게 남을 시샘하는 문제가 있을 뿐 질문 자체에는 애당초 현실적 근거가 없음을 안다. 기분 상할 것이 없으므로 반응할 필요가 없다. 이와는 대조적으로 자부심에 찬 사람은 이런 질문을 모욕으로 여겨 상처받기도 하고 말로 되받아치기도 하며 폭력으로 끝맺는 경우도 있다.

환희와 감사

자부심은 때로 성취할 동기를 제공하는 것으로 보이기도 하는데, 그렇다면 그보다 높은 수준의 대체물은 어떤 것일까? 환희가 답이 될 수도 있다. 성공적인 업적에 대한 보상으로 자부심 대신 환희를 얻는다면 문제가 될까? 자부심에는 남에게 인정받으려는 욕망이 따르기 때문에 조만간 인정받지 못한다면 분노와 실망으로 상처받기 쉽다. 만약 어떤 목표를 이루려는 동기가 기쁨과 즐거움, 성취에 대한 사랑, 성취가 안겨 줄 내적 환희에 있다면, 타인의 반응에 상처 입지 않는다.

어떤 선택과 행동의 유형으로 타인의 반응을 끌어내려는지를 살펴보면, 자신이 어떤 아픔에 고통 받기 쉬운지도 깨달을 수 있다. 이런 선택과 행동에 포함되는 것으로는 의식하지 못하는 버릇, 표정, 옷 입는 스타일, 선호하는 소지품의 종류, 자가용 브랜드, 살고 있는 집의 종류, 집 주소지, 자신이 다닌 학교, 자녀들이 다니는 학교, 구입하는 제품의 상표 등이 있다. 사실 현대 사회를 살펴보면, 이런 것에서 얻는 자부심이 얼마나 터무니없는지 알 수 있다. 이제는 상표가 아예 옷이나 개인 용품의 거죽에 붙어 있는 경우가 많다. 갈퀴와 삽 상표까지 자랑하는 지경에 이르지는 않았지만, 머지않아 그럴 수도 있다! 아직은 아무도 착안하지 못했지만, 앞으로는 디자이너 이름을 선명하게 새긴 갈퀴와 삽까지 보란 듯이 들고 다닐지도 모른다.

이런 사실은 자부심이 지닌 또 다른 문제점을 시사한다. 즉 우리는 자부심 탓에 이용당하기 쉽다. 자부심에 차 있다는 것은 아주 쉽게 조종당할 수 있음을 의미한다. 어리석음의 대가로 막대한 돈을 뜯긴다. 얼마나 큰돈을 갈취당했는지에 대단한 자부심을 느낀다는 점에서 현재의 상황은 꽤나 우스꽝스럽다. 요즘은 어떤 것에 얼마나 큰돈을 썼는지 떠벌리는 것이 특정 부류의 사람들에게 지위의 상징이 된다. 이런 것에서 매력이란 부분을 제외하고 다시 보면, 그렇게 돈을 쓰는 이들은 어리석다고 할 수 있다. 정말로 속아 넘어가는 것 내지는 너무 순진하며 뭘 모르는 것이다.

속물적인 자부심이 거만한 측면에서는 제일이다. 자신을 과시하면 과연 깊은 인상을 줄까? 실상은 그렇지 않다. 물론 누군가가 매료되는 반응을 볼 수는 있다. 그러나 사람들은 피상적인 매력에서 흥분을 느낄 뿐 속으로는 존경하지 않는다. 참모습이 어떨지 알기 때문이다. 과시하는 형태의 자부심에 만족한다면 아무에게도 인상을 남기지 못한다.

나는 이 같은 심리 역동을 캐나다 어느 부자의 자택을 방문했을 때 볼 수 있었다. 그는 자신의 엄청난 소유물이 얼마나 비싼지를 은근히 흘리곤 했다. 방문 중에 넘칠 만큼 가득 찬 대형 곡물 창고에 갔는데 그 주변에서 영양실조 상태의 캐나다 인디언 아이들이 놀고 있었다. 그곳에 곡물을 쌓아둔 것은 곡물 부족 사태를 인위적으로 일으켜 세계 곡물 가격을 높게 조종하기 위한 것이었다. 부자가 자기 소유물을 자랑하고 있을 때, 마르고 작은 다리를 한 아이들이 마음에 스쳤다. 그가 이룬 부에서 깊은 인상을 받기는커녕 그의 가치관에 슬픔을 느꼈고 자아 존중감이 없다는 사실에 연민을 느꼈다. 그렇기 때문에 그토록 애처로울 만큼 피상적으로 보상받으려 할 수밖에 없었던 것이다.

그렇다면 우리는 값비싼 소유물에서 즐거움을 느끼지 말아야 하는 것일까? 전혀 그렇지 않다. 중요한 것은 자부심이다. 값비싼 소유물을 갖고 있는 것에 문제가 있는 게 아니라, 소유물에 대해 자부심, 강한 소유욕, 자기만족에 빠져 있는 마음가짐이 문제다. 자부심에 찬 마음가짐으로 인해 공포가 들어설 여지가 생긴다. 위에서 이야기한 캐나다 부자는 값비싼 도난 경보 장치도 갖추고 있었다. 자부심은 다른 부정적 감정들처럼 죄책감을 낳는다. 그리고 죄책감은 공포를 낳는다. 공포는 무언가를 잃어버릴 가능성을 뜻한다. 그러므로 자부심에 차 있다는 것은 곧 마음의 평화를 잃었음을 뜻할 뿐이다.

자부심에 찬 물욕과 반대되는 것은 소박함이다. 소박함이 소유물 부족을 뜻하지는 않는다. 더 정확히 말하면, 소박함은 마음 상태다. 수백억 재산이 있는 또 다른 인물이 있다. 그녀는 어마어마한 규모의 토지와 재물을 소유하고 있다. 그럼에도 개인으로서의 그녀는 완전한 소박함의 상징이다. 소유물은 그녀가 세상에서 얻은 것을 보여 줄 뿐이고, 그녀는 그 아름다움을 즐긴다. 그래서 단 한마디의 비판을 들을 일도, 시샘을 받을 일도 없다.

무엇을 갖고 있는지는 중요하지 않다. 그것을 어떻게 갖고 있는지, 즉 자신의 의식 속에서 어떤 틀 안에 갖고 있으며 자신에게 무엇을 의미하는지가 중요하다. 여자의 사유지에는 도난 경보 장치나 경비원이 없었다. 사실 누가 이를 지적했을 때 그녀는 이렇게 대꾸했다. "아이고, 누가 도둑질할 만큼 뭐가 꼭 필요하다면, 가져

가도 돼요!" 아무도 그녀의 것을 훔쳐 간 적이 없다는 사실은 그녀가 자신이 가진 것을 타인과 기꺼이 나누고자 한다는 사실과 무관하지 않다. 그녀가 소유물을 도둑맞지 않는 것은 자신의 소유물에 대해 자부심에 차 있지 않다는 점과 관계가 있다.

소유욕과 애착은 자부심의 결과로 생긴다. 따라서 애착은 고통의 원인이 될 수 있다. 애착이 있으면 잃어버릴지 모른다는 공포가 생기고, 잃어버림과 함께 무의욕과 우울, 비탄의 수준으로 되돌아간다. 차에 자부심을 갖고 있는데 차를 도둑맞는다면 우리는 비통과 고통을 경험한다. 그러는 대신 (감정상) 느슨하게 차를 보유한 채로 차의 아름다움과 완성도를 즐기면서 차를 가진 것에 감사한다면, 차를 잃어버려도 가볍게 낙심하게 될 뿐이다.

감사는 자부심의 해독제로 꼽을 수 있다. 높은 지능 지수를 타고났다면, 자부심을 갖는 대신 감사하면 된다. 지능은 업적이 아니다. 타고난 것일 뿐이다. 주어진 것에 감사하고, 신이 주신 재능에 큰 노력을 더해 이루어낸 일에 감사한다면, 항상 평화로운 마음 상태에 있으면서 아픔에 상처받는 일이 없을 것이다.

'내 것'이라는 수식어가 붙은 것마다 인간의 마음이 자부심을 느끼는 모습을 관찰해 보면 우습고 흥미롭다. 사람은 지극히 사소한 것에도 터무니없는 자부심을 갖는다. 그래서 그런 코미디를 볼 수 있는 사람은 그와 관련된 자부심을 놓아 버리는 일이 어렵지 않다.

어떤 사람들은 모순되게도 거꾸로 된 속물근성에 빠져 있다. 그들은 '싸게 산 물건'이나 중고 가게 섭렵에 자부심을 갖는다. 물건에 지나친 값을 치르는 사람들을 보고 털을 깎이는 양 같다고 하면서 "바보는 머지않아 돈과 헤어지기 마련"이라는 말을 되뇌인다. 이 중고 가게 속물 집단 안에서는 믿기지 않을 만큼 싸게 산 물건이 지위의 상징이다.

그들은 가장 싸게 파는 물건을 누가 찾아낼지를 두고 서로 경쟁할 때가 많다. 관찰해 보면, 중고 가게에 걸려 있던 옷 한 벌은 우습게도 누군가의 '내 것'이 된 후에야 비로소 값어치가 생긴다. 그 즉시 대단한 값어치가 그 옷에 붙는다.

어떤 사물에 '내 것'이란 단어를 붙이면, 주인 의식에 자부심이 따르게 되어 곤란하다. 자부심 때문에 '내 것'이라는 꼬리표를 붙인 것이라면 죄다 방어해야 할 것처럼 느끼게 된다. 소유하려는 욕망을 놓아 버리면 그런 취약성을 줄일 수 있다. '내 것'이라 하는 대신에 '하나'라는 단어를 쓰면 된다. '내' 셔츠가 아니라 '하나의' 셔츠라고 하는 것이다. 이런 식으로 나의 생각에 대해서도 '내 의견' 대신에 '하나의 의견'이라고 여기면, 어조가 바뀌는 것을 느낄 수 있다. 사람들은 왜 자신의 의견 때문에 그토록 얼굴을 붉히는 것일까? '내 것'이라는 느낌 탓이다. '하나의 의견일 뿐'이라고 보면, 자부심에 찬 분노로 상처받을 일이 없어진다.

의견

의견을 살펴보면 정말 흔하디흔한 것임을 알 수 있다. 사람마다 수많은 주제에 대한 수많은 의견을 갖고 있지만, 그런 의견들은 시시각각 바뀌고 변덕이 죽 끓듯 하는 유행과 선전에 항상 휘둘리는 것이다. 오늘은 '이런' 의견인데 내일은 '저런' 의견이다. 오늘 아침에 내놓은 의견이 점심에 구식이 된다. 이렇게 자문해 보자. "스치는 생각마다 죄다 '내 것'이라 여기고 입 밖에 내서, 상처 받을 수 있는 여지를 넓히고 싶은가?" 만인이 만사에 의견이 있는 법이지만, 그런다고 별다르게 달라질 것은 아무것도 없다. 그런 의견들이 질적으로 과연 어떤지를 잘 살펴보면, 의견에 더 이상 큰 가치를 부여하지 않는다. 삶을 되돌아보면 우리가 저지른 실수들은 모두 어떤 의견에 근거했던 것임을 알 수 있다.

생각이나 발상, 믿음은 모두 의견의 일종이라 각기 새로운 맥락에 놓고 보면 상처를 한결 덜 받는다. 각각을 내가 좋아하거나 싫어하는 생각으로 보는 것이다. 어떤 생각들은 내게 기쁨을 주기 때문에 나는 그런 생각을 좋아한다. 오늘 그런 생각을 좋아한다는 이유만으로 그런 생각을 위해 전쟁을 치를 필요는 없다. 어떤 개념이 내게 도움이 되며 그것에서 즐거움을 얻을 수 있는 한, 나는 그 개념을 좋아한다. 물론 더 이상 기쁨의 원천이 되지 못한다면 아주 쉽게 버린다. 자신의 의견을 잘 살펴보면, 애당초 의견이 어떤 가치를 갖게 되는 것은 주로 감정 때문임을 알게 된다.

자신의 생각에 자부심을 느끼는 대신에 생각을 그냥 사랑하면 어떨까? 어떤 개념을 사랑하는 것이 단지 그 개념이 아름답거나, 영감을 주거나 유용하기 때문이라면 어떨까? 자신의 생각을 그런 식으로 보면 '옳다'는 자부심은 더 이상 필요 없다. 자신이 좋아하고 싫어하는 것을 그와 같이 여기면, 더 이상 따지려 들지 않는다. 예를 들어 어떤 작곡가의 음악을 사랑한다면 그의 음악을 더 이상 방어할 필요가 없다. 친구도 같은 음악을 사랑하길 바랄 수는 있지만 그렇지 않더라도 기껏해야 개인적으로 소중히 여기고 즐기는 어떤 것을 나눌 수 없다는 사실에 가벼운 실망을 느낄 뿐이다.

이렇게 해 보면, 내가 좋아하고 싫어하는 것이나 내가 생각하는 것에 대해 사람들이 더 이상 공격하지 않는다. 이제 사람들은 내게서 방어하는 태도 대신 감사하는 마음을 느낀다. 내가 어떤 것에 감사를 느끼는 것이 그에 대해 어떤 식으로 생각하는 것임을 이해한다. 그리고 더 이상 비판하거나 공격하지 않는다. 기껏해야 농담을 던지거나 재미있다는 태도를 보일 뿐이다. 자부심이 없는 곳에는 공격도 없다.

이런 관점은 정치나 종교 같은 영역에서 특히 가치가 있다. 정치나 종교는 예로부터 논쟁을 일으키기 쉬워 점잖은 자리에서는 짐짓 피하는 주제다. 자신의 종교를 사랑한다면 그 종교가 무엇이든 아무도 공격하지 않는다. 그러나 자신의 종교에 자부심을 갖고 있다면 주제 자체를 피해야 한다. 자부심에서 비롯된 부산물로서 곧 분노가 생겨날 것이기 때문이다. 어떤 것을 정말로 소중히 여긴다면 그것이 모욕당하지 않도록 하늘 높이 들어 올려 논쟁의 사정거리 밖에 두어야 한다.

우리가 정말로 아끼고 받드는 것은 그렇게 받듦을 통해 보호받는다. 어떤 일에서 즐거움을 얻기 때문에 그 일을 한다고 하면, 누구든 그에 대해 별로 할 말이 없지 않을까? 그러나 어떤 일을 하는 것이 옳기 때문에 그 일을 한다는 내색을 비추면 즉시 눈에 쌍심지 켜는 모습이 보일 것이다. 무엇이 옳은지에 대해서는 상대방도 의견이 있기 때문이다.

가치 있게 여기는 것은 선호하는 것이다. 즉 내가 어떤 것을 가치 있게 여기는 것은, 그것을 사랑하고 즐기며 그것에서 기쁨을 얻기 때문이다. 그런 맥락에서 가치 있게 여기면 평화로이 즐기게 된다.

자부심이 공격을 불러일으키는 것은 '더 낫다'는 암시 탓인데, 이 '더 낫다'는 암시는 자부심에서 핵심을 이루는 부분이다. 자기가 하는 식이요법에 자부심을 가진 사람을 많이 볼 수 있다. 자부심의 결과로, 그들은 자신들의 식이요법과 영양학적 견해가 옳은지를 놓고 끊임없이 논쟁을 치른다. 그들은 자신들의 식이요법을 가족과 친구에게 강요하면서 도덕적으로나 건강 면에서나 다른 어떤 방법보다 우월하다고 주장한다. 이와는 대조적으로, 같은 식이요법을 하되 요법을 따르는 일 자체가 즐겁거나, 요법대로 하면 느낌이 좋거나, 어떤 영적 규율을 지키려는 이유가 있어서 하는 사람들이 있다. 그들은 결코 논쟁할 일이 없다. 방어할 것이 아무것도 없기 때문이다. 어떤 식사법을 즐기기 때문에 그렇게 먹는다고 하면 그에 대해 별로 할 말이 없지 않겠는가. 반면에 어떤 사람들이 자기들 식사법이 옳고 우리 식사법은 잘못되었다고 암시한다면 그것은 결국 자기들이 우리보다 우월하다는 이야기를 하는 것이므로 틀림없이 분노를 불러일으키게 된다.

자기 의견에 자부심을 세우지 않을 때 의견을 바꿀 자유도 있다. 어떤 의견에 바보 같이 자부심을 세운 바람에 하고 싶지도 않은 일을 꼼짝없이 했던 경우가 얼마나 많은가! 마음을 바꾸거나 가던 방향을 바꾸고 싶었지만, 자부심에 찬 입장을 취했던 탓에 꼼짝 못했던 경험 또한 너무 많다.

그렇다면 이제 자부심 항복에 대한 저항 중 하나는 자부심 그 자체라는 점을 이야기해 보자. 자부심에 찬 입장의 근본 문제 중 하나로 공포가 있다. 우리는 어떤 사안에서 입장을 바꾸면 남들이 나를 보는 견해에 좋지 않은 영향이 있을 것을 두려워한다.

자기 의견에 대해 겸손해야 하는 이유는 어떤 주제나 상황에 더 깊이 파고들수록 의견이 달라질 수 있기 때문이다. 피상적으로 살펴볼 때는 어떠어떠한 것으로 보이던 것이, 정말로 깊이 들어가면 아주 다른 것으로 밝혀질 때가 많다. 어떤 일이 가능하리라는 공상에 근거해 공약을 내세운 정치인이 나중에 경악을 하는 경우도 마찬가지다. 권력을 가지면서 문제가 애초에 생각했던 것과 많이 다름을 알게 되는 것이다.

문제란 것은 원래 훨씬 복잡하다. 어떤 상황은 사회 속의 다양하고 강력한 힘들이 합쳐진 결과로 결정된다. 정치인들이 할 수 있는 참된 약속은 각 문제에 깊이 들어가면서 모두의 이익을 위해 최선의 판단력을 발휘하겠다는 것이 전부다.

누구나 장담할 수 있는 것은 삶은 점차 발전한다는 점뿐이며, 자신에 대해서도 이점을 이해하면 나중에 환상이 깨지는 아픔을 면한다. 이것이 '열린 마음'의 입장 내지 선가禪家에서 말하는 '초심자의 마음'을 가질 때 보장받는 안전이다. 마음이 열려 있다는 것은 모든 사실을 알고 있지 못함을 인정하는 것이며, 상황이 전개됨에 따라 기꺼이 의견을 바꿀 태세가 되어 있다는 것이다. 그렇게 하면, 잃어버린 대의를 방어하느라 꼼짝 못한 채로 고통 받는 일이 없다.

이런 점은 과학처럼 엄정한 사실에 입각하고 관찰 가능한 데이터를 바탕으로 한 분야에서도 마찬가지다. 과학에서 다루는 것은 사실 가설이며, 이런 과학적 입장은 끊임없이 변화하는 과정 속에 있다. 전문가가 아닌 사람들에게는 매우 놀랍겠지만 과학적 견해라고 하는 것도 일시적 유행이나 인기에 휘말리고, 기존 패러다임에 눈이 멀어 볼 것을 못 보고, 정치적 압력마저 받는다. 예를 들어 과거에는 정신 의학 분야에서 영양, 혈중 화학 수치, 뇌 기능, 정신 질환 간의 관계를 다루는 주제는 인기가 없었다. 이 분야에서 일하는 과학자와 임상의는 자신이 '비주류' 집단에 속한다고 여겼다. 시간이 지나면서 이 주제가 가치 있는 연구 분야로 입증되자 다수가 공유하는 과학적 입장이 바뀌었다. 중요한 발견이 이루어졌고 영양과 뇌 기능 사이의 관계를 밝힌 기초 연구 결과를 활용해 제품을 내놓는 일에 산업 전체가 달려들었다. 이제 이 분야를 연구하는 임상의와 과학자는 '주류' 집단으로 인정받고 있다.

자부심은 (지구 온난화 이론의 예에서 볼 수 있듯이) 과학의 진보를 지연시키는 원인이기도 하다.

자부심으로 인해 우리는 엄청나게 이로울 수 있는 것을 보지 못할 때가 많다. 자부심에 찬 마음이 보기에, 그것을 받아들이면 자기가 틀렸다고 인정하는 셈이 된다. 우리의 내면은 강할수록 더욱 유연해지고 모든 이로운 것에 마음을 연다. 자부심이 눈을 가리면 전적으로 명백한 것을 보지 못한다. 자부심 때문에 죽음을 선택하는 사람들이 수없이 많다. 그들은 말 그대로 건강과 생명 그 자체를 포기한다. 마약 중독자와 알코올 중독자가 죽음에 이르는 것은 자부심에 내재하는 부인 때문이다. "다른 사람들이 문제가 있는 것이지, 나는 아니야!"라는 것이다. 자부심으로 인해 자신의 한계를 알아보지 못하며 극복에 필요한 도움을 받아들이지 못한다. 자부심에 찬 상태 때문에 우리는 고립된다.

자부심을 놓아 버릴 때, 고전 중인 문제를 해결해 줄 도움이 삶에 나타난다. 이런 원리의 진실을 실험으로 입증할 수 있는 방법은 자신이 어려움을 안고 있는 분야 하나를 골라 그와 관련된 자부심 전체를 철두철미하게 항복하는 것이다. 이렇게 하면 놀라운 일이 일어나기 시작한다. 자부심을 놓아 버리면, 내게 가장 이로운 것이 들어올 수 있는 문이 열린다.

이제 자부심을 기꺼이 놓아 버려 남보다 우월하다는 느낌을 놓아 버릴 수 있는가? 자부심이 주는 가짜 안도감을 기꺼이 놓아 버릴 때 우리는 용기, 자기 받아들임, 환희와 더불어 진짜 안도감을 경험한다.

용기

　　용기의 전형적 특징은 '할 수 있다'는 앎 내지 느낌이다. 용기는 자신감, 솜씨, 역량, 실력, 활력이 있다고 느끼고, 사랑하고 베풀며, 삶 전반에 열정이 있는 긍정적 상태다. 용기의 상태에서는 유머, 활기, 확신, 명확성을 가질 수 있다. 중심과 균형이 잡혀 있고, 유연하고, 행복하고, 자립심 있고, 제 앞가림을 할 줄 안다. 새로운 것을 생각해 낼 줄 알고, 만들 줄 알며, 마음이 열려 있다. 용기의 수준은 에너지가 많고, 행동력이 있고, 놓아 버림이 있고, 직면할 역량이 있고, 알아서 할 줄 알고, 회복력이 좋고, 지략이 있고, 쾌활하다. 용기의 상태에서는 세상일의 성과가 아주 좋다.

놓아 버리는 용기

용기의 수준은 항복 기제에 큰 도움이 된다. 용기의 수준에서 우리는 다음과 같은 것을 안다. "나는 내 감정을 잘 살펴볼 수 있어.", "더 이상 내 감정을 겁내지 않아도 돼.", "해결할 수 있어.", "책임질 수 있어.", "받아들이는 법을 배워, 벗어날 수 있어.", "기꺼이 위험을 감수해서, 낡은 관점은 놓아 버리고 새 관점을 탐구할 수 있어.", "아주 기쁜 마음으로 기꺼이 내 경험을 다른 사람들과 나눌 수 있어.", "나는 내가 적극적이고 능력 있다고 생각해."

용기를 가지고 잘 살펴보고 감정을 다스리겠다고 단언하는 것만으로도 낮은 수준의 감정에서 용기의 수준으로 수월하게 뛰어오를 때가 많다. 감정을 잘 살펴보고 다스리려는 자발성만 있어도 자존감이 높아진다. 예를 들어 살펴보기가 꺼려지는 어떤 공포가 있다면, 위축을 느끼고 자존감이 낮아진다. 기꺼이 공포를 들여다보면서 조사하고, 공포가 있음을 인정하고, 공포가 어떻게 삶을 저해하는지 보고, 공포를 항복하기 시작하면 공포가 사라지든 사라지지 않든 간에 자존감이 올라간다.

우리는 모두 공포를 직시하는 데 용기가 필요하다는 것을 안다. 그래서 공포를 직시하고 공포에 대해 애써 뭔가를 해 보려는 사람을 응원한다. 그런 용기야말로 고귀함의 특징이며, 그 용기로 인해 사람은 진정으로 위대해진다. 자신이 지닌 모든 부정적 프로그램과 모든 공포에도 불구하고, 용기 있는 사람들은 아무런 보장도 없고 사정이 나아질지 어떨지 알지도 못하는 채로 삶에서 전진한다. 그래서 용기가 있으면 자기존중심이 커지고 타인도 존중하게 된다. 더 이상 부끄럽게 느끼지 않는다.

평생토록 고소공포증에 시달린 남자의 예를 살펴보자. 남자는 수년간 공포증에서 벗어나기 위해 노력을 기울인 덕분에 많이 좋아졌다. 그러나 공포심이 아직 많이 남아 있었고, 친구와 그랜드캐니언에 갔을 때도 분명 그런 상태였다.

남자는 먼저 절벽에서 선반처럼 튀어나온 바위 끝에서 2미터쯤 떨어진 곳에 섰다. 지난 수년간의 상태라면 근처에도 가지 않았을 지점이었다. 남자는 그곳에 머뭇거리며 섰다. 친구가 팔을 잡고는 "같이 가장자리까지 가 보자."라고 했고, 남자는 그 말을 따랐다. 공포 속에서도 계속 항복하며 앞으로 걸어갔더니, 정말로 가장자리 바로 앞에 설 수 있었다. 물론 마음이 여전히 불편하기는 했다.

함께 벼랑 끝을 벗어나면서 친구가 남자를 바라보며 말했다. "이야, 어쨌거나 해냈네! 얼마나 큰 용기를 냈는지 안다." 아직 공포를 완전히 극복하지는 못했어도, 마음속 장애를 초월함으로써 남자는 자기 존중심과 타인에 대한 존중심을 얻었다.

이처럼 돌파 경험을 하면, 공포가 다르게 인지되기 시작하면서 공포를 더 이상 부끄럽게 여기지 않게 된다. 공포가 더 이상 자신의 진정한 가치를 깎아내리지 못한다. 내적으로 강인해지고 자신을 인정할 줄 알게 된다. 때가 되면 극복하는 데 용기가 필요한 근원적 공포가 줄어들면서 받아들임의 수준으로 나아가는 지점에 이른다.

자율

용기의 수준에서는 행동에 역점을 둔다. 나와 남에게 필요한 것을 줄 능력이 있음을 알고 있어서, 노력 쏟기를 주저하지만 않으면 원하는 바를 얻을 수 있다는 사실을 안다. 그래서 용기 수준의 사람들은 이 세상의 행동가들이다. 가지고 있는 것만 내줄 수 있으므로, 용기 수준의 사람들은 남을 돕고 격려할 줄 안다. 그들은 받을 수 있을 뿐만 아니라 줄 수도 있는데 받기와 주기 사이에서 균형이 자연스럽게 이루어지기 때문이다.

용기 아래의 의식 수준은 주로 이득에 관심이 있다. 용기의 수준에는 더욱 큰 힘과 에너지가 있어서 남에게 줄 수 있는 능력이 있다. 다른 사람들을 지원과 지지를 얻거나 생존을 의지할 대상으로 더 이상 보지 않기 때문이다.

용기 상태에 있으면 자신에게 내면의 힘, 능력, 자아 존중감이 있음을 느낀다. 자신을 위해 세상에서 뭔가 얻어 낼 능력뿐 아니라 세상에 변화를 일으킬 능력이 있음을 안다. 내적 자신감 덕분에 안전에 대해서는 염려가 한결 덜하다. 사람들이 무엇을 가지고 있는지는 더 이상 중요하지 않으며, 무슨 일을 하며 어떤 존재가 되었는지가 중요하다.

안전을 의지하던 대상을 놓아 버리면 위험을 감수하는 자발성이 용기와 함께 나타난다. 새로운 경험을 통해 성장하고 이득을 얻으려는 자발성도 생긴다. 이런 자발성에는 죄책감과 자책에 빠지지 않고도 실수를 인정할 수 있는 여유도 포함된다. 개선이 필요한 부분을 마주해도 자아 존중감이 줄지 않는다. 위축되지 않고도 문제가 있음을 인정할 수 있다. 결과적으로 에너지와 시간, 노력을 자기 계발에만 쏟을 수 있다.

용기의 수준에서는 의도와 목적을 밝힌 말에 훨씬 강한 힘이 깃들어 있으며, 마음속에 결과를 그리면 현실로 나타나기 쉽다. 감정적, 육체적으로 살아남는 일에 끊임없이 사로잡혀 에너지가 소진되는 일이 없기 때문에 진취적인 힘이 강하고 창조적이다. 융통성이 좋아져서 전체적 의미와 맥락마저 바꾸려는 생각으로 문제를 검토하는 자발성이 있다. 패러다임이 바뀌는 위험도 무릅쓴다.

패러다임이란 어떤 세계관 전체를 말하는 것으로, 우리가 가능하다고 여기는 것에 한정되어 있다. 사물을 보는 낡은 방식이 도전을 받으면서 우리의 세계관은 확장되고 확대된다. 이전에는 불가능하다고 여긴 것이 가능해지면서, 결국에는 그것을 새로운 차원의 현실로 경험한다. 용기의 수준에는 자신의 내면을 들여다보고 신념 체계를 검토해서 의문을 제기하고 새로운 해답을 찾을 능력이 있다. 자기 계발 코스를 밟고, 의식 기법을 배우고, 진정한 큰 나 내지 내적 현실을 찾아서 내면 여행을 떠나는 위험도 무릅쓰려는 의욕이 있다. 불확실한 상황과 혼란한 시기, 일시적 곤경의 경험도 마다하지 않는 자발성이 나타나는 것은, 이러한 일시적 불편 아래에서 자신의 장기적이고 초월적인 목표가 버티고 있기 때문이다.

용기의 수준에서 작동하는 마음은 이런 말을 내놓는다. "그 일을 감당할 수 있어.", "우린 성공할 수 있어.", "그 일을 마칠 수 있어.", "우린 이 일을 끝까지 해낼 수 있어.", "모든 일은 지나가는 법이지."

신체운동학으로 어떤 사람의 근력을 시험해 보면 용기의 수준, 즉 "그 일을 감당할 수 있다."라는 수준에서는 결과가 긍정적으로 나오며, 가하는 힘에 대해 저항이 유지된다. 형광등이나 인공감미료에서 나오는 부정적 에너지나 생각에 대해서는 여전히 취약하더라도, 용기의 생명 에너지 장은 낮은 수준의 부정적 상태가 지닌 에너지 장보다 강하게 빛난다.

용기는 한결 강인하고 회복력이 강한 장이어서 육체적 질병을 앓는 것이 삶을 지배하지는 않는다. 낮은 의식 수준에서 비롯된 질병이 만성적으로 남아 있을 수는 있지만, 그대로 고착되지는 않는 것이 일반적이다. 용기의 수준에서는 대체로 능력과 평안을 느낀다.

타인에 대한 자각

용기의 수준에서는 일과 놀이, 사랑 간에 균형을 이루는 모습의 생활방식이 나타난다. 용기 수준의 사람들은 필요하면 상당한 에너지를 쏟아 부을 능력이 있지만, 지나친 야망이나 '일 중독' 상태를 원하지는 않는다. 부정성을 많이 놓아버려 사랑하고 싶어 하고 사랑하는 관계를 이루고 싶어 하는 욕망이 있으며 그럴 수 있는 능력이 있다. 이제 이런 욕망이나 노력이 생존 노력과 똑같이 중요해진다.

직업이 안정되어 있고, 일에서도 타인의 행복을 염려하는 마음이 있다. 용기 수준의 사람들은 세상에 도움이 될 일자리를 원한다고 말하는 것이 특징이다. 일자리에서 급여 이상의 의미를 느끼고 싶어 한다. 용기의 수준에서는 개인적으로 성장하는 것이 중요하며, 자신의 삶이 주변에 긍정적으로든 부정적으로든 영향을 미친다는 자각이 있다.

낮은 의식 수준은 이기주의가 특징이라 자기가 얻을 이득에 관심이 많다. 타인에게 미칠 영향에는 에너지나 생각을 별로 들이지 않는다. 그러나 용기의 수준에서는 작은 자아하고만 동일시하는 일은 더 이상 없다.

세상이 더 이상 빼앗거나 벌주는 나쁜 부모로 보이지 않는다. 대신 도전 의식을 북돋우는 곳이자, 성장과 발전과 새로운 경험을 위한 기회를 제시하는 곳으로 세상을 본다. 낙관주의가 특징인 용기의 수준에서는 정확한 사실 관계와 교육, 방향 지도만 있으면 대부분 만족스럽게 문제를 해결할 수 있다고 느낀다.

낮은 수준에서는 의식이 개인 관심사에만 국한되지만, 용기의 수준에서는 사회적 쟁점을 중요하게 여기고 사회 문제 극복에 도움을 주며 불우한 계층을 돕는 일에 에너지를 쏟는다. 따라서 아량을 베풀게 되는데, 이 아량은 재정적인 면뿐만 아니라 태도 면에서도 생긴다. 대의를 옹호하고 타인의 노력을 지지하는 데서 즐거움을 얻는다. 새로운 일자리와 사업, 산업, 정치적 해결책, 과학적 해법이 용기의 에너지에서 창출된다. 학구적 의미는 아니더라도 교육이 중요해진다.

용기의 수준에서는 의식 차리는 일을 실제로 개시한다. 우리에게는 선택할 자유와 능력이 있다는 사실을 깨닫는다. 더 이상 피해자를 자처할 필요가 없으며 심리적, 감정적, 영적 의미에서 자유를 얻을 수 있다. 따라서 용기 수준의 사람은 한결 덜 완고하다. 융통성이 있고 타인을 염려하며 진정으로 사랑하는 능력이 있기 때문에 좋은 부모, 좋은 상사, 좋은 직원, 좋은 시민이 된다.

용기의 수준에 있는 사람에게는 다른 사람과 입장을 바꾸어 볼 줄 아는 능력이 있고, 타인의 감정뿐만 아니라 전반적인 행복까지 염려하는 마음이 있다. 낮은 수준의 부정적 감정이 일어나는 경향이 아직 있긴 해도 그런 감정에 지배되거나 생활방식까지 좌우되지는 않는다. 다시 말해 두렵더라도 할 일은 한다. 용기 수준에 있는 사람들은 국가의 근간을 이룬다. 공익을 위해 필요할 때 의지할 사람들이 그들이다. 책임을 받아들이려는 자발성이 있기에 그들은 기댈 만하고 믿을 만하다.

용기의 수준에는 사회적 양심과 인도주의가 존재한다. 죄책감은 도덕적 판단을 내리는 근거가 더 이상 되지 못하고, 타인의 행복을 염려하는 마음이 그 자리를 대신 차지한다.

또한 용기의 수준에서부터 "성공은 성공을 낳는다."와 같은 속담이 적용된다. 이 수준의 사람은 충분히 제대로 기능하기 때문에 긍정적 피드백을 얻고, 자신감이 강화되어 자기 탐구뿐 아니라 세상 탐구도 더욱 활발하게 한다. 목표를 이루기 위해서는 아직 노력이 필요하지만, 낮은 수준에서보다는 훨씬 덜 든다. 공포 극복에 필요한 노력보다 적은 노력으로 더 큰 보상을 얻으므로 만족감과 희열이 커진다. 도움을 청하는 능력만 커지는 것이 아니라 도움을 활용하고 도움에서 이득을 얻는 능력도 커진다.

한결 건설적인 방식으로 돈을 사용하며, 지출한 돈이 타인의 삶에 미칠 영향을 염려한다. 돈을 쓰는 목적이 오로지 자기만족, 지위 강화, 자기 방어에 있는 것이 아니다. 그보다는 돈을 성취의 수단으로 본다.

용기의 수준은 진정한 영적 자각이 가능한 수준이다. 이기주의에서 빠져나왔고 작은 자아와의 동일시를 포기했기 때문에 더 높은 에너지를 경험하면서 더 큰 자각을 희망한다. 낮은 수준에서는 각 수준의 감정적 색안경을 통해 신을 본다. 그래서 무의욕 수준에서도 신과의 관계라 할 법한 것이 존재한다면, 그 관계는 전체가 절망적이다. 비탄의 수준에서는 스스로가 신이 내미는 도움의 손길에서 절망적으로 멀어져 있다고 느낀다. 죄책감에 압도되어 있는 사람은 자신이 신과 어떠한 관계도 이룰 자격이 없으며 사랑보다는 벌을 받을 것이라고 느낀다.

공포의 수준에서는 신을 직면할 수조차 없을 만큼 공포가 너무 클 수도 있다. 그러면 문제 자체가 의식에서 잊히면서, 신을 무섭고, 벌주고, 복수하고, 질투하고, 분노하는 존재로만 여긴다.

한편 분노의 수준에서는 신을 가진 것을 빼앗고, 독단적이고, 변덕스럽고, 실망을 안겨 주는 존재로 여긴다. 자부심의 수준에서는 자신의 종교적, 영적 입장에 대해 우월감을 느끼는데, 이런 우월주의는 엄격하고, 융통성 없고, 편협하고, 특권 의식에 빠지기 쉽고, 극도의 편견이 있고, 배타적이고, 종교논쟁이나 종교전쟁에 빠지기 쉬운 것이 특징이다.

용기의 수준에서는 자신의 종교적, 영적 입장에 대해 기꺼이 책임지고자 한다. 자각이 커지면서 영적 탐구자가 되는 경우가 흔하며, 종교적 내지 영적인 의미에서 진정한 진리를 추구하기 시작한다. 이로 인해 자신의 이전 입장을 재확인하기도 하지만 전적으로 새로운 관점, 즉 선택의 관점에서 진리를 발견한다. 이에 따라 변화가 일어날 수 있는데, 이 변화는 느리거나 점진적일 수도 있고 갑작스러울 수도 있다.

용기의 수준에서는 의식이 깨어나며, 이제 자신의 신념과 관점은 단지 이전에 맹목적으로 프로그램을 주입받은 결과가 아니라 스스로 선택한 결과이기도 하다는 점을 깨닫는다. 또한 의미를 찾고자 하는데, 이러한 의미 찾기를 공식적인 종교로 구체화된 곳에서 하지 않고 윤리나 인도주의의 차원에서 할 수도 있다. 자신이 세상에서 갖는 사회적 기능과 역할을 살펴 자신의 삶이 자신만 아니라 타인에게 어떤 가치를 갖는지 묻는다.

칼 융은 건강한 인성은 일, 놀이, 사랑 및 영성 사이에서 어느 것에도 치우치지 않고 균형이 잡혀 있다고 했다. 영성은 인성의 한 측면이며, 의미와 가치를 탐색하는 일로 정의하기도 한다. 이런 탐색으로 인해 내면에 혼란이 오기도 하지만, 받아들임과 평화의 순간도 온다. 그러다 직관적 이해에 도달하는 순간이 온다. 그 이해가 우리에게 탐구를 계속해 물질적인 세계와 항상 변화하는 현상 너머에 무엇이 있는지 밝혀내라고 손짓한다.

용기의 수준은 부정적 감정을 더 많이 살펴보고 놓아 버림에 좋은 수준이다. 노하우를 얻어 배움을 위한 단계를 밟는 데 필요한 에너지와 능력, 자기 확신, 자발성이 있다. 자신을 향상시키려는 욕망이 있고, 더 나은 마음 상태를 얻을 수 있다는 깨달음이 있다. 부정적 감정에서 오는 아픔과 괴로움을 견딜 필요가 없으며, 부정적 감정으로 인해 삶의 만족을 방해받을 필요가 없음을 안다.

용기의 상태에서 우리는 더 이상 부정성의 대가를 치를 생각이 없다. 가까운 사람들의 행복에 자신의 부정적 감정이 미칠 영향을 염려한다. 놓아 버림 기법을 익힌 사람 가운데 대다수는 계속해서 기법을 사용할 것이며, 그러다 보면 용기의 의식 수준에 이를 것이다. 용기의 수준에서는 삶의 주요 문제들이 원활히 해결된다. 직업 면에서 만족과 성공을 경험한다. 물질 면에서 원하는 것들이 채워진다. 대인 관계 면에서 주요 문제가 바로잡힌다. 나아가 더 이상 의식적으로 아픔과 괴로움을 겪지 않으며 어떤 분야에서 성장하고 발전한 점에 만족을 느낀다.

편안해지면 기법 사용을 멈추었다가 비상사태 때나 혹은 고통스러워진 부정적 감정에 주목해야 할 때만 다시 사용하고 싶은 유혹이 생긴다. 그러나 아직 얻을 것이 더 있다. 항복할 수 있는 감정이 늘 존재하기 때문에 놓아 버림 과정을 지속하면 더욱더 큰 혜택을 얻는다.

항복을 거듭하면 미묘하고 끊임없는 변화가 일어나는데, 특히 사랑의 능력을 어렴풋이 자각하게 된다. 앞에서는 우리의 높은 측면에서 생겨나서 방출되는 사랑을 햇빛에 비유했다. 또한 부정성의 먹구름이 걷힐 때 사랑의 에너지가 점차 증가하며, 에너지를 받아들여 밖으로 방출하는 우리의 능력도 점차 증가한다는 점에 주목했다.

용기의 수준에서는 사랑의 능력이 한결 더 강해진다. 그 능력에는 타인을 지지하고 격려할 힘이 있어서 타인의 긍정적이고 건설적인 면에 힘을 보태 준다. 타인이 발전하도록 도우면, 그들이 성장하면서 더욱 행복해지는 모습을 보는 즐거움이 생긴다. 또한 타인을 돕는 내면의 능력이 한층 더 강해질 수도 있다. 그 능력이 한층 더 강력해지면서 그 자체로도 보상이 되고 타인에게도 더 큰 혜택을 줄 수 있다.

　현 상태 이상으로 성장하려는 욕망을 강화하는 데 용기를 활용할 수 있는 것은, 용기의 수준에서 우리가 지금까지 예상하지 못한 어떤 것이 내면에 있음을 알게 되었기 때문이다. 그것은 우리가 문득 완벽한 고요와 평화 속에 들어가는 사건을 통해 나타난다. 고요와 평화 속에서 우리는 더욱 명료해지고, 이해를 얻고, 아름다움을 느끼는 감수성이 높아진다.

　이는 음악을 통해 나타나기도 한다. 음악으로 인해 나타나는 것은 아니다. 그때 우리는 마음이 문득 고요해짐을 느끼며, 그 고요의 순간에 더 높은 차원을 경험할 수 있다. 마치 전혀 분리되어 있지 않은 듯, 타인을 자기와 완전히 동일시해 하나됨을 느끼는 찰나가 있을 수도 있다.

　이것이 우리가 진정한 내적 큰나의 경험에 돌입하는 순간이다. 이런 순간은 절대로 잊히지 않는다. 처음 경험이 일어날 때는 그 의미를 알지 못한다. '돌발적인 일'이거나 '순전히 우연'이라고 생각한다. 그때의 느낌을 석양이나 교향곡의 한 소절, 사랑스런 몸짓이 보여 주는 아름다움 덕으로 돌린다. 그러나 조사해 보면, 그런 아름다움은 다른 일이 일어날 수 있게 만든 환경일 뿐이었음을 알게 된다. 원인이 아니었다. 그런 아름다움으로 인해 마음에 어떤 고요가 깃든다. 그러면 그 고요 덕분에 우리는 감각과 기분, 생각, 감정, 기억이 끊이지 않고 쉴 새 없이 펼쳐지는 가운데, 마음의 수다가 아닌 어떤 것을 경험할 수 있는 순간에 들어선다.

시간이 멈춘 듯한 순간에 우리는 어떤 가능성을 언뜻 본다. 이런 순간은 너무나 값진 것이어서 소중한 기억으로 평생 남는다. 그런 순간이 일어날 때 우리는 매우 인상적인 경험을 한다. 세상의 격동과 우리 마음의 혼란 너머에는 과연 고요가 존재하고 있을까? 평화의 세계가 항상 우리를 기다리고 있을까?

11

받아들임

받아들임 상태에서 우리는 조화가 이루어지는 경험을 만끽한다. 매사가 막힘없이 진행되는 듯한 느낌이 든다. 든든한 느낌이다. 희생한다고 느끼지 않고 남에게 도움이 될 수 있다. 이런 기분이 든다. "괜찮습니다.", "잘됐군요.", "좋은데요." 받아들임은 소속감, 유대감, 충만감, 애정, 이해심, 이해받는 기분이다. 또한 배려심, 온정, 자아 존중감이다.

받아들임 상태가 주는 안도감 덕분에 우리는 관대하고, 온화하고, 자연스러울 수 있는 여유를 얻는다. 환희를 느끼고, 느긋하니 '가락이 맞는' 기분을 맛본다. 그냥 제 모습 그대로면 충분하다는 느낌이 든다.

모든 것이 있는 그대로 완벽하다

받아들임의 상태에는 아무것도 바뀔 필요가 없다는 느낌이 있다. 모든 것이 있는 그대로 완벽하고 아름답다. 세상은 누리라고 있는 곳이다. 다른 사람들과 모든 생명체에게 연민을 느낀다. 받아들임 상태에서는 희생하는 느낌 없이 반사적으로 타인을 보살피고 도와준다.

마음속으로 든든하고 넉넉하다고 느끼기 때문에, 인심 후하게 쉽게 줄 뿐 돌려받을 기대도 하지 않고 '이건 당신을 위해서 하는 일'이라고 적어 놓지도 않는다. 받아들임의 상태에 있을 때면 친구를 비판하는 대신 사랑한다. 모자란 점이 있더라도 기꺼이 사랑하며 눈감아 준다.

이 우주에서 내 눈앞에 있는 사람들 모두는 사실 최선을 다하고 있으며, 이 순간에 각자 갖고 있는 것만으로 그렇게 하고 있음을 안다. 모든 생명체는 그 완성을 향해 진화하고 있고, 우리의 삶은 우주와 의식을 지배하는 법칙과 맞아떨어지고 있다.

이 상태에서는 사랑이 어떤 것인지를 정말로 이해하기 시작한다. 받아들임 수준에서 사랑은 안정된 상태, 즉 관계가 영속적인 상태로 경험할 수 있다. 사랑의 근원은 우리 내면에 있으며, 그 사랑이 우리의 본질에서 뻗어 나가 타인을 품는다고 본다. 욕망의 상태에서는 이와 대조적으로 "사랑에 빠진다"라고 하면서, 행복과 사랑의 근원이 우리 외부에 있다고 생각한다. 욕망 수준의 낮은 에너지 상태에 있으면 사랑받기를 기대한다. 사랑은 우리가 '얻는' 어떤 것처럼 보인다. 그러나 받아들임의 수준에서는 우리의 사랑하는 상태가 존재의 본질에서 자연스럽게 뿜어져 나온다. 자각에 장애가 되는 것을 대부분 항복했기 때문이다.

이 사랑하는 상태가 우리 내면의 본질이며, 장애를 없애면 저절로 나타난다. 이러한 상태를 위대한 스승들은 우리 내면의 참된 본질, 우리의 참된 큰나라고 표현했다. 부정적 감정, 부정적 프로그램, 부정적 생각, 이 모든 것의 합성물인 에고를 초월해 우리가 내면의 지극히 중요한 본질을 느낄 수 있도록 하는 것이 내면의 큰나가 바라보는 목표다.

우리는 다양한 수행법을 통해 받아들임의 상태로 올라갈 수 있다. 받아들임은 그 다음의 높은 상태로 가기 위한 관문으로, 사랑이나 평화의 의식 수준으로 묘사된다. 여러 기간에 걸쳐 꾸준히 항복한 사람들은 사랑과 평화라는 궁극적 목표가 다른 것 전부를 대체하는 경우가 많다. 조건 없는 사랑과 동요 없는 평화의 상태에서 사는 것이 그 어떤 성취보다 중요한 내면의 목표가 된다.

자신과 타인을 받아들이려면

받아들임의 수준에서는 타인을 보는 눈이 크게 바뀌기 때문에 이제 그들이 공포에 쫓겨 미친 듯이 하는 노력의 이면에서 그들 내면의 천진성을 알아본다. 노력에 가려진 탓에 우리는 자신의 내면과 이웃, 친구, 가족의 내면에 있는 천진성을 보기 어려웠다. 위대한 스승들은 어떤 개인이나 사회가 보여 주는 부정성은 사실 맹목과 무지, 무의식에서 기인하는 것이라고 했다. 그런 내면의 천진성을 남에게서 지각하면 나에게서도 지각한다.

우리가 행한 모든 일은 그 시점에서는 그것이 최선이라고 생각했기 때문에 한 것이다. 그 시점에서 더 나은 방안을 알았다면 그렇게 했을 것이다. "그때는 그게 좋은 생각 같았다."라고 말한다. 다른 사람들도 이와 똑같이 맹목적으로 행한다는 사실을 알면, 그들의 성격 결함으로 눈이 가려지는 일 없이 내면에 있는 천진한 아이를 볼 수 있다.

자신의 천진성이 보이면 타인을 자신과 동일시해 외롭다고 느끼며 스트레스를 받지 않는다. 지극히 경솔하고 끔찍한 행동의 이면에서도 천진성을 볼 수 있다. 어떤 사람의 속내를 들여다보면 더 나은 방안을 모른 채 겁에 질려 있는 짐승이 보인다. 구석에 몰리면 그 짐승이 틀림없이 우리를 공격하고 물 것이란 사실을 안다. 짐승은 우리의 의도가 평화에 있음을 깨닫지 못하고 미친 듯이 팔다리를 휘두를 것이다.

받아들임의 상태에서는 자신의 과거뿐만 아니라 타인의 과거도 용서해 과거의 울분을 치유할 수 있다. 또한 과거에 분개했던 사건 속에서 숨은 선물을 발견할 수 있다. 사건이 가질 수 있는 카르마적 의미도 그런 선물에 포함된다.

받아들임의 수준부터는 과거를 보는 맥락을 새롭게 만들어 냄으로써 과거를 치유할 수 있다. 받아들임 상태를 최종적으로 완성하고 미래에 대해서는 불안을 느끼지 않으면서 계속해서 사랑과 평화의 수준으로 나아갈 수 있다. 이성과 논리는 이와 같은 가능성을 실현하기 위한 도구가 된다.

받아들임 수준은 '좋다', '나쁘다'를 따지는 도덕주의적 판단에 더 이상 연연하지 않는 것이 또 다른 특징이다. 어떤 일은 되는 일이고 어떤 일은 되지 않는 일인지가 뚜렷이 보일 뿐이다. 어떤 것도 '악'이라 심판하지 않고도, 일을 망치는 것과 일에 가장 알맞은 것이 무엇인지를 쉽게 안다. 타인이나 자신을 심판할 때마다 따라오는 죄책감이 없어진다. 이제 우리는 "남을 심판하지 마라. 그래야 너희도 심판받지 않는다."(마태복음 7:1)라는 말씀의 의미를 알 수 있다.

받아들임 상태에서 우리는 가장 기본적이고 인간적인 욕구에 대해서도 트집을 잡는, 마음속의 죄책감 유포자를 이미 놓아 버렸다. 도덕주의적 혐오감이나 강박적 자기만족 없이 자신의 육체적인 면을 즐길 수 있다. 다른 사람의 신념과 행동이 나와는 매우 다르더라도, 삶을 이해하고 옳고 그름을 가리는 일에서 그들이 얻은 견해가 그들 자신에게는 타당하다는 점을 받아들인다. 모든 사람에게서 천진성을 볼 때 '이웃을 나 자신처럼 사랑하기'를 정말로 해낼 수 있기 때문에 의식적으로 애쓰지 않고도 놓아 버림을 통해 고귀한 목표에 도달할 수 있다.

받아들임 수준은 사심 없이 봉사하는 자세가 특징이다. 작은 자아를 일으키는 부정적 감정을 항복하면 자신을 작은 자아와 동일시할 수 없다. 대신에 마음속에서 우리의 큰나는 본질이 화평함을 느낀다. 부정적 프로그램들을 포기한 덕에 더욱 큰 창조성과 영감, 직관력이 생긴다.

또한 개인적으로 필요한 것들은 어떻게든 충족될 것이라는 확신이 있다. 그 결과 다른 사람과의 관계가 그들의 안녕과 행복에 초점을 두는 쪽으로 바뀐다. 받아들임 수준에서는 더 이상 남에게 의존하는 식의 결핍이 없는 덕분에 그렇게 바뀌기 쉽다. 남에게 '얻어야겠다'고 느끼는 것이 전혀 없기 때문이다. 다정하게 받아들이는 관계에서 사소한 결점 정도는 더 이상 심각하게 여기지 않고 눈감아 준다.

받아들임 상태에서는, '행하는 상태'에는 점점 덜 사로잡히고 존재하는 상태의 질 자체에 점점 더 초점을 둔다. 또한 보살피고 사랑하는 능력을 내면에서 완성하는 일에 관심이 커진다. 부정적 감정이 올라오더라도 빈도가 덜하며 더 쉽게 처리한다. 이제 제 구실하기가 쉽다. 워낙 힘을 들이지 않고 하는 까닭에 매일 하는 일은 알아채기도 어렵게 된다.

자기 챙기기

받아들임 상태는 의식을 스스로 챙기는 것이 전형적 특징이다. 명상이나 다양한 묵상법에 관심 있는 사람이 많다. 그리고 영적, 윤리적 문제가 중요해진다. 예를 들어, 종교가 있는 사람이라면 가톨릭의 피정이나 불교의 안거에 참가하기도 하고, 영적이거나 인도주의적인 활동을 지향하는 사람이라면 관련된 영역에 몸담기도 한다.

조화롭게 보이던 세상이 조금이라도 조화롭지 않게 보일 때는 자기 내면의 갈등을 세상에 투사했기 때문임을 깨닫는다. 받아들임 수준에서는 부정적 감정은 모두 자기 자신의 문제임을 자각해, 감정 해결을 위해 더 이상 외부를 보지 않는다.

의식과 자아 자각을 크게 하는 일에 진지해서 의식의 질 자체를 연마하는 데 초점을 둔다. 받아들임의 수준에서는 정신과 영혼이 지닌 최고의 잠재력을 탐구하는 철학이나 과학 연구, 영성 분야 고전에 관심을 기울이기도 한다. 그리고 가진 것이나 하는 일보다는 어떤 존재가 되고 있는지가 점점 더 중요해진다. 받아들임 수준에서는 자기 내면의 잠재력을 최대한 실현하고 타인의 잠재력과 꿈을 양성하는 일에 도전한다.

받아들임의 상태에서 근육을 시험해 보면 힘이 강하다고 나온다. 그래서 이 상태에서는 형광등이나 합성 섬유, 인공 감미료 등에서 나오는 생명 약화 진동같이 부정적인 영향을 상대적으로 덜 받는다. 건강한 상태로 모든 면에서 성공하려는 노력에 확고하게 헌신한다. 또한 건강을 심리적, 감정적, 정신적 차원의 문제로 간주하며, 이러한 차원 전체에서 문제를 해결하는 데 도움을 얻을 자산을 구한다. 자가 치유 능력도 얻을 수 있다.

받아들임의 수준에서는 뜻대로 현재에 존재할 수 있다. 자신의 참된 본질을 받아들이고 우주의 작동 방식도 세상에 반영된 그대로 받아들이고 나면, 더 이상 과거를 후회하지 않고 미래를 두려워하지 않는다. 과거가 치유되었을 때 미래에 대한 공포는 더 이상 존재하지 않는다. 통상의 에고 지향적 의식 상태에서 에고는 과거를 미래에 투사하는 경향이 있다. 그래서 부정적으로 여기는 과거를 상상 속의 미래에 투사하고는 두려움을 느낀다.

죄책감과 공포, 분노, 자부심의 낮은 에너지를 놓아 버리면 과거의 무게가 가벼워지고 미래의 구름이 걷힌다. 낙관적으로 오늘을 맞이하고 살아 있음에 감사를 느낀다. 과거는 끝났고 미래는 아직 오지 않았으니 우리에겐 오늘만 존재함을 안다.

요컨대 받아들임의 의식 수준은 우리 모두가 간절하게 바라는 것이다. 받아들임을 통해 우리는 삶의 문제 대부분에서 벗어나 성취와 행복을 경험할 수 있기 때문이다.

12

사랑

사랑의 수준에서 우리는 진심으로 대하고, 관대하고, 보살피고, 다정하고, 변함없고, 너그럽다. 사랑은 보호하고, 협력하고, 희망을 주고, 전체를 보고, 자애롭다. 또한 사랑은 따뜻함, 감사, 공감, 겸손, 완성, 진정한 시각, 순수한 동기, 상냥함 등이 특징이다.

사랑은 존재의 방식이다. 사랑은 사랑을 가로막는 것을 항복했을 때 뿜어져 나오는 에너지다. 사랑은 감정이나 생각을 넘어서는 존재의 상태다. 사랑은 항복의 길을 통해 우리가 되는 것이다. 사랑은 다음과 같은 의문과 함께 세상 속에서 존재하는 방식이다. "당신에게 어떤 도움을 줄까? 당신에게 어떻게 위안이 될까? 당신이 무일푼일 때 돈을 빌려줄 수 있을까? 당신이 일자리를 찾는 데 도움을 줄 수 있을까? 가장 가까운 가족이 죽었을 때 당신을 어떻

215

게 위로할까?" 사랑하는 상태는 우리가 세상을 환하게 만드는 방법이다.

일상생활 속의 사랑

사람은 누구나 모든 생명체에게 친절을 베풀어 세상의 아름다움과 조화에 이바지할 기회가 있고, 이를 통해 사람의 영혼을 돌본다. 생명에게 너그럽게 베푸는 것이 자신에게 되돌아오는 이유는 우리도 그 생명의 일부이기 때문이다. 수면 위 잔물결처럼 모든 선물은 준 사람에게 되돌아간다. 내가 타인의 어떤 부분을 굳건하게 해주면 실제로는 자신의 같은 부분이 굳건해진다.

사랑을 기꺼이 주게 될 때 알게 되는 것은, 우리는 사랑에 둘러싸여 있으면서도 사랑에 접속하는 법을 모른다는 점이다. 사랑은 사실 모든 곳에 존재한다. 그 존재를 깨닫기만 하면 된다.

사랑은 다양한 모습으로 드러난다. 어린 소년은 아빠가 가르쳐준 동요를 외운다. 80년 뒤에도 그는 그 노래를 흥얼거릴 수 있다. 동료 선원이 죄다 멀미를 하자 해군 병사는 먹지도 마시지도 못한 채 사흘 동안 쉬지 않고 극심한 태풍을 뚫고 배를 몬다. 환자들은 모르고 있지만 의사는 그들을 위해 기도한다. 엄마는 아이의 설사 묻은 바지를 빨며 말한다. "얘야, 네 잘못이 아니란다. 어쩔 수 없었잖니." 아내는 아침마다 일찍 일어나 남편이 좋아하는 방식으로 커피를 끓여 준다. 강아지는 문 옆에서 주인이 귀가하기를 기다렸다가 주인이 들어오면 꼬리를 흔든다. 고양이는 기분이 좋아 가르랑거린다. 새는 노래하듯 지저귄다.

사랑이라고 하면 보통 '애인'이나 '연인' 사이에 존재하는 '로맨틱'한 감정을 떠올린다. 그러나 로맨틱한 사랑은 일생에서 작은 부분을 차지할 뿐이다. 개인적이고 로맨틱한 사랑 외에도 사랑의 유형은 많으며, 다양한 사랑이 우리의 일상에 스며 있다. 애완동물의 사랑, 가족의 사랑, 친구의 사랑, 자유와 목표, 나라에 대한 사랑, 소질에 대한 사랑, 창작에 대한 사랑, 착한 성품으로서의 사랑, 열광하는 사랑, 용서하는 사랑, 받아들이는 사랑, 의욕을 일으키는 사랑, 공감하는 사랑, 친절로서의 사랑, 관계의 핵심으로서의 사랑, ('익명의 알코올 중독자들' 같이) 집단 에너지로서의 사랑, 감탄하는 사랑, 존경하는 사랑, 용맹으로서의 사랑, (단짝, 급우, 동료 선원, 팀 동료를) 하나로 뭉치게 하는 유대감으로서의 사랑, 충성심으로서의 사랑, 애착으로서의 사랑, 소중히 여기는 사랑, 자기희생적인 모성으로서의 사랑, 헌신하는 사랑 등이 있다.

유행가 가사처럼 "사랑은 장관을 이루는 많은 것들"이다. 경험상 맞는 말이다. 사랑에 대한 저항을 모두 항복하고 사랑을 가로막는 부정적 감정을 놓아 버릴 때, 세상은 장관을 이루는 사랑으로 빛난다. 이 광채는 사랑의 수준에 있는 사람에게 드러나게 마련이다.

사랑은 치유한다

사랑은 치유를 쉽게 일어나게 하고 삶을 완전히 바꿔 놓는다. 사랑에서 나온 행동을 목격하고 한순간에 마음이 바뀐 오리 사냥꾼의 실화에서 이런 현상을 볼 수 있다. 그는 취미삼아 종종 오리 사냥을 했는데, 어느 날 사냥을 하는 중, 으레 하던 대로 오리가 날아가는 것을 보고 방아쇠를 당겼고 총에 맞아 크게 다친 오리가 땅에 떨어지는 것을 보았다. 그런데 놀랍게도 다친 오리의 짝인 암컷이 곧장 날아 내려오더니 자기 짝을 날개로 덮어 보호하려는 것이었다. 그 사랑을 보고 사냥꾼의 심경에 변화가 일어났다. 그는 다시는 사냥을 하지 않았다.

사랑하는 상태에 있게 되면 결코 다시는 할 수 없는 어떤 일들이 있다. 또한 사랑의 에너지 장 속에서만 할 수 있는 불가능한 일들이 있다. 게다가 사람들이 다른 이에게는 해 주지 않을 일을 내게는 해 준다. 굳이 '기적'이라 이름 붙이지 않아도 사랑으로 인해 기적같은 일이 가능해진다. 사랑에는 변모시키는 효과가 있다.

가끔 사람들에게 사랑한다고 이야기하지 않는 것이 최선일 때가 있다. 그런 말을 들으면 겁을 집어먹고는 자기들에게 속셈이 있거나 바라는 것이 있다고 생각할 것이기 때문이다. 어떤 사람들은 사랑을 겁내고 의심한다. 사랑하는 상태는 에너지를 내뿜어 주변의 모든 것을 변형시키는 존재 방식이다. 사랑하는 상태는 저절로 일어난다. 아무것도 '행할' 필요가 없고, 무엇이라고 부를 필요가 없다. 사랑은 소리 없이 모든 상황을 변형시키는 에너지다.

이 말은 곧, 지극히 못된 사람도 우리와 같이 있으면 갑자기 타인을 용서할 마음이 든다는 의미다. 바로 눈앞에서 그 사람이 바뀌는 것을 볼 수 있다. 분노를 놓아 버리고 이렇게 이야기할 수 있다. "그 애한테 열 받을 이유가 없네요……. 너무 어려서 뭘 모르니까요." 상대를 비난하기보다 두둔하는 이유를 스스로 찾아낼 것이다. 사랑은 나와 주변 사람들에게 힘을 주어 사랑의 힘이 없이는 할 수 없는 일을 하게 해 준다.

한편 사랑의 일면인 용서를 통해 삶 속의 일을 은총의 관점에서 볼 수 있다. 미성숙했을 때 저지른 실수에 대해 자신을 용서한다. 자신의 에고나 왜소한 측면을 작고 귀여운 아기 곰처럼 보면 도움이 된다. 아기 곰은 '나쁜' 녀석이 아니다. 그래서 이 작은 곰을 미워하거나 야단치지 않는다. 있는 그대로 사랑하고 받아들인다. 에고는 뭘 모르는 작고 귀여운 짐승이다. 우리가 자신의 왜소한 측면을 초월하는 길은 그것을 받아들이고 사랑하는 것이다. 에고를 '부족한' 것으로 볼 뿐 '나쁜' 것으로 보지 않는다.

사랑의 에너지 장 속에 있으면 사랑에 둘러싸이고 감사가 일어난다. 삶에 감사하고 삶의 모든 기적에 감사한다. 개와 고양이에게 감사한다. 애완동물들은 사랑을 상징하기 때문이다. 친절과 보살핌, 배려, 사려에서 나오는 타인의 행동 모두에 감사한다.

결국 우리는 그냥 사랑이 된다. 우리가 하는 모든 행동과 말, 우리가 일으키는 모든 움직임이 우리 내면에 보유한 사랑하는 상태에서 에너지를 얻는다. 많은 청중 앞에서 이야기하든 강아지를 쓰다듬든 모든 행동에서 사랑의 에너지가 쏟아져 나옴을 느낀다. 경험적 앎으로서 가슴에 품고 있는 바를 나누고 싶어 한다. 만인과 만물을 위해 가슴에 품고 있는 것이기에 그들도 그것을 느끼게 된다. 또한 주위의 모든 사람과 동물들이 내면에서 무한한 사랑을 느낄 수 있기를 기도한다. 나의 삶이 주위의 모든 것에 축복이 된다. 타인과 동물이 나에게 선물이라는 점에 감사한다.

사랑은 가슴에서 뿜어져 나온다. 서로 사랑하는 사람들 곁에 있으면 그 에너지를 감지할 수 있다. 사랑하는 사람과 동물, 친구에게서 받는 사랑은 나를 위해 신성이 베푸는 사랑이다. 밤에 잠자리에 들면서 온종일 사랑에 둘러싸여 있었던 것에 감사한다. 매 순간은 오직 사랑 덕분에 가능하다. 이 책을 쓰는 일 역시 오직 사랑 덕분에 가능했다.

사랑의 상태에서는 아침에 일어나면 삶에서 새로운 하루를 맞이함에 감사하고, 주위의 모든 사람을 위해 삶을 더 좋게 만들려고 한다. 사랑이 있으니 만사가 나아진다. 계란 프라이가 잘된다. 오리가 목숨을 건진다. 고양이가 밥을 먹는다. 유기견 보호소에서 개를 입양해 집에 데려온다. 주위의 모든 것, 모든 형태의 생명에게 사랑을 나눠준다. 고양이, 개, 다른 사람, '살아 있는 모든 것'에게 준다. 그렇다. 악당에게도 준다. 체포한 악당을 감시하는 일이 직업이라면 악당이 자기 삶을 견딜 수 있게 해 준다. "당신 머리에 총을 겨누고 있어서 유감이지만, 이게 내가 하는 일이에요."라고 얘기해 준다. 예외를 두지 않고 최대한 자애롭고 너그럽고자 노력한다.

사랑할수록 더 많이 *사랑할 수 있다.* 사랑은 한이 없다. 사랑은 사랑을 낳는다. 그래서 정신과 의사들이 애완동물을 키우라고 권하는 것이다. 예를 들어 개는 주인의 가슴에 사랑을 가져와 사랑의 크기를 키운다. 사랑은 수명을 연장한다. 연구 기록에 의하면 실제로 개를 키우면 주인의 수명이 10년은 늘어난다! 개 한 마리를 돌보면 10년의 수명을 보탤 수 있는데 얼마 되지 않는 시간을 수명에 보태기 위해 사람들이 하는 기이한 운동법이며 식이요법

등을 생각해 보라! 사랑은 영양 물질로부터 복잡한 분자가 합성되어 생명체를 이루는 동화 작용을 일으키는 데 강력한 효과가 있다. 사랑은 삶의 질을 높여 주는 엔도르핀의 분비를 늘린다. 개와 함께 살면 10년을 더 살 수 있는 이유는, 애완견이 사랑 에너지의 방출을 촉진시키고 이 사랑 에너지가 생명을 치유하고 연장하기 때문이다.

사랑 에너지는 여건만 적절하면 육체를 치유하는 힘이 있다. 정신적으로 긍정적 상태가 우세하므로, 육체적으로도 병이 저절로 낫는 경우가 많다. 어떤 병들은 특별히 주의를 기울이지 않아도 저절로 치유되고, 나머지 병들은 의식 기법을 쓰면 대개 차도를 보인다. 치료에 차도를 보이지 않고 지속되는 병은 카르마에서 비롯하거나, 상징성이 있거나, 영적 의미가 있는 것이다.

사랑 상태에서는 대체로 몸을 덜 의식하게 된다. 몸은 제 할 일을 하면서 알아서 스스로를 돌보는 듯하다. 더 이상 자신을 몸과 동일시하지 않는다. 순전히 육체적으로 건강 문제를 다루는 것에는 흥미를 잃게 된다. 특별한 이유로 몸에 주의를 기울이지 않으면 몸에 대한 자각이 완전히 사라질 때도 있다.

그리고 '생각하는 상태'가 점차 직관적 이해로 대체되면서 사라지기 시작한다. 시간이 흐르면 '생각하는 상태'와 그 정신적 과정은 자연발생적이고 직관적인 '아는 상태'로 대체된다. 논리는 건너뛴다. 이런 현상이 생기는 것은 높은 진동 수준에서 우주의 만물이 다른 만물과 연결되어 있기 때문이다. 우리가 얻는 이해는 서로 연결된 장으로부터 '계시'처럼 펼쳐진다. 아는 작용은 한정된 부분에서가 아니라 전체를 망라해 이루어진다.

더불어 내면의 고요 덕분에 다른 사람의 생각과 감정을 비언어적 차원에서 감지할 수 있게 된다. 다른 사람과 비언어적으로 의사소통하는 것이 가능해지고 놀라울 것도 없어진다. 부정적 감정을 더 이상 느끼지 않는 것은 작은 자아를 초월해 이 작은 자아가 큰나에 흡수되었기 때문이다. 이 때문에 감정 현상이 완전히 바뀐다. 예를 들어 누가 죽는 일은 비탄에 빠지기보다는 일시적으로 낙심하거나 애석해 할 일들로 경험할 수 있다.

무조건적인 사랑

끊임없이 항복하면 (540으로 측정되는) 무조건적 사랑의 상태에 이른다. 인구의 0.4퍼센트만 이 상태에 도달할 정도로 매우 드문 상태다. 이 상태의 에너지는 기적적이고, 폭넓고, 차별 없고, 변형을 일으키고, 한이 없고, 힘들지 않고, 환히 빛나고, 헌신적이고, 성자와 같고, 널리 퍼지고, 자비롭고, 이타적이다. 또한 내면의 환희, 믿음, 황홀감, 참을성, 연민, 끈기, 본질, 아름다움, 동시성, 완벽, 항복, 고양감, 진정한 시각, 개방성 등이 특징이다. 개인의 자아를 인과 관계를 일으키는 행위자로 보기를 포기한다. 만사가 동시성에 의해 쉽게 일어난다.

자신의 존재에 대한 내적이고 주관적인 경험에서 환희가 뿜어져 나온다. 환희의 힘은 주관적이며, 외부의 근원에서 생겨나는 것이 아니기 때문에 운동 수행 에너지가 고갈되지 않는다. 마치 생명 자체의 근원이 춤을 추게 하는 듯이 촛불을 밝힌 예배당에서

밤새도록 황홀경 속에서 춤출 수도 있다. 이런 상태에서는 존재하는 모든 것의 완벽함과 지극한 아름다움이 어둠 속에서 빛나는 광채처럼 비치고, 영적 에너지가 투입되어 사물에 대한 지각에서 진정한 시각으로, 선형에서 비선형으로, 제한에서 무제한으로 변형이 일어나기 쉬워진다.

(500대 후반인) 높은 진동수의 사랑 상태에서는 세상 속에서 제 구실을 계속할 수 있지만, 결국에는 사고파는 일이 벌어지는 평범한 무대를 떠나 이전의 사회적 환경과 직업을 포기하기도 한다.

이런 상태에서는 '기적적인' 일이 일상이다. '초자연적'이라 일컬으며 이성이나 논리, 인과관계로는 설명할 수 없는 일이 시도 때도 없이 일어나는 것이 보인다. 어떤 '개인'도 기적을 행하지 않는다. 다만 여건이 적절할 때면 자연발생적으로 일어날 뿐이다. 그리고 이런 현상이 개인적 자아 너머에서 주어지는 선물임을 깨달아 영적 에고가 커지지 않는다. 우리는 사랑이 전해지는 경로이지 사랑의 근원이 아니다. 영적 진전은 은총의 결과며 개인적 노력의 결과가 아님을 안다.

성취의 자부심은 현 상태에 대한 감사로 대체된다. 모든 의심과 신념 체계, 지각, 입장, 의견, 애착을 놓아 버리면서 항복의 과정을 한결 더 깊이 있게 진행한다. 모든 애착, 나아가 서술 불가능한 강렬한 황홀경 상태에 대한 애착마저 기꺼이 항복하게 된다.

또한 겸손으로 인해 타인에 대한 의견 전체를 항복한다. 어떻게 보면 지금 있는 그대로가 아니게끔 존재할 수 있는 사람은 아무도 없다. 사랑은 이 사실을 알고 있기에 아무런 입장을 취하지 않는다. 사랑은 타인에게서 그의 결점보다는 긍정적인 면을 키운다. 사랑은 생명이 구현된 모든 것에서 생명의 좋은 점에 관심을 집중한다. 무조건적인 사랑은 타인에게 아무것도 기대하지 않는 사랑이다. 사랑하는 상태에 있으면 타인에게 아무런 제약을 가하지 않으며, 사랑받기 위해 어떤 식으로 존재해야 한다고 요구하지도 않는다. 타인이 어떻든 간에 사랑한다. 설사 아주 불쾌한 사람이라도 사랑한다! 범죄자에 대해서도 그들이 범죄를 저지른 인생을 최선의 선택으로 여기는 것을 안쓰러워할 뿐이다.

사랑이 무조건적이면, 애착과 기대와 숨은 의도가 없고 누가 누구에게 무엇을 주었는지 적어 놓지 않는다. 나의 사랑은 내가 어떻든 남이 어떻든 상관없이 무조건적이다. 조건 없이 준다. 아무런 단서도 붙지 않는다. 아무것도 돌려받기를 기대하지 않는다. 다른 사람에 대한 의식적이거나 무의식적인 기대를 모두 항복했다.

사랑은 타인의 본질에 빛을 비추며, 따라서 타인의 사랑스러움에 빛을 비춘다. 사랑으로 인해 가슴이 열리기 때문이다. 지각은 사물을 인지할 뿐이지만, *가슴은 안다.* 마음은 생각하고 말다툼하지만, 가슴은 알고 넘어간다. 그래서 누가 잘못을 저질렀을 때도 그를 사랑한다. 생각은 한 가지만 알려 주지만, 가슴은 다른 것도 알려 준다. 마음은 비판적일 수도 있고 의견이 다를 수도 있지만, 가슴은 어찌 되었든 계속 사랑한다. 가슴은 무엇이 어떠해야 한다는 조건을 아무것도 걸지 않는다. 마음은 조건을 건다. 하지만 사랑은 아무런 요구도 하지 않는다.

사랑에서 조건을 없애는 열쇠는 용서하려는 자발성이다. 용서

하면 사건과 사람을 새로운 맥락에서 고려해 '못됐다'거나 '마음에 안 든다'라고 보지 않고 단지 '부족하다'라고 본다. 겸손하면 지난 일에 대한 인식을 기꺼이 포기한다. 상황이나 인물의 진실을 보는 기적을 얻도록 기도하고, 문제에 대한 의견은 모두 항복한다. 벌어진 일을 보는 자신의 인식을 고집할 때 얻는 이득을 잘 살펴보고, 작은 이득을 하나씩 놓아 버린다. 자기연민에 빠지거나, "내가 옳다"라고 주장하거나 "부당하다"라고 외칠 때의 은근한 즐거움이 그런 이득이다.

결국에는 용서한다는 생각 자체를 항복한다. 누군가를 용서한다는 것은 여전히 그 인물이나 상황을 '잘못된' 것으로 보고 있어 용서해야 함을 암시한다. 진정한 항복은 일을 그렇게 보는 것을 완전히 놓아 버림을 의미한다. 자신의 인식을 완전히 항복해 판단을 전부 놓아 버릴 때, 상황 전체가 모습을 달리하면서 상대가 사랑스럽게 보인다. 사실 판단이란 것은 모두 자기가 내리기 때문에 판단을 놓아 버리는 과정에서 우리는 자기 자신을 해방시킬 수 있다.

무조건적 사랑의 수준에서 우리는 만인과 만물을 사랑한다. 아돌프 히틀러마저 사랑한다. 히틀러를 부정적 에너지에 장악된 사람으로 보고, 자기에게 일어난 일에 어쩔 수 없었던 그를 기꺼이 용서한다. 히틀러는 악에 압도되었다. 우리는 악을 증오하는 대신, 사람들이 그 같은 부정성에 압도되는 것에 슬픔과 연민을 느낄 수 있다. 히틀러는 자기 딴에는 명예로운 의무라고 생각한 일을 했다. 이것이 히틀러가 그 시점에서 자신의 일을 놓고 생각한 맥락이다. 히틀러는 시대를 풍미하던 어떤 이상과 신념에 사로잡혀 있었다.

이렇게 히틀러를 놓고도, 그는 나름 헌신적이었으며 자기가 한 일을 봉사로 여겼다고 생각할 수 있다. 제2차 세계대전 때, 일본의 가미카제 조종사들도 나라를 위한 의무라 생각한 일을 했다. 그러므로 다른 사람들을 폭격해서 죽이려 했던 그들을 증오할 필요는 없다. 오히려 나라를 위해 생명을 포기한 자발성을 존경할 수 있다. 또한 사랑의 법칙을 위배하는 사람들은 실제로는 모두 사회의 어떤 신념 체계나 시대의 압력에 희생된 이들임을 알 수 있다.

일체성

의식의 상태가 진보하면 모든 존재가 새로운 의미를 띤다. 만물의 겉모습보다는 만물의 내적 존재 상태와 본질을 알아차리기 시작한다. 지각이 이렇게 바뀜에 따라 모든 것은 완벽하다는 점이 드러난다. 이러한 경험은 시간을 넘어서 존재한다. 과거도 미래도 존재하지 않는다. 가장 높은 진동 상태에서 사랑은 개인과 그 나머지 우주를 절대 분리된 것으로 보지 않는다. 만물과 완전히 일체인 상태를 경험한다. 이 상태에서 만물의 완전한 일체성은 세상속에서 자아가 갖는 평범한 인식보다 현실감이 큰 것으로, 심오하다라고만 묘사할 수 있다.

이런 내적 변화가 일어나면서 외부 사람이 보기에 그 사람의 생활방식이 바뀔 수도 있고 바뀌지 않을 수도 있다. 그러나 습관과 행동이 전과 동일하게 보일지라도 더 이상 충동적이거나 강박적이지는 않다. 그다지 힘들지 않게 그만두거나, 달라지거나, 다른 것으로 바뀌는 경우도 흔하다. 반면에 직업상의 큰 변화를 포함해 생활방식이 갑작스럽게 달라질 수도 있다. 내적으로 가치관이 바뀌고, 관심사와 시야의 폭이 넓어지기 때문이다. 이제 더 큰 차원에 연결되어 있으므로 묵상이나 관상, 예술, 음악, 신체 활동, 독서, 저술, 가르치는 일, 목표가 유사한 영적 집단에 참여하는 일 등을 통해 그러한 차원에 몰입하기도 한다.

이제 놓아 버림은 더욱 자연스럽고도 지속적으로 이루어진다. 내적으로 고요하고 아름다운 시간이 더 자주 오고 더 오래 지속된다. 이 현상은 아주 심오한 수준에서 일어나기도 하며, 이상하게도 크나큰 내적 혼란과 투쟁이 뒤를 잇기도 한다. 이렇듯 강렬한 내면 수행의 시기가 오는 것은 더 이상 부정성을 용인할 수가 없기 때문이다. 이제 의식의 힘이 커졌기 때문에 의식의 가장 깊은 수준으로 들어가 문제를 다룰 수 있다. 이는 자신의 정체성 내지 자아 개념이 생기는 근원과 관련된 문제들일 수도 있다.

끊임없이 항복하는 시기가 오래 이어진 뒤에 깊은 평정과 평화라는 큰 발견을 할 수도 있다는 사실은 다음의 예로 알 수 있다. 나는 멈추지 않는 환희의 상태에 있다가 어느 시점에서 일어난 사건으로 인해 타인과 연결될 수 있는 가장 깊은 통로에서 생겨난 갈등을 알아차렸다. 갈등을 직시해 완전히 경험하기는 어려웠다. 하지만 그때의 지배적 상태는 갈등 쪽으로 부여되는 고도의 에너지가 아주 많은 것이었기 때문에 내면의 갈등이 올라오게 하고 그것이 자연스럽게 전개되도록 해 최종적으로 해결할 수는 있었다. 갈등은 꼬박 열흘간 지속되었고, 그 기간 동안 갈등을 끊임없이 항복하면서 다른 식으로 바꾸려 하지 않고 놓아 버리는 접근법을 썼다.

한동안은 내면의 갈등이 끝이 없을 것 같아 보였다. 그러나 이전의 항복 과정 경험으로 보아, 계속 놓아 버림만 하면 조만간 느낌이 모두 바닥날 것이 확실했다.

임시로 숲 한가운데의 작은 오두막집으로 거처를 옮겼더니 집중을 방해할 것이 아무것도 없어 항복 과정을 심화할 수 있었다. 그러자 갈등의 근원이 깊어지면서 훨씬 더 고통스러운 감정이 최대한의 강도로 발생했다. 내면에 엄청난 혼란이 왔고, 때로는 극도의 고통과 절망에 가까운 상태가 닥쳤다. 포기하지 않을 것이며 과정의 흐름에 장애가 없게 하겠다고 굳게 결심하자, 마침내 구덩이의 밑바닥에 이르렀고 암담한 절망이 압도적인 강도로 발생했다. 그런데도 다 괜찮을 것이라는 앎이 있었다. 절망과 동일시하기보다는 항복하기 자체와 동일시하고 있었기 때문이다.

마침내 절망에 대한 모든 저항을 전적으로 완전하게 놓아 버렸다. 절망이 즉시 사라졌다. 압도적이었고 견딜 수 없었던 절망이 한순간에 사라졌다! 절망이 있던 자리에 말로 표현할 수 없을 만큼 깊은 평화가 있었다. 이 평화는 정도가 무한하고 기이하게 강력하며 전적으로 난공불락인 것이었다. 심오한 정적이 내면에 감돌았고, 시간에 대한 지각이 완전히 멈추었다. '시간' 대신에 현상들이 일으키는 움직임만 존재했다. 다음 날에도 경험은 계속되었고, 사실 훨씬 강했다.

그러고는 이런 의식 상태에서 경험하는 평범한 생활에 대한 호기심을 갖고 세상에 재진입했다. 뉴욕 시에서 번화한 5번가를 건는 동안에도 깊은 정적과 조화, 평화가 똑같이 나를 지배했다. 평화와 정적이 도시 구석구석에 배어들어 표면상의 혼돈과 소음, 혼란의 이면에서 바탕을 이루고 있는 듯했다. 마치 그런 고요의 수준에 있는 힘이 이 모든 것을 발생하게 하고 연속된 통일체로 잡아 두는 듯했다. 정적의 본질 속에는 무한한 힘이 있었고, 바로 그 힘이 도시의 집단 부정성에 대응해 부정성을 상쇄시키는 것이 분명했다. 겉에서와 마찬가지로 속에서도 힘이 작용했다. 같은 화합력이 개인의 부정성을 상쇄하고 있는 것이 분명했다. 상쇄되지 않으면 그 부정성이 개인과 개인의 육체를 망가뜨릴 터였다.

앞 장에서 낮은 감정은 '차크라'라는 육체의 에너지 중심점 중 낮은 점들에 에너지가 축적되는 현상과 관련이 있다고 했다. 의식이 상승하면, 부정성을 놓아 버린 덕분에 높은 중심점으로 에너지가 올라가기 쉬워져서 결국 사랑의 수준에서는 가슴 차크라까지 올라간다. 사랑이 무조건적이고 늘 환희가 되면, 개인 차원의 사랑이 만인에 대한 사랑으로 대체된다.

이런 수준의 사랑에 도달한 사람에 대해 보통 "가슴이 넓다"거나 "성심을 다한다"라고 한다. 이런 관용구는 그 사람이 삶에서 관심을 가지고 초점을 두는 일이 사랑하는 일로 바뀌었음을 나타낸다. 초점이 이렇게 상승하는 쪽으로 바뀌면 지각도 전반적으로 바뀌어서 부정적 감정에 휘말려 있는 사람이 주목하는 초점과는 다른 관점을 갖게 된다.

예를 들어, 낮은 마음 상태에 있는 사람은 옷도 대충 입고 길모퉁이에 서 있는 노신사를 '노숙자'로 지각한다. 그리고 그렇게 지각하면 다른 부정적 생각들도 딸려 나온다. "위험한 사람일 거야. 피하자.", "저런 사람 때문에 세금 부담이 커져. 아마 사회보장연금으로 사는 사람일 거야.", "경찰은 거리에서 저런 부랑자를 없애야 해.", "감옥에 보내거나 정신병원에 처넣어야 해."

이와는 대조적으로, 사랑하는 상태인 사람은 노신사의 얼굴만 봐도 그가 풍부한 인생 경험과 개성, 지혜가 엿보이는 흥미로운 인물이라고 본다. 노신사는 세상에서 볼일을 거의 마치고, 행하는 상태와 소유하는 상태를 넘어 존재하는 상태로 진화한 자유로운 영혼으로서 그곳에 나타났을 수도 있다.

5번가에서 바로 그런 사람과 마주치는 일이 있었다. 앞에서 서술했듯이 완전한 내적 정적 상태에 빠져 있는 동안에 생긴 일이었다. 인도를 따라 걸어가는데, 노신사가 나의 내적 정적 상태를 한눈에 알아보더니 그에 대한 반응으로 자신을 완전히 열었다. 폭넓게 응시하는 그 시선 앞에서 모든 것이 드러났고, 완전히 열린 그의 영혼을 읽을 수 있었다. 노신사는 자신의 진정한 내적 큰나를 깨닫고 완전한 평화 속에 존재하는 사람임이 분명했다. 사실상 그는 뉴욕 시를 관통하고 있는 강력하고 긍정적이고 사랑하는 에너지에서 핵심을 이루는 존재였다.

서로를 흘낏 보는 것으로 우리는 우리의 일체성, 시간을 넘어선 일체성을 공유했다. 모르는 사이였지만 우리의 영혼은 통합되었고 서로에게 울려 퍼졌다. 하나의 큰나가 밖으로 빛을 발했다. 그 일체성이 그 순간 뉴욕 시의 부정성 전체를 상쇄하는 에너지가 되었다. 우리의 열린 응시 속에 우주적 일체성이 존재했다.(이 문장은 진실로 측정된다.) 공유된 파워가 무한했기에 그 일체성은 뉴욕 시의 부정성 전체를 상쇄하는 무한한 에너지를 반영하는 완전한 침묵 속의 앎이었다. 상쇄되지 않으면 도시는 자멸할 것이었다. 그 것은 말이 없고 지배적이며 무한한 의식 상태였다. 그것은 다음과 같은 의식의 법칙을 경험으로 확인하는 엄청난 순간이었다. *사랑 은 우주를 지배하는 궁극의 법칙이다.* (이 진술은 750으로 측정된다.)

평화

평화의 수준에서는 갈등이 더 이상 존재하지 않는다. 부정성은 전혀 존재하지 않고, 모든 것을 아우르는 사랑하는 상태를 평정과 고요, 영원, 완성, 완수, 정적, 만족을 통해 경험할 수 있다. 내적 침묵과 내적 광명, 일체감, 통일성, 전면적 자유가 있다. 흔들리지 않는 평화가 있다. 이때 활동은 힘이 들지 않고, 자연발생적이며, 조화롭고, 사랑을 베푸는 효과가 있다. 우주에 대한 지각이 바뀌고, 자신과 우주의 관계에 대한 지각도 바뀐다. 내면에서 내적 큰나가 세를 얻는다. 개인적 자아는 그에 딸린 감정과 신념, 정체성, 관심사와 함께 초월되었다. 독실한 사람이든 인본주의자든 영적으로나 철학적으로 탐구한다고 생각하지 않는 사람이든 모든 추구자 seeker들이 찾는 궁극의 상태가 평화다.

평화가 주는 깊은 충격

우리는 모두 깊은 평화의 순간을 맞이한 적이 있다. 그럴 때면 시간과 세상은 갑자기 멈추고, 무한과 접촉하는 듯하다. 임사체험을 다룬 책들이 수년간 많이 출간되었다. 임사체험을 경험한 사람들은 다양한 상황에서 죽었다가 육체로 되돌아왔다. 경험자들은 자신의 삶을 바꾼 임사체험 경험을 결코 잊지 못한다. 특히 세상과 세상의 중요성, 세상 속에서 자신이 갖는 중요성을 보는 시각이 상당히 바뀐다.

영화 「잃어버린 지평선」에서 꿈의 낙원인 샹그릴라를 체험한 후에 세상으로 돌아온 주인공은 세상을 전혀 다른 식으로 보게 되었다. 그는 어떤 대가를 치르더라도 평화의 상태가 세를 이루고 있는 샹그릴라로 돌아가기를 열망했다. 평화 경험을 하고 나면 더 이상 세상의 피해자가 되지 않는다. 더 이상 이전처럼 세상의 영향을 받지 않는다. 세상의 참모습과 진정한 나라는 것의 참모습을 엿보았기 때문이다.

끊임없이 항복하면, 점점 더 잦은 빈도로 평화의 상태를 경험한다. 때로 평화의 상태가 매우 깊어지며 더욱더 오래 지속되기도 한다. 구름이 없어지면 태양이 빛나듯, 우리의 참모습은 내내 평화 자체였음을 알게 된다. 항복은 우리 존재의 참된 본질을 알아내게 해 주는 기제다.

평화의 상태에 있는 사람은 신체운동학 실험에서 근력이 강하게 나타나며, 어떠한 자극에도 약해지지 않는다. 정신적인 자극이든, 감정적인 자극이든, 육체적인 자극이든 상관없다. 더 이상 육체와 자아를 동일시하지 않으며, 육체적 장애는 치유되기도 하고 안 되기도 한다. 육체적 장애에 무관심하다. 육체적 관심사는 의미를 잃는다.

우리는 내적 평화를 경험하면서 대단히 강해진다. 전면적 평화의 에너지 장은 난공불락이다. 내적 평화를 찾은 사람은 더 이상 협박받거나, 통제되거나, 조종되거나, 프로그래밍되지 않는다. 평화의 상태에서 우리는 세상이 가하는 위협에 상처받지 않으며, 세속적 삶을 통달한다. 평화의 상태가 자리 잡으면, 평범한 인간적 고통을 겪는 일은 더 이상 있을 수가 없다. 이러한 취약성이 생기는 기반 자체를 전적으로 포기했기 때문이다.

무언의 전달

평화의 상태에 도달한 사람을 가리켜 '깨달음'을 얻었으며 은총 상태에 있다고 표현한다. 신비주의자, 현자, 성인, 화신들이 묘사한 대로, 깨달음 상태의 안팎에는 진보된 광명 상태와 각성 수준이 다채롭게 존재한다.

깨달은 상태가 실존하는 곳에는 무언의 비언어적 혜택이 존재한다. 깨달은 상태는 전형적으로 진보한 영적 스승이나 성인, 현자를 가리킨다. 깨달음의 에너지 장이 육체적으로 존재하는 곳에 머무르기 위해, 추구자들은 장거리 여행도 마다하지 않는다. 헌신자나 추구자들은 스승의 오라에 있는 고주파 에너지를 무언중에 전달받는데, 이러한 전달을 '무심의 전달'이나 '구루의 은총', '스승의 축복'으로 묘사한다.

이러한 전달은 저절로 일어나며 개인적인 것이 아니다. 스승이나 성인의 에너지 장에서 무한한 평화의 상태가 저절로 나온다. 부처가 제자에게 꽃 한 송이를 준 일은 에너지 전달을 상징하는 것이다. 그런 에너지를 발하는 위대한 스승이 있는 곳에 머문 사람은 절대로 이전과 같지 않다. 우리에게 일어날 수 있는 가장 이로운 일은 위대한 스승이 있는 곳에 머무는 것이다. 평화와 완전한 항복의 상태가 육체적으로 존재하는 곳에 머물면, 그 진동을 얻을 수 있기 때문이다.

깨달은 상태에서 무언의 전달은 논리나 언어에 의존하지 않는 비언어적 에너지 현상이다. 진보한 스승의 오라 속에 있는 진동은 스승이 말한 것을 이해할 수 있게 해 주는 반송파로 기능한다. 그러나 촉매 작용을 하는 것은 에너지의 파동이지 말이 아니다. 무언의 전달을 통해 진보한 스승이나 성인에게서 나오는 에너지는 우리의 오라와 뇌 기능, 존재 전체의 일부가 된다.

인류가 아직까지 생존하는 것은 이 같은 평화의 에너지가 밖으로 송신되어 세상 속으로 들어가기 때문이다. 평화의 에너지가 인류의 부정성을 상쇄하지 않았으면 인류는 오래전에 자멸했을 것이다. 이것이 우리 자신의 내적 진화가 전 인류에게 도움이 되는 이유다. 자신의 내면에서 높은 사랑과 평화의 상태에 도달함으로써, 우리는 세상을 안전하게 만드는 존재가 된다.

궁극의 현실에 항복하기

평화 수준의 전형적 특징은 욕망이 없는 것이다. 의식적으로 의지를 갖거나 노력하지 않아도 모든 것이 자연발생적으로 현실로 나타나기 때문에 아무것도 원할 필요가 없다. 이 수준에서 마음에 품는 생각은 에너지가 매우 강력하며, 신속하게 현실로 나타난다. 동시성 현상이 계속 이어진다. 현실이 생겨나는 기반 자체를 목격하고 있어서 인과의 메커니즘과 우주의 내적 작동이 명백하게 드러나 보인다.

이런 고도의 자각 상태는 자연발생적으로 예기치 않게 일어나는데, 계속 되풀이되며 갈수록 오래 지속된다. 이런 경험을 하고 나면, 우리의 의도는 저절로 평화 상태를 영구화하려는 쪽으로 기운다.

이와 같은 상태는 과연 어떤 것이며 어떻게 일어나는지 내가 3년 반 동안 끊임없이 항복한 뒤에 벌어진 일을 통해 알아보자.

추운 겨울날이었다. 정신분석의 시절을 포함해 이전에는 도달한 적 없는 의식 수준에서 열하루 동안 계속해서 항복이 이어졌다. 에고가 생존하는 기반 자체와 관련 있는 항복이었고, 에고가 한 개인으로서 정체성을 유지하려는 것과 관련 있는 항복이었다. 즉 우리가 자신의 존재 자체를 경험하는 과정과 관련 있고, 존재하는 상태를 경험하려는 욕망과 관련 있는 항복이었다.

며칠이 지나고 나니 항복 과정은 끝이 없어 보였다. 의심이 떠올랐다. "불가능한 일을 시도하고 있는 것일까?" 의심하는 목적 자체가 방어 기제임이 분명했다. 의심은 사라졌고 항복은 대단한 깊이로 계속되었다.

그러다 춥고 비오는 일요일 오후에 어느 레스토랑에 들어가 테이블에 혼자 앉아 있을 때, 별안간 세상이 기적적으로 변형되었다. 내면에서 깊은 정적과 평화를 느꼈다. 상상할 수 있는 어떤 것보다도 대단한 느낌이었다. 시간을 넘어서는 경험이었다. 사실 시간은 아무 의미가 없었고, 공간도 우리가 흔히 경험하는 식으로 존재하는 것이 아니었다. 만물이 연결되어 있었다. 모든 생명체를 통해 하나의 큰나로 표출되고 있는 하나의 생명만 존재했다.

육체와의 동일시는 존재하지 않았고, 육체에 대해 아무런 관심이 없었다. 그 공간에 있던 다른 육체에 비해 더 이상 어떤 흥미도 느낄 수 없었다. 모든 감정과 모든 사건은 서로 연결되어 있었으며, 잠재력이 자연스럽게 움직임과 성장으로 나타나듯이 각 사물이 그 내적 본질을 현실로 드러내고 있기에 모든 현상이 일어나는 것이었다. 또한 흔들리지 않는 정적은 성질이 바위처럼 견고했다.

분명한 것은 진정한 큰나는 보이지 않고 시작도 끝도 없는데 육체와 잠시 동일시했고 개인으로서의 정체성에 딸려오는 이야기 줄거리와 잠시 동일시했다는 사실이다.

이전까지 자신을 한정된 시간 동안 존재하며 타인과 격리되어 있는 육체라고 생각했던 점이 아주 이상하게 보였다. 그런 생각이 터무니없어 보였다. 더 이상 분리된 자아의 느낌이 전혀 없었으며 '나'라는 대명사는 사라져서 의미를 잃었다. 대신에 '모든 것임'을 자각했다. 항상 그러했으며 항상 그럴 것이었다. 진정한 '존재하는 상태'가 시간의 외부에 있었다. 육체가 지상에 머무는 기간은 찰나처럼 보였다. 그 기간 동안 작은 자아에 눈이 가려진 탓에 나라는 것의 참모습은 시간을 넘어서 있음을 잊고 있었다.

그러고 나니 어떻게 이런 일이 일어난 것인지가 드러났다. 분리된 존재를 느끼기를 소망하는 생각이 존재하자, 이 생각이 개별 인간으로 나타났으며 각 인간은 개별적인 정체성과 그 정체성에 어울리는 육체를 지니고 있었다.

만물이 내적으로 연결되어 있다는 사실은 명백했다. 부처와 첨단 이론 물리학이 묘사했듯이 우주는 3차원 입체 사진을 보여 주는 홀로그램 같은 것이었다. 부처와 이론 물리학은 우주의 본질이 그러하다는 점에 동의한다. 만물은 완벽하기에 소망하거나 욕망하거나 창조할 것이 없었고 어떻게 되어야 할 것도 없었다. 존재가 생겨나는 '존재하는 상태'의 본질인 '그것'만이 있었다. 그 '존재하는 상태'가 존재가 생겨나는 '근원'이며, 이상하긴 하지만 존재를 생기게 하는 '원인'은 아니다.

자각 상태는 엄청나게 익숙한 것이었다. 마치 자각 상태를 항상 알고 있었던 듯했고, 마침내 집에 돌아온 듯도 했다. 감정이나 기분은 존재하지 않았다. 감각의 존재도 알아차리지 못했다. 그런 것들이 계속 존재하는 것처럼 보인다 해도 더 이상 개인적인 것은 아니었으며 관심사가 되지 못했다.

어떤 일이 생기는지 보려고, 실험 삼아 생각 하나를 찰나 동안 품었다. 즉시 물질세계에 영향을 미쳤다. 예를 들어 버터나 커피를 생각하면, 아무 말도 하지 않았는데 웨이터가 즉시 가지고 왔다. 아무 말도 필요 없는 것 같았다. 어떤 사람과도 무언 수준에서 의사소통이 일어났다.

육체가 차를 몰고 가서 그날 저녁에 있었던 회의에 참석했다.

달라진 점을 눈치챈 사람은 아무도 없었다. 모든 사람이 강렬하게 살아 있는 것으로 보였다. 그들의 살아 있는 상태가 그들의 '존재하는 상태'로부터 보였고, 그들 모두에게 동일한 것인 '큰나'가 그들의 눈을 통해 보였다. 육체는 다른 사람들에게 말을 걸어 평범한 대화를 계속 나누는 등 평소에 하던 대로 행동했다. 이때 육체는 마치 카르마적 태엽을 감아 놓은 장난감이 자체의 모든 익숙한 패턴과 프로그램에 따라 작동하는 것처럼 보였다. 육체는 무슨 일을 해야 할지를 알고 있는 듯했고, 그 일을 힘들이지 않고 매우 효과적으로 했다. 모든 대화와 상호 작용은 현상으로 목격되었을 뿐, 지시를 받아 이루어지지 않았다. 작은 자아가 육체가 하는 행동의 창작자로서 존재한다는 믿음은 이상한 허영심 때문이었던 것 같았다. 사실 육체는 우주 전체의 영향을 받는 것으로 행동을 하는 행위자는 전혀 존재한 적이 없었다. 마음이 일으키는 진동으로서 현상이 존재할 뿐이었고, 마음은 분리된 존재나 분리된 현실을 갖고 있지 않았다. '모든 것인 상태'만이 존재했다. 실제로 존재하는 것은 그 '하나인 상태'뿐이었다.

다음 날 오후에 한 가지 생각이 떠올랐다. '현실'로 통하는 길이 밝혀졌으니, 개인 상태의 의식으로 복귀하는 것도 가능하겠다는 생각이었다. 이전까지 실제라 여겼던 그 개인이 되는 것이었다. 방 안의 공기는 방 안에 있는 내용물을 경험하지 않듯이, '자신의 존재'를 경험하는 '나'는 더 이상 없었다. 그 공간에는 '나는 존재한다.'를 경험할 '나'가 없었다. 개별 의식으로 복귀한다는 것은 한 가지 선택을 의미했다. 실제로는 결정을 내릴 '나'가 없었기 때문에 선택 스스로가 선택했다.

개별 자아를 경험하려는 욕망이 스스로 에너지를 다시 채웠다. 그런 욕망을 놓아 버리는 선택이 가능했지만, 세상에서 끝낼 일에 대한 기억이 돌아왔다. '나'인 상태를 느끼는 감각이 돌아오면서 여러 가지 선택이 이루어지는 것을 목격하되 능동적으로 결정하지는 않았다. 복귀 과정이 시작되었다. 과정을 허용할 수도 있었고 놓아 버릴 수도 있었다. 과정을 허용하자 복귀가 계속되었다. 다음 날 아침이 밝자 복귀는 완료되었지만 이제 개인적 정체성의 느낌이 달라졌다.

'큰나'의 참모습이 드러났다. 개인으로서 다시 한 번 삶을 경험하겠다고 선택한 것에 대해 책임을 받아들였지만, 개별적 존재가 있다는 신념에 영향 받지는 않았다. 사실 의식적인 선택으로 인해 선택에 대한 완전한 책임감이 존재했다. 경험 면에서 이 모든 일은 자율적으로 일어난 것이었다.

한때는 위와 같은 의식 상태는 신비주의자의 소관이라고만 보았다. 그러나 현재는 이런 상태를 연구해 정보를 얻는 일을 최첨단 과학으로 본다. 특히 양자역학과 고에너지 아원자 입자와 관련된 물리학 분야를 꼽을 수 있다. 아원자 입자 연구로 밝혀진 사실은 아원자 입자는 보통 의미의 사물이 아니라 에너지의 주파수가 가져오는 결과로 일어나는 '사건'이라는 점이다. 이제 과학에서는 시간과 공간을 초월하는 주파수의 존재도 상정한다.

실험실에서 수행된 수많은 연구에 의해 우리의 뇌가 주파수 패턴을 정교하게 수학적으로 분석해 지각한다는 사실이 입증되었다. 이런 연구의 결과로 나온 것이 이른바 홀로그램 패러다임으로, 우주 만물은 인간의 마음을 포함한 다른 만물과 연결되어 있다는 내용이다. 홀로그램에서는 각 부분에 전체가 들어 있다. 그 결과 개별적인 마음은 전 우주를 반영할 수 있다. 의식과 과학 간의 이 같은 관계가 분야 하나를 이루어 급속히 관심을 모으고 있다. 그런 관심을 반영해 출판된 책으로는 『홀로그램 패러다임The Holographic Paradigm』, 『전체와 접힌 질서Wholeness and the Implicate Order』, 『현대물리학과 동양사상The Tao of Physics』, 『춤추는 물리The Dancing Wu-Li Masters』, 『유념하는 우주Mindful Universe』, 『정신에너지과학Psychoenergetic Science』 등이 있으며, 발표된 글로는 「장 의식과 현실을 보는 새로운 관점Field Consciousness and the New Perspective on Reality」, 「접히고 펼쳐지는 우주The Enfolding-Unfolding Universe」, 「홀로그램 모형The Holographic Model」, 「물리학과 신비주의Physics and Mysticism」, 「영매, 신비주의자, 물리학자The Medium, the Mystic, and the Physicist」 등이 있다.

가장 중요한 연구자들로는 스탠포드 대학교의 신경 과학자인 칼 프리브람과 런던 대학교의 물리학자였던 데이비드 봄이 있다. 그들의 이론은 이렇게 요약할 수 있다. 우리의 뇌는 또 다른 차원에서 오는 주파수를 해석함으로써 구체적 현실을 수학적으로 구축하는데, 그 차원이란 시간과 공간을 초월하고, 유의미하고, 패턴을 형성하는 최초 현실의 영역이다. 즉 뇌는 일종의 홀로그램으로, 홀로그램적인 우주를 해석하는 것이다.

흥미로운 것은 이른바 좌뇌 활동의 산물인 고급 이론물리학 이론을 이해하려면 새로운 맥락이 필요하다는 점이다. 좌뇌 성향의 과학자들에 의해 진화 중인 맥락이 우뇌 기능을 대변하는 신비주의자들이 목격한 '현실'과 일치한다. 그러니 산을 오를 때 어느 쪽을 선택하든 우리는 동일한 지점에 이른다. 산의 정상이다.

산을 오르는 세 번째 경로는 항복 기제를 통하는 것이다. 우리에게는 '현실'의 궁극적 본질을 몸소 확인할 기회가 있다. 여기서 말하는 현실은 신비주의자나 물리학자가 발견한 것과 동일하다. 예상할 수 있는 것은 항복할 때마다 한 발짝 더 산을 오르게 될 것이라는 점이다. 우리 중 일부는 올라가다 좋은 전망을 발견하면 거기서 발길을 멈춘다. 다른 사람들은 더 높이 올라간다. 그리고 우리 중에는 '정상'에 도달해 '그것'을 몸소 확인하고서야 만족하는 사람들이 있다. 다만 그 지점에는 어떤 것을 확인할 개인은 존재하지 않는다. 그 개인을 완전히 항복했기 때문이다.

14

스트레스와 질병 줄이기

심리적인 면과 스트레스 민감도

모두가 평화의 상태에 도달할 수 있지만 아주 소수의 사람들만 실제로 평화에 도달한다. 대다수 사람들의 내면 경험을 특징짓는 것은 끊임없는 스트레스다. 감정적, 육체적 장애를 낳는 스트레스의 근원은 심리적인 문제다. 스트레스에 대한 반응은 '스트레스 민감도'에 좌우되는데, 앞에서 지적했듯이 이는 곧 억제하고 억압해 쌓인 감정의 양이 가져오는 결과다. 감정 압력을 항복하고 놓아 버릴수록 스트레스 반응과 스트레스 관련 질병에 덜 취약하다.

사람들이 대부분 평소에 받는 스트레스 중 가장 큰 것은 외부 자극이 아니라 스스로 억제한 감정의 압력이다. 억제한 감정이 주된 스트레스 요인이 되면, 외적 환경이 평온하더라도 만성적으로 내적 스트레스에 시달릴 수 있다.

외적 스트레스 요인이 하는 역할은 이미 최대한 짐을 진 낙타의 등에 마지막으로 얹어 급기야 등뼈가 부러지게 만드는 지푸라기와 같을 뿐이다. 스트레스라는 짐의 대부분은 우리가 이미 지고 다니는 것이다. 우리 사회에서는 심리적 프로그래밍이 광범위하게 이루어져 있어서 대부분의 사람들에게는 느긋이 휴가를 즐기는 일조차 문제가 된다. (뭔가 다른 것을 '해야' 한다고 죄책감이 속삭인다.) 곧바로 휴식을 취하지 못하면 낙심한다. 내면의 자아를 직면하는 고통을 피하기 위해 쉬지 않고 끝없이 '재미있는' 활동을 찾는다. 경영자들은 대부분 휴가 중에도 일터로 복귀하기만을 남몰래 고대한다. 겉으로는 업무량이 과중하다고 투덜거리지만 막상 익숙한 일상에 복귀하면 정상을 되찾았다고 느낀다.

억제되고 억압된 감정이 주는 영향에다 스트레스 촉발 요인을 얹은 것이 감정적, 육체적 스트레스의 원인이다. 모든 질병에는 감정적 · 심리적 요소가 있어서 내적 스트레스 요인을 없애는 방법으로 병의 진행을 되돌릴 수 있다. 이것이 감정적 · 영적 기법을 사용해 심각하거나 치명적일 수 있는 질병에서 회복했다는 보도가 매일같이 나오는 이유다. 이런 맥락에서 모든 의학적 수단이 실패한 뒤에 질병이 치유되는 경우가 많다. 그 이유는 환자들은 '달리 할 수 있는 것이 없는' 단계에 이르러서야 포기를 하고, 그제야 자기 병의 기본적 성격과 원인을 제대로 찾아내어 받아들이기 때문이다.

억제한 감정을 인정하고 놓아 버리면 스트레스 민감도가 점차

줄고, 스트레스 관련 문제와 질병에 대한 취약성도 낮아진다. 놓아
버림 기법을 배워서 실습하는 사람들은 대부분 육체적으로 건강
과 활력이 점차 증가함을 깨닫는다.

스트레스의 의학적 측면

스트레스는 자신의 안전이나 신체 평형 상태에 대한 (진짜이거
나 상상인) 위협을 감지하고 일어나는 반응이다. 자극은 안에서
올 수도 있고 밖에서 올 수도 있다. 육체적일 수도 있고, 정신적이
거나 감정적일 수도 있다. 한스 셀리에 박사와 월터 캐넌 박사는
스트레스에 대해 몸이 보이는 반응을 연구했다. 셀리에는 자신이
'범적응 증후군'이라 이름 붙인 증상을 이렇게 서술했다. 스트레
스성 자극에 대한 반응으로 몸은 먼저 경고 반응을 겪고, 2단계로
저항을 하고, 자극이 계속되면 3단계로 탈진 증후군을 보인다.

경고 반응은 '대뇌 피질 → (뇌 하부의) 시상하부 → 부신 → (코
르티솔과 아드레날린의) 혈액 순환'의 경로로 일어난다. 아울러 뇌
호르몬이 방출되고 신체의 교감신경계가 흥분한다. 그러면 모든
신체 기관에 아드레날린이 퍼지면서 싸우거나 달아날 준비를 한
다. 거듭 자극을 받고 '높아진 상태'의 아드레날린에 의지해 사는
법을 익히는 사람들은 특히 대도시에 많다. 치열한 경쟁 속에서
생존에 위협을 받으면 아드레날린이 계속 분비된다. 이들은 전형
적으로 주말이나 휴가 때면 우울해진다. 흥분과 비정상적 자극에
중독되어 있기 때문이다. 높은 수준의 코르티솔이 유발하는 약간
의 병적 행복감에 익숙해져 있다.

저항 단계에서는 몸이 항상성 균형을 되찾으려고 한다. 호르몬 분비가 달라지고 신진대사와 미네랄 균형이 바뀐다. 흔히 세포 조직 속에서 나트륨이 수분 정체 현상을 불러온다. 예를 들어 어떤 경영자들은 주중에는 발목이 부어 있다가, 금요일 저녁에는 오줌이 자주 마렵다. 그들은 코르티솔 호르몬 수준이 갑자기 떨어지면서 생기는 침체를 호소한다. 코르티솔에는 약간의 병적 행복감 효과와 마취 효과가 있다. 그래서 주중에는 느끼지 못한 신체 증상을 코르티솔 분비가 적은 주말에 알아채고는 여기저기가 쑤시고 아프다며 호소한다. 모두 일하는 동안에는 느끼지 못했던 것들이다.

3단계는 탈진이다. 스트레스가 수그러들지 않고 계속되어 몸이 지닌 대응 기제의 능력을 넘어서면, 결국에는 대응 기제가 작동을 멈추기 시작한다. 부신이 탈진한다. 몸의 방어 상태가 몹시 약해져 스트레스의 영향에 대응하지 못한다. 면역 체계가 억제된다. 스트레스 호르몬에 오래 노출되면서 신체 기관들이 병적인 변화를 보이기 시작한다. 몸의 에너지 비축량이 대폭 감소되어 결국에는 병이 나고 끝내는 죽음에 이른다.

몸에서 경고 반응이 격하게 일어나는 동안 위장 운동이 멎고, 소화가 멈추고, 위벽에 혈액 공급이 줄어든다. 스트레스가 계속되면서 신경계의 불균형과 호르몬 변화로 인해 위산과 소화효소가 과다하게 분비된다. 또한 과다 분비된 소화효소와 염산이 약해진 위벽에 작용하면서 궤양이 형성되어 스트레스성 궤양이 생긴다. 이 상태에서 스트레스를 계속 받으면 궤양에 출혈이 생기거나 구멍이 나는 의학적 재앙이 일어나기도 한다. 다른 경우에는 만성적이고 비정상적인 스트레스에 대한 반응으로 염산이나 소화효소의 분비가 멎기도 해 만성 소화불량과 영양 부족이 생긴다.

위장관뿐만 아니라 심혈관계도 스트레스에 경고 반응을 일으킨다. 스트레스가 만성이 되면서 심장과 혈관, 신장이 손상을 입어 고혈압이나 관상 동맥 질환을 일으킨다. 결국 스트레스는 뇌졸중과 심근 경색, 고혈압의 원인이 되는데, 이 모두가 미국에서는 주요 사망 원인이다.

스트레스에 대한 에너지 체계의 반응과 침술 체계

몸에는 세 가지 신경계가 있다. 첫 번째로 수의신경계는 의식적으로 통제되며 주로 수의근에 분포되어 있다. 두 번째로 불수의신경계 또는 (교감 및 부교감) 자율신경계는 대개 무의식적이며, 신체 기관과 생리적 기능을 통제한다. 생리적 기능에는 심장박동, 혈액 순환과 분포, 소화, 체내 화학 작용 등이 포함된다. 마지막으로 침술 체계는 인체 구조 전체와 장기에 생명 에너지를 전송한다.

세 번째 침술 체계는 서양 의학계에서는 잘 알려져 있지 않지만, 동양에서는 의학계뿐 아니라 일반 사회에서도 오래전부터 잘 알려진 개념이다.

침술 체계에서는 보이지 않는 신체 에너지 청사진에 따라 육체 구석구석으로 필수 에너지가 흐른다고 본다. 이 에너지 체계에서는 몸 표면에 열두 개의 주요 침술 경락을 따라 열두 개의 주요 통로가 있는 것으로 서술한다. 이 주요 경로로부터 신체 내의 여러 장기 계통으로 가는 지류가 많이 있다. 이러한 경락에 에너지가 비정상적으로 분포되면, 영향을 받은 장기에 기능 장애가 생기고 결국에는 질병에 걸린다.

이런 필수 생명 에너지는 생명의 흐름 그 자체다. 생명 에너지는 스트레스에 매우 빠르게 반응한다. 생명 에너지가 시시각각으로 반응하는 이유는 우리의 삶에서 변동을 거듭하는 요인들 때문이다. 우리의 지각과 생각, 감정이 변화하는 패턴이 그런 요인이다. 신체의 의학적 반응을 측정하는 종래의 방법은 비교적 느리다. 감정이 솟구칠 때 스치는 생각으로 인해 혈압이나 맥박에 측정 가능한 변화가 생기지는 않는다. 그러나 생명 에너지 체계에는 그런 생각도 즉시 기록되므로 빠르게 일어나는 다양한 변화를 과학적, 정신적, 임상적 방법으로 관찰할 수 있다.

침술 경락 체계의 전반적 균형은 가슴샘의 활동에 의해 조절된다. 생명 에너지 체계는 가슴샘을 경유해 신체 면역 체계에 밀접하게 연결된다. 만성 스트레스는 면역 체계를 약화시키고 가슴샘을 억제하며 생명 에너지 시스템의 균형을 깬다. 가슴샘을 강화하거나 가슴샘 보충제를 복용하면 생명 에너지 체계가 균형을 되찾는다. 이에 대한 광범위한 설명은 의사 존 다이아몬드가 저술한 「행동의 신체운동학Behavioral Kinesiology」과 「생명의 에너지Life Energy」에서 볼 수 있다.

스트레스 완화 촉진하기

1980년대에 UCLA 대학교에서 수행한 연구에서 리베스킨트와 샤빗은 간헐적 스트레스가 엔도르핀으로 알려진 뇌 아편 분비에 미친 영향을 보여줌으로써, 스트레스, 면역 체계의 억제, 암의 진행 사이의 관계를 명확히 밝혔다.

스트레스가 간헐적 충격의 형태로 가해지면 면역 체계가 억제된다. 면역 반응이 강할 때는 뇌에서 엔도르핀이 방출되고, 이른바 항암 '살상' 세포가 성장 중인 어린 종양 세포를 공격해 죽인다. 그러나 면역 활동이 억제되면 엔도르핀이 줄어들고 살상 세포의 활동도 감소한다.

《사이언스science》(223호, 188~190쪽)에 실린 보고서에는 "우리의 연구 결과는 중추신경계가 면역 기능을 조절함으로써 질병의 시작과 전개에 상당한 통제력을 발휘한다는 견해를 뒷받침한다."라고 나와 있다. 또한 보고서에 의하면 항암 작용을 하는 살 세포의 활동이 줄고 종양의 성장은 증가하는 현상은 무력감과 관련이 있다.

인간뿐만 아니라 동물도 우울증이 있으면 면역 반응이 떨어진다. 무력감은 인간이나 동물이 스트레스성 사건을 스스로 통제할 수 있다고 느끼는 정도와 관련이 있다. 이러한 연구 결과는 우울증과 무력감이 암과 관계가 있다는 것을 설명하는 데 도움이 된다. 또한 스트레스 반응은 동물과 인간에게 육체적 질병이 생기기 위한 주된 전제 조건이라는 사실이 추가 연구에 의해 밝혀졌다.

스트레스가 면역 체계에 미치는 전반적 영향은, 스트레스를 받으면 사람이나 동물 자신의 체성분을 공격하는 자기 항체가 생성되는 탓에 면역 체계가 차단되는 것이다. 반대로 자기 항체가 차단되면 면역 기능이 되돌아온다. 따라서 면역 체계의 차단 상태는 되돌릴 수 있는 것이다. 예를 들어 파리의 파스퇴르 연구소에서 수행한 연구에서 보고몰레츠 면역 혈청이라 불리는 것이 나왔는데, 이 혈청을 피부 내에 주사하면 면역 체계가 재가동된다. 이 치료법을 I.B.R.*Immuno-Biologic-Rejuvenation*(면역 · 생물 제제 · 젊음 회복) 요법이라고 부른다. 적은 양의 혈청을 피부층 사이에 사흘 연속으로 주사하면 면역 체계가 신속히 재가동된다.

의학이 아닌 방법으로도 건강에 도움이 되는 신체 반응이 재가동된다. 예를 들어 명상 수행은 스트레스 및 우울의 감소와 상관관계가 있다. 대학생을 상대로 한 실험에서, 명상을 했을 때 스트레스성 염증 반응이 줄어들었고 이러한 감소는 우울증 완화와 연관이 있다는 것이 확인되었다. 연구 결과, 6주간의 명상 훈련에 충실히 참가한 학생들은 면역 체계의 기능 개선을 경험했다. 하지만 내면 수행 기법은 제외하고 스트레스에 관한 정보만 교육받은 대조군의 학생들은 생리적이나 심리적으로 개선된 것이 적거나 없었다.(페이스 외, 2009)

내가 임상 조언자로 참여해 1980년대에 진행된 미출간 연구 결과를 보면, 의학적인 스트레스 감소법에 비해 내면 수행 기법이 효과가 더 크다는 사실을 알 수 있다. 점진적 휴식 같은 의학적 방법은 긍정적 효과가 있다. 그러나 내면 기제를 의식적으로 적용하면 심박수와 혈압에 미치는 개선 효과가 더욱 크고 오래간다.

이러한 과학적 연구 결과는 놓아 버림 기법 같은 내면 기술의 사용법을 익힌 사람들에게는 놀라운 것이 아니다. 놓아 버림 기법은 어떤 상황에서도 적용할 수 있는 내적 항복 과정이다. 경험자들의 보고에 의하면, 감정이 올라올 때 부정적 감정을 놓아 버리는 법을 배우고 나면 힘든 상황에서 더 침착하기 때문에 스트레스를 더 잘 처리할 수 있다.

신체운동학 테스트

신체운동학 테스트, 즉 근육 테스트는 마음과 몸이 직접적으로 어떤 관계에 있는지를 연구하는 좋은 방법이다. 기본적인 테스트 방법은 비교적 널리 알려져 있고 배우기도 쉬우며, 매우 유용한 정보를 준다. 진단 전문가들은 신체운동학적 방법을 사용해 침술 체계의 평형 상태, 침술 경락, 생명 에너지 체계의 전반적 기능을 테스트한다.

신체운동학이 주로 근육 테스트를 다루는 것은 생명 에너지가 갑자기 저하되면 근육계가 급격히 약해지기 때문이다. 이런 반응은 부정적 에너지가 생명 에너지 체계의 (부근에 있는) 오라 속에 조금만 들어와도 일어날 수 있다. 그런 자극은 물리적인 것일 수도 있다. 인공 감미료, 형광등 불빛, 합성 식품, 합성 섬유, 헤비메탈 그룹이나 랩 음악 그룹이 내는 특정 리듬 등이 이런 자극에 해당한다.

그러나 마음과 몸의 관계를 이해하기 위해 가장 주목해야 할 자극은 부정적인 생각이나 감정이 주는 즉각적인 약화다. *부정적인 생각이나 감정이 들면 곧바로 몸이 약해지며, 몸에 흐르는 에너지의 균형이 깨진다.*

신체운동학적인 근육 테스트는 마음과 몸 사이의 관련성을 아주 멋지고 극적으로 보여 주기 때문에 직접 체험해 볼 만하다. 테스트 방법에 대해 좀 더 자세히 설명하면, 방법은 지극히 간단하고 두 사람만 있으면 된다.

테스트에서 정확한 결과를 얻으려면 시험자와 피시험자 둘 다 (200으로 측정되는) 용기의 의식 수준 이상이어야 한다는 점에 유의해야 한다.(부록 B를 보라.) 즉 진실은 진실에 헌신하는 사람이라야 볼 수 있다.

신체운동학 테스트 방법

피시험자는 선 채로 한쪽 팔을 옆으로 뻗어 어깨 높이로 든다. 다른 사람은 시험자 역할을 한다. 시험자는 두 손가락으로 피시험자의 손목을 몇 초간 빠르게 내리눌러 근력이 어느 정도인지 감을 얻는다. 누름과 동시에 피시험자에게 있는 힘껏 저항하라고 한다.

이 때 시험자가 피시험자를 보고 웃지 않는 것이 중요하며, 테스트 순간에는 이야기 소리나 음악 소리가 들려도 안 된다. 피시험자는 빈 벽면 같은 중립적인 물체를 보거나 눈을 감는 것이 가장 좋다. 몇 번 테스트해 보면 시험자는 피시험자의 근력이 어느 정도인지 감을 얻게 된다.

시험 삼아 피시험자에게 불쾌한 상황이나 불쾌한 사람을 떠올리라고 한다. 피시험자가 불쾌한 생각을 품고 있는 동안 시험자는 다시 몇 초간 피시험자의 팔 힘을 테스트한다. 팔은 여전히 수평으로 들고 있어야 한다. 동시에 피시험자도 다시 있는 힘껏 저항한다. 이때 삼각근의 힘이 갑자기 크게 약해지는 것을 극적으로 관찰할 수 있다. 실제로 테스트에 의해 삼각근의 근력이 약 50퍼센트 줄어드는 것을 볼 수 있다.

이번에는 피시험자에게 사랑하는 사람을 떠올리라 하고 다시 테스트한다. 그러면 즉시 근력이 강해진다. 이 현상은 극적이기도 하지만, 체험해 보고 목격해 볼 가치가 정말 크다. 피시험자가 여러 부정적인 물건을 다른 쪽 손에 들거나, 입에 물거나, 정수리나 명치에 대고 테스트를 반복한다.

테스트 순간에 형광등 불빛이나 텔레비전 광고를 보게 하거나, 고전 음악을 헤비메탈 음악이나 랩 음악과 대조해서 효과의 차이를 테스트한다. 집에서 만든 빵과 공장에서 만든 빵, 설탕과 꿀, 합성섬유와 면직물, 모직과 비단, 정크푸드와 유기농 건강 음식, 합성 비타민 C와 유기농 로즈힙 비타민 C의 효과 차이를 테스트한다. 무설탕 탄산음료, 담배, 비누, 좋아하는 음식, 그 밖의 자주 접하는 물건에 대한 개인적 반응도 추가로 테스트한다.

다양한 물건과 생각, 감정의 영향을 테스트해 보면, 우주의 만물에는 진동이 있고 그 진동에는 생명 에너지를 강화하거나 약화하는 효과가 있다는 사실이 분명해진다. 예를 들어 합성 감미료 같이 에너지가 부정적인 음식의 약화 효과를 알아보기 위해 음식을 입에 넣을 필요는 없다. 다른 쪽 손이나 정수리에 놓아도 동일한 약화 효과가 있다.

항복 기제를 사용해 부정적 감정을 놓아 버린 사람을 상대로 근육 테스트를 하면 결과가 '약'에서 '강'으로 바뀐다. 부정적 생각이나 신념 체계를 항복하면, 그런 것의 영향으로 에너지가 크게 떨어지는 일이 더 이상 없다.

이 또한 의식의 기본 법칙이다. '우리는 스스로 마음에 품은 것에만 영향을 받는다.' 몸은 우리의 믿음에 반응한다. 어떤 물질이 자신에게 좋지 않다고 믿으면 근육 테스트에서 결과가 '약'으로 나온다. 반대로 동일한 물질이 자신에게 좋다고 믿는 사람은 결과가 '강'으로 나온다. 즉 무엇에서 스트레스를 받을지는 대개 주관적으로 정해진다.

근육 테스트는 의식적인 신념 체계만이 아니라 무의식적인 신념 체계에 대해서도 반응을 보인다. 테스트를 해 보면 종종 어떤 사람이 실제로 느끼거나 믿는 것은 스스로 의식적으로 믿고 있다고 생각하는 바와 반대라는 점이 밝혀진다. 예를 들어 의식적으로는 치유를 원한다고 믿지만 무의식적으로는 병이 주는 이득에 집착할 수도 있다. 간단히 근육 테스트를 해 보면 문제의 진실이 밝혀진다.

의식은 스트레스나 질병과 어떤 관계인가

앞에서 살펴보았듯이 스트레스에 어느 정도로 민감하거나 약할지는 감정이 기능하는 수준 전반과 직결되는 문제다. 의식의 척도상에서 높은 위치에 있을수록 스트레스 반응이 약하다. 일상에서 겪는 사고를 예로 들어 의식 수준별로 반응이 어떻게 다를지를 알아보자.

이를테면 주차했던 곳에서 차를 막 빼는 순간에 앞 차가 후진하면서 자신의 차를 들이받았다고 하자. 범퍼와 앞 펜더가 찌그러졌다. 의식 수준에 따라 반응이 다음과 같이 다를 수 있다.

- **수치심** "이걸 어째. 난 정말 운전 실력이 엉망이야. 주차도 못해. 난 절대로 아무것도 못할 거야."
- **죄책감** "자업자득이네. 난 정말 멍청해! 주차를 더 잘 해 놨어야지."
- **무의욕** "무슨 차이가 있겠어? 이런 일이 만날 생기는데. 보험금도 못 받을 거야. 저 인간한테 말해 봤자지. 그냥 날 고소해 버릴걸. 산다는 게 참 더럽구먼."
- **비탄** "차가 망가져 버렸어. 절대로 이전 같지 않을 거야. 살 일이 막막해. 이 일로 돈깨나 날리겠어."
- **공포** "저 인간 아주 열 받았을 거야. 날 칠까 봐 겁나. 겁나서 말 대답도 못하겠어. 날 고소할지도 몰라. 차 고치는 것도 절대 금방 되지 않을걸. 정비하는 인간들은 언제나 날 벗겨 먹으려고 하지. 보험 회사는 발뺌하려 들 거고, 그럼 내가 다 뒤집어쓰게 될 거야."
- **욕망** "이 일로 한몫 잡아야겠다. 뒷목 붙잡고 나가서 다친 척해야겠어. 내 매형이 변호사라고. 저 멍청이한테 확실하게 소송을 거는 거야. 최고 견적으로 보상받아서 싼 데서 고쳐야지."
- **분노** "이런 멍청한 자식! 단단히 교훈을 줘야겠구만. 제대로 한방 먹여야 해. 확실하게 고소해서 죗값을 치르게 하겠어. 피가 끓는다 끓어. 아주 치가 떨리네. 저 개자식을 죽여 버릴 수도 있다고!"

- **자부심** "좀 보고 다녀, 이 바보야! 나 참, 똥오줌도 못 가리는 멍청이들 천지라니까! 내 새 차를 감히 건드려! 자기가 뭐라도 되는 줄 알아? 보험이나 제대로 들었는지 몰라. 난 제일 비싼 보험을 들어 놓아서 정말 다행이야."

- **용기** "그럴 수도 있지. 둘 다 보험이 되어 있네. 연락처 적어 놓고 잘 처리해야지. 귀찮은 일이긴 하지만 내가 처리할 수 있어. 운전자한테 얘기해서 보험 처리하자고 해야지."

- **중립** "살다 보면 이런 일도 생기는 거지. 1년에 3만 킬로미터 씩 운전하고 다니면 이따금씩 접촉 사고도 날 수밖에."

- **자발성** "저 친구 좀 진정시켜 주고 싶네. 속상해 할 것 없는 데. 보험 정보만 필요한 대로 교환하면 서로 아무 일 없지."

- **받아들임** "최악은 면했네. 다친 사람은 없잖아. 돈이야 뭐 중 요한가. 보험 회사가 알아서 해 줄 것이고. 저 친구, 속상한가 보네. 그럴 만도 해. 어쩔 수 없는 일도 있는 법이지. 내가 이 우주를 운영하는 게 아니라서 정말 다행이야. 잠시 귀찮은 일이 생겼을 뿐이네."

- **이성** "현실적으로 처리하자고. 오늘 할 일에 차질 없게 되도 록 빨리 끝내는 게 좋겠어. 문제를 제일 능률적으로 해결할 방법이 뭘까?"

- **사랑** "저 친구가 속상해 하지 않았으면 좋겠네. 진정시켜야겠다. (상대방 운전자에게 말한다.) '안심하세요. 아무 일도 아니에요. 둘 다 보험도 되어 있고요. 이게 어떤 일인지 압니다. 전에 아주 똑같은 일이 있었죠. 차가 조금 찌그러졌는데, 그날로 다

고쳤어요. 걱정 마세요. 원하지 않으면 보험 회사에 연락할 것
도 없습니다. 서로 차액만 계산하면 보험료 올라갈 일도 없죠.
속상할 일은 아무것도 없습니다.'"(속상해 하는 운전자를 안심
시키고, 같은 인간끼리의 동지애를 발휘해 상대방 어깨에 팔을 두
른다.)

- **평화** "오, 이거 운 좋은데? 안 그래도 범퍼가 덜그럭거려서
고칠 참이었는데. 펜더도 조금 찌그러져 있었고. 거저 고치겠
네. '어, 조지 씨 처남 아닌가요? 꼭 뵙고 싶었습니다. 저한테
아주 괜찮은 비즈니스 건이 있는데, 맡아 주실 수 있을 겁니다.
둘 다 이익이 될 거예요. 이 일을 검토해 줄 적임자이신 것 같
네요. 커피나 한 잔하면서 이야기 나누면 어떨까요? 그건 그렇
고, 제 보험증은 여기 있습니다. 와, 보험 회사가 같은 곳이네
요. 이게 웬 우연이죠. 다 잘 될 겁니다. 전혀 문제없어요.'"(새
친구와 두런두런 이야기를 나누며 자리를 옮긴다. 사고는 벌써 잊
었다.)

위의 예화에 지금까지 이야기한 모든 내용이 담겨 있다. 마음속
에 품고 있는 바가 일으키는 결과로 스트레스 반응을 만들어 내는
사람은 우리 자신이다. 억제된 감정에 따라 신념 체계가 결정되고
자신과 타인에 대한 인식이 결정된다. 결국 이 신념 체계와 인식
이 말 그대로 세상에 사건과 사고를 창조하고, 우리는 자신의 반
응을 비난한다. 이것이 상상이 스스로를 강화하는 방식이다. 이것
이 깨달은 현자들이 하는 "우리는 모두 환상 속에서 살고 있다."라

는 말이 의미하는 바다. 우리가 경험하는 모든 것은 우리가 세상에 투사한 생각과 감정, 신념이며, 이런 것들이 사실상 우리가 보는 사건을 일으킨다.

사람들은 어느 시점에서 각기 다른 수준의 의식을 경험하지만, 대부분 주로 하나의 수준에서 장기간 살아간다. 또한 미묘한 형태로 생존에 사로잡혀 있어 주로 공포와 분노, 이득을 향한 욕망을 드러낸다. 모든 생존 도구 중에서 가장 강력한 것은 '사랑하는 상태'라는 점을 미처 배우지 못한다.

이전 장에서 이야기했듯이 애완견을 키우면 사람의 수명이 10년 정도 늘어날 수 있다. 개 키우기에 수반되는 사랑과 애정, 다른 존재를 소중하게 여기는 마음, 동료애 덕분에 스트레스의 부정적 영향이 완화된다. 사랑은 엔도르핀과 생명 에너지를 활성화시켜 스트레스를 받기 쉬운 삶에 치유 연고제를 발라 준다.

마음과 몸의 관계

마음의 영향력

기본 격언으로 이해할 점은 "몸은 마음에게 복종한다."는 것이다. 즉 몸은 마음이 믿는 바를 현실에 나타낸다. 이런 신념은 의식적으로 품을 수도 있고 무의식적으로 품을 수도 있다. 위 격언은 다음과 같은 의식의 법칙에서 나온 것이다. "*우리는 스스로 마음에 품은 것에만 영향을 받는다.*" 어떤 것이 나에게 가질 수 있는 힘은 내가 그것에 부여한 신념의 힘뿐이다. 여기서 '힘'이란 에너지이자 믿으려는 의지다.

의식 지도를 살펴보면(부록 A를 보라.) 마음이 몸보다 강력한 이유를 쉽게 알 수 있다. (400으로 측정되는) 이성의 에너지 장은 이성이 지닌 마음속 신념 및 개념과 더불어 (200으로 측정되는) 육체의 에너지 장보다 강력하다. 따라서 몸은 마음이 간직한 신념을 의식적으로나 무의식적으로 표출하게 된다.

부정적 신념을 받아들이는 민감도는 애초에 품고 있는 부정성의 양에 달려 있다. 예를 들어 긍정적인 마음은 부정적 생각을 받아들이는 대신 사실이 아닌 것으로 보고 거부한다. 흔히들 품는 부정적 발상을 믿지 않는다. 알다시피 죄책감에 사로잡힌 사람이 자책하게 하거나 겁 많은 사람이 어떤 병에 두려움을 갖게 하기는 매우 쉬운 일이다.

'감기는 잘 옮는 것'이라는 발상이 좋은 예다. '감기에 걸리지 않는 사람은 없다.'라는 생각에 죄책감과 공포가 크고 의식의 법칙을 잘 모르는 사람은 무의식적 죄책감으로 인해 자신은 감기에 걸려야 '마땅하다'고 느낀다. 몸은 감기의 원인은 바이러스며 바이러스는 '잘 옮는' 것, 전염되는 것이라는 마음의 신념에 복종한다. 그 결과 몸은 마음이 간직한 신념대로 제어되어 감기를 현실로 나타낸다. 죄책감과 공포의 부정적 에너지를 근본적으로 놓아버린 사람은 마음에 겁이 없어서 '감기가 돌고 있으니, 나도 남들처럼 걸릴 것'을 믿지 않는다. 이런 것이 질병 이면의 역학이다. 이 메커니즘은 마음이 생명 에너지 체계상의 에너지 흐름에 변화를 일으키면 억제된 에너지가 자율 신경계로 넘쳐 들어가는 원리다.

생각의 힘이 강력한 것은 진동 주파수가 높기 때문이다. 하나의 생각은 사실 하나의 사물이다. 그러므로 생각은 에너지 패턴을 갖는다. 생각에 에너지를 불어 넣을수록 생각 스스로 물리적 현실이 되어 나타나려는 힘이 강해진다. 이것이 이른바 건강 교육에서 흔히 보는 역설이다. 건강 교육을 받으면 겁먹은 생각이 강화되어 큰 힘을 얻는 역설적 효과가 있기 때문에 (돼지 독감 같은) 유행병은 사실상 대중매체가 창조한다. 건강의 위험에 대해 공포에 기초해 '경고'하는 것은 실제로는 공포의 대상인 그 일이 일어나게끔 정신적 환경을 구축하는 것이다.

육체 주위에는 에너지 신체가 겹쳐 놓여 있다. 에너지 신체는 형상이 육체와 많이 닮았고, 그 패턴이 육체를 제어한다. 제어는 생각이나 의도의 수준에서 이루어진다. 이와 유사하게 관찰이 고에너지 아원자 입자에 영향을 미친다는 사실을 아원자 양자 물리학이 보여 주었다.

몸에 대해 마음이 갖는 힘은 임상 연구에서도 밝혀졌다. 예를 들어 어떤 연구에서 여성들에게 월경 기간을 2주 앞당기는 호르몬 주사를 놓을 것이라고 이야기하고 실제로는 식염수로 된 속임약을 주사했다. 그런데도 70퍼센트 이상의 여성들이 육체적, 심리적 증상을 모두 포함하는 월경전 긴장 증상을 일찍 보였다.

이 의식의 법칙을 명확하게 보여 주는 또 다른 예를 다중 인격 장애가 있는 사람들에게서 볼 수 있다. 한때는 낯설었던 다중 인격 장애가 이제는 비교적 흔한 현상으로 알려져서, 현상 연구 사례도 갈수록 주목받고 있다. 연구에 따르면 한 몸 속의 서로 다른 인격들은 육체적으로도 서로 다른 것을 수반한다. 예를 들어 뇌파계 상에서 뇌파가 바뀌고, 글 쓰는 손이 바뀌고, 통증 인내 한계점이나 피부의 전기 반응, 지능 지수, 월경 기간, 대뇌 반구 중 우성인 쪽, 언어 능력, 억양, 시력이 바뀐다.

그래서 알레르기를 믿는 인격이 존재할 때는 알레르기 증상을 보인다. 그러나 다른 인격이 몸에 들어서면 알레르기가 없어진다. 어떤 인격은 안경이 필요한데 다른 인격에게는 필요 없다. 이 인격들은 실제로 안구 내 압력이나 기타 생리적 측정치에서 눈에 띄는 차이를 보인다.

정상인도 최면의 영향을 받으면 육체적 현상이 바뀐다. 간단한 암시만으로 알레르기가 생기게 할 수도 있고 없어지게 할 수도 있다. 최면 중에 장미에 알레르기가 있다고 암시를 받은 사람들은 최면에서 깨어나 의사의 책상 위에 장미 꽃병이 있는 것을 알아채면 심지어 장미가 조화라도 재채기를 한다.

노벨상 수상자인 존 에클스 경은 과학계와 의학계의 믿음과는 달리 뇌는 마음의 근원이 아니며 그 반대가 진실이라는 점이 평생에 걸친 연구 끝에 분명해졌다고 밝혔다. 마음이 뇌를 제어하며, 뇌는 (라디오처럼) 수신 장치로 기능한다. 즉 생각은 전파와 흡사하고 뇌는 라디오와 흡사하다.

뇌는 수신기나 교환대와 비슷해서 생각 형태를 수신한 다음 그것을 뉴런 기능과 기억 장치의 형태로 번역한다. 예를 들어 최근까지도 근육의 수의 운동은 뇌의 운동피질에서 비롯하는 것으로 믿었다. 그러나 에클스가 보고한 바와 같이, 움직이려는 의도는 운동피질 옆의 보완운동 영역에 기록된다는 사실이 밝혀졌다. 즉 마음의 의도가 뇌를 활성화시키는 것이지, 뇌가 의도를 활성화시키는 것이 아니다.

이런 현상은 명상 상태에 있는 사람의 뇌 영상 연구에서 많이 볼 수 있다. 예를 들어 리처드 데이비슨 박사가 위스콘신 주립대학교 매디슨 캠퍼스에서 지난 10년간 실시한 연구에 따르면, 연민·자애 명상 수행이 주는 자극은 (행복 같은 긍정적 감정이 위치하는) 왼쪽 앞이마엽 피질 속 활동을 증가시키고 (자각과 기민성, 통찰력이 커졌음을 나타내는) 고진폭 감마파 동조 현상을 일으켰다. 이렇듯 우리가 마음에 품은 것에는 뇌의 활동과 신경 구조를 변화시키는 힘이 있다.

마음이 품고 있는 의식적이고 무의식적인 신념은 신체 계통 전체에 온갖 영향을 미친다. 여기에는 다양한 식품, 알레르기 유발 항원, 갱년기 장애, 월경 이상, 전염병 때문에 받을지 모를 영향에 대한 신념이 포함되며, 특정 신념 체계나 부정적 감정으로 인한 근본적 스트레스 민감도와 결부된 여타 질병도 포함된다.

30년간 《새러데이 리뷰Saturday Review》의 편집장이었던 노먼 커즈즈가 자신의 중병을 웃음의 힘으로 치유한 것도 앞서 말한 원리를 보여 주는 사례다. 커즈즈가 쓴 『어떤 병에 관한 분석Anatomy of an Illness』에는 비타민 C를 다량 복용하고 막스 형제가 나오는 영화들을 보며 배꼽 잡고 웃는 방법으로 장애성 관절염 질환을 치료한 경험이 담겨 있다. 그는 웃음에 마취 효과가 있어서 두 시간 동안 그의 통증을 완화시켜 주었다는 사실을 발견했다. 웃음도 놓아 버림을 하는 방법이다. 커즈즈는 그저 웃음을 통해 감정 압력을 근본적으로 놓아 버리고 부정적인 생각을 취소하는 일을 계속했을 뿐이다. 그러나 이로 인해 체내에서 매우 긍정적이고 이로운 변화가 일어나 결국에는 건강을 회복했다.

병을 일으키는 신념들

자신의 질병 민감도를 알아내기 위해 아래 질문을 살펴보자.

- 건강 걱정을 할 때면 무슨 일이 생길지에 대한 두려움을 마음에 품는가?
- 새로운 병이 유행 중이라는 보도를 들으면 공포와 흥분, 분노의 감정이 은밀하게 드는가?
- 건강 검진을 자주 받고, 질병에 관한 정보를 읽고, 텔레비전에서 다루는 질병 이야기에 겁먹는 일에 시간을 쓰는가?
- 유명인이 앓고 있는 병 이야기가 흥미로운가?
- 환경과 식품에 위험 요소가 가득 숨어 있거나, 독성으로 인해 병을 일으킬 첨가물이 음식에 들어 있다고 믿는가?
- 몇몇 병이 '집안 내력'이라고 믿는가?
- 길을 가다 말고 자동차 사고로 다친 피해자를 지켜보는가? 아니면 (엄두는 나지 않더라도) 그렇게 하고 싶은가?
- 의학 드라마를 좋아하는가?
- 구타, 고함, 주먹다짐, 살인, 고문, 범죄나 기타 유형의 폭력을 다루는 텔레비전 프로그램을 좋아하는가?
- 죄책감에 사로잡혀 있는가?
- 분노를 많이 품고 있는가?
- 다른 사람의 행동을 질책하는가?
- 남 비판을 잘하는가?
- 울분과 원한을 품고 있는가?

- 궁지에 몰린 무력감을 느끼는가?
- "돌아다니는 병이 있으면 나도 아마 옮을 것"이라는 말을 스스로 하는가?
- 인간관계의 질보다 소유물이나 지위의 상징에 신경 쓰는가?
- 많은 보험에 가입했지만 충분치 않다는 걱정이 계속 드는가?

요컨대 몸이 달라지려면 생각과 감정을 바꾸는 것이 방법이다. 부정적인 생각과 신념 체계를 놓아 버리고 부정적 감정에서 오는 스트레스도 버려야 한다. 스트레스는 부정적인 생각과 신념 체계에 에너지를 불어넣는다. 세상에서 주입받는 부정적 프로그램뿐 아니라 자신의 신념 체계에서 오는 프로그램도 삭제해야 한다.

식품이나 화학 물질, 환경 속 물질에 대한 공포에 영향을 받은 사람들을 보면, 공포 가득한 부정적 프로그램이 주는 파괴적 영향을 알 수 있다. 어떤 화학 물질이 유해하다는 발표가 매일 새로 나온다. 겁을 먹을수록 더 빠르게 프로그래밍되고, 몸이 그에 걸맞게 반응한다. 여러 물질과 식품, 공기, 에너지, 각종 자극에 대한 사람들의 공포는 거의 환경 편집증 수준에 이르렀다. 어떤 사람들은 환경 속 모든 것에 대한 공포증이 너무 심해져서, 마음 놓고 살 수 있는 세상이 점점 더 좁아진다고 토로한다. 나날이 겁을 먹는다. 어떤 사람들은 공포에 굴복한 나머지 세상에서 달아나 대형 비눗방울 속 같은 곳에서 자기 마음의 희생자가 되어서 산다.

이성적인 사람에게도 이런 공포증이 있다. 심지어 의사인 나에게도 생겼다. 그 시작은 꽃가루, 돼지풀, 말 비듬, 개털, 고양이 털,

먼지, 깃털, 보직, 초콜릿, 치즈, (알레르기를 일으키는 것으로 믿고 있는 모든) 견과류였다. 나중에는 (과혈당증 걱정으로) 설탕, (암 걱정으로) 식품 첨가물, (콜레스테롤 걱정으로) 달걀과 유제품, (통풍 걱정으로) 내장 육류가 추가되었다. 이후로 '유해' 목록에 추가된 것으로는 식용 색소, 사카린, 카페인, 착색제, 알루미늄, 합성 섬유, 소음, 형광등 불빛, 살충제 스프레이, 체취 제거제, 고온에서 조리한 음식, 물속 미네랄과 염소, 니코틴, 담배 연기, 석유화학제품, 자동차 배기가스, 양이온, 저주파 전기, 산성 음식, 농약, 씨가 있는 음식이 있었다.

안전한 세상이 너무 협소하고 안전한 먹거리라고는 하나도 없었다. 입을 것도 없었다. 숨을 쉴 수 있는 공기도 없었다. 이런 상황을 입증하듯 몸은 알레르기와 갖가지 반응, 병으로 만신창이가 되었다. 만찬에 가는 일은 과거의 즐거움이 되어 버렸다. (철저히 씻은) 상추만 빼고 먹을 만한 메뉴가 하나도 없었다. 레스토랑에서 제공하는 식기를 집어 들려면 반드시 흰 장갑부터 껴야 했다!

그러다 중요한 진실 한 가지를 알게 되면서 패턴 전체가 허물어졌다. "마음에 품은 대로 실현되기 쉽다." 거기에는 무의식적 신념도 포함된다. 문제의 장본인은 세상이 아니라 마음이었다. 부정적으로 프로그래밍하기와 겁을 잘 먹게 길들이기는 모두 마음속에서 일어나는 일이고, 몸은 마음에 복종한다. 이 의식의 법칙을 알자 걷잡을 수 없던 편집증이 역전되었다. 마음속 신념 하나하나를 살펴보고 항복하자, 부정적 신체 반응과 질병, 증상이 사라졌다. 달리 표현하면 알레르기 반응을 일으킨 것은 옻나무 잎이 아니라

옻나무가 알레르기 유발 항원이라는 마음속 신념이었다. 마음이 마음속 프로그램을 놓아 버리자 몸이 일으키던 여러 반응도 사라졌다.

그리고 신체운동학으로 테스트했을 때 반응 패턴이 과거와는 완전히 반대로 나왔다. 이전까지 근육을 약하게 하던 것에 더 이상 아무 반응이 없었다. 스트레스 민감도가 눈에 띄게 낮아져서, 몸이 (형광등 불빛, 인공 감미료 같이) 이전 같으면 부정적 자극으로 여겼을 것에 전혀 반응하지 않기에 이르렀다.

다른 기법과의 비교

앞에서 보았듯이 스트레스는 자극에 대한 반응으로 내면에서 생기는 것이다. 스트레스 요인은 억제되고 억압된 감정 에너지의 압력이며, 이런 감정 에너지는 우리에게 있는 낮은 수준의 의식 전반을 반영한다. 그래서 스트레스를 없애거나 미리 막기 위해 바꾸어야 할 것은 우리 의식 속의 내용물이다. 스트레스 치료를 위해 흔히 처방되는 것은 의료 분야의 처방과 유사하다. 병의 내적 원인을 치료하기보다, 병이 기존에 끼친 손상을 바로잡으려고 한다.

예를 들어 스트레스에 관해 열리는 학회에서는 으레 아래와 같은 주제를 다룬다.

- 아로마테라피
- 운동법 워크숍
- 스트레스 장애를 다루는 침술

- 바이오피드백(심장 박동처럼 의식적으로 제어되지 않는 활동의 측청치를 이용해 의식적 제어를 훈련하는 법)
- 척추 지압
- 스트레스 조절
- 영양
- 운동할 항목 목록
- 동종 요법(병과 비슷한 증상을 일으키는 물질을 극소량 사용해 치료하는 방법)
- 자율 훈련법(긍정적 사고와 정신 훈련으로 스트레스를 다스리는 법)
- 전체론적 치유법(마음과 몸, 생활 방식 등에 전체적으로 접근해야 한다는 치료법)
- 마사지와 바디워크 요법(인체의 촉감을 이용해 통증 감소, 손상된 근육 회복, 혈액 순환 촉진 등 전신 건강을 증진시키는 기법)
- 부유 탱크(소금물 위에 떠서 긴장을 풀게 하는 장치)
- 치아 균형
- 몸 운동으로 긴장을 푸는 기법

위에서 볼 수 있듯이 통상적인 접근법들은 스트레스 증후군으로 인한 결과와 손상만 다룰 뿐이다. 근본 원인을 다루는 것은 아무것도 없다. 전부가 비교적 복잡하고 시간이 걸리는 방법일 뿐, 현장에서 써먹을 만한 것은 없다. 예를 들어 연설이나 강의를 할 참이라고 하자. 우리는 항상 현장에 있다. 연설하다 말고 숨쉬기

운동을 하거나, 최면 상태에 들어가거나, 침을 맞거나, 바이오피드백 장치를 연결하는 것은 비현실적이다. 가족 간에 말다툼하다 말고 부유 탱크에 들어가면 간편해서 좋을까?

위와 같은 접근법은 일시적 효과를 주지만 시간이 걸리고 비싼 경우가 많기 때문에 잠시 열광적으로 시도해 보던 사람들의 열기를 차츰 떨어뜨린다. 근본적으로 달라지는 것은 아무것도 없기 때문이다. 세상을 보는 기본 인식은 그대로 지속되고 있다. 감정의 압력도 그대로 있다. 성격도 여전히 그대로다. 사는 환경도 달라진 것이 없다. 의식 수준에 변동이 없다. 심리가 그대로다. 앞으로 예상되는 바는 이전과 같고 따라서 삶도 이전과 같다.

의식이 달라지지 않으면 스트레스는 결국 줄지 않는다. 스트레스가 낳는 결과만 달라질 뿐이다.

앞서 나온 사후 약방문식 기법과 치료법들 역시 모두 도움이 되고 주어진 상황을 완화해 다소 안도감을 주기도 하지만, 문제의 기반은 전혀 바꾸지 못한다. 또한 이런 기법 전부를 익혀도 스트레스 민감도는 그대로일 수 있다. 내 경험상 항복 기제를 의식적으로 사용하는 것이 만성 스트레스 관련 질환을 다루는 데 더 효과적이다. 항복 기제는 감정적 원인을 근본적으로 없애기 때문에 자연 발생적으로 병이 치유되며, 추가 치료가 필요 없는 경우가 많다.

부정적 생각과 감정을 항복해도 병이 치유되지 않고 지속되는 경우에는 카르마적 성향 같은 알 수 없는 요인이 작용하고 있을 수도 있다. 이런 경우에는 삶에서 겪는 일을 바꾸거나 통제하려는 욕망을 항복하고 병의 근원과 의미가 내면에서 더 밝혀지기까지

기다린다.

육체적 치유에 대한 요구와 바람을 놓아 버리면, 아주 깊은 항복을 마친 것이다. 질병의 세 측면, 즉 육체적, 정신적, 영적 측면을 모두 다루고 최종 결과나 회복의 소망을 항복하는 순간 평화의 상태에 도달한다. 즉 *존재하는 것*에 대한 전면적인 항복과 함께 평화가 온다.

놓아 버림의 이로움

감정적 성장

부정적 감정 놓아 버림의 가장 뚜렷한 효과는 감정과 심리 면에서 다시 성장이 시작되는 것과 만성적이라 여겼던 문제가 해결되는 것이다. 삶에서 성취와 만족을 가로막던 장애를 없앤 효과가 강력하다는 것을 느끼며 즐거워하고 만족한다.

순진하게도 발전을 가로막는 생각과 부정적 신념을 진실이라 여겼지만, 이런 것들은 한낱 부정적 감정이 축적된 결과물에 불과하다는 점이 곧 드러난다. 이런 감정을 놓아 버리면 사고방식이 '못해'에서 '할 수 있어'와 '기쁘게 하겠다'로 바뀐다. 삶의 모든 면에서 가능성이 생긴다. 서툴거나 내보이지 못하던 일을 기쁨과 활기에 넘쳐 힘들이지 않고 할 수 있게 된다.

이 같은 진선의 예를, 지적이고 성공도 했지만 평생 춤과는 거리가 멀었던 중년의 전문직 남자가 겪은 일에서 볼 수 있다. 유달리 춤을 잘 추고 싶어 했던 남자는 개인 강습을 받는 등 노력을 기울였다. 그렇지만 강습 때마다 뻣뻣하고 서툴러서 남의 시선을 의식하기만 했다. 때로 의지를 갖고 댄스 플로어에 나가 간신히 춤추는 시늉을 하기도 했지만, 즐겁기는커녕 마음이 편치 않았다. 춤 동작은 뻣뻣하고 일일이 생각해서 하는 티가 났으며, 춤추는 일 자체가 아무런 만족감을 주지 못해 자존감에도 아무런 보탬이 되지 않았다.

남자가 항복 기제를 수행한 지 1년이 지난 무렵 어느 파티에서 남자에게 춤을 추자며 계속 권하는 여자가 있었다. "춤 못 추는 거 아시잖아요." 남자는 사양했고, "에이, 말도 안 돼요. 한번 해 봐요." 여자는 집요하게 졸랐다. "발에는 신경 꺼요. 나만 바라보고 내가 하는 대로 해요." 마지못해 승낙한 남자는 저항과 불안을 느끼는 감정을 계속해서 놓아 버렸다.

댄스 플로어에서 남자는 완전히 놓아 버렸다. 내면의 감정이 한순간에 무의욕 수준에서 사랑으로 올라가자, 놀랍게도 늘 꿈꾸고 부러워하던 대로 몸이 움직였다! "춤 출 수 있다!"는 깨달음이 번쩍 들면서 사랑에서 환희의 상태로, 심지어는 황홀경으로 올라갔다. 그의 희열이 모든 사람에게 퍼져 나갔다. 친구들은 춤을 멈추고 그를 지켜보았다. 높은 환희의 상태에서 남자는 문득 댄스 파트너와 하나가 되는 경험을 했다. 여자의 눈에서 문득 남자 자신의 큰나를 보았고, 모든 개별 자아의 이면에는 사실 오직 하나의 큰나만이 존재함을 깨달았다. 남자와 여자는 텔레파시로 연결되었다. 남자는 여자의 모든 스텝을 여자가 스텝을 밟기 직전에 알았다. 둘은 완벽한 조화 속에서 수년간 함께 연습한 사람들처럼 춤을 추었다. 남자는 환희를 주체할 수 없었다. 춤추는 것이 힘들지 않게 되자 춤이 저절로 나왔고, 아무것도 의식적으로 생각할 필요가 없었다. 시간이 지날수록 더욱더 에너지를 느꼈다.

이 절정 체험이 남자의 인생을 바꾸었다. 그날 밤 남자는 집에 들어와 춤을 계속 추었다. 다른 어떤 춤보다도 무형식 디스코는 가장 겁나는 춤이었다. 외울 동작 자체가 없기 때문이었다. 즉흥적 행동과 얽매임 없는 기분이 필요한 일이었는데, 이는 남자가 이전까지 경험하지 못한 것이었다. 남자는 집에서 디스코 음악을 틀고 몇 시간 동안 디스코를 추었다. 거울로 자신을 바라보며 몸의 항복 상태와 내면의 자유로운 느낌에 매혹되었다.

남자는 홀연 자신의 전생을 세부까지 생생하게 떠올렸다. 그 생에서 그는 대단한 무용수였는데, 스승들에게 받은 가르침이 구체적으로 생각나기 시작했다. 가르침대로 하자 결과는 놀라웠다! 자기 안에 수직적 무게 중심이 있는 것을 알게 되어 완벽한 균형 속에서 그 주위를 돌기 시작했다. 동작이 힘들지 않았다. 남자는 한낱 그 춤의 목격자가 된 것에 불과했다.

더 이상 '나'라는 느낌이 전혀 없었다. 환희와 춤만이 존재했다. 나아가 남자는 이슬람 신비주의 전통의 빙빙 도는 춤을 근원적으로 이해했다. 현기증과 피로 없이 빙글빙글 돌 수 있는 그들의 능력, 그런 특정의 의식 상태는 개별 자아의 항복에 따라오는 것이었나.

남자가 댄스 플로어에서 찾은 돌파구는 삶에서 막혀 있던 많은 방면으로 옮겨 갔다. 한계가 있던 곳마다 그 한계선이 빠르게 확대되었다. 이런 변화는 남자의 친구와 가족이 보기에도 뚜렷해서 그들에게 긍정적 피드백을 받으니 남자의 자존감이 올라갔고 삶에 환희를 느끼지 못하게 하던 부정적 감정과 생각을 계속 놓아 버리려는 열망이 커졌다.

이 경험을 자세하게 다룬 것에는 몇 가지 이유가 있다. 먼저 이 경험은 앞에서 제시한 의식의 척도를 실증한다. 남자는 50년간 춤이라는 방면에서 '난 못해'라는 믿음과 함께 척도의 맨 아래에 있었다. 이 억제 성향으로 자존감이 떨어졌고 회피 반응이 생겼다. 수년간 남자는 춤출 일이 있을 것 같은 친목 모임을 애써 피했다. 자신의 억제 성향에 남자는 분노했고, 그래서 누가 춤추자고 권하기만 해도 분노를 느꼈다.

그러나 앞서 언급한 경험에서 남자는 불과 몇 초, 몇 분 사이에 척도 전체의 감정을 전부 느끼며 잇따라 맨 위까지 올라갔다. 그 지점에서 갑자기 고도의 영적 자각과 함께 높은 의식이 나타났다. 높은 의식의 등장과 함께 이해를 얻었고, (텔레파시 의사소통, 동시성, 전생 기억 같은) 심령 능력까지 나타났다. 결과적으로 남자는 삶에서 행동이 달라졌고, 그 탄력에 힘입어 수없이 많은 장애와 한계를 넘었다. 사회에서도 긍정적 반응을 얻었고 긍정적 피드백에 힘입어 이미 진행 중인 성장에 더욱 강한 동기를 부여받았다.

항복 기제 사용자들의 보고에 의하면, 감정 성장 속도는 부정적 감정을 항복하는 일관된 자세와 관계가 있을 뿐 나이와는 무관하다고 한다. 10대에서 80대에 이르는 사람들이 동일하게 항복의 혜택을 받았다.

억압받고 억제된 감정이 올라오지 않게 하려면 역방향의 에너지가 필요하다. 감정을 억누르는 데는 에너지가 들어간다. 그런 감정을 포기하고 나면 부정성을 억누르던 에너지가 풀려나 건설적으로 쓰인다. 놓아 버린 결과로 창조와 성장, 일, 대인 관계에 쓸 수 있는 에너지가 늘어난다. 긍정적인 활동이 질적으로 좋아지고 즐거움도 커진다. 부정적 프로그램의 반대 작용을 해결하지 못하는 한 사람들은 대부분 탈진 상태라 경험의 질이 높아지기 어렵다.

문제 해결

놓아 버림 기제의 문제 해결 효과는 아주 놀랍다. 무엇보다 그와 관련되는 과정을 이해하는 것이 매우 중요한데, 놓아 버림은 세상의 통상적인 방법과는 아주 다르기 때문이다. 쉽고 빠른 결과를 가져오는 접근법은 이렇다. *답을 찾지 말고, 문제 이면의 감정을 놓아 버려라.* 문제 이면의 감정을 항복하면, 그 외견상 문제에 생길 수 있는 다른 감정도 놓아 버릴 수 있다. 모든 감정 요소에 대해 완전하게 항복하면, 답이 우리를 기다리고 있다. 답을 찾을 필요가 없다.

문제 해결을 위해 마음이 시간을 비효율적으로 쓰는 것과 비교할 때, 놓아 버리는 방법이 얼마나 쉽고 단순한지를 따져 보라. 자판을 일일이 보면서 치듯, 대개 마음은 가능한 답을 찾아 이걸 더

듬거렸다가 다시 저걸 더듬거리곤 한다. 마음이 결정을 내리지 못하는 이유는 답이 없는 곳에서 찾고 있기 때문이다.

이 시스템이 어떻게 작동하는지 알아보기 위해 흔한 일상을 예로 들어 보자. 어느 영화를 볼지 배우자와 의견이 다르다고 하자. 문제 이면에 어떤 감정이 있는지 생각해 본다. 이 일에서 분노와 울분의 감정을 발견했고, 특히 로맨틱한 시간을 함께 보내지 못하게 되어 분개를 느낀다고 하자.

오늘 밤에 정말로 원하는 일은 함께 다정한 시간을 보내는 것이다. 정말로 원하는 일은 다정하게 함께 있는 것임을 마음속에서 수긍하니, 문득 영화를 보고 싶지 않다는 생각이 든다. 그저 함께 있고 싶을 뿐이다. 아니면 그 반대의 일이 생길 수도 있다. 영화 보러 가기를 바라는 이면의 감정이 공포일 수도 있다. 배우자와 가까이 앉아 이야기 나누며 저녁 시간을 보내고 싶지 않기 때문이다. 쌓아 놓은 감정이 불쾌한 것을 안다. 울분이 있으면 울분을 바꾸어 놓으려는 바람을 놓아 버리고 그 감정이 그대로 존재하게 한다. 그런 감정이 들어도 괜찮다.

분개하는 감정에 대한 저항을 항복하니 죄책감이 덜 느껴진다. 울분이 있다고 배우자에게 고백한다. 대화가 시작되고 상대방의 감정도 없어진다. 두 사람 다 안도감과 친밀함을 느끼고 나서 말한다. "영화 따위는 집어치우자고. 그냥 집에 머물면서 사랑을 나누고 달을 보며 산책을 하자."

이런 접근법은 모든 의사 결정에 유용하다. 밑에 깔려 있는 감정부터 청소하면 더 현실적이고 현명한 결정을 내릴 수 있다. 마음이 바뀌며 과거의 결정을 후회한 적이 얼마나 많았는지 생각해 보라. 그것은 인식이 되지 않아 포기하지 못한 감정이 결정의 이면에 있기 때문이다. 결정한 대로 행동을 취하면 밑에 깔려 있던 감정이 바뀐다. 그러고 나면 새로운 감정 공간의 관점에서는 이전 결정은 틀린 것으로 밝혀진다. 이런 일이 워낙 정기적으로 일어나다 보니 대부분은 의사 결정에 두려움을 갖는다. 과거 결정이 틀린 것으로 밝혀지는 경우가 아주 흔해서 그렇다.

문제 해결에 항복 기제를 사용하면 오래 끌던 문제도 번개같이 해결할 수 있을 때가 많다. 얼마나 빠른지 알아보기 위해 시험적으로 사용해 보자. 오래된 문제 여러 개를 놓고, 답 찾는 일을 그만둔다. 애초에 문제를 일으켰던 문제 밑에 깔린 감정이 어떤 것인지 알기 위해 들여다본다. 그 감정을 놓아 버리고 나면 답이 저절로 모습을 드러낸다.

생활 방식

우리는 공포와 분노, 죄책감, 자부심 때문에 활동을 벌이거나 무언가에 애착을 보일 때가 많다. 어떤 방면에서든 이런 부정적 감정을 포기하면 용기의 수준으로 올라간다. 용기의 수준에서는 삶에 변화가 일어나기 시작한다. 혹은 같은 활동을 계속하기로 결정하더라도 동기가 달라져 있어서, 결과적으로 과거와는 다른 결과를 얻게 된다. 적어도 감정적 이득이 달라진다. 음침한 만족감 대신 환희를 경험할 수도 있다. 문득 깨닫고 보면 이전과 똑같은 활동을 하고 있을 수도 있지만 이제 의무감에서가 아니라 즐기기 위해서 한다. 하고 싶어서 하는 것일 뿐 해야 해서 하는 것이 아니다. 필요한 에너지도 당연히 훨씬 적다.

사랑을 베푸는 능력이 상상 이상으로 커졌다는 기분 좋은 발견도 하게 될 것이다. 놓아 버릴수록 더욱 다정해진다. 점점 더 사랑을 느끼는 사람들과 더불어, 사랑하는 일에 시간을 더 많이 쓰게 된다. 이런 일이 생기면서 삶이 바뀐다. 사람이 다르게 보인다. 사람들이 나에게 다르게 반응한다. 나는 느긋하고, 행복하고, 태평하다. 사람들이 내게 끌리는 것은 내 주위에 있으면 편하고 행복하기 때문이다. 이상하게 식당 종업원이나 택시 기사도 갑자기 세심하고 정중하게 맞이해 준다. 그래서 궁금하다. "무슨 영향으로 세상이 이렇게 된 걸까?" 의문의 답은 이렇다. "나의 영향이다!"

부정성을 놓아 버리고 나면 자기 자신의 힘을 돌려받는다. 저절로 그렇게 된다. 행복을 가로막던 걸림돌을 항복하고 나면 줄곧 내면에 있던 행복이 밖으로 빛을 발한다. 만나는 사람마다 좋은 쪽으로 영향을 준다. 사랑은 감정 에너지 진동 중에 가장 강력한 것이다. 그래서 사람들은 돈 때문이라면 절대로 하지 않을 일을 사랑을 위해서라면 어떤 고생도 마다하지 않고 한다.

부정적 걸림돌과 '난 못해'를 없애고 나면, 삶에서 완전히 새로운 방면이 활짝 열린다. 성공은 가장 좋아하는 일을 했을 때 이루어지는 것이지만, 사람들은 대부분 자기가 해야 하는 것으로 상상하는 일에 매여 있다. 한계를 포기하면 창조성과 재능 표출의 길이 완전히 새롭게 열린다.

음악적 재능을 타고났지만, 경제적 이유 때문에 따분하다고 생각하는 일에 대부분의 시간을 쓰던 젊은 여성의 예를 들어 보자. 여자가 정말로 좋아하는 일은 집에 혼자 있을 때 악기를 연주하는 것이었다. 연주는 순전히 개인적 즐거움을 위해 하는 일이었다. 자신감이 없는 탓에 남 앞에서 연주하는 일은 드물었고, 친한 친구들 앞에서도 마찬가지였다.

그러던 중 내면의 한계, 즉 재능 표출을 가로막는 낮은 에너지 감정 전체를 놓아 버리면서 여자는 능력과 자신감이 아주 빨리 늘었고 사람들이 모인 곳에서 연주하기 시작했다. 그 후 좋은 평가를 받으면서 음악 일을 직업으로 삼기에 이르렀다. 음반 발표가 성공하면서 아르바이트에 들이는 시간을 줄일 수 있었고, 여자는 자신에게 큰 기쁨과 만족을 주며 꽃을 피우기 시작한 직업에 시간과 에너지를 더 쏟았다. 또한 비즈니스에 대해서는 아무것도 몰랐지만 자기만의 음악 비즈니스를 시작했고, 1년도 되지 않아 전국적으로 음반이 팔리더니 유럽까지 진출했다. 여자는 자신이 가장 좋아하는 일로 성공을 거두고 있다는 점이 정말 기뻤다. 여자의 활력과 행복이 날로 커지는 것을 주변사람 모두가 분명히 느꼈다. 그렇게 성공은 삶의 다른 방면으로도 퍼져나갔다.

또 다른 예로, 창조적 능력이라고는 조금도 없어 시를 싫어했던 중년 엔지니어가 있다. 부정적 감정 놓아 버림을 익혔더니 어느 결엔가 (일본의 정형시인) 하이쿠를 쓰고 있었다. 남자는 힘들이지 않고 제법 많은 양을 쓰기 시작하더니 나중에는 초자연적인 자동집필 능력까지 얻었다. 풀타임 직업이 있으면서도 야간 대학을 다니기로 결심한 60세 여성의 예도 있다. 여자는 학사 학위에 이어

석사 학위를 받더니 끝내는 박사 학위까지 받았고, 결국 책임이 막중한 경영자가 되었다.

'난 못해'를 항복할 때 우리의 삶에서 일어나는 신속한 성장 사례는 수 없이 많다. 오래 지속되던 삶의 문제가 느닷없이 해결되기도 한다.

역설적으로 이렇게 돌파구를 찾고 성장하면 평형 상태가 깨지는 탓에 친구와 가족에게는 속상한 일이 생기기도 한다. 속박이나 공포, 죄책감, 의무감에서 하던 일을 하루아침에 던져 버리는 경우도 있기 때문이다. 의식 수준이 달라진 덕에 인식이 바뀌고 새 지평이 열린다. 삶을 움직이던 동기 중 많은 것이 갑자기 의미를 잃는다. 돈, 명성, 존경, 위치, 위신, 권력, 야망, 경쟁, 안전 욕구 같은 동기는 사라지고, 사랑, 협력, 실현, 자유, 창조성 표출, 의식 확대, 이해, 영적 자각 같은 동기가 생긴다.

생각과 이성, 논리보다는 직관력과 느낌에 의지하는 경향이 생긴다. 매우 '양'적인 사람은 자신의 '음'적인 면을 발견하고 음적인 사람은 양적인 면을 발견하기도 한다. 융통성이 없던 행동 패턴이 유연하게 바뀐다. 안전과 보안보다는 발견과 탐험이 중요해진다. 개인 생활도 탄력을 얻어 판에 박힌 생활에 변화가 생긴다.

놓아 버림 기제의 놀라운 점 하나는 중대한 변화가 아주 빠르게 일어날 수 있다는 사실이다. 평생을 일관한 패턴이 하루아침에 사라질 수 있고, 오래 지속되어 온 억제 성향을 몇 분, 몇 시간, 며칠 만에 놓아 버릴 수 있다. 빠른 변화와 함께 활기도 커진다. 부정성을 놓아 버린 덕에 풀려난 삶의 에너지가 긍정적 마음가짐과 생각, 감정으로 흘러들면서 개인의 능력이 점점 커진다.

이제 생각을 가지면 결과가 더 잘 나온다. 적은 노력으로 더 많이 성취한다. 의심과 두려움, 억제가 없어진 덕에 의도가 강력해진다. 부정성은 없어지고 기운찬 힘이 풀려나면서, 한때는 불가능했던 꿈들이 이제는 현실적인 목표가 된다.

심리 문제의 해결, 심리 치료와의 비교

보통 놓아 버림이 심리 치료보다 빠를 때가 많다. 의식과 자각의 성장에 더 큰 자유와 활력을 줄 때도 많다. 그러나 바탕이 되는 패턴을 밝히기 위해 고안된 것으로는 심리 치료가 낫다. 둘 다 병행하면 효과가 더 좋을 수 있다. 놓아 버림 기제를 쓰면 심리 치료가 쉽고 빨라지며 치료의 목표도 높게 잡을 수 있다. 반면 심리 치료가 지적으로 더 만족스러울 수 있는 것은 치료 과정이 말로 이루어지고 행동 이면의 '왜'에 초점을 두기 때문이다.

그러나 이런 특성은 한계이기도 하다. 지적 통찰이 성과의 전부일 때가 너무 많고, 감정 극복 과정이 느리고 고통스러울 때가 많아 결국 회피하게 된다. 이와 달리 놓아 버림 기제는 매순간의 감정적인 '무엇'에 관심을 두며 지적 능력을 개입시키지 않는다. '무엇'을 포기하고 나면 '왜'는 저절로 분명해진다.

우울증이 일어나는 인과관계를 분석하는 일은 감정에 대한 저항을 놓아 버림으로써 절망의 바닥까지 완전히 들어가는 일과는 전혀 다른 것이다. 감정을 완전히 느끼게끔 자신을 허용하고 모든 느낌, 생각, 감정에서 얻는 사소한 이득을 놓아 버리면 자유를 얻는다. 우울한 '무엇'에서 벗어나기 위해 '왜' 우울한지 캐낼 필요가 없다.

놓아 버림의 목표는 심리 치료의 목표를 크게 넘어선다. 놓아 버리거나 항복하는 궁극적 목적은 전적인 자유다. 심리 치료의 목표는 에고를 재적응시켜 더욱 건강한 균형 상태에 이르게 하는 것이다. 두 체계는 서로 다른 현실 패러다임에 근거한다. 심리 치료의 목적은 만족스럽지 못한 정신적 프로그램들을 한결 만족스러운 것으로 대체하는 것이다.

이에 반해 놓아 버림의 목적은 발전을 가로막는 정신적, 감정적 프로그램들을 제거하는 것이다. 이는 길들여진 상태에서 벗어난 마음을 성취하는 것이며 궁극적으로는 마음 자체를 초월해 사랑과 평화라는 높은 의식 상태에 도달하는 것이다.

심리 치료에서는 치료자에게 의존하므로 그들이 어떤 교육을 받았고 어떤 기법을 사용하는지가 중요하다. 또한 치료자와 환자가 동의하는 심리 이론에 의존한다. 과학적 연구로 밝혀진 바에 의하면, 심리 치료 결과는 치료자가 속한 학파나 교육, 기법과 무관하다. 그보다는 치료자와 환자 간의 상호작용, 환자의 개선 욕망, 치료자에 대한 환자의 신뢰와 확신과 관련되어 있다. 이렇듯 정신적 요인들이 치료 과정에 작용하고 있는데, 심리 치료는 아직이 점을 알아차리지 못하고 있다.

놓아 버림 기제에서는 환자 역할이 없으며 다른 사람이나 이론에 의지하지 않는다. 신경증 패턴의 원천을 인정하고 포기해 사라지게 하면, 원천 자체가 저절로 밝혀진다. 신경증 패턴의 원인은 심리 치료로는 도달할 수 없는 깊은 곳에 있을 때가 많다. (칼 융의 분석심리학, 트랜스퍼스널 심리학 같은) 몇 안 되는 전체론적 체제를 제외한 심리 치료는 전체 마음에 대한 이해가 부족할 수 있다. 흔히 에고의 일부분만 다루기 때문에 마음을 결정하고 몰아가고 조종하는 엄청난 힘을 무시하고 이해하지 못한다. 대부분의 심리 치료는 적응 잘하는 에고가 목적이어서, 에고 너머에 있는 것에 대해서는 이해하지 못한다.

반면 놓아 버림은 에고를 없애는 것이 목적이다. 에고는 겁이 많으며 한계가 있어서, 에고를 항복하면 내면의 큰나가 나타나면서 언제나 강력한 무언가가 드러난다. 많은 심리 치료법에는 큰나에 관한 지식이 없으며 따라서 '현실 자체'를 보지 못한다. 효과면에서는 심리 치료가 마차라면 항복 기제와 놓아 버림은 우주선이다. 심리 치료로 어떤 제한된 영역을 천천히 뒤질 시간이면, 놓아 버림으로는 이미 그 너머로 멀리 나아가 완전히 새로운 차원에 접어들 수 있다.

놓아 버림에는 이상한 장점이 있다. 하나의 부정적 감정을 항복하면 다른 많은 부정적 감정 이면의 에너지도 포기한 것과 마찬가지라 효과가 끊임없이 전체에 미치는 것이다. 예를 들어, 고등 교육을 받고 성공도 이룬 남자가 있다. 그는 평생 높은 곳을 몹시도 무서워했다. 높은 곳에 극심한 공포증이 있던 남자가 항복 기제를 활용하는 법을 알게 되었을 때, 그는 삶에서 많은 긴급한 문제를 안고 있었다.

항복하는 법을 알게 된 후 남자는 중대한 문제에 대한 감정과 공포를 놓아 버리기 바빠, 평생을 괴롭힌 고소 공포증에는 한번도 손댄 적이 없었다. 그러다 지붕 위에 서 있어야 하는 상황에 처했을 때 남자는 공포가 크게 줄었음을 알고 놀랐다. 남자는 몹시 기뻐하며 지붕 가장자리로 가서 다리를 덜렁거리며 앉아 있었다. 남자는 이제 사다리로 지붕에 올라가 아무 불편 없이 한 시간 동안 있을 수 있었다. 이 이야기가 보여 주는 것은 한 가지 공포를 포기하면 불특정의 모든 공포가 줄어든다는 사실이다.

심리 치료는 신경증 패턴의 개선이 목적이지만, 놓아 버림은 모든 신경증 형성의 바탕 원인을 없애기 위해 고안된 것이다. 놓아 버림은 문제가 되는 감정과 행동의 기본 구조를 없앤다. 심리 치료는 신경증적 균형의 개선을 추구하지만, 놓아 버림은 신경증을 송두리째 없앤다.

심리 치료의 한계는 치료자 자신이 건강하고 제구실하는 것 같지만 실제로는 온갖 구속을 받는 에고에 매어 있다는 사실에 있다. 이런 패러다임에서는 사회와 치료자가 용납하는 환상과 한계를 그대로 공유하는 사람을 건강한 환자로 친다. 이에 반해 항복 기제의 목적은 세상의 환상을 초월해 그 이면에 있는 궁극적 진실에 도달하는 것, 즉 '자아실현'을 이루는 것이며, 마음의 기반 자체, 모든 생각과 감정의 근원을 발견하는 것이다.

놓아 버림의 목표는 모든 괴로움과 아픔의 근원 자체를 없애는 것이다. 이 말은 파격적이고 충격적으로 들리지만, 사실이 그렇다! 근본적으로 모든 부정적 감정은 같은 근원에서 생겨난다. 부정적 감정을 충분히 포기하고 나면, 그 근원 자체가 드러난다. 근원 자체를 놓아 버리고 근원과 동일시하지 않으면, 에고는 녹아 없어진다. 그 결과 괴로움의 근원이 힘의 기반 자체를 잃어버린다.

우리 각자가 저장해 놓은 부정적 감정은 그 양에 한계가 있다. 어떤 감정 이면의 압력을 놓아 버리고 나면, 그 감정은 더 이상 일어나지 않는다. 예를 들어, 일정 기간 동안 공포를 끊임없이 항복하면 결국에는 공포가 바닥난다. 그러고 나면 공포를 느끼기가 더 어렵거나 불가능해진다. 공포 반응을 끌어내려면 자극이 더 많이 필요하다. 다량의 공포를 항복한 사람은 나중에는 열심히 공포를 찾아도 없을 정도가 된다. 공포의 에너지가 떨어진 것이다.

분노도 점차 줄어들어서 어떤 일이 크게 도발해도 분노를 끌어내지 못한다. 공포나 분노가 별로 없는 사람은 항상 사랑을 느끼면서 사건과 사람, 인생의 우여곡절을 애정을 가지고 받아들인다.

항복의 목표는 완전한 초월이다. 완전한 자유를 기준으로 삼는 관점에서는 받아들일 수 없는 수준의 행동을 심리 치료에서는 건강한 것으로 받아들인다. 예를 들어, 심리 치료에서는 최소의 공포와 분노, 자부심을 필요하거나 받아들일 수 있는 수준의 기능으로 여길 수 있고 심지어 '건강한' 것으로 여길 수도 있다. 그러나 앞에서 보았듯이 낮은 상태 이면의 파괴성은 낮은 상태를 완전히 초월하는 항복의 힘이 있다면 결국 받아들일 수 없는 것이다. '받아들일 만한 수준의 기능'을 넘어선 곳에 우리의 큰 운명이 기다리고 있다. 그것은 완전한 자유다.

탈바꿈

놓아 버림은 쉽고 간단해 보이지만 그 궁극적 효과는 크고 강력하다. 때로는 건성으로 빠르고 가볍게 항복하기만 해도 삶에 중대한 변화가 오기도 한다. 이런 항복은 배의 조타륜과 비슷하다. 배의 나침반에서 1도를 변화시키면 미미한 차이만 감지된다. 그러나여러 시간, 여러 날 동안 항해한 뒤에는 나침반상의 1도 변화 때문에 원래의 경로대로 갔으면 도착할 지점과 멀리 떨어진 곳에 도착하고 만다.

이 장에서는 건강과 부, 행복 같이 대부분의 사람이 관심을 갖는 방면에 항복 기제가 미치는 영향을 살펴보고자 한다. 다수가 그러한 영역에서 일반적으로 겪는 일을 이야기하면서 항복 기제가 진행될 때 일어나는 변화와 대비시켜 보자.

놓아 버림 기법을 사용하는 사람들의 삶을 보면 변화가 매우 뚜렷하게 보인다. 그런 변화가 자신의 삶에서도 뚜렷하게 나타난다. 다만 때로는 변화를 알아차리지 못한다. 그래서 진전 상황을 계속 의식하고 자각할 수 있도록 목표를 목록으로 만들어 놓고 성과가 생길 때마다 체크할 것을 권한다.

이 자기 자각 방법으로 마음의 기이한 습성을 멀리할 수 있다. 삶을 향상시키기 위해 선택한 특정 기법으로 삶이 나아지고 나면, 변화를 가져온 바로 그 기법을 얕보는 기이한 경향이 우리 마음에 있다. 마음의 에고는 자만심이 강하다 보니 공을 인정해 마땅한 것을 인정하고 싶어 하지 않는 듯하다.

이렇게 내적 진전을 얕보는 마음의 성향은 때로 아주 우스꽝스럽다. 예를 들어, 23년 동안 같은 직급에 꼼짝없이 머물렀던 남자가 놓아 버림 기법을 사용하기 시작했다. 두어 달도 되지 않아 갑자기 부사장으로 직급이 뛰어올랐고, 연말에는 회사 대표가 되었다. 내적 기법을 써서 이룬 일에 기쁘냐고 묻자, 남자의 마음은 기법을 완전히 무시하고 자신이 얻은 소득을 '업무 방식을 바꾼' 덕으로 돌렸다. 결혼 생활도 나아졌는데 마음은 또 외부의 덕으로 돌렸다. "아내의 태도가 마침내 바뀌었어요." 우호적으로 변한 아들과의 관계에 대해서도 마음은 또 다시 내적 탈바꿈을 외면하고 아들이 이제 '나이가 들고 있는' 덕분이라고 했다.

이어질 이야기에서는 어떤 상태에서 더 높은 상태로 옮겨 가는 일이 어렵지 않다는 점에 주목할 것이다. 현재의 인식 때문에 '어렵게' 보일 수는 있다. 그래서 항복하면 자신의 인식이 달라진다는 점을 미리 마음에 새겨 두는 것이 중요하다. 인식이 달라지면 목표를 저절로 상향 조정하게 된다. 당시에는 불가능하게 보이는 생각이 얼마간 기법 실습을 하고 난 뒤에는 옛날이야기가 된다.

마음이 낮은 수준의 삶을 한결 높은 수준의 것과 비교할 때, 한결 높은 수준으로 제구실하는 일에 대해서는 이상하게도 표현을 꺼린다는 점 또한 주목할 필요가 있다. 마음은 비판적이 되어 한결 높은 상태를 조롱해서 체면을 세우려고 애쓴다. 이때가 더없이 좋은 기회다. 사람이 한결 높은 삶의 상태에 도달하지 못하는 것은 바로 그런 마음가짐 탓이기 때문이다.

이 대목을 읽는 과정 자체가 지극히 도움이 된다. 정확히 어떤 것이 걸림돌이며 어떤 이유로 현재는 목표 성취가 불가능한지가 드러나기 때문이다. 걸림돌과 이유에 대해 저항이 생기거나 비판하고 폄하하고 싶어지면, 읽는 과정에서 곧바로 그런 마음을 항복해 놓아 버리는 일을 시작하면 된다. 이 글을 읽는 과정 자체가 성취를 가로막는 마음속 걸림돌을 가려 낼 수 있는 크나큰 기회다. 만화 속에서 포고(미국 정치풍자만화 주인공)가 "적이 누군지 알았다. 우리다."라고 말한 것처럼 말이다.

나는 수십 년의 임상 경험으로 단련된 심리치료 전문가 겸 정신과 의사로서 대부분의 사람이 높은 수준으로 제구실하는 일을 하기란 불가능하다고 여겼다. 그러나 항복 기제가 현실에서 어떻게 작동하는지를 익히고 수백 명의 가족, 친구, 환자, 옛 환자가 자신의 삶을 탈바꿈시키는 것을 보면서 생각이 완전히 바뀌었다.

이제 높은 수준으로 제구실하는 일은 대개 놀랄 만큼 짧은 기간

안에 누구나 쉽게 해낼 수 있는 일이라 여긴다. 사실 이 같은 수준의 성공과 행복이 부분적으로는 불가능해 보이겠지만, 이 책을 다 읽었을 때면 더 높은 수준이 이미 발생해 있다. 그렇기 때문에 높은 수준으로 제구실하는 일은 가능한 정도가 아니라 태어날 때부터 갖고 있는 권리라고 처음부터 자신에게 일러두어도 된다. 그것이 본연의 상태인데, 태어나면서부터 영향을 받은 프로그램 일체에게 그 상태를 빼앗겼을 뿐이다.

글을 더 읽기 전에 먼저 조용히 자리에 앉아, 한결 높은 수준으로 제구실하는 일에 대한 저항을 놓아 버리겠다고 마음속으로 결정하면 좋다. 이것은 더 높은 수준에 도달할 수 없다고 스스로 부인하기를 그만두고 행복, 성공, 건강, 받아들임, 사랑, 평화를 가로막는 모든 걸림돌을 놓아 버리겠다는 결정을 의미하는 행동이다. 이렇게 하면 할 일을 이미 다 한 것이다. 저절로 펼쳐지기 시작할 맥락에 경험 전체를 고정시켰기 때문이다.

건강

사람은 보통 몸에 사로잡혀 있다. 몸의 기능과 능력, 외모, 생존에 사로잡혀 있다. 마음 역시 일반적으로 갖은 걱정, 병에 대한 공포, 고통, 질병, 죽음에 완전히 포위되어 있다. 그 결과 마음은 대단히 다양한 방법으로 몸을 방어하기 위해 먹는 일, 몸무게, 운동, 건강에 좋은 환경에 과도하게 신경 쓴다. 이런 마음속 긴장 속에서 하루가 끝나면 누구나 자신이 피해자라고 느낀다. 진이 빠지고, 공허하고, 너무 피곤하다.

몸에 사로잡힌 대로 따른 결과의 한 가지는 자의식이다. 자각의 장 속에서 몸의 존재가 두드러지면서 몸이 무엇을 하고 있고, 어디에 있고, 어디로 이동하고, 어떻게 살아남을지, 몸에 대해 타인이 보여 주는 태도, 몸에 대한 타인의 인정, 몸의 겉모습과 행동거지에 정신적으로 집착한다.

이 모든 관심사의 바탕에는 '나는 몸이다.'라는 무의식적 등식이 깔려 있다. 이 등식은 제약이 아주 큰 의식 수준에 해당한다. 영적 세계에서는 사실상 '의식이 되지 않는' 상태로 본다. 자각이 뚜렷이 좁아진 데서 비롯하는 동일시 오류이기 때문에, 마치 경주마가 좌우를 보지 못하는 눈가리개를 쓴 상태와 같다. 마치 코에 뾰루지가 나니 온 세상이 뾰루지를 중심으로 돌아간다고 생각하면서 뾰루지를 가장 중요하게 여기는 상태로 하루를 사는 것과 같다.

끊임없이 몸에 사로잡힌 탓에 얼마나 많은 에너지가 소모되는지를 자각하라. 우리의 마음은 무수히 다양한 몸 관련 신념 체계로 계속해서 프로그래밍된다. 무엇이 몸에 필요하고, 무엇이 몸에 좋고, 무수히 많은 무언가에 몸이 취약하다는 신념 체계다. 이에 따라 온갖 건강상 예방 조치를 취하는 일에 사로잡혀서 유행하는 건강식품을 먹고, 잠재적 유독 성분을 찾아내려고 끝없이 라벨을 읽고, 담배 피는 사람 옆에 있게 될까 두려워하고, 먼지와 꽃가루, 환경오염 물질로 추정되는 모든 것을 두려워한다. 다양한 대응책으로 모든 '위험'을 상쇄하려는 강박 상태에 빠져 있다.

앞서 언급했듯이, 그런 취약성은 마음의 산물일 뿐이고 몸은 마음에 품은 것에 반응한다. 이는 다중 인격 이야기에서 예증한 것으로, 몸에는 특정 인격과 마음이 믿는 바가 매 순간마다 반영된다.

모든 공포를 놓아 버리고, 신념 체계들을 취소하고, 나의 진정한 큰나는 '무한'하며 어떤 제약에도 영향 받지 않음을 거듭 확언하는 일에 들어가면, 건강과 행복, 필수 에너지가 한결 높은 상태로 옮겨간다. 자신에게 확언하는 데 도움이 되는 표현법은 이렇다. "나는(   )의 영향을 받지 않는 '무한한 존재'다." 괄호 안에는 '위험'으로 여기도록 내 마음에 프로그래밍된 질병이나 물질을 뭐든 넣는다.

몸에 관련된 끝없이 다양한 공포와 관심사, 신념 체계를 놓아 버리고 나면 육체적 질병이 저절로 해결되기 시작한다. 활기와 개인적 자유를 더 크게 느낀다. 완전한 항복의 상태에서는 몸이 거의 지각되지 않는다. 지엽적인 존재로만 자각할 뿐 몸에 사로잡히지도 않는다. 아주 약간의 주의를 기울이는 것만으로 몸은 힘들이지 않고 순조롭게 제구실을 한다.

항복한 사람은 어떤 것이든 먹을 수 있고, 아무 데나 갈 수 있고, 오염이나 공해, 찬바람, 세균, 전자파, 카펫, 매연, 먼지, 동물비듬, 옻나무, 꽃가루, 식용 색소에 대한 공포에 더 이상 영향 받지 않는다. 몸에 대한 인식이 바뀌어서 이제 몸이 꼭두각시 인형이나 애완동물처럼 느껴진다. "나는 *몸이다.*"에서 "나는 *몸이 있다.*"로 인식이 바뀐다.

몸은 몸 자신을 전혀 느끼지 못한다는 점이 갈수록 명확해진다. 통념과는 반대로, 몸을 느끼는 것은 마음이다. 마음 없이 몸을 지각하는 일은 있을 수 없다. 팔은 자기가 팔임을 느낄 수 없다. 마음만이 팔이 팔임을 느낄 수 있다. 마취가 가능한 이유가 바로 이것이다. 마음이 잠들면 몸은 감각이 없다.

사실상 몸에는 어떤 감각도 없다는 점이 서서히 분명해진다. 감각이라는 기능은 마음만이 가질 수 있다. 이는 매우 중요한 의식의 변화다. 이제 몸이나 몸을 방어하는 일에 사로잡혀 있지 않기 때문이다. 관심의 초점이 마음으로 옮겨 간다. 마음은 더 큰 힘이 있는 곳이다. 자신의 생각과 감정, 인식을 바꾸면 몸도 그대로 따라간다는 점을 알아차리기 시작한다. 사람들은 사실 몸이 아니라 마음가짐과 에너지 상태, 자각의 수준에 반응하고 있음을 인식한다.

세상의 만인과 만물은 우리의 의식 수준과 우리의 의도, 그들에 대한 우리의 마음속 느낌에 반응하고 있다는 점이 어느 날 분명해진다. 우리는 테레사 수녀, 달라이 라마, 마하트마 간디 같은 성스러운 인물의 자석 같은 매력을 기억한다. 이들이 큰 사랑을 받는 것은 외모 때문이 아니라 사랑과 평화라는 내면의 광채를 내뿜기 때문이다. 관심의 초점을 육체적 수준에서 의식 수준으로 바꾸면 빠른 결과가 생기기 시작한다.

부정적인 감정과 마음가짐을 끈질기게 항복한다는 것은 그와 연관된 죄책감도 끊임없이 포기함을 뜻한다. 죄책감에 사로잡혀 있지 않은 의식은 더 이상 병을 끌어들이지 않는다. 무의식 속에서 죄책감은 처벌과 질병, 그에 수반되는 아픔과 괴로움을 필요로 한다. 마음이 자기에게 보복하는 수단으로 가장 자주 쓰는 것이 이런 것들이다. 이 자기 보복은 사고나 감기, 독감, 관절염, 기타 마음이 고안한 복합 질병의 형태를 취하기도 한다. 이런 질병은 텔레비전 같은 대중 매체의 관심을 받으면 유행병 형태를 취한다. 저명인사가 대중과 어떤 심각한 질병을 공유하면 그 병의 발생률이 갑자기 높아진다.

무의식은 질병을 움켜쥐고 그것을 보복에 활용한다. 내면의 죄책감을 끊임없이 항복하면, 보복도 갈수록 줄어든다. 그래서 부정성과 죄책감에서 벗어난 사람은 질병과 고통에서 벗어난다. 이런 치유는 극적으로 일어나기도 한다. 예를 들어, 다발성 경화증 말기로 가망 없는 상태였던 잡지 발행인의 사례가 있다. 병원에서는 그녀에게 할 수 있는 치료를 모두 하고 나서 더 이상 치료가 불가능하다고 판단했다. 그 시점에서 그녀는 『기적 수업A Course in Miracles』 워크북을 공부해 죄책감을 포기하는 기법을 우연히 알게 되었다. 이 가정 학습 코스는 365일 동안 하루에 하나씩 짧은 가르침을 묵상하는 구성인데, 코스를 밟으면서 그녀는 용서 기제를 통해 모든 죄책감과 울분을 취소하기 시작했다.

부정적 감정을 끊임없이 용서하고 취소함으로써 내면의 죄책감을 제거하자 다발성 경화증이 나아졌다. 이 글을 쓰고 있는 현재, 그녀는 회복한 지 수년이 지나 빛나는 건강 상태로 행복한 삶을 누리고 있다.

이렇듯 건강과 평안은 일반적으로 죄책감과 기타 부정성을 놓아 버린 자동적 귀결일 뿐만 아니라, 건강하고 평안한 긍정적 상태에 대한 저항을 놓아 버린 결과이기도 하다. 항복 기제를 통해 질병 전체를 통째로 해결해 평안에 이를 수 있는 것이다.

앞에서 이야기했듯이 카르마적 성향 같은 미지의 요인으로 인해 질병이나 병약한 상태가 수그러들지 않는 드문 경우도 있다. 이런 경우에도 부단한 항복은 치유를 불러온다. 몸은 제약으로 고통 받는 것 같고 남들이 보기에는 '비극적'일 수 있지만 정작 자신은 평화 속에 있으면서 타인에게 행복감을 주는 내적 평안을 내뿜는 상태에 있게 된다. 대단히 깊은 항복을 통해 그들은 자기연민과 죄책감, 자기 처지에 대한 저항을 놓아 버렸다. 자신의 병이 개인적 행복을 가로막는 장벽이라는 관점을 초월했으며, 병을 타인에게 축복을 주는 수단으로 본 것이다. 수년 전에 이런 현상이 대중적으로 알려진 예로, 선종한 교황 요한 바오로 2세가 있다. 그는 자신이 앓고 있던 끈질긴 파킨슨병을 타인의 고통과 하나가 되는, 심지어 타인의 고통을 떠안는 영적 기회로 삼았다.

부

부는 중요한 주제다. 우리의 삶이 부에서 직접적인 영향을 받을 뿐만 아니라 부라는 주제를 통해 돈에 대한 우리의 감정과 생각, 마음가짐을 너무나 쉽고 빠르게 알 수 있기 때문이다. 한정적 신념 체계와 부정적 생각, 부정적 감정을 품고 있는 마음에게 돈은 '문제'다. 돈은 끝없는 걱정과 불안, 체념과 절망의 근원이거나 허영과 자부심, 오만, 옹졸함, 질투, 부러움의 근원이다. 최악의 경우에는 이 모든 부정성이 낳은 결말로 재정적 한계와 부족, 박탈감을 느낀다.

부라는 삶의 측면에서 사람들은 공포와 한계에서 나온 '난 못한다'는 느낌에 대해 말을 삼가려고 돈이라는 문제 자체를 회피하고

'어쩔 수 없이' 낮은 사회 경제적 지위로 물러나 앉는다.

무의식은 자기 딴에 우리가 받을 만하다 싶은 것을 우리에게 안긴다. 죄책감이 쌓여 내가 나를 보는 관점이 좁고, 한정되어 있으며, 인색하다면 무의식은 그에 맞는 경제적 상황을 안겨 준다. 돈이 의미하는 많은 것을 바라볼 때 돈에 대한 마음가짐이 어떠한지 드러나기도 한다. 예를 들어 안전이나 권력, 매력, 성적 매력, 경쟁에서의 성공, 자아존중감, 타인과 세상에 대해 자신이 갖는 가치 등을 어느 정도로 돈으로 환산하는지 알 수 있다.

종이와 연필을 가지고 자리에 앉아 '돈'이라고 제목을 쓰고 그 밑에다 삶의 모든 다양한 갈래에서 돈이 분명히 의미하는 바를 자세히 적어 보면 매우 도움이 된다. 그런 다음, 각 부분과 관련되는 감정을 적고 각각의 부정적인 감정과 마음가짐을 항복하는 일에 들어간다. 이렇게 하는 과정에서 놀랍게도 돈이 그 자체로는 가장 중요한 사안이 아님을 알게 된다. 돈보다 중요한 것은 그 돈으로 얻고 싶어 하는 감정적 만족이다.

돈에 대한 욕망의 이면에서 자신의 목표 중 하나가 존경받는 소중한 사람이 되는 것임을 발견했다고 하자. 이 발견으로 방금 알게 된 것은 내가 관심 있는 것이 돈 자체가 아니라는 점이다. 그보다는 자아존중감과 내면적 가치를 느끼는 것에 관심이 있다. 돈은 무언가 다른 것을 성취하기 위한 도구였을 뿐이며, 사실 내가 원하는 것은 돈이 아니고 돈이 가져다 줄 것으로 생각한 자아 존중감과 자긍심이라는 점을 깨닫는다. 또한 돈이 가져다 줄 것으로 생각한 목표는 *곧바로 성취할 수 있는* 것들이라는 점이 분명해진다.

내면의 자존감이 높을수록 타인의 승인은 덜 필요하다. 이러한 자각이 들면 삶의 각 측면에서 돈이 다른 의미를 띤다. 돈은 이제 목표가 아닌, 한층 높은 목표를 위한 부차적인 것이 된다.

감정 측면에서 돈이 자신에게 의미하는 바를 의식하지 못하면, 우리는 돈의 영향을 받는다. 우리는 돈에 대한 무의식적 신념과 돈과 관련된 프로그램 일체에 휘둘리고 있다. 수백억 부자가 계속해서 더 많은 돈을 모으려는 것과 같다. 결코 만족스러워 보이지 않는다. 왜 그럴까? 그는 돈이 자신에게 정말로 의미하는 바를 살펴보기 위해 멈춰 서 본 적이 전혀 없기 때문이다. 강박적으로 돈의 뒤꽁무니나 기타 부의 상징을 쫓아다닌다면 이는 내면의 자아존중감이 너무 작아 그것을 채우기 위한 막대한 금액의 돈이 들어가기 때문이다. 내적으로 자신 없는 면이 너무 광범위해서 아무리 큰돈을 들여도 극복할 수가 없다. 내면이 작게 느껴질수록 그런 내적 왜소함을 보상하기 위해 더욱 막대한 권력과 돈, 매력을 축적해야 한다고 표현할 수 있다.

항복한 상태에 있을 때 우리는 내적 왜소함과 자신 없음, 낮은 자존감에서 자유롭다. 그때 돈은 우리의 목표를 성취하기 위한 도구가 될 뿐이다. 항상 충분하고 넉넉할 것임을 알기에 내면에 안도감이 있다. 어떤 것이 필요할 때면 언제나 필요한 것을 얻을 것이다. 마무리되고, 이루어지고, 채워진다는 느낌이 내면에 있기 때문이다. 그럴 때 돈은 불안의 근원이 아닌 기쁨의 근원이 된다.

어떤 수준에서는 돈에 아예 무관심할 수도 있다. 어떤 프로젝트를 끝내기 위해 돈이 필요할 때면 어디선가 마법처럼 돈이 나타나는 것처럼 보인다. 그렇게 돈에 무심해지는 것은 자신의 힘을 얻는 근원과 연결되어 있기 때문이다. 돈에 주었던 힘을 되찾아 그 힘이 자신의 것임을 알면, 더 이상 돈에 대해 걱정하거나 돈을 잔뜩 쌓아 둘 필요가 없다. 황금 제조법이 있으면, 황금 자루를 어깨에 멘 채 그에 따라오는 모든 걱정과 불안을 함께 지고 다닐 필요가 없다.

사람들은 돈을 지나치게 축적하는 데 따르는 문제와 함께 돈을 잃을지 모른다는 끊임없는 공포에 빠져 있다. 5000만 달러의 재산을 가진 사람이 사업상 실수로 1000만 달러를 잃고 신경 쇠약 상태에 빠지는 것은 비극적인 희극이다. 남자는 실제로 공황 상태였다. 감정 면에서 남자는 4000만 달러만 가지고는 지구상에서 생존할 수 없을 것 같아 겁에 질렸다. 내적 빈곤으로 고통 받는 사람은 물질적 차원에서 축적하는 일에 맹렬한 충동을 느낀다. 이 내적 빈곤과 더불어 이기적인 마음이 생기고 이와 연관된 허영과 그릇된 자부심이 생긴다.

반면 놓아 버림 기법을 사용하는 사람이 갑자기 넉넉해지는 경우는 흔하다. 벌이가 없어 허우적거리던 배우가 할리우드에서 주연을 맡는다. 가난의 위기에 처해 있던 극작가가 대성공을 거둔 브로드웨이 뮤지컬의 제작자가 된다. 어떤 사람들은 역설적으로 돈에 아주 무심해져서 많은 돈을 처분하고 매우 단순하게 사는 삶을 선택을 하기도 한다. 그들은 더 이상 돈에 관심이 없다. 그들은 돈에 통달했다. 돈을 수단 삼아 추구하던 내면의 만족이 이제는 곧장 채워지니 내면의 행복이 외부의 부와 무관하다. 이런 내적 자유의 상태에서 사람은 외부 세계와 무관해지므로 더 이상 그 영향을 받지 않는다. 통달한 것은 초월하는 법이기 때문이다.

행복

건강과 부를 이야기함으로써 행복 전반에 대한 중요한 내용은 이미 다루었다. 이제 내면의 감정생활에 보다 초점을 두자. 우리가 실제로 살고 있는 곳은 내면이기 때문이다. 건강과 부의 목적은 결국 행복이다. 단지 우리가 그렇게 추정하고 있기 때문이기도 하고, 건강과 부가 행복을 낳는다는 것이 어느 정도는 사실이기 때문이다. 그러나 행복은 곧바로 느낄 수 있는 감정이고 그런 점에서 행복은 건강이나 부와 무관하다.

행복의 전형적 풍경을 객관적으로 살펴보자. 우선 행복은 지극히 상처받기 쉽다. 우연히 던진 말 한마디나 비판적 논평, 찌푸린 눈살, 앞에 끼어드는 차 때문에 평범한 사람의 행복이 한순간에 사라질 수 있다. 직장을 잃을 위기, 관계에 대한 불신, 불길한 예감이 드는 의사의 말, 무례한 택시 기사로 인해 우리 중 많은 사람이 하루를 망친다. 우리의 행복은 왜 그리도 허약해서, 흔하디흔한 일로 온 하루를 '망칠'까?

3장에서 이미 그 이유를 살펴보았다. 다른 사람들에 대한 끊임없는 판단과 비판을 포함하는 부정적인 감정, 생각, 마음가짐 때문에 우리는 자주 자신이 타인과 분리되어 있다고 느낀다. 이 내적 고독감과 분리감 때문에 인간관계가 애착의 형태를 띠며, 이런 애착을 위협하는 것에 대해서는 공포와 분노, 질투를 느끼기 마련이다.

이런 내면의 부정성으로부터 "사람은 홀로 태어나서 홀로 죽는다."와 같은 신념이 생긴다. 사실 이보다 진실과 거리가 먼 이야기도 없다. 임사 체험을 다룬 책들이 밝히고 있듯, 사람이 혼자라고 느낄 때는 살아 있는 동안이고, 죽음의 순간에는 전적으로 일체성과 연결성을 느낀다.(『그 빛에 감싸여Embraced by the Light』, 에디 1992; 닐 2011)

애착이 많고, 타인에게 의존하고, 내면이 왜소한 탓에 자신이 약하고 한계가 있다고 느낄지도 모른다. 죄스러워 견딜 수 없는 내면의 생각과 감정을 세상에 투사하면 세상은 무시무시한 곳처럼 보인다. 이 같은 공포를 마음에 품기 때문에 무서운 사건과 일이 말 그대로 자기 삶의 경험으로 나타난다. 공포로 인해 만성 분노가 생기고, 비난에 민감해지고, 내면에서 감정적 난장판이 벌어지기 쉽다. 절망이 주기적으로 찾아오고 언짢은 감정에 민감해지면서 아픔과 괴로움이 생긴다.

사람들이 모두 분리되어 있다고 여기는 에고와 마음은 자기가 보기에 더 행복하고, 더 성공하고, 인간관계가 더 좋고, 외모가 더 낫고, 인맥이 더 넓은 사람이면 누구든 부러워한다. 내면의 목표가 뚜렷하지 않기 때문에 혼란스러워 하고, 자기연민과 부러움, 울분이 추가로 따라온다. 자기 비난을 세상에 끊임없이 투사하고, 투사한 자기 비난이 타인에게서 받는 비난의 형태로 돌아오면, 이로 인해 죄책감과 왜소해지는 느낌은 더욱 커진다.

우리 중 일부에게는 이런 감정에서 탈출할 길이 허세, 옹졸함, 심한 편견, 오만, 분노를 일으키는 것뿐이며, 이는 다시 잔인성, 고

압적인 태도, 잔혹성, 남의 기분에 대한 둔감함의 형태로 나타난다. 둔감함은 종종 자기변명과 함께 나타난다. "저는 숨김없이 속내를 털어 놓는 사람입니다.", "저는 솔직한 타입이라, 다른 사람은 제가 자기를 어떻게 생각하는지 다 압니다." 이런 말로 둔감함을 은폐하는데, 그냥 무분별하다고 하는 것이 더 나은 표현일 것이다. 낮은 자존감에서 생기는 것으로는 자신과 타인이 가하는 비판, 끊임없는 경쟁과 비교, 분석, 경멸, 감정을 차단하고 이성만 과도하게 작동시키는 주지화主知化, 의심, 복수하는 공상 등이 있다.

이 모든 기제가 실패하면 무의욕과 체념, 피해 의식이 재발한다. 이런 상태에서는 갈수록 사람들과 멀어진다. 자신에 대해 감춰야 할 것이 너무 많기 때문이다. 자신의 행동으로 인해 다른 사람들로부터 고립되는 일이 생기고, 아직 유효해 보이는 삶의 측면을 과대평가함으로써 불균형이 생긴다.

이런 내적 혼돈 상태 때문에 일반적인 사람들은 불가피하게 항상 무의식 상태로 남아 있고자 한다. 이 목적을 이루기 위해 마음이 고안하는 방법을 지켜보면 흥미롭다. 아침에 일어나자마자 라디오나 텔레비전을 켜서 마음이 자아와 자아의 수다에서 즉시 벗어나게 한다. 이렇게 놀거리를 투입해도 마음이 그날의 프로젝트, 일, 성취나 재미를 위한 다양한 계획에 사로잡히기 전까지는 마음에 생각과 감정이 계속 생기기 쉽다.

마음은 몸에도 사로잡히기 시작한다. 이 닦고, 씻고, 향수를 뿌리고, 파우더를 바르고, 탈취제를 뿌리고, 그날 입을 옷을 세심하게 고른다. 옷을 고르자니 그날의 일정이 떠오른다. 하루치 일로 구겨 넣은 업무들 때문에 바쁠 것이다. 끝없이 이어지는 약속, 전화 통화, 심부름, 사교상 약속, 집안일, 이메일 처리 등이 기다리고 있다.

출근하거나 일을 보러 가는 도중에 동료와 잡담하고, 차에서 라디오를 듣고, 휴대 전화로 통화하고, 문자 메시지를 보내고, 지하철에서 조간신문을 본다. 목적지에 도착하면 곧바로 그날 있을 외부 사건에 사로잡힌다. 비즈니스, 거래, 할인 상품, 준비, 걱정, 조종, 끝없는 권력 추구, '한 건' 올리기 위한 탐색, 항상 존재하는 생존의 공포에 사로잡힌다. 이 모든 일에 동기를 부여하는 것은 어떻게든 의미와 안도감을 얻고 어떤 방법으로든 자존감을 높이고 지키려는 욕망이다.

문득 어떤 외부 일이 끼어드는 바람에 억지로 멈추고 나서야 자신이 광분하며 분투 중이었음을 비로소 깨닫는다. 그러고는 내면의 공허와 마주친다. 공허를 피하려면 소설이나 잡지, 텔레비전, 인터넷에 쉴 새 없이 탐닉해야 한다. 아니면 끊임없이 파티에 나가고, 약물을 통해 환각의 세계로 탈출하고, 인사불성이 되도록 술을 마시고, 영화를 보고, 여타 놀거리를 추구한다. 우리는 내면의 공허감을 직면하는 일만 피할 수 있으면 무엇이든 하려고 한다.

뭐가 되었든 활동 자체는 문제가 아니다. 다만 그런 활동을 하면서 의식의 상태와 자각의 상태는 어떠하며, 활동을 어떻게 인식하고 있는지, 활동을 추구하고 경험하는 방식은 어떤지 자세히 살펴보아야 한다. 내면이 자유로운 상태에서는 똑같은 사건과 경험이 완전히 다른 의미를 갖는다.

같은 활동이 내면의 행복감과 자아존중감, 충족감에서 나올 수도 있다. 같은 목표를 성취하더라도 타인과 경쟁하기보다는 내면에서 이룬 바를 외부에 실현하는 길을 선택할 수 있다. 인간관계도 질투하고, 경쟁하고, '한 건' 해내서 인정받으려고 기를 쓰기보다는 나누고 사랑한다. 부정적 충동이 없을 때 우리는 만족스런 관계를 누린다. 사람들에게 애착을 갖기보다 사람들을 사랑하기 때문이다. 누군가에게 질투와 협박을 받는 대신 자유를 누린다. 우리는 내면에서 성취를 이미 이루었기 때문에 타인에게 조종당하는 피해자가 아니다.

부정적인 생각과 감정, 마음가짐을 포기할 때, 세상에 넘겼던 힘을 되찾는다. 세상에서 얻는 재미와 즐거움은 많은 부분이 내가 세상에 투사한 매력에서 나온다. 이 점에서 자기 성찰을 요하는 의문이 생긴다. "나는 정말 더 많은 돈을 원하는 걸까, 아니면 내가 돈에 갖다 붙인 매력을 원하는 걸까?", "나는 특정 직함이나 '박사님', '선생님', '목사님' 같은 호칭에서 무엇을 원하는 걸까? 직함에 맞는 책임과 활동일까, 직함에 따라오는 매력과 존경일까?", "나는 정말 그 사람을 사랑하는 걸까, 아니면 내가 그 남자나 그 여자에게 투사한 매력과 사랑에 빠진 걸까?"

많이 놓아 버릴수록 세상에서 매력을 많이 벗겨 낸다. 세상에서 매력을 많이 벗겨 낼수록 세상에 덜 휘둘린다. 매력에 영향 받지 않아, 더 이상 매력으로 조종당하지 않는다. 대중 매체와 정치적, 사회적 분야의 프로페셔널 프로그래머들에게 더 이상 해를 입지 않는다. 남에게 인정받고자 하는 내면의 욕구에 더 이상 영향 받지 않는다.

내게 무엇을 해 줄 수 있어서 누구를 사랑하는 것이 아니라 그 사람 그대로의 존재를 사랑한다. 다른 사람을 더 이상 이용할 필요가 없고, 설득하려고 애쓸 필요도 없다. 죄책감의 강도가 약해지면서 자존감이 커진다. 인간관계가 진실성에 바탕하면서 감정적 협박에는 더 이상 영향 받지 않는다. 역으로 더 이상 감정적 압박을 동원해 다른 사람을 협박하려 들지도 않는다. 정직성에 바탕하므로 인간관계가 한결 높은 차원에서 존재하고 기능하며, 소외될까 봐 두렵거나 혼자라 느끼는 일이 없다. 항복한 사람은 더 이상 개인적 성취에 타인이 필요하지 않다. 사랑과 즐거움을 위한 선택에 의해 타인과 함께할 뿐이다. 타인과 그들의 인간성에 대한 연민이 자신의 삶과 모든 인간관계를 바꾼다.

내적 자유의 상태

끊임없이 항복할 때 삶은 어떻게 될까? 어떤 일이 가능할까?

항복한 상태에서는 만족의 근원이 바깥 세상에 있지 않기 때문에 바깥세상과 무관해진다. 행복의 근원을 내면에서 발견했기 때문이다. 항복한 사람은 행복을 다른 사람들과 나누니 사람들과의 관계에서 돕고, 격려하고, 참을성 있고, 관대하다. 타인의 가치와 소중함을 쉽게 인정하고, 감정을 배려한다. 권력 투쟁을 하거나, 내가 '옳다'고 하거나, 내 주장을 증명하는 일은 포기한다. 비판하지 않는 마음가짐을 저절로 갖게 되며, 타인이 성장하고 배우고 경험하고 자신의 잠재력을 실현하도록 돕는다.

여유롭고 보살피는 자세로 타인을 받아들인다. 느긋하고도 활기차며 에너지가 넘친다. 삶에서 벌어지는 일들이 저절로 쉽게 진행된다. 더 이상 남을 위해 희생하거나 뭔가를 '포기'한다는 동기에서 행동하지 않는다. 그보다는 자신이 타인과 세상에 사랑으로 봉사한다고 여긴다. 삶에서 벌어지는 일들을 도전 과제가 아닌 기회로 본다. 성품은 온화하고 개방적이며, 부단히 놓아 버리고 항복하는 자발성이 있다. 끊임없이 계시를 받는 과정이 내면에서 진행 중이기 때문이다.

그런 과정이 펼쳐지면서 자신이 내적으로 탈바꿈하고 있다는 것을 느낀다. 이에 따라 감사와 기쁨, 목표에 대한 확신을 느낀다. 과거나 미래에 사로잡히지 않고 현재에 산다. 방어하지 않고 사람을 믿는다. 세상에 투사했던 힘을 되찾았기 때문에 가능한 일이다. 능력 있음과 피해 입을 수 없음을 느끼고 내적 평정에 이른다.

처음에는 '나는 몸이다.'라고 동일시한다. 그러나 항복 기제가 계속되면서 '나는 몸을 느끼는 마음이지 몸이 아니다.'라는 사실이 매우 뚜렷해진다. 감정과 신념을 더욱 항복하면서 마침내는 '나는 마음도 아니다. 나는 마음과 감정, 몸을 목격하고 경험하는 어떤 것이다.'라고 자각한다.

내면을 세심하게 지켜봄으로써 바깥세상 또는 몸이나 감정, 마음에서 무슨 일이 벌어지든 변함없고 동일하게 그대로인 어떤 것이 있음을 깨닫는다. 이 자각과 더불어 완전한 자유의 상태가 온다. 내면의 큰나를 발견한 것이다. 또한 모든 움직임, 활동, 소리, 느낌, 생각의 바탕을 이루고 있는 말 없는 '자각' 상태는 시간을 벗어난 평화의 차원임이 밝혀진다. 이 '자각'과 동일시가 이루어지고 나면 더 이상 세상이나 몸, 마음에 영향을 받지 않으며, 이러한 '자각'과 함께 내면에서는 소리도 없고 움직임도 없으며 깊은 내적 평화만이 느껴진다.

이것이 우리가 항상 추구하면서도 몰랐던 것임을 깨닫는다. 미로 속에서 길을 잃었기 때문에 미처 알지 못했다. 우리는 정신없이 바쁜 삶의 외곽에서 일어나는 현상들과 자신을 동일시하는 잘못을 했다. 몸, 몸이 하는 경험, 의무, 직업, 직함, 업무, 문젯거리, 감정과 동일시하는 잘못을 했다.

그러나 이제 자신이 시간을 벗어난 공간이며 그 속에서 현상들이 일어나고 있음을 깨닫는다. 우리는 스크린 상에서 깜박거리며 드라마를 펼치는 이미지가 아니라 스크린 그 자체다. 삶에서 펼쳐지는 영화를 비판 없이 목격하는 자이며, 시작도 끝도 없고 잠재력은 무한하다. 이렇게 자신의 참된 본성을 깨달을수록 '의식'의 정체성과 '신성 그 자체'에 대한 '궁극의 깨달음'이 일어날 장이 마련된다.

인간관계

인간관계는 사랑과 안전을 바라는 기본 욕망과 밀접한 관련이 있다. 그래서 인간관계를 이야기하면 곧 우리의 가장 내밀한 감정이 화제로 이어진다. 그렇기 때문에 좋든 좋지 않든 관계는 지극히 소중하다. 감정을 해방시키는 과정에서는 모든 것이 동등하게 소중하다. 감정은 프로그램이란 점을 상기해야 한다. 즉 감정은 학습된 반응으로서 어떤 목적이 있는 경우가 많다. 그 목적은 남의 감정에 어떤 영향을 끼쳐 나에 대한 상대방의 감정에 영향을 주고 내 마음속의 목표를 이루는 일과 직접 결부된다.

이 장에서는 흔한 감정 반응을 살펴보고 그 진정한 목적은 어떤 것인지를 알아볼 것이다. 감정 반응은 사랑과 무관하다. 사랑은 타인과 일체가 된 상태이기 때문이다. 사랑은 생겼다 없어졌다 하는 감정이 아니다. 사람들이 사랑이라고 이해해 사람들 사이에 흔히 사랑으로 통하는 것은 대개 애착과 의존, 소유욕이다.

부정적 감정

앞으로 살펴보겠지만, 타인을 향하는 모든 감정에는 자신이 내면에서 불완전하다는 기본 신념이 포함되어 있고, 그러므로 타인을 목표에 이를 수단으로 여기고 활용한다. 원하는 대로 상대방에게 영향을 주지 못해도, 환상을 가지고 기대하는 수준에서라도 타인을 계속 활용하려 한다. 또한 어떤 관계 속에서 경험하는 것 중 많은 부분이 상상 속에서만 벌어지고 있다는 사실을 알아야 한다. 먼저 가장 부정적인 감정들을 살펴보자. 그 바탕에 깔려 있는 자신의 목적은 무엇이며 이에 대해 타인이 보일 수 있는 반응은 어떤 것인지 알게 될 것이다.

분노

가장 먼저 살펴볼 감정은 가장 부정적인 것들이다. 증오하고, 적의를 품고, 분노하고, 격노하고, 복수하고, 폭력적인 감정들이다. 바탕에 깔려 있는 상상은 없애 버리고, 제거하고, 죽이고, 파멸시키고, 부상을 입히고, 마음 아프게 하고, 겁주고, 위협하는 것이다. 이에 대해 상대방이 보이는 반응은 역으로 나를 피하고, 증오하고, 반격을 가하는 것이다. 그보다 덜한 형태의 분노는 타인을 비판하고, 비판적 태도로 대하고, 울분을 품고, 부루퉁해 하고, 마음 졸이게 하고, 부정적으로 판단하는 것이다. 이 감정상 목적은 상대를 벌주고, 미안하게 만들고, 감정이나 행동을 바꾸게끔 몰아붙이고, 고통 받게 하고, 앙갚음하고, 깎아내리고, 낮춰 보려는 것에 있다. 이로 인해 상대방도 물론 역으로 비판하고, 역으로 울분을 품고, 회피하는 반응을 보인다.

관계 문제를 다루려면 거의 모든 사람이 이러한 상상을 한다는 점을 알아야 한다. 머리만 모래에 처박는 타조처럼 문제를 회피하거나, 사람들이 못됐다고 생각하거나, 스스로 죄책감을 느끼는 것으로는 해결이 되지 않는다. 우리는 용기 수준으로 올라와서 자신의 가장 좋지 않은 감정을 살펴보고, 이 감정도 인간이라는 상태의 일부임을 시인하고, 자신의 책임은 이를 어떻게 처리할 것인가 하는 문제에 국한됨을 잊지 말아야 한다. 그런 부정적 감정으로 인해 우리 내면의 자아가 막대한 감정적 타격을 입는다는 점은 분명하다. 이 점만으로도 부정적 감정을 잘 살펴보고 놓아 버릴 이유는 충분하다.

대인 관계에 작용하는 감정을 살펴보는 과정에서 우리는 또 다른 의식의 법칙과 마주한다. *생각이나 감정을 말로 표현하거나 드러내 보여 주었는지와 상관없이, 자신의 감정과 생각은 항상 타인에게 영향을 주어 관계에 영향을 미친다.* 정확히 어떻게 이런 일이 벌어지는지, 그 역학에 대해서는 여기서 논의하지 않을 것이다. 그러나 이는 현대의 양자 물리학에서 연구하는 분야이며, 특히 고에너지 아원자 입자가 생각이나 생각 형태와 이루는 관계에 연관되는 분야다.

자신의 경험에서 이 의식의 법칙을 직감할 수도 있다. 예를 들어, 어떤 사람이 내게 화가 나 있으면 그 사람이 아무 말하지 않아도 대개 이를 알아차린다. 억눌려 있는 화난 감정을 감지하고는 "뭔가 잘못된 일이라도 있습니까?" 하고 물을 수도 있다. 설사 그 사람이 "아, 아무것도 아닙니다."라고 대답하더라도, 우리는 여전히 화가 나 있고 언짢아하는 상대의 에너지를 알아차릴 수 있다.

이렇게 에너지 수준에서 서로 만난다는 실상은 다소 경악스런 발견이지만, 누구든 내면 조사로 이 같은 사실을 발견할 수 있다. 다른 사람에 대한 나의 마음가짐 전반은 내가 드러내든 드러내지 않든 나에 대한 그 사람의 감정과 마음가짐에 영향을 준다. 우리 사회에서 여자들은 남자들보다 직감적이다. 일반적으로 여자는 남자보다 자신의 생각과 감정을 타인이 알고 있다고 의식적으로 자각한다. 심령 능력자라 불리는 사람들 역시 이런 직감의 전문가일 따름이다.

이러한 실상과 처음 마주치면 일종의 가벼운 편집증을 겪기도 한다. 어릴 때부터 배운 대로 사람들은 생각과 감정은 사적인 일이어서 다른 사람과는 상관없으며, 모든 마음은 따로 떨어져 있고, 감정은 몸의 범위 안에서만 일어난다고 믿고 있다. 그러나 이 방면의 연구를 보면, 내가 타인에게 품는 감정들은 상대의 태도에 반영되어 내게 되돌아오며, 내가 마음가짐을 바꾸면 상대도 갑작스레 태도가 바뀐다는 사실을 알게 된다. 타인에게 품는 감정 때문에 우리는 항상 무의식적으로 타인에게 영향을 준다.

더욱 직감적인 사람이 되면 전에는 너무 순진했다고 웃는다. 또한 심령 능력과 초심리학의 세계를 더 연구해 보면, 생각과 감정은 전문 심령 능력자들이 지구 반대편에 앉아서도 읽어 낼 수 있는 것임을 알게 된다.

위와 같은 초기 편집증을 극복하려면 자신의 행위를 정화하는 수밖에 없다. 정화할 면을 알아내는 일은 쉽고 간단하다. 다른 사람이 나에 대해 알면 곤란한 것이 무엇인지 살펴보고 그것을 항복하는 일에 들어가는 것이다!

관찰해 보면 극심하게 부정적인 감정은 반향을 불러일으켜서 본인에게 해로운 결과를 낳으며 인간관계에 깊은 영향을 미친다는 것은 명백한 사실이다. 다른 사람들은 단지 내가 그들에게 투사하는 바를 되비출 뿐이다. 증오에 찬 사람은 자신이 지극히 불유쾌한 세상에 살면서 많은 이의 증오를 받고 있다고 느낀다. 그에게는 외부 상황과 세상이 지극히 불쾌하게 보인다. 그가 보지 못하는 것은 이런 상황을 모두 스스로 창조한다는 점이다.

우리는 타인을 향한 분노의 감정으로 상대방을 처벌해 고통을 주면 좋겠다는 비밀스런 소망이 있다. 그러나 실제로는 타인에게 나를 미워해도 좋은 이유를 제공하고 있을 뿐이다. 아울러 상대방의 보복과 자신의 무의식적 죄책감에 공포를 느끼며 살기도 하고, 이로 인해 육체적으로 병이 생기는 경우도 많다. 내가 느끼는 분노와 울분은 모두 나의 인식, 즉 내가 주어진 상황을 보는 관점에서 기인한다는 점을 알아야 한다.

내면의 감정을 포기하면 상황을 보는 관점도 바뀌고, 문득 용서의 감정이 생기면서 관계가 달라져 놀란다. 내적 변화를 보여 주기 위해 겉으로 한 일이 없고 아무 말도 하지 않았는데도 그렇게 된다. 이런 현상은 나의 의도가 나의 울분을 극복할 때 빈번하게 발생한다. 『기적 수업』에서는 상황을 보는 관점을 변화시키는 정밀 과정을 활용하는데, 이 과정은 상황을 다르게 보고 용서하려는 자발성을 통해 이루어진다. 용서의 기적적인 힘을 이야기했을 때 예수가 의도한 바가 이것이다.

매우 흥미롭게도 적을 축복하고 사랑하라는 예수의 강력한 충고에는 과학적 근거가 있다. 낮은 감정은 에너지로서 진동 주파수가 낮고 힘이 약하다. 그래서 분노나 증오, 폭력, 죄책감, 질투, 그밖의 다른 부정적 감정의 낮은 에너지 상태에 있을 때 우리는 정신적으로 타인에게서 상처 받기 쉽다. 반대로 용서와 감사, 자애는 에너지 진동이 훨씬 높고 힘도 훨씬 강력하다. 낮은 에너지 패턴에서 높은 것으로 옮겨 가면 에너지 차원에서 일종의 보호막이라 할 수 있는 것을 만들어 내, 더 이상 정신적으로 타인에게 해를 입기가 어렵게 된다. 반대로 분노의 상태에 있으면 상대방의 역 분노가 초래하는 에너지 고갈에 취약해진다.

다른 사람들에게 진정으로 영향을 미치고 싶으면 그들을 진정으로 사랑해야 한다. 그때 나에 대한 그들의 분노는 본인들에게 해로운 결과를 가져올 뿐 내게는 아무 영향이 없다! 이것이 『법구경Dhamma-pada』에서 부처가 말한 지혜다. "증오는 증오로 정복하는 것이 아니다. 증오는 사랑으로 정복하는 것이다. 이는 영원한 법칙이다."

죄책감

부정성 면에서 그 다음으로 '심한' 것은 죄책감이다.

죄책감의 바탕에 깔려 있는 목적은 상대의 분노를 달래고, 누그러뜨리고, 자기를 스스로 처벌함으로써 처벌을 모면하고, 용서를 이끌어 내려는 것이다. 여기서 가장 중요한 것은 다른 사람에게서 처벌을 이끌어 내려는 바람이 자기 처벌과 결합된다는 것이다. 이것이 의식적인 바람은 아니다. 그런데도 이것은 죄책감에 내포된 무의식적 목적이다. 조금만 자세히 살펴보아도 그 점을 쉽게 확인할 수 있다. 다음에 어떤 일로 죄책감이 들면, 특히 타인에 대해 죄책감이 들면 그 다음에 마주칠 때 어떤 일이 생기는지를 보라. 그 사람이 내가 마음에 품고 있는 바로 그것을 끄집어낸다. 예를 들어 약속에 늦는 것 때문에 죄책감을 느끼고 있으면, 그 죄책감이 타인에게서 비판적 반응을 끌어낸다. 죄책감을 품고 있으면 타인에게서 비판적 태도와 업신여김을 끌어낸다. 잘못된 삶이라고 낙인찍는 형태로 타인이 나의 낮은 자존감을 내게 되돌려 보낸다.

나는 보잘것없고 존경받을 자격이 없다는 생각을 마음에 품고 있으면 타인에게서 그에 맞는 반응을 끌어낸다. 보잘것없고 존경받을 자격이 없는 사람이라고 암시하는 말을 듣기 쉽다. 자신의 가치가 빵 부스러기밖에 되지 않는다고 여기면 빵 부스러기를 얻는다. 이것이 "빈자는 더욱 가난해지고 부자는 더욱 부유해진다."는 성경 구절의 의미다. 재정적 차원의 가난뿐만 아니라 모든 차원의 가난은 내면의 가난에서 비롯된다. 외적인 부가 내면의 부에서 비롯되는 것과 같다. 타인이 자신에 대한 비판과 공격을 멈추기를 원한다면 해결책은 죄책감과 죄책감이 초래한 모든 감정을 놓아 버리는 일에 들어가는 것이다.

대인 관계에서 감정이 하는 역할을 빠르고 명확하게 알기 위한 가장 간단한 방법은 타인이 내 내면의 생각과 감정을 의식적으로 알아차린다고 넘겨짚는 것이다. 이 같은 짐작은 틀린 것이 아니다. 실제로 타인은 직감적으로 나의 생각과 감정을 알아차리되 그 순간에 의식적으로 알아차리지 못할 뿐이다. 그래서 타인은 마치 내 내면의 감정을 알고 있는 것처럼 내게 반응한다. *인간관계는 전반적으로 마치 상대방이 내 마음속 감정을 알아차리고 있는 듯이 진행된다.* 타인이 나의 생각과 감정을 모른다는 이런 공상을 계속 품고 있다면, 개들마저도 재깍 안다는 점에 주목하라! 인간의 정신이 개의 정신만 못하다고 정녕 생각하는가? 개가 내 내면의 마음가짐 전체를 재깍 읽을 수 있다면, 주변 사람들의 직감도 동일한 진동을 알아채고 있다고 확신할 수 있다.

무의욕과 비탄

무의욕과 비탄, 우울, 슬픔, 자기연민, 침울, 절망, 무력감 같은 감정은 '난 못해.'라는 내면의 프로그램에서 비롯된다. 이런 감정의 목적은 동정을 끌어내고, 무언가를 되찾고, 지지를 얻고, 남을 미안하게 만들고, 도움을 청하는 데 있다. 이런 감정이 다른 사람에게 미치는 영향은 어떤 것일까? 처음에는 도우려고 할 수도 있지만, 나중에는 안됐다고 여기다가, 끝내는 피하고 만다. 왜 피할까? 이런 감정이 상대에게 막대한 에너지를 요구하고 있기 때문이다. 남의 문간에 드러누워 남까지 거덜 내려는 시도이기 때문이다. 이 때문에 나온 속담이 있는데, 무정하게 들리지만 불행히도 맞을 때가 많다. "웃을 때는 세상이 함께 웃는다. 그러나 울 때는 혼자 운다."

끝없이 비탄에 젖어 있으면 다른 사람이 떠난다. 그 사람이 아주 높은 수준이어서 힘들이지 않고 연민으로 받아 줄 수 있지 않는 한, 비탄에 대해 분개하기 시작한다. 만성화된 비탄은 조기 노화와 피로를 불러오고, 남을 싫증나게 만든다. 극복할 수 있는 유일한 길은 적절한 상황에서 비탄이 올라오도록 놔두면서 비탄에 항복해 비탄을 놓아 버리고자 하는 자발성을 갖는 것이다.

공포

긴장과 불안의 형태든 수줍음이나 자의식, 조심성, 망설임, 불신의 형태든, 공포의 감정에는 위협이라 상상한 것에서 달아나려는 목적과 겁나는 상황이나 사람과 심리적 거리를 두려는 목적이 있다. 역설적으로, 앞서 지적했듯이 공포는 힘이 강력하기 때문에 공포를 마음에 품고 있는 것 자체가 두려워하는 바를 삶에 끌어들일 여지가 있다. 공포는 자기가 한 말대로 되는 자기 충족적 예언과도 같다.

공포 에너지로 인해 내면의 초점이 발생 가능한 부정적인 일에 맞춰지면, 그 초점에 의해 가장 두려워하는 일의 모습이 형성될 수 있다. 그래서 인간관계에 공포가 있으면 다른 사람들에게 힘을 내주어, 두려워하는 바로 그 일을 그들이 할 수 있게 만든다. 공포에서 벗어나는 길은 발생할 법한 최악의 시나리오를 살펴본 후에 시나리오가 불러일으키는 감정을 살펴보고, 감정을 포기하는 일에 들어가는 것이다. 다른 감정과 마찬가지로 공포도 구성 요소로 분해할 수 있고, 각 요소는 쉽게 포기할 수 있다. 예를 들어, 공격적 비판에 대해 공포가 있다고 하자. 이렇게 자문한다. "발생 가능한 최악의 시나리오는 어떤 것일까?" 질문하고 나니 그 공포가 자부심 때문에 생긴 것임을 알게 된다. 자부심을 인정하고 포기하자 공포가 제풀에 사라진다. 다른 예로, 어떤 관계에서 공포를 느끼고 있다. 그 공포를 분해해 보면 그것이 사실은 마음속 분노에 대한 공포일 수 있다. 나의 분노에 대해 상대방이 복수할 것이라는 공포다. 이 경우에도 마찬가지로 분노를 포기하면 공포가 저절로 사라진다.

자신이 없는 사람은 두려움에 차 있으므로 질투하고 매달리고 강한 소유욕을 보이고 관계에 집착하기 쉬운데, 이렇게 하면 항상 좌절이 온다. 이런 감정의 목적은 상대를 묶어서 단단하게 잡아 두고, 관계 상실을 미리 막아 안전하게 해 두고, 때로는 상실이 두렵다고 상대를 벌주려는 데에 있다. 이런 경우에도 마찬가지로, 그런 마음가짐 탓에 마음에 품고 있는 바로 그 일이 현실로 나타난다. 상대방이 내가 지닌 의존과 소유욕의 에너지에서 압박을 느끼면 자유를 찾아 달아나고, 물러나고, 떠나려는 내적 충동이 생기면서 내가 가장 두려워하는 바로 그 일을 한다.

또한 그런 마음가짐은 상대에게 끊임없이 영향을 주려는 바람으로 이어진다. 사람들은 자신을 지배하려는 바람을 직감적으로 알아채기 때문에 저항한다. 그러므로 이런 저항을 포기하게 하는 유일한 길은 사람들에게 영향을 주려는 바람을 애초에 놓아 버리

는 것이다. 이는 내면의 공포가 올라오는 대로 놓아 버리는 것을
의미한다.

자부심

자부심은 우리 사회에서 흔히 용납되는 감정으로, 완벽주의나
정돈, 시간 엄수, 믿음직함, 좋은 됨됨이, 지나친 청결, 일 중독, 지
나친 야심, 성공, 도덕적 우월성, 예의 바름의 형태를 취한다. 자부
심이 악화된 형태로는 오만이나 자랑, 허영, 우쭐함, 편견이 있다.
영적 차원에서는 '불신자' 살해를 옳은 일이라 하는 것이 자부심
에 해당한다.

이처럼 타인을 향하는 자부심의 목적은 감탄을 자아내고, 비판
과 거부 반응을 피하고, 받아들여지고, 중요한 사람으로 여겨짐으
로써 자신이 쓸모없는 인간이라는 내면의 느낌을 극복하기 위해
서다. 그러나 불행하게도 그 반향으로 타인에게서 생기는 감정은
부러움이나 경쟁심, 심지어 증오이거나, 쉽게 이용해 먹을 수 있겠
다는 느낌일 때가 많다. 자부심을 살펴보면 대개 진정한 자존감의
대체물임을 알 수 있다.

이 같은 현상을 많은 사람이 신과의 관계에서 보이고 있다는 점
또한 흥미롭다. 즉 자신이 신에게서 어떤 반응을 끌어낼 수 있다
고 믿는데, 무의식적으로 그렇게 믿는 경우가 많다. "신이 나한테
미안하게 느낄 거야.", "신이 내게 보복할 거야.", "신이 나를 벌할
거야.", "신이 나에 대해 만족해 할 거야.", "신이 나를 더 좋아할
거야."와 같은 신념이 그 예다.

충분한 자존감이 있으면 내면의 겸손과 감사에서 동기를 부여받으므로 타인(이나 신)에게서 애정을 끌어낼 필요가 없다. 누가 나를 좋아하기를 더 이상 바라지 않으면, 어느새 사람들이 나를 좋아한다. 남들의 구미에 맞추고 그들을 조종해서 인정받으려 하지 않으면, 어느새 정말로 존경을 받는다. 노여움을 달래고, 아첨하고, 경의를 표하고, 자기를 낮추고, 뭐든 받아들이는 형태로 나타나는 자기 편하는 호의적인 대우를 받아 자기 식대로 하기 위해 남들의 에고에 영합해 그들에게 영향을 주려는 시도다. 거짓된 겸손을 보이는 것은 남들에게 "저는 사람이 작습니다. 부디 그렇게 대해 주세요."라고 하는 것과 다를 바 없고, 그러면 사람들은 즉시 그렇게 대한다.

명백한 것은 위와 같은 감정은 모두 타인을 교묘하게 조종하고 진정한 관계를 파괴한다는 점이다. 모두가 취약한 입장이기 때문에 자존감을 깎아내린다. 따라서 자부심의 수준에서는 자신이 무사하고 평안하다고 생각할 수도 있지만, 자부심은 기본적으로 취약하기 때문에 항상 방어적인 태도가 따라온다. 사람은 자신이 없을 때마다 자부심으로 부풀어 오른다. 그렇게 팽창한 자부심은 지나가는 말 한마디나 찌푸린 눈살 한 번에 펑크 나기 쉽다.

인간이라는 상태

모든 부정적 감정은 근본적으로 공포가 형태를 달리한 것이다. 즉 자신과 타인의 존경을 잃을 것 같은 공포, 살아남지 못할 것 같은 공포, 앞날을 안심하지 못하는 공포 등이다. 부정적 감정 대부분은 그 가치를 부정적으로 평가받으므로, 억제되거나 억압되거나 투사된다. 억제와 억압, 투사는 모두 파괴적 심리 역동으로 인간관계에 갈수록 스트레스를 주어 관계를 위축시킨다.

가장 내밀한 감정들은 남들이 모른다고 가정하고 싶지만, 과연 그럴까? 우리는 모두 정신적, 직감적 수준에서 서로 연결되어 있다. 그래서 우리의 감정은 다른 사람들에게 읽히고 알려진다. 이 점을 의식적으로 알아차리지 못할 수는 있지만, 남들이 내게 하는 것을 보면 그들을 향한 내 내면의 마음가짐과 감정을 그들이 알고 있다는 사실이 드러난다.

예를 들어, 일에 임하는 자신의 태도가 남들이 보기에 모범적이라고 하자. 그런데 왜 내가 아니라 다른 사람이 승진하거나 인정받는 것일까? 답을 알려면 상사와 일에 대해 자신의 속내에 어떤 감정이 숨어 있는지를 살펴보면 된다. 부러워하고, 비판적이고, 분개하는 자신의 속내를 상사가 정말로 알아채지 못한다고 생각하는가? 남들이 내 내면의 감정과 감정에 따라오는 생각을 알고 있다고 넘겨짚는 편이 손해가 없다. 내가 남에 대해 하는 생각은 남이 나에 대해 하는 생각과 비슷할 유형일 가능성이 아주 높다. 이 원리를 깨달으면 삶에서 일어나는 많은 일이 이해되기 시작한다.

이렇게 자문해 본다. "내가 저 사람이라면, 내 속내의 감정과 생각이 어떤지를 정확히 알았다면, 나는 어떻게 반응할까?" 이 질문에 답을 해 보면 그 사람의 행동이 왜 그런지 대개는 명확해질 것이다. 내가 승진을 못한 것은 무언의 에너지 수준에서 상사에게는 비판적이고 동료들에게는 분개하면서, 인정하고 알아 달라 아우성만 치고 있었음을 상사가 알기 때문일 수 있다.

부정적 감정을 찾아 내면을 살펴보기 전에, 이런 감정은 진정한 내적 큰나가 아님을 기억하면 가장 좋다. 부정적 감정은 학습된 프로그램이며 인간으로서 타고나는 것들이다. 부정적 감정을 면제받는 사람은 아무도 없다. 즉 가장 높은 수준에서 가장 낮은 수준에 이르기까지 모든 사람은 현재 에고가 있거나 과거에 에고가 있었다. 깨달음을 얻은 몇 안 되는 사람들조차 에고가 있었다가 나중에야 에고를 초월했을 따름이다. 인간이라는 상태가 원래 이렇다. 자신의 감정을 정직하게 관찰할 수 있으려면 비판하지 않는 마음가짐이 필요하다.

내면에서 벌어지는 일부터 확실히 알아차려야 그에 대해 무언가를 할 수 있다. 어떤 감정을 놓아 버리면 그것이 더 상위의 감정으로 대체된다. 어떤 감정을 알아보고 인정하는 목적은 오직 그 감정을 놓아 버리려는 데 있다. 항복한다는 것은 어떤 감정을 느끼기만 하고 바꾸려 하지 않음으로써 그 감정을 기꺼이 포기함을 의미한다. 애초에 감정이 내면에 유지되는 것은 저항하기 때문이다.

일부 부정적 감정은 욕구 충족에 필요하다고 생각할 수도 있다. 그러나 자세히 살펴보면 이런 생각은 환상임을 알 수 있다. 욕구가 충족되는 데는 상위의 감정이 훨씬 더 강력하고 효과적이다.

예를 들어, 진정으로 사랑하는 사람을 위해 어떤 일까지 기꺼이 할 수 있을지 자문해 보자. 거의 모든 일임을 즉시 알 수 있다. 사랑을 위해서는 넘어서지 못할 한계가 없다. 이제 그 일을 내게 겁을 주는 누군가를 위해 기꺼이 할 수 있는 일과 대조해 보자. 마지 못해 가능한 한 적게 할 것이다. 겉으로 보기에는 겁주는 사람들이 무언가를 잠시 빼앗아 가는 것처럼 보일 수도 있지만, 그들은 전체를 잃은 것이다. 그렇지 않은가? 그들의 승리는 피상적이고 일시적이며, 심지어 진짜 승리도 아니다. 겉으로 보기에만 승리일 뿐이다. 세상은 결국 바뀌기 때문에 겁주는 사람들은 자신이 파멸할 씨앗을 뿌리는 것과 같다. 부정적 감정으로 쟁취하는 것은 오래가지 못하고 진짜가 아니다. 만족을 주지도 못한다. 옆구리 찔러 절 받기와 같다. 진정한 행복은 둘 다 이기는 상황에서 온다. 나는 이기고 상대는 진 상황의 대가는 증오와 낮은 자존감이다. 내가 다른 사람을 이용하려고 애쓰고 있으면 그 사람은 언제나 그 사실을 안다.

감정을 포기하는 데 어려움이 있다면 그 감정의 의도를 살펴보면 도움이 된다. 이 감정의 목적은 어떤 것일까? 타인에게 어떤 영향을 줄 수 있다고 보고 그런 영향을 주려는 것일까? 타인이 보일 가장 큰 반응은 어떤 것일까? 그 반응을 나는 정말 원하는 걸까? 오늘이 내 삶의 마지막 날이라면, 그 반응이 내가 정말 원한 것일까? 어쨌거나 오늘은 내 삶의 마지막 날, 모든 갈등과 불안, 공포와 함께해 온 옛 삶의 마지막 날이다. 그리고 지금의 갈등과 불안, 공포는 옛 것을 고수한 대가다.

내면에 심어진 모든 프로그램에서 벗어나 부정적 감정을 억제하지 않고 포기할 때, 부정적 감정은 상위의 감정으로 저절로 대체된다. 내가 더 행복해지고 더 가벼워지면 주변 사람들도 그렇게 된다. 상위의 감정이란 어떤 것들이며, 이 감정들이 나에 대한 반응으로 타인이 보이는 감정과 행동에 어떤 영향을 주는지 다시 살펴보자.

긍정적 감정들

용기와 자발성, 자신감, 역량, '할 수 있음', 열정, 유머, 능숙함, 자급자족, 창의성 같은 상위의 감정에도 목적이 있다. 효과적 행동, 짜임새 있는 활동, 성취가 그것이다.

타인의 반응으로 되돌아올 것은 협력과 용기, 경의, 함께하려는 자발성이다. 아울러 타인의 자존감을 높여 주기 때문에 사람들이 같이 있고 싶어 한다. 이 모든 점으로 볼 때 상위 감정에 이르는 길을 가로막는 부정적 감정을 놓아 버리면 도리어 자발성의 대가로 아주 멋진 이득을 얻게 됨을 알 수 있다. 진정한 목표와 목적을 힘들이지 않고 성취하는 것이다.

받아들임과 기쁨, 따뜻함, 온화함, 신뢰, 내적 진실, 신의의 수준에 있을 때, 이러한 감정적 목적은 사랑과 즐거움, 기쁨, 조화, 평화, 이해, 나눔에 있고 그 목적에 다른 사람들이 반응한다. 사람들이 내게 보일 반응은 받아들임과 만족, '장단이 맞는다.'는 느낌, 이해받는다는 느낌, 환희다. 저절로 나의 사랑에 화답한다. 다른 사람과 어떤 모험을 함께하든 이런 상호간 감정이 성공을 가져올 것이라는 점은 명백하다. 모험이 직업적인 것이든 사회적 혹은 개인적인 것이든 아니면 단순히 일상적인 상호작용이든 상관없다.

연결성

내면의 감정이 평화와 평정, 고요, 정적, 개방성, 단순성을 느낄 때 다른 사람들에게 미치는 영향은 나의 자각과 함께 그들의 자각을 키우고 자유와 완전성, 통일성, 나와 하나가 된 상태를 더 크게 느끼게 만드는 것이다. 사람들은 나와의 관계에서 나와 연결되어 있다고 느낀다. 자신을 나와 동일시한다. 깊은 수준에서 이해한다. 나와 교감하고 있음을 느낀다. 그 결과 사람들이 나와 함께 있으려고 한다. 나와 함께 있으면 자신이 완전하고, 자신의 존재가 인지되며, 충족된다고 느끼기 때문이다. 자신의 진정한 큰나에 대한 자각이 커짐을 느낀다. 나와 함께 있거나 마음에 나를 떠올리면 고양됨을 느낀다. 나의 존재가 주는 축복에 대한 반응으로 내게 사랑과 감사를 보낸다.

이런 관계에서 목표는 저절로 성취된다. 부정성을 품지 않으므로 타인에게 숨기고 싶은 것이 아무것도 없고, 이 개방성이 타인의 모든 방어를 멈추게 한다. 죄책감이나 공포로 숨기는 것은 아무것도 없고, 매우 의식적이고 초월적인 연결이 존재한다.

이 수준에서는 이른바 텔레파시 현상이 규칙적으로 일어난다. 타인과 완전한 조화 속에 있으면 생각이나 감정을 보내지 않거나 막으려는 바람이 나로서는 전혀 없게 된다. 타인도 비슷하게 반응하기 때문에 그 사람의 마음에 무엇이 스쳐 지나가며 어떤 감정 상태인지를 힘들이지 않고 안다.

자신과 타인의 인간적인 면을 전적으로 받아들인다. 타인과 진정으로 조화를 이루면 일시적 질투나 반발을 보아도 용서한다. 자연스러운 일일 뿐임을 안다. 반대로 그들 역시 나의 일시적 울분을 알아차린다는 점을 안다. 그런데도 눈감아 주고 있는 것이다. 나의 인간적인 면을 받아들이고 상황을 이해한다. 나를 아주 잘 알기에 내가 일시적으로 분개할 만한 상황을 알아보지만, 또한 내가 울분을 놓아 버릴 것이라는 점도 알고 있다.

애정 어린 받아들임의 관계를 맺고 있는 사람들은 나와 자신의 인간적인 면에 상관하지 않는다. 표면적인 감정은 어떻든 사랑과 받아들임, 상대방과의 조화, 세상과의 조화를 함께하고 있다는 자각이 지속된다. 사실 그 누구와도 이런 의사소통의 수준에 도달할 수 있다. 친밀한 관련이 있는 사람이 아니어도 된다. 친밀한 가족 구성원보다는 이해관계가 덜한 친구들과 이 같은 의사소통을 먼저 경험하는 경우가 아주 많다. 평범한 삶에서 이런 의사소통이 잘 일어나는 또 다른 상황은 상대가 과거의 연인일 때다. 이제 로맨스가 중요하지 않게 된 사이지만 서로를 이미 아주 잘 아는 사람이므로 더 이상 뭔가를 숨길 필요가 없기 때문에 우정이 두터워질 수 있다. 진정으로 솔직한 의사소통과 정직성, 진실성이 있는 관계가 될 수 있다. 이런 관계는 헤어지거나 이혼한 커플 사이에서 주로 보인다. 혼란이 가라앉고 나면 서로 잘 지내면서 제일 좋은 친구로 오래도록 지내기도 한다.

긍정적 감정의 효과

높은 의식 상태는 인간관계에 깊은 영향을 미치는 것이 분명하다. 의식의 법칙 중 하나가 유유상종이기 때문이다. 우리 내면의 상태는 사실 타인에게 방출되고 있다. 물리적으로 함께 있지 않을 때조차 타인에게 긍정적인 영향을 줄 수 있다. 감정은 에너지이며 모든 에너지에서는 진동이 방출된다. 우리는 송신하고 수신하는 방송국과 같다. 부정성을 덜 품고 있을수록 타인이 나에 대해 품고 있는 바를 더 잘 알아차릴 수 있다. 더욱 사랑할수록 더욱 사랑에 둘러싸임을 알게 된다.

우리가 살면서 기적을 겪는 것은 어떤 부정적 감정이 상위 감정으로 대체되었기 때문인 경우가 많다. 계속해서 항복하면 이런 일이 더욱 잦아진다. 항복하면서 삶에 힘을 덜 들이게 된다. 행복과 기쁨이 커지면서 행복과 즐거움을 바깥세상에서 경험할 필요가 줄어든다. 타인이 덜 필요하고 타인에게 덜 기대한다. 자신의 내면에서 오는 것으로 경험할 수 있는 바를 '저 바깥'에서 찾는 일을 그만둔다.

타인이 내 행복의 근원이라는 환상을 놓아 버린다. 타인에게서 얻어 낼 생각을 하는 대신 타인에게 줄 생각을 한다. 다른 사람들이 나를 피하려 하지 않고 나와 함께 있으려 한다. 찰스 디킨스의 『크리스마스 캐럴Christmas Carol』에서 스크루지는 타인에게서 얻어 낼 생각을 하는 대신 타인에게 주는 기쁨을 경험한다. 이런 탈바꿈의 환희를 우리 모두가 얻을 수 있다.

지적 능력으로 판단하기에는 서로 관련이 없어 보이는 사건들의 발생을 설명하기 위해 칼 융은 '동시 발생' 내지 '동시성'이라 일컫는 현상에 대해 서술했다. 더욱더 항복하면 이런 유형의 경험을 흔하게 겪는다. 1년가량 놓아 버림 기법을 수행한 어느 경영자가 들려 준 경험이 동시성 현상을 증명한다.

저는 직원 수가 50명 정도인 작은 기업의 사장이었습니다. 회사
의 부서 하나를 이끌게 하려고 젊은 유망주 한 사람을 키웠는데, 알
고 보니 이 친구가 아주 미숙했습니다. 자기를 위해 진행된 모든 일
에 감사와 협력으로 부응하는 대신 허세와 요구만 많아지고 다소
피해망상적인 태도를 보였습니다. 끝내는 곧 있을 이사회 때 회의
장에 들이닥쳐 터무니없는 비난과 요구로 난장판을 만들어 놓겠다
고 호언하기에 이르렀습니다.

그 친구의 비난은 모두 쉽게 반박할 수 있는 것이긴 했지만 전체
적으로 끔찍한 일을 겪게 될 것 같았습니다. 며칠 동안 그가 으르
렁대는 꼴은 혐오스러울 따름이었습니다. 이사회가 오후 1시로 예
정되어 있는 날, 저는 그 친구에 대한 생각으로 화가 난 채 운전하
는 중이었습니다. 그러다 문득 모든 것을 놓아 버렸습니다. 그에 관
한 일에서 완전히 항복했습니다. 그 친구 속의 겁먹은 아이가 보이
면서 그에게 사랑을 보내기 시작했습니다. 불안감은 모두 사라지고
그에게 동정 어린 사랑을 느꼈습니다. 시계를 보니 12시 30분이었
습니다. 사무실에 도착하니 비서가 그 친구가 들어와서 모든 것을
철회하겠다고 했다는 말을 전했습니다. 마지막 순간에 마음을 바꾼
것이었습니다. 비서에게 그 친구가 몇 시에 사무실에 들어왔는지
물었습니다. 그녀는 이사회가 곧 열릴 참이기도 해서 특별히 그 시
간을 적어 두었다고 했습니다. 그가 마음을 바꿨다고 알렸을 때 시
계를 보았던 것입니다. 그 시간은 정확히 12시 32분이었습니다.

기대 놓아 버림

내가 원하는 바를 얻으려고 다른 사람에게 압력을 가하면 그 사람은 자동적으로 저항한다. 압박감을 주려고 애쓴 것이기 때문이다. 더 세게 밀어붙일수록 더 세게 저항한다. 그 사람이 두려움 때문에 내 요구대로 양보할 수는 있지만 결국 나는 내가 얻은 바를 잃게 된다. 이런 저항은 우리 모두에게 있다. 저항이 무의식적으로 작용할 때 이를 자각할 수 있는데, 이때 우리는 변명과 그럴듯한 설명을 늘어놓는 방법으로 자각을 회피한다.

앞에서 언급했듯이 로버트 링어는 자신의 책『협박으로 얻어 내기Winning Through Intimidation』에서 이 현상을 '소년 · 소녀 이론'이라고 불렀다. (소년이 소녀를 만난다. 소년이 자신을 원한다는 것을 알기가 무섭게 소녀는 콧대를 바짝 세운다. 그래서 소년이 포기하려고 마음먹자 소녀가 소년을 원하고, 도리어 소년은 냉담하게 행동한다.) 판매 노력에 대한 구매 저항을 해명하기 위해 이 현상을 적용할 때, 구매 저항을 피할 수 있는 한 가지 방법이 있다. 우리의 책임은 노력하는 것까지며 결과까지 확정지으려고 애쓸 일은 아니라고 생각하는 것이다. 또 다른 방법은 타인에게 원하는 바가 있어 생긴 감정을 항복하고 기대와 욕망의 형태로 그 사람에게 가하던 압박을 놓아 버리는 것이다. 그러고 나면 상대는 마음의 여유가 생겨 승낙하거나, 애초에 내가 바랐던 일에 스스로 알아서 착수하기도 한다.

이 같은 심리 역동의 예로, 이혼 과정 중에 놓아 버림 기법을 수행한 남자의 이야기가 있다. 이혼 과정에서 남자와 여자는 남자가 원하는 물건 하나를 놓고 치열하게 입씨름을 벌였다. 남자의 요구에 여자는 "안 돼."를 거듭할 뿐이었다. 그러던 가운데 남자는 원하는 물건에 대해 항복했다. 이제 여자가 물건을 양보하든 양보하지 않든 상관없었다. 마음에서 물건을 놓아 버린 순간, 갑자기 여자가 남자 쪽으로 몸을 돌리더니 물건을 양보할뿐더러 아예 포장해서 보내주겠다고 했다.

이 일화는 매우 간단하면서도 참으로 우아하고 효과 있게 관계를 명확히하는 방법을 보여 준다. 먼저 문제 상황에서 상대에 대해 남몰래 어떻게 느끼고 있는지를 살펴본다. 그리고 상대가 그런 생각과 감정을 알아차리고 있다고 넘겨짚는다. 그런 다음 상대의 입장이 되어 나라면 어떻게 반응할지를 그려 본다. 아마도 현재 상대의 행동은 내가 그 입장이라면 했을 바로 그 행동일 것이다. 이제 목표는 문제와 관련해 긍정적 사고와 감정이 있는 공간으로 올라갈 수 있을 때까지 모든 감정을 놓아 버리는 것이다. 긍정적 공간으로 올라가고 나면, 달라진 감정을 상대가 알아차리고 어떻게 반응할지 상대의 입장이 되어서 그려 본다. 예상 가능한 바로 그대로 상대의 행동이 바뀔 공산이 크다. 시간이 걸릴 수 있지만 계속 관찰하면 변화가 일어날 가능성이 높다. 설사 변화가 없더라도 상황에 대해 더 이상 언짢지 않을 것이다. '이득'을 얻지 못할 때도 간혹 있지만 그때는 "알맞은 시점에서 이 일로 우주가 내게 빚졌다."라고 할 수 있다. 때로는 선행이 화답받지 못함을 아는 것도 위대함의 일부다.

우리의 생각과 감정이 주는 영향을 가리켜 세상의 여러 문헌에서는 "카르마의 법칙"이라고 하거나 "주는 대로 받는다"라거나 "뿌린 대로 거둔다"라고 한다. 시간 지연 때문에 이 법칙의 작용을 보지 못할 때도 많다. 예를 들어, 지인이 200달러를 빌려 가서 약속한 날짜에 갚지 않았다. 1년 동안 울분을 느꼈고, 불편한 감정 때문에 그 사람을 피했으며, 울분을 품고 있는 것에 대한 죄책감까지 겹쳤다. 마침내 울분으로 괴로운 사람은 울분을 품고 있는 사람뿐이며 그 때문에 마음의 평화를 잃고 있다는 점이 분명해졌을 때, 울분을 놓아 버리려는 자발성이 생겨났다.

이 시점에서 울분은 놓아 버림이 꽤 쉬웠기 때문에 돈을 빌려 간 사람은 용서를 받았다. 그 200달러는 쪼들리는 사람에게 빌려 준 돈이라고 여기는 방향으로 새로운 맥락에서 사건을 보게 되었다. 몇 달이 되지 않아 그 사람과 우연히 마주치는 일이 생겼는데 그가 불쑥 "빌린 돈 때문에 걱정했습니다. 이거 200달러입니다."라고 했다. 달라고 하지도 않았는데 빌려 준 돈을 받은 것이다.

기대하거나 분개하기 때문에 타인에게 원하는 바를 얻는 데 지장이 생긴다. 타인과 관련해 어떤 특별한 상황에 처하기 전에 그 사람에 대한 기대를 항복하면 매우 효과적이다. 감정은 사실 타인에게 억지로 나의 의지를 강요하려는 미묘한 시도여서 상대가 무의식적으로 저항한다.

만족스러운 관계를 쉽게 이루는 방법은 가능성 있는 최상의 결과를 마음에 사랑스럽게 그리는 것이다. 반드시 서로에게 이로운 일, 둘 다 이기는 상황이라야 한다. 모든 부정적 감정을 놓아 버리고 그저 마음에 그림을 품는다. 일이 되든 안 되든 상관없다고 느껴지면 정말로 항복한 것이라고 할 수 있다. 그렇게 되어도 좋고 그렇게 되지 않아도 좋다. 따라서 항복한다는 것은 수동적인 것이 아니다. 긍정적인 방법으로 능동적으로 움직이는 것이다.

항복하면 더 이상 시간의 압박을 받지 않는다. 좌절은 어떤 일이 자연스럽게 제시간에 일어나게 하는 대신 당장 그 일이 일어나기를 원하는 것에서 생긴다. 참을성은 놓아 버렸을 때 따라오는 부수 효과이고, 참을성 있는 사람과 잘 지내기란 아주 수월한 일이다. 참을성 있는 사람은 끝내 원하는 바를 얻는다는 점을 알자.

놓아 버림에 저항이 생기는 이유 한 가지는 바람과 기대를 놓아 버리면 원하는 바를 얻지 못할 것이라는 환상이다. 원하는 바를 얻으려고 계속 압박하지 않으면 잃어버릴까 두려워한다. 우리의 마음은 어떤 것을 얻으려면 그것을 원해야 한다고 생각한다. 이 문제를 조사해 보면, 어떤 일이 생기는 것은 결정 때문이며 선택은 의도에서 비롯된다는 점을 알게 된다. 우리는 선택의 결과를 얻는 것이지 바라고 생각하는 것을 얻는 것이 아니다. 이는 무의식적 선택일 때조차 그렇다. 바람이 주는 압박을 항복할 때, 우리는 혼란 없이 더욱 현명하게 선택하고 결정한다.

우리는 행복은 벌어질 일을 어떻게 통제하느냐에 달려 있는 것이며, 속이 상하는 것은 일을 구성하는 사실들 탓이라고 생각한다. 실제로는 그런 사실들에 대해 내가 갖는 감정과 생각이 속을 썩게 하는 진짜 원인이다. 사실들은 그 자체로는 중립적이다. 사실에 내가 부여하는 힘은 받아들이거나 받아들이지 못하는 나의 마음가짐과 전반적 감정 상태에 기인한다. 어떤 감정에 빠져 헤어나지 못한다면, 그것은 그 감정이 자신을 위해 어떤 일을 이루어 줄 것이라고 여전히 남몰래 믿고 있기 때문이다.

성관계

오늘날엔 성 관련 자료를 입수할 수 있는 곳이 많고 성적 경험을 할 수 있는 기회가 다양해서 대부분 자신이 성적으로 해방되어 있는 편이라고 생각한다. 하지만 그 해방은 지적인 면과 행동 측면에 치우쳐 있다. 감정과 경험 면에서는 여전히 한계가 크고, 감각 면에서도 한정되어 있다. 모든 경험은 의식 그 자체에서 일어난다. 그래서 어떤 성 경험을 할지는 다른 경험과 마찬가지로 자각과 내적 자유의 전반적 수준에 의해 결정된다.

성 경험에 대한 감정을 포기할수록 성 경험이 한정되는 정도가 분명하게 드러난다. 성에 대해 완전히 항복하면 마치 이전까지는 이차원적이었던 경험에 세 번째 차원을 추가한 것처럼 변한다. 어떤 여성은 이렇게 표현했다. "마치 이전까지는 바이올린 소리만 듣다가, 거기에 첼로가 추가되고, 그 다음엔 플루트가 추가되는 식으로 계속 이어져서, 이제는 경험이 완전히 가득 차 있고 모든 것을 포괄합니다."

표출의 자유에서 오는 감정적 기쁨이 커질 뿐만 아니라, 놓아 버림으로 인해 감각 경험 자체가 바뀐다. 사람들 대부분, 특히 남자들은 성적 흥분과 오르가슴을 주로 생식기에서 느낀다. 보다 자유로워질수록 오르가슴의 범위가 넓어지기 시작해 골반과 복부, 팔다리로 퍼지고, 마침내는 전신으로 번져 나간다.

종종 이렇게 완결된 후에 안정기가 이어지다가 갑자기 예기치 않게 오르가슴이 일어나는 장소가 몸 밖으로까지 확대되어, 마치 몸 주위의 공간이 사람 대신 오르가슴을 일으키는 것처럼 된다. 오르가슴은 근본적으로 장소에 한계가 없다. 무한으로 확대되어 특정 중심부나 위치에서만 경험하지 않는다. 마치 개인은 존재하지 않는 것처럼 된다. 오르가슴이 오르가슴을 경험한다. 특히 통제를 잃을까 두려워 경험을 제한하려고 하기 때문에 얼굴 찡그림과 숨죽임 같은 제약이 생긴다는 것을 자각하면 이 같은 확대가 쉬워진다. 천천히 깊게 숨을 쉬면서 찡그리는 대신에 미소를 지으면 공포를 의식해 항복할 수 있다.

한편 성에서 강박성이 사라진다. 자유롭다는 것은 성 행위나 오르가슴을 탐닉할 자유뿐만 아니라 그러지 않을 자유도 있음을 의미한다. 항복하면 오르가슴을 원하는 욕망에 휘둘리지 않는다. 그러면 창조적으로 경험하면서 자각하는 일이 촉발된다. 마음이 오르가슴 자체에 집중하지 않기 때문이다. 오르가슴을 원하는 욕망의 지배에서 자유로워지면 '탄트라 섹스'에 대한 영적 문헌에 서술된 성 경험이 가능해진다. 서양인은 대부분 이에 대해 읽어 보거나 시도해 보기도 하지만 결국 포기한다. 더 큰 자유 대신 억제하는 방식으로 접근하기 때문이다.

진정으로 해방될수록 만족을 위한 욕망보다는 사랑하는 상태에서 동기를 얻는다. 원하고 갈망하는 것에서 기쁨과 행복을 나누는 것으로 동기가 바뀌면 성관계의 본질에도 중대한 변화가 일어난다. 타인과 성적 친밀함을 나누는 일이 더욱 많은 것을 아우르고 즐거운 일이 된다. 상대의 성과 조율이 더욱 잘되고, 상대가 만족을 느끼는 방식을 직감적으로 충족시킨다. 이 상태를 어느 커플은 이렇게 표현했다.

마치 몸이 하는 일을 그냥 지켜보는 듯합니다. 마치 우리가 그 모든 일이 일어나는 공간인 듯합니다. 한 사람이 욕망이나 공상을 갖자마자 다른 사람은 자동적으로 생각도 하지 않고 그것을 충족시키려는 행동에 들어갑니다. 마치 정신적으로 연결되어 있는 듯합니다. 공상에 대한 내면의 감정을 받아들이면서 상대가 어떤 반응을 보일까에 대해서는 놓아 버립니다.

또 성이 더욱 다채롭게 변화하고 빈도도 잦아집니다. 전에는 금요일과 토요일 밤에 시간을 가졌습니다. 이제는 사랑을 한 번에 여러 날 동안 나누기도 하고, 때로는 몇 주 동안 나누지 않기도 합니다. 항상 새롭습니다. 절대로 똑같지 않습니다. 놀랍게도 계속해서 더욱더 나아집니다. 매번의 오르가슴이 직전의 것보다 나은 듯합니다. 사랑 나누기가 너무 즐겁다 보니 오르가슴에는 신경 쓰지 않을 때가 많은데도 그렇습니다. 오르가슴이 일어나면 좋고, 일어나지 않아도 좋습니다. 결말과는 상관없이 친밀하게 함께 보내는 시간에서 만족과 자유를 얻습니다.

어떤 남자는 이렇게 이야기했다.

저의 관계가 얼마나 섹스에 좌우되었는지 전에는 전혀 몰랐습니다. 정말로 강박적이었습니다. 섹스 기회를 놓칠까 봐 늘 두려웠습니다. 즐거움을 얻을 기회를 놓치고 싶지 않았습니다. 이제는 패턴이 잘 바뀝니다. 사실 이제는 패턴이 없습니다. 섹스를 하면 하고, 할 때는 아주 좋습니다. 하지 않을 때에는 섹스에 대해 생각조차 안 합니다. 전에는 마음속에 항상 섹스가 있었지요. 여자들은 으레 '싫다'고 했고요. 그런데 이제 제가 별로 신경 쓰지 않으니까, 여자들이 대개 먼저 제안하거나 '좋다'고 합니다. 이제는 제 자신보다 상대에게 마음을 쓰게 되더군요. 전에는 사실 저의 이기적 목적에 상대를 이용했고 여자들은 직감적으로 이 점을 알았습니다. 이제 저는 그들에게 큰 사랑을 느낍니다. 정말로 그들의 안녕과 행복에 신경 씁니다. 단 한 번의 만남이더라도 말이죠. 입에 발린 소리를 할 필요가 없어서 정말 마음이 편합니다.

위 사례들을 보면 모자람에서 넉넉함으로 의식이 분명히 바뀐 것을 알 수 있다. 우리가 타인과의 섹스에서 자기중심적으로 감정적, 육체적 즐거움을 얻는 데만 집중하면 분노와 좌절, 궁핍을 느낀다. 내가 더 다정해질수록 나도 타인에게서 더 받게 되면서, 어느새 항상 사랑에 둘러싸이고 사랑으로 맺어질 기회에 에워싸인다. 다음과 같은 경험을 들려 준 어느 여자의 경우도 그러했다.

저는 항상 과체중이었고 별로 예쁘지도 않습니다. 평생 저는 제가 보기 싫었습니다. 성적 매력이 있는 여자들을 질투하고 증오했습니다. 남자도 증오했죠. 저를 피했으니까요. 저는 자기연민에 차 있었습니다. 심리 치료를 받아보려고 했지만 중간에 그만두었습니다. 치료자가 저 같은 사람보다는 젊고 매력적인 여자들에게 관심 있다는 것이 분명했거든요. 스스로 돕는 자조 기법을 여러 가지로 해 봤고, 자기연민과 우울증만큼은 극복할 수 있었습니다. 더 좋은 일자리도 얻을 수 있었고요. 그렇지만 남자들은 여전히 저에게 관심을 보이지 않아서, 성이나 연애 쪽으로는 잘되지 않았습니다.

놓아 버림 기법을 사용해 여자는 자신과 성에 대해 지니고 있던 모든 부정적 감정을 파고들었다. 감정들이 하나씩 올라오게 한 다음 놓아 버렸다. 타인의 관심과 인정을 받고 싶은 심정, 자신을 드러내는 일의 공포, 거절당하는 일의 공포, 심지어 깊이 사랑받는 일의 공포를 차례로 놓아 버렸다. "나는 사랑받을 자격이 없어. 누가 날 사랑하겠어?"라는 감정이 바탕에 깔려 있었다. 이런 감정들을 항복한 지 일주일도 되지 않아 데이트를 했다. 여자는 그 일을 이렇게 풀이했다.

너무 흥분한 나머지 식욕도 없어졌습니다. 아주 좋은 시간을 함께 보내고 나자 갑자기 비밀을 알게 되었습니다. 저는 이제 사랑을 바라는 대신 사랑을 주고 있었습니다. 삶 전체가 바뀌었습니다. 관심과 사랑을 간절하게 원하는 대신, 저에게 관심과 사랑을 줄 힘이 있음을 압니다. 어디 가더라도 외롭고 사랑에 굶주린 남자들이 다 보입니다. 이전의 제 모습 그대로라서 그들이 무엇을 느끼고 있는지, 그들에게 뭐라고 말해야 할지, 제 자신을 어떻게 표현해야 할지를 압니다. 그들의 입장에서 깊이 공감하면서 그들의 가슴이 녹는 것을 지켜봅니다. 전에는 제가 워낙 굶주려 있다 보니 남자들이 제게 겁을 먹고 달아났죠. 알아들으셨어요? 굶주림! 그게 제 문제였습니다. 이제 저는 충만함을 느끼고 있으므로, 그 충만함을 나누고 제가 알게 된 것을 나눕니다. 이젠 사회생활이 너무 즐거워서 밥 먹을 시간도 없을 지경입니다. 1년 동안 16킬로그램이 빠졌습니다. 다이어트를 전혀 하지 않았는데 말이죠. 먹는 일에 흥미를 잃었을 뿐입니다. 제게 뭔가 진정한 의미가 있는 만족을 얻고 있기 때문이죠. 그 만족이 워낙 새롭다 보니 약간 흥분해 있는지도 모르겠는데, 머지않아 진정될 겁니다. 이제 진지하게 관심 있는 남자가 있거든요.

이렇듯 성은 의식 상태 전반을 반영한다. 공포와 한계를 놓아버릴 때, 성이라는 삶의 일면이 확대되면서 훨씬 만족스러워지지만 행복에 반드시 필요한 것은 아니게 된다. 자유와 창조성이 강박성과 한계를 대체한다. 섹스는 보다 크게 표출하고 자각을 증대시키기 위한 또 다른 길이 된다. 비언어적으로 이해해 교감하는 기쁨이 성적 즐거움과 에고 팽창이라는 제한된 목표를 대체하면서, 긴장 해소에 자기중심적으로 사로잡히지 않는다.

여자가 말한 대로, 비밀은 얻는 대신 주려고 할 때 자신의 모든 필요가 자동적으로 채워진다는 것을 자각하는 데 있다. 이 점에 대해 어떤 사람은 이런 말을 했다. "놓아 버림 기법을 수행하는 친구들한테 개인 문제를 많이 듣고 있는데요, 연인이 없어서 문제라는 얘기는 없더군요!"

직업상 목표의 성취

감정과 능력

내가 나의 재능과 능력을 얼마나 현실화할 수 있을지, 내가 질적, 양적으로 얼마나 성공하거나 실패할지는 나의 생각이 결정한다. 그렇다면 내 생각의 방향은 어떤 것이 결정할까? 어떤 것의 영향을 받을까? 앞에서 보았듯이, 무슨 일에 매진하든 나를 성공이나 실패로 이끌어 줄 사고 유형은 감정이 결정하고 산출한다. 나의 재능과 능력, 행동이 뻗어 나가게 될지 오그라들지를 결정하는 열쇠는 감정이다.

대체로 사람들은 외부 세계에 적용되는 문제에 있어서는 아는 것도 많고 훈련도 잘되어 있다. 그렇지만 내면 세계, 즉 감정의 세계에 관해서는 아는 것이 많지 않고 훈련도 잘되어 있지 않다. 감정이 생각을 결정하고 마음에 품은 생각이 결과를 결정하기 때문에, 감정과 능력 해방의 관계를 명확히 밝혀 성공을 거둘 행동이 나올 수 있게 하는 것은 중요한 일이다.

앞서 나온 의식의 척도 이야기를 단순화하기 위해 모든 감정을 부정적인 것과 긍정적인 것으로 간단히 나눌 수 있는데, 그로 인해 각 감정으로 인한 생각도 부정적인 것과 긍정적인 것으로 나뉜다.

일에 관한 부정적 감정들

이 감정들은 겪을 때마다 불편한 것들로, 약간 거북한 것에서부터 괴로운 것까지 있다. 이런 감정으로 인한 생각과 발상에서 당면한 일이나 상황, 문제가 어떤 것인지 상관없이 "난 못한다."라거나 "우린 못한다."라는 말이 나온다. 부정적 감정은 보거나 듣거나 생각하거나 기억하기를 꺼릴 때 생긴다. 자신의 꺼림에 대해 우리는 분노와 비탄, 불안과 같은 감정의 형태로 반응한다. 불편한 감정을 처리하는 통상적 방법이 감정을 억제하는 것이다 보니, 우리는 그런 감정이 사고 과정에서 빼놓을 수 없는 부분이라고 짐작한다.

이러한 오류가 생기는 것은 꺼리는 감정을 생각을 통해 처리하고 있기 때문이다. 감정을 억제한다고 해서 감정이 사라지지는 않는다. 반대로 부정적 생각이 되어 다시 나타난다. 부정성은 상황이나 사건 속에 존재하는 것이 아니다. 상황을 대할 때 우리가 일으키는 반응 속에 존재하는 것이다. 부정적 감정을 인정하고 포기하면 상황의 겉모습이 대처할 수 없는 것에서 쉽게 다룰 수 있고 어찌해 볼 만한 것으로, 심지어 꽤나 쓸모 있는 것으로 바뀔 수 있다.

직업적 성공을 가로막는 부정적 감정 중 가장 중요한 한 가지는 부러움이다. 부러움의 바탕에 깔려 있는 심리 역동은 다른 누가 앞서 가는 것을 보면 이로 인해 불안감이 촉발된다는 것이다. 단순히 타인의 성취를 보고 부러움을 느끼는 것이 아니다. 더 정확히 이야기하면, 타인의 성취를 보고 자신이 부족하거나 무능하다는 느낌이 불쑥 일어나는 것이다. "해내야 하는 만큼 해내지 못하고 있는 것 같아." "해내고 싶은 일인데 해내지 못할 것 같아." "해낸 일이 인정도 못 받고 눈에 띄지도 않을 것 같아."

부러움을 가지면 고통스러운 것은 나는 무능하다는 느낌이 생기기 때문이다. 이어서 그런 감정을 무심코 유발한 사람에게 분개할 때도 많다. 울분으로 인해 한 건 해내려는 욕망이 무의식중에 끝없이 타오르지만, 물론 잘되지는 않는다. 나의 바람이 내가 원하는 바로 그것을 밀어내기 때문이다.

이렇게 감정이 순환하면서 갈수록 일에서 불만과 불행을 느끼고 동료와 멀어진다. "내 편은 아무도 없다."라고 믿기도 한다. 직장 상황을 끊임없이 불평해서 가족들이 싫증을 내기도 한다. 결국에는 내내 텔레비전만 보거나 음식이나 수면, 약물, 알코올에 지나치게 탐닉하는 것으로 도피하기도 한다.

이 같은 부러움과 불만의 순환에서 벗어날 방법은 무엇일까? 앞서 이야기했듯이, 답은 내면으로 들어가는 것이다. 부러움으로 인해 우리는 끊임없이 타인을 바라보고, 타인이 이룬 일을 평가하고, 자신을 타인과 비교한다. 그렇게 바깥을 바라볼 때 따르는 손실의 예를 영화 「불의 전차Chariots of Fire」에서 볼 수 있다. 영화 속에서 육상 선수가 경기 중에 다른 주자가 어디쯤 있는지를 보려고 고개를 돌렸다. 다른 주자와 자신을 비교하려고 결승선에서 눈을 뗀 순간 촌각을 뒤지게 되었고, 이 때문에 경주에서 졌다. 승리한 사람은 경기에 임하는 동기가 순전히 달리기 사랑에 있었고, 그래서 최선을 다했다. 그는 상대를 이기려고 달리지 않았다. 자신을 다른 주자와 비교하지 않았다. 그가 최선을 다해 뛴 것은 달리기를 사랑했기 때문이다.

내면을 들여다보면, 바탕에 깔린 감정이 성공을 막고 있음을 알 수 있다. 경쟁심, 자기 회의감, 불안감, 무능력감, 인정받으려는 욕망이 성공을 막는다. 이런 감정을 기꺼이 살펴볼 마음이 있는가? 어떤 감정이 있는지 인식하고 나면, 그런 감정이 내게 불리하다는 사실도 뚜렷해진다. 그런 감정 탓에 노력을 허비해 세상에서 성공이 늦어진다. 자기 회의감 때문에 인정받기를 추구하면서도 인정받지 못한다.

부정적 감정이 행복과 성공에 끼치는 손실을 알고 나면, 부정적 감정 자체와 그 같은 감정에서 얻는 보상을 기꺼이 놓아 버릴 마음이 든다. 예를 들어, 자신이 성공하지 못하는 이유를 타인을 비난하는 데서 얻는, 하찮고 값싼 만족을 기꺼이 놓아 버릴 마음이 든다. 불평을 들어 주는 사람들에게서 얻는 동정도 기꺼이 놓아 버릴 마음이 든다.

무능력감을 놓아 버리고 나면 타인에 대한 부러움이 사라짐을 알게 된다. 「불의 전차」의 우승자처럼 자신의 일을 사랑하고, 자신과 타인의 성공을 즐기고, 한없는 에너지로 세상에서 앞서 나간다.

일에 관한 긍정적 감정들

이 감정들은 언제든 기분 좋게 느끼는 것으로, 환희와 행복, 안도감 같은 감정을 포함한다. 당면한 일이나 상황, 문제가 어떤 것인지 상관없이 "난 할 수 있다."거나 "우린 할 수 있다."라는 말로 대변되는 생각과 발상은 긍정적 감정에서 나온다.

부정적 감정이 작동하지 않으면 자연히 긍정적 감정이 솟는다. 긍정적 감정을 얻기 위해 해야 할 일은 아무것도 없다. 긍정적 감정은 우리의 자연적 상태에서 핵심을 이루는 부분이기 때문이다. 내면에는 항상 긍정적 상태가 존재하는데, 억제된 부정적 감정에 의해 그 상태가 완전히 가려 있을 뿐이다. 구름을 없애면 태양이 빛난다. 부정적인 면을 항복하면 긍정적 마음 상태가 뒤따르면서 그 결과 능력과 창조적 발상, 재능, 지략이 저절로 풀려난다. 부정성을 놓아 버릴 때 풀려나는 영감이 창조적 발상의 끝없는 흐름을 창출한다.

상을 받은 브로드웨이 뮤지컬 제작자의 경우가 좋은 예다. 그는 항복 기제로 부정적 감정을 놓아 버린 덕분에 작품이 성공했다고 보았다. 이렇듯 부정적 신념이 있거나 스스로 자신을 한정하고 있음을 인지하고 항복하면 돌연 영감의 돌파구가 열리는 것을 경험하는 작가와 화가, 음악가들이 있다. 또한 질병을 치료할 공식을 갑자기 '알게' 된 과학자들도 같은 경험을 이야기한다. 이것은 마치 창조적 천재성의 에너지 장을 막고 있던 부정성의 구름을 항복하자마자, 우리를 기다리고 있던 에너지 장을 이용할 수 있는 이치와도 같다.

감정과 의사 결정 과정

　무기력, 정력적, 평화로움으로 의식 수준을 단순하게 나눌 수 있다. 이 세 가지 상태가 의사 결정 과정과 연관된다. 우선 무기력 상태는 무의욕과 비탄, 공포의 감정 수준을 나타낸다. 이런 감정은 본질적으로 다가오는 상황에 집중하지 못하게 우리를 방해하고 대신 자신의 생각에 집중하게 만든다. 이런 생각은 대부분 "모르겠다.", "확신이 안 선다.", "못할 것 같다."라는 선에 있다. 이런 헛된 생각에만 연이어 집중하다 보면, 다가오는 상황의 전모와 가능성을 한동안 인지하지 못한다.

　이런 부정적 생각과 감정이 흐르고 있을 때는 어떠한 결정에도 도달하기가 어렵다. 우리는 때로 기분이 나아질 때까지 결정을 늦추기로 한다. 또 어떤 때는 그냥 진행해서 문제나 상황을 해결할 것이라 생각하는 결정에 도달한다. 불행하게도 그렇게 내린 결정은 결국 오래도록 유지할 수 있는 것이 되지 못한다. 감정 상태에 기초해 내린 결정이라 감정 상태가 바뀌면 이에 따라 결정도 바뀌어야 하기 때문이다. 그 결과 마음이 불안하고, 상반된 감정이 함께 존재하고, 혼란스럽고, 주변 사람들에게 신뢰를 잃는다. "쓰레기를 입력하면 쓰레기가 출력된다."라는 컴퓨터 용어로 말하자면 부정적 감정 상태는 '쓰레기 입력'에 해당하므로 거기서 나온 결정도 같은 수준일 수밖에 없다.

　무기력 상태보다 높은 두 번째 상태는 '정력적'이다. 이 상태의 바탕에 깔려 있는 감정은 욕망과 분노, 자부심이다. 이런 감정은 본질적으로 이전의 낮은 상태보다는 집중을 덜 방해한다. 어느 정도는 긍정적 생각이 흘러 부정적 감정과 섞이기 때문이다. '출세주의자'의 상태가 그렇다. 성취하더라도 성과가 고르지 않다. 생각과 발상에 긍정적인 것과 부정적인 것이 섞여 있기 때문이다. '출세주의자'는 야망이나 욕망, '역량 입증'과 같은 부정적 감정에 휘둘리기 쉬워 의사 결정이 때로 강박적이거나 충동적이다.

이 의식 수준은 개인적 자기 이익에서 주로 동기를 얻는다. 그래서 결정한대로 지속할 수 없을 때가 많다. 양쪽 다 얻는 상황보다는 자기는 얻고 상대는 잃는 상황에 기초해 결정하기 때문이다. 상황에 관련된 다른 사람들의 감정과 안녕을 고려한다면, 서로 이기는 결정을 내려야 한다.

몸의 에너지 중심점과 관련된 용어로 이야기하자면, 이 수준의 사람들은 '명치'(세 번째 차크라)에서 동기를 얻는다고 할 수 있다. 이는 성공을 얻고 세상일에 통달하려고 노력함을 의미한다. 그러나 자기중심적이고, 개인적 동기에 휘둘리고, 타인이나 세상 일반의 안녕에는 별로 관심이 없다. 그들이 내리는 결정은 주로 자기에게 득이 되는 것이어서, 그들의 성공은 개인적 이득에 국한된다. 세상에 혜택이 되는 일은 완전히 부차적이라 그들이 내는 결과는 위대함과는 거리가 멀다.

가장 높은 세 번째 수준은 평화로운 상태로, 용기와 받아들임, 사랑의 감정에 기초한다. 이런 감정은 순수하게 긍정적이고 본질 자체가 방해를 주지 않아 우리가 상황에 완전히 집중해 상황과 관련 있는 세부 사항 전체를 관찰할 수 있게 해 준다. 내면의 평화 상태 덕분에 영감에 의해 문제 해결 방법이 떠오른다. 이 상태에서는 마음에 걱정이 없어서, 의사소통 능력과 집중 능력을 막힘없이 발휘한다. 이 상태에서는 서로 이기는 맥락에서 문제의 해법을 얻는다. 모두가 득을 보기 때문에 모든 이가 프로젝트에 자신의 에너지를 제공해 함께 성공을 나눈다.

이런 자세로 인해 위대한 결과를 이루는 경우가 많다. 우리 사회에 지대한 영향을 미칠 발전을 가져오는 고귀한 프로젝트들의 특징이기도 하다. 이 수준에서 우리는 어떤 상황에서 모든 사람의 필요가 충족되면 자신의 필요는 저절로 충족된다는 점을 알게 된다. 거침없고 창조적인 마음이 모두가 혜택을 얻고 아무도 잃지 않는 해결책을 생각해낸다.

상황을 살펴보고 모두 득보는 해법이 없다고 단언한다면, 항복되지 않은 내면의 감정이 있어서 이것이 완벽한 해법의 가능성을 가로막고 있다는 경고가 울리는 셈이다. 상황에 완전히 항복하자마자 불가능이 가능하게 된다는 점을 격언으로 삼고 기억하라.

감정과 판매 능력

제품이나 아이디어, 서비스와 관련된 많은 직업에서 빠질 수 없는 부분이 판매이므로, 의식의 세 가지 기본 수준과 판매 능력 사이의 관계는 특히 자세히 살펴볼 만하다.

가장 낮은 무기력 상태는 무의욕과 비탄, 공포의 감정에 지배된다. 판매 능력은 당연히 가장 낮다. 이 상태의 판매자는 구매 예상 후보에게서 당장은 제품에 관심 없다는 말을 들을 때가 많다. 그러면 즉시 부정적 사고와 자기비판에 빠져 "사람들은 내 제품을 원치 않는다."와 같은 생각을 한다.

판매 활동의 본성 자체로 인해 판매자는 거절과 실망을 경험한다. 이에 따르는 감정을 일시적으로 회피하려고 휴식 시간을 갖거나 동료와의 사적 대화에 열을 올리기도 한다. 그러나 감정 탓에 집중이 흐트러지고 지략을 생각해 낼 능력이 줄어든다. 자존감이 낮아 쉽게 낙심하고, 쉽게 낙심해 실패를 예상한다. 실패할 것이라는 생각을 마음에 품고 있으면, 판매 상황에서 실패하기 마련이다. 이 단계에서 부정적 감정을 인정하고 각 감정에서 얻는 보상을 놓아 버리는 사람은 다음 수준으로 나아갈 수 있다.

다음 수준인 정력적인 상태는 욕망과 분노, 자부심의 감정에 기초한다. 이 상태에는 한결 강한 활기와 충동이 있다. 그 덕에 목표에 집중하기가 더 수월하다. 그러나 넘치는 의욕을 지나치게 말로 표현해서 구매 예상 후보에게 귀 기울이는 시간보다 말하는 시간이 더 많다. 이 때문에 이야기가 일찍 끝나 버리거나, 너무 밀어붙이거나, 마케팅 전략에 차질을 빚기가 일쑤다. 그런데도 이 수준에서는 판매 목표를 달성할 수 있다. 한결 높은 에너지가 작용하기 때문이다.

이 수준에서 성공을 가로막는 걸림돌은 자기 이익에만 집중하고 "나는 얻고 저들은 잃는다."는 시각을 바탕에 깔고 있는 점이다. 구매 예상 후보들이 이런 이기적 동기를 직감적으로 알아채고 저항할 수 있다. 이 수준에서의 생각은 이런 식이다. "사게 만들고 싶다, 판매 수수료를 많이 받아야 하니까."

가장 높은 수준, 즉 평화로운 수준은 용기와 받아들임, 사랑의 감정에 기초하고 집중 능력도 최고다. 이 수준의 판매자는 타인에게 주의 깊게 귀 기울이고, 파는 일 자체를 파는 사람보다는 사는 사람에게 이로운 맥락에 둔다. 마음이 평화롭고 창조적이어서 판매를 성사시키거나 문제를 해결할 창조적 발상이 모자라 당황하는 법이 절대 없다.

이 수준에 있는 사람은 흔히 고객을 친구로 만들고 고객의 충성도도 높다. 이 수준에서는 확실히 판매 목표를 달성한다. 서로 이기는 긍정적 상황을 마음에 품고 있고, 주어진 상황에서 이런 해법을 찾을 수 있다는 내적 확신이 있기 때문이다.

또한 불가능한 상황으로 보이는 것에 항복한 후 즉시 긍정적 경험을 하는 경우가 많다. 어느 화랑에서 일하던 여자의 경우가 그렇다. 판매가 부진하여 몇 주간 아무것도 팔지 못한 상황이었다. 여자는 몇 가지 의식 기법을 시도해 썩 열심히 해 보았다. 시각화, 긍정적 사고, 고등 판매 기법, 확언 작성을 했다. 그러나 아무런 결과도 얻지 못했다. 그녀는 갈수록 좌절에 빠지면서 '난 못하겠다.'라는 느낌에 사로잡혔다. 끝내는 절망 속에서 그냥 모든 답답한 심정을 완전히 놓아 버리고 항복했다. 마음속에서 여자는 갑자기 모든 노력과 시도, 분투에서 자유로워졌음을 느꼈다. 마음속에서 긴장이 사라졌고, 그날 아침에 화랑에 출근하니 긴장 대신 평화가 느껴졌다. 일을 시작한 지 한 시간도 지나지 않아 두 점의 조각 복제품을 팔았다. 매우 흥미롭게도 작품의 제목은 '놓아 버림'이었다.

많은 기업의 경영자들도 비슷한 돌파 경험을 글로 남겼다. 한 예로 미국 유수의 회계 법인에서 파트너로 일했던 남자는 내적 항복으로 성공하는 경험을 하고 나서, 삶에서 겪어 본 것 중에서 가장 이로운 것이라 여긴 항복 기법을 다른 사람들과 나누기 위해 회사를 떠났다. 남자는 다수의 대기업에 기법을 보급하기 위해 미국 최대의 보험 회사 중 하나에서 거둔 결과를 연구했다. 연구 결과, 기법을 익히고 여섯 달 내로 보험 중개인들의 판매 실적이 대조군에 비해 33퍼센트 증가했다는 사실이 밝혀졌다. 남자의 결론은 이러했다. 집중 능력이란 다른 생각이나 감정에 방해받지 않고 특정 시간에 특정한 일 한 가지에만 집중을 유지할 수 있는 능력을 뜻하는 것이며, 세상에서의 성공은 그 집중 능력에 직결되는 것이다.

어떤 긍정적 생각에 집중하는 마음은 그 긍정적 생각이 실제의 일로 구체화되게끔 가능성을 증가시키는 힘이 있다. 세상에서 가장 성공적인 사람들은 자신을 포함한 관계자 모두에게 최선인 것을 마음에 품는 사람들이다.

그들은 모든 문제에는 서로 이길 수 있는 해법이 있음을 알고 있다. 자신에 대해 마음이 평화로우며, 그렇기에 타인의 잠재력과 성공에 힘이 되어 준다. 자신이 사랑하는 일을 하며, 그래서 끊임없이 영감과 창조성을 느낀다. 그들은 행복을 추구하지 않는다. 행복은 사랑하는 일을 할 때 생기는 부산물임을 알기 때문이다. 개인적 성취감은 가족과 친구, 모임, 나아가 세상 사람들의 삶에 긍정적으로 기여하는 결과로 자연히 얻는다.

의사여, 자신을 치유하라

많은 이의 요청에 따라 강의와 강연, 워크숍 시간에 나의 자가 치유 경험을 여러 차례 나누었다. 이 의사가 자신의 많은 병을 어떻게 고쳤는지 모두들 듣고 또 듣고 싶어 하는 것 같다. 그래서 이 장에서는 그 치유와 회복 경험의 하이라이트 부분을 이야기하고자 한다. 이야기를 통해 지금까지 다룬 치유의 원리와 기법이 현실에서 실제로 어떻게 작용하는지가 상세히 드러날 것이다.

몸소 경험하고 임상에서 관찰한 결과, 인간이 겪는 장애의 대부분은 원칙 몇 가지를 준수하면 쉽게 치유된다는 사실을 확인했다. 특히 카르마의 강한 영향에 지배를 받는 경우가 아니라면, 많은 질병에서 회복될 수 있다.

역설적으로 모든 희망을 포기한 심각한 경우가 오히려 즉시 반응을 보이고 결과가 아주 좋을 때도 많다. 그것은 아마도 드디어 놓아 버리고 이제 '기분 좋게 사리를 알게' 되었기 때문일 수 있다. 과학사학자 토머스 쿤이 말한 '패러다임 전환a paradigm shift'을 할 준비가 된 것이다. 즉 넓은 시야에서 상황을 다르게 보고 마음을 열 자세가 되어 있다. 때로는 만성 질환으로 아프고 괴롭고 죽음의 공포에 직면하고 나서야, 소중히 여겼던 신념들을 기꺼이 버리고 진료의 실상에 눈을 뜨게 된다.

기본 원리

이 장에서는 한 의사가 수많은 육체적 질병에서 어떻게 치유되고 회복되었는지를 상세히 다룬다. 먼저 이러한 자가 치유를 가능하게 만든 기본 원리를 상세히 기술할 것이다. 그러면서 앞서 다룬 내용의 일부를 다시 살펴보고, 그 내용과 기본 원리를 통합한 체험으로 합칠 것이다. 먼저 기본 개념부터 이야기하자.

- 생각은 사물이다. 생각에는 에너지와 형태가 있다.
- 마음은 생각과 감정으로 몸을 통제한다. 그러므로 몸을 치유하려면 생각과 감정을 바꿔야 한다.
- 마음에 품은 것은 몸으로 나타난다.
- 몸은 진정한 자아가 아니다. 몸은 마음이 통제하는 꼭두각시 인형과 같다.
- 어떤 신념이 바탕에 깔려 있는지 기억하지 못하더라도, 무의식적 신념은 병으로 나타날 수 있다.

- 병은 억제하거나 억압한 부정적 감정에 생각이 합쳐져 생긴다. 생각은 병에 특정 형태를 부여한다.(즉 의식적이나 무의식적으로 다른 병을 제치고 특정 병을 선택한다.)
- 생각은 억제하거나 억압한 감정이 일으키는 것이다. 따라서 감정 하나를 놓아 버리면 그 감정이 일으킨 수천, 수백만 가지 생각이 사라진다.
- 특정 신념 하나를 취소해 신념에 부여된 에너지를 물리칠 수는 있어도, 생각 자체를 바꾸려고 애쓰는 것은 시간 낭비다.
- 어떤 감정을 항복하는 방법은 감정에 대해 비난하거나 판단하거나 저항하지 않고 감정을 그대로 놓아두는 것이다. 감정을 살펴보고 관찰할 뿐 수정하려 애쓰지 않고 그대로 느낄 수 있게 놓아둔다. 감정을 기꺼이 포기하고자 하면, 때가 되면 감정이 다 떨어져 없어진다.
- 감정이 다시 거세게 일어날 수 있다. 이는 인식해 항복할 감정이 더 있음을 뜻한다.
- 어떤 감정을 항복하기 위해서는 때로 ("이런 감정이 있으면 안 된다."라는 죄책감 같은) 특정 감정을 포기하는 것으로 시작해야 한다.
- 어떤 감정을 포기하기 위해서는 때로 (분노의 '전율'이나 무력한 피해자가 되어서 받는 동정의 '단물'과 같은) 감정의 바탕에 깔려 있는 보상을 인정하고 놓아 버려야 한다.
- 감정은 진정한 자아가 아니다. 감정은 생겼다 없어졌다 하는 프로그램이지만, 내면의 진정한 큰나는 항상 그대로다. 그래서

더 이상 일시적 감정을 나 자신으로 동일시하지 않아야 한다.

- 생각을 무시하라. 생각은 내면의 감정을 끝없이 합리화하는 것일 뿐이다.

- 삶에서 어떤 일이 벌어지든 부정적 감정이 생길 때마다 항복하겠다는 의도를 변함없이 유지하라.

- 부정적 감정을 갖기보다는 자유를 원하겠다는 결정을 하라.

- 부정적 감정을 표출하지 않고 항복할 것을 선택하라.

- 긍정적 감정에 대한 저항과 회의적 태도를 항복하라.

- 부정적 감정은 포기하고 긍정적 감정은 나누라.

- 놓아 버리고 나면 미묘하고 가벼운 기분이 따라온다는 점에 주목하라.

- 감정을 포기한다고 원하는 바를 얻지 못하는 것이 아니다. 오히려 감정을 포기한 덕에 원하는 일이 일어날 수 있는 길이 트인다.

- '삼투' 현상을 통해 얻으라. 내가 원하는 바를 갖고 있는 사람의 오라 속에 끼어들라.

- '유유상종'한다. 같거나 비슷한 동기로 움직이며 자신의 의식을 확대해 치유하려는 의도가 있는 사람들과 어울려라.

- 내면의 상태는 알려지고 전해지는 것임을 알아차려라. 말로 표현하지 않더라도 주변 사람들은 내가 느끼고 생각하는 바를 직감한다.

- 지속하면 성공한다. 어떤 증상이나 병은 즉시 사라지기도 한다. 하지만 상태가 아주 만성적이라면 몇 달이나 몇 년이 걸리

기도 한다.

- 기법에 대한 저항을 놓아 버려라. 기법 수행으로 하루를 시작하라. 하루를 마칠 때면 그날 활동에서 남은 부정적 감정을 모두 포기하는 시간을 가져라.

- 마음에 품은 것에만 영향을 받는다. 부정적 생각이나 신념에 영향을 받는 것은, 그것이 내게 적용된다고 의식적이나 무의식적으로 이야기하기 때문이다.

- 육체적 장애에 이름 붙이지 말라. 꼬리표를 붙이지 말라. 하나의 꼬리표는 하나의 프로그램이다. 실제로 느끼는 것, 즉 감각 자체를 항복하라. *우리는 질병을 느낄 수 없다.* 질병은 마음에 품은 추상적 개념이다. 이를테면 우리는 '천식'을 느낄 수 없다. "무엇을 실제로 느끼고 있지?" 하고 자문하면 도움이 된다. 예를 들어, '가슴 속이 조이고, 쌕쌕거리고, 기침하는' 육체적 감각을 그냥 관찰하라. 예컨대 '공기를 충분히 마시지 못하고 있다.'라는 생각을 느낄 수는 없다. 그것은 겁에 질린 마음속 생각일 뿐이다. 하나의 개념, '천식'이라 부르는 프로그램일 뿐이다. 실제로 느끼는 것은 목구멍이나 가슴 속의 긴장 내지 조임이다. 같은 원리가 '궤양'이나 다른 장애에도 적용된다. 우리는 '궤양'을 느낄 수 없다. 가슴이 타는 듯하거나 찢어지는 듯한 감각을 느낀다. '궤양'이라는 단어는 꼬리표이자 프로그램이라, 자신의 경험에 꼬리표를 붙이는 데 이 단어를 쓰자마자 자신을 '궤양' 프로그램과 동일시한다. '통증'이라는 단어조차 프로그램이다. 실제로는 어떤 특정한 육체적 감각을 느끼고 있을

뿐이다. 이런 다양한 육체적 감각에 꼬리표나 이름 붙이는 일을 놓아 버리면 자가 치유 과정이 한결 빨라진다.

• 감정에 대해서도 마찬가지다. 감정에 꼬리표와 이름을 붙이는 대신, 그냥 감정을 느끼면서 감정 이면의 에너지를 놓아 버릴 수 있다. 감정의 에너지를 알아차려 포기하기 위해 감정에 '공포'라는 꼬리표를 붙일 필요는 없다.

많은 병의 치유

이 의사의 경우는 동시에 앓고 있던 병이 너무 많아 일일이 기억해 낼 수가 없을 정도였다. 그래서 강의를 할 때면 색인 카드로 병의 목록을 만들어 놓아야 했다. 50세일 때 아래의 모든 병을 동시에 앓았다.

• 편두통이 만성적으로 빈번하게 나타났다.
• 유스타키오관이 막혀 귓병으로 고통 받았다.
• 근시와 난시로 삼중초점 렌즈를 처방받았다.
• 부비강염과 후비루증과 알레르기가 있었다.
• 다양한 유형의 피부염이 있었다.
• 통풍 발작이 있어서 차 트렁크에 지팡이를 넣고 다녀야 했고 식사에 제약을 받았다.
• 콜레스테롤 문제가 있어서 식사에 제약을 받았다.
• 십이지장 궤양이 20년 동안 만성적으로 재발했고 어떤 의학 처방도 효과가 없었다.

- 궤양이 재발하면 그로 인해 췌장염 발작이 간헐적으로 일어났다.

- 위염과 위산 과다, 간헐적 유문 경련 증상이 있어서 식단에 제약을 받았다.

- 재발성 대장염이 있었다.

- 게실염으로 결장이 맹장염 같은 상태였다. 출혈이 있으면 입원해서 수혈을 받아야 했다.

- 위장관 끝 부분에 흔히 생기는 문제가 있어서 수술 일정이 잡혀 있었다.

- 목에서 4번째 경추의 위치가 잘못 되어 관절염이 있었다.

- 요통 증후군으로 척추 지압 치료가 필요했다.

- (레이노 증후군으로 불리는) 진동 장애가 있었다. 혈액순환이 잘되지 않는 까닭에 손가락 끝에 감각이 사라지고, 조직이 죽는 괴저가 임박한 지경이었다.

- 중년 증후군으로 손발이 차고, 활력과 성욕을 잃었으며, 우울증이 왔다.

- 척추 아래쪽의 모소낭포는 수술로만 치료할 수 있는 상태였다.

- 기관지염과 만성 기침으로 인해 두통과 척추 굳음증, 요통 증후군이 악화되었다.

- 덩굴 옻나무에 민감해 매년 피부가 벗겨졌고, 때로는 입원해야 했다.

- 무좀이 있었다. 호텔 방바닥에서 무좀이 옮는다는 신념 체계가 있었다.

- 비듬이 있었다. 비듬은 이발소에 가면 생긴다는 신념 체계가 있었다.
- (티체 증후군이라는) 연골 염증이 있었다.
- 늑골과 흉골이 만나는 지점이 고통스럽게 부어오르는 드문 장애가 있었다.
- 이와 잇몸에 문제가 있었다. 치아 아래쪽 주변에 뼈가 없었고, 잇몸에 대해서는 수술을 권고받았다.
- 전반적으로 에너지 불균형 상태여서 신체운동학으로 시험해보면 에너지 체계 전체의 균형이 깨져 있으며 경락 전체가 약한 것으로 나왔다.

돌이켜 보면 이런 몸이 어떻게 계속 움직이고 제구실할 수 있었는지 도무지 이해가 되지 않는다. 각각의 장애로 인해 식단에 거듭 제약이 생겨 상추와 당근만이 가까스로 '안전한' 음식이었던 때가 있었다. 그 때문에 11킬로그램이 줄어 몸이 바싹 마르고 초췌해 보였다. 나중에 알고 보니 친구들 몇이 저 몸이 얼마나 오래 갈 것인가를 놓고 내기를 건 적도 있었는데, 쉰셋쯤이면 쓰러지지 않을까 하는 것이 대다수의 짐작이었다.

당시에 내심 의아했던 점은 이러했다. 고등교육을 받고 성공해 사회에서 창조적으로 제구실을 하며 균형 잡힌 삶을 살고 있는 전문직 남성으로서 정신분석을 샅샅이 받고 수많은 양식의 요법도 거쳤으면서, 어떻게 이렇게 많은 육체적 질병을 안고 있는 것일까? 물론 업무량이 많기는 했지만 운동이나 창조적 활동의 비중도 그에 못지않았다. 목수일, 벽돌 쌓기, 목공예, 건축 디자인을 즐겼다. 더구나 영적인 삶에도 적극적이어서 업무 시간 전후로 매일 두 시간씩 명상을 했다. 서론에서 길게 열거한 기법들도 탐구했다. 자기 최면, 자연식, 반사요법, 홍채 진단, 극성 요법, 확언, 유체이탈, 집단 집중 상담, 바디워크 요법, 이완법 등을 체험했다.

이렇게 다수의 기법과 치유 모임, 요법을 활용하고도 믿기지 않을 만큼 긴 목록의 병을 여전히 안고 있다는 기이한 역설에 대한 답은 무엇일까? 또한 긴 목록의 병과 병에 따르는 끊임없는 통증에도 불구하고 어떻게 성공적으로 활동할 수 있었을까? 답은 대단히 강력한 의지인 듯했다. 의지 덕분에 모든 장애를 뚫고 나갔고, 효과적으로 제구실하는 데 장애가 되는 모든 것에 개의치 않을 수 있는 힘이 있었다. 주로 감정이 그런 장애물이었다. 그런 의지력으로 어떤 감정을 억제하면 억제된 채 그대로 있었다.

과학의 이상은 객관성이다. 객관적이란 감정이 없다는 의미다. 진료 현장과 과학 연구에서 이 이상을 이루기 위해서는 감정을 억제해야 했다. 위중한 환자를 진료했던 임상 실무는 특히 감정을 극도로 억제해야 했다. 환자와 가족이 겪는 고통은 끝이 없어 보였다. 날이 가고 해가 가도록 수그러들지 않고 지속되었다. 깊은 연민으로 그들의 고통에 공감하다 보니 감정 억제 상태가 더욱 심각해졌다. 억제한 감정에서 오는 압력이 삶의 모든 방면에서 커졌고 이로 인해 병이 다양해지는 것이 분명했다.

어느 시점부터 항복 기제와 『기적 수업』을 연구해 삶에 매일 적용했다. 업무 일정이 바빠서 새로운 기법에 들일 시간은 거의 없었다. 다행히『기적 수업』의 워크북으로 어떤 문장이나 그날의 '레슨'을 종일 묵상하기만 하면 됐다. 이 기법의 힘은 용서 기제를 활용해 죄책감을 완화하는 것에 있다. 항복 기제도 마음속으로 종일 말없이 행할 수 있는 것이었다. 이 두 가지 도구가 함께 효과를 발휘했다. 항복하기와 용서하기가 동시에 하루 종일 계속되었다.

마음속 압력을 완화하는 법을 마음이 알고 나면 판도라의 상자가 열리듯 온갖 쓰레기가 올라오기 시작하는데, 놀랄 만큼 아주 풍성하게 올라온다! 생겨난 시점에서는 거의 알아채지도 못했던 생각과 감정이 되돌아왔다. 삶이 너무 바빠 챙길 시간이 없었던 생각과 감정이었다. 감압 과정이 스스로 펼쳐지기 시작했다.

그때 발견한 사실 한 가지는 모든 부정적 감정이나 생각은 죄책감과 연관되어 있으며, 이런 감정과 생각을 아우르는 죄책감은 끊임없이 억제된다는 점이었다. 즉 단순히 분노만 일어나는 경우는 없다. 실제 감정은 분노와 죄책감이다. 또 누군가를 비판하는 생각을 할 때마다 죄책감이 든다. 마음이 세상과 세상일, 세상 사람들을 끊임없이 심판하고 비판하는 것이 죄책감이 끝없이 올라오는 근원이다. 죄책감 자체가 부정적 감정을 낳고, 부정적 감정도 그 자체로 죄책감을 낳는다. 이 치명적 조합으로 인해 우리가 무너지는 것이며 병과 불행이 만연하는 것이다.

죄책감이 없는 곳이 없다 보니 현재 무슨 일을 하고 있든 마음 한구석에서는 자신이 지금 다른 어떤 일을 '하고 있어야' 한다고 느낀다. 너무 오랫동안 많은 죄책감을 안고 살아서 더 이상 죄책감을 인식하지도 못하면서, 일반적인 마음은 죄책감을 어떻게든 세상에 투사한다. 이것이 사람들 대부분에게 '적', 즉 내면의 죄책감을 투사할 대상이 필요한 까닭이다. 여기서 독재자들이 권력을 얻기도 한다. 사람들의 죄책감을 조종해 그들의 죄책감을 쏟아내기에 딱 좋은 표적을 찾아내는 방법으로 권력을 얻는 것이다.

또한 감정을 무시했다는 점도 발견했다. 억제한 감정으로 인해 '피해자'처럼 느낄 수도 있는데, 이런 감정 위로 분노가 올라왔다. 좌뇌 성향의 사람에게 감정이란 사리와 논리, 합리에 반대되는 것이었다. 거기에다 감정은 여자나 아이들, 예술가 타입에게나 어울리는 것이라는 남성 우월주의적인 발상까지 겹쳐 있었다. 감정을 지적으로 이해하고 임상 면에서 분석할 문제로 삼았다. 내면에서 감정이 생기면 꼬리표를 붙이고 대충 분류해 서류철을 해 놓듯 치워 버렸다.

놓아 버림 기법을 행한 초기에는 반발이 생겨 감정을 혐오한 나머지 감정 다루는 일에서 큰 두려움을 겪은 기간도 있었다. 과정 중 받아야 했던 고통이 모멸처럼 느껴졌다. 이로 인해 자아개념을 바꿔야 했다. 지적 능력과의 동일시가 강했기 때문이었다. 이제 좋든 싫든 모든 사람은 생각하고 _느끼는_ 유기체라는 점을 인정해야만 했다. 계속 현실을 부인하면 기법의 효과가 없을 것이었다.

오래지 않아 감정이 들어도 상관없게 되었다. 놓아 버림 기법에서는 유일한 탈출법이 감정을 인정해 포기하는 것인데, 몸 상태가 좋아지기 시작하면서 그렇게 하기도 수월해졌다. 내면에서 감정에 직면하는 일이 처음에는 어려울 수도 있다. 그렇지만 터널 끝에서 빛이 비치는 것을 보니 희망이 생겼다.

기법을 사용한 지 며칠 만에 위장관 끝 부분의 상태가 저절로 신속하게 호전되어서 수술이 취소되었다. 몇 달이 지나면서 수년 내지 수십 년간 있던 증세들이 강도가 약해지고 빈도도 낮아지기 시작했다. 특히 편두통은 갈수록 줄어들었다. 요통이 사라졌다. 몸이 더 가볍고 더 강하게 느껴졌다.

　그런데 이때 예기치 못한 위기가 닥치며 감정 압박이 격심해졌다. 엄청난 출혈과 함께 게실염이 심각한 형태로 되돌아왔다. 내면에서 대단히 중요한 결정을 내렸다. '이렇게 하는 것이 효과가 있든 없든 한다.' 그리고 이번에는 병원에 가서 수혈을 받는 대신, 완전하게 항복했다. 복부에서 계속되는 모든 감각을 받아들이고 저항하지 않았다. 감각에 이름이나 꼬리표를 붙이지 않았다. 생각하거나 말하는 대신 감각과 경련, 통증과 하나가 됨을 느꼈다. 아무리 격심해도 감각에 저항하지 않았다.

　면도날에 올라선 듯한 위기 상황 속에서 모든 감각과 감정을 인식해 항복했다. 꼬박 네 시간 동안 항복했다. 네 시간이 지나자 출혈이 멈추고 경련이 사라지더니 게실염이 치유되었다. 나중에 몇 번 가볍게 재발하기도 했지만 그때마다 같은 식으로 다루면 결국에는 발작이 가라앉으면서 사라졌다. 이렇게 항복 기제 자체가 엄중한 검증을 통과했다. 다른 모든 방법으로 실패한 일에서 항복 기제로 성공을 거둔 것이다. 항복 기제를 계속 적용하니 다른 장애도 사라지기 시작했다.

　시간이 지나며 '앎'의 경험이 생각을 대체했다. 앎은 전혀 다른 방식으로 얻어진다. 앎은 우리가 알아보게끔 그냥 그 자리에 있는 것이다. 어느 날 아침에 잠에서 깨자 덩굴옻나무 알레르기가 나았다는 '앎'이 있었다. 동시에 바로 그 이름, '덩굴옻나무'라는 꼬리표가 그 자체로 하나의 프로그램이자 신념 체계라는 사실이 분명해졌다. 어떤 경우를 만나도 덩굴옻나무에 면역성이 있다는 '앎'이 있고 나서, 밖에 나가 덩굴옻나무를 건드리고, 만지작거리고, 화분에 담아 그날 저녁에 있었던 인터뷰에 가지고 가기까지 했다. 인터뷰의 주제는 '자가 치유에 미치는 의식의 힘'이었다.

어느 날 또 다시 '아는 상태'를 체험하는 사건이 일어났다. 아차 하는 사이 강한 살충제 가스에 맞닥뜨렸을 때였다. 수년 동안 그런 유독 가스에 심한 알레르기가 있었고, 냄새를 맡으면 심한 편두통이 생겼다. 그러나 그 특별한 날에는 문득, 유독 가스에 면역성이 있다는 '앎'이 생겼다. 최근에 소독한 집에 들어가 유독 가스를 아주 깊이 들이마셨는데도 아무런 뒤탈이 없자, 자유에 환호하는 기분이 순간 퍼져 나갔다. 자유롭다는 것, 마음의 힘을 경험한다는 것은 얼마나 멋진 일인가! 순간 사람은 마음에 품은 것에만 영향을 받는다는 사실이 명백해졌다. 마음에 품은 것 때문에 세상에서 노예나 피해자가 될 필요는 없다.

그리고 높은 콜레스테롤 수치에 대한 오래된 신념에 대해서도 똑같은 일이 생겼다. 콜레스테롤에 대한 신념과 개념을 취소하자, 유제품을 다시 먹어도 콜레스테롤 수치에 어떤 부정적 영향이 없었다. 피 검사를 해 보면 건강에 해로운 콜레스테롤 수치는 갈수록 내려가고 있었다! 게다가 음식에 대한 과민증과 알레르기도 사라졌다. 그러나 당 과민증과 기능성 저혈당증이 사라지는 데는 1년이 걸렸다. 한동안 스트레스를 받으면 여전히 재발하곤 했다. 특히 커피와 함께 설탕이나 단것을 먹은 뒤에 격렬한 신체 활동을 할 때 그러했다.

한편 수년간 심하게 제약받았던 식단이 마침내 정상을 되찾았다. (게실염 때문에 금지된) 씨앗류가 들어간 음식과 궤양과 대장염 때문에 먹지 못했던 온갖 음식은 물론 뜨거운 초콜릿 시럽을 얹은 아이스크림 선데까지 먹을 수 있는 해방감이란! 기능성 저혈당증이 없어지기까지는 몇 년이 걸렸지만, 끝내는 수년간 금지되었던 온갖 단것도 먹을 수 있게 되었다.

중년기 증후군 또한 신념 체계였다. 이 신념 체계를 취소하고 항복하니 손발이 찬 증상이 없어졌다. 피로와 가벼운 우울증, 화를 잘 내던 현상도 없어졌다. 체력이 더 좋아지면서 몸으로 하는 일에는 무한하다 할 만한 참을성이 생겼다.

위중하던 증상은 끝을 보았으므로 가벼운 병 몇 가지에 의식적으로 손을 대었다. 모소낭포는 그것에 대한 신념을 항복하자 6주 만에 사라졌다. 유스타키오관은 비행기 안에서 늘 막혀 오른쪽 귀가 심하게 아프곤 했는데, 바로잡는 데 2년이 걸렸다. 증상에 대한 모든 생각과 감정을 끊임없이 놓아 버렸고, 동시에 관이 오른쪽 관자놀이 뼈와 이루는 각도가 정상 각도로 바뀐다고 시각화했다. 이때 유일하게 시각화를 사용했다. 2년 뒤에 병은 사라졌고, 고도 변화에 따라 귓속 압력이 조절되는 데 더 이상 아무 어려움이 없었다.

한편 목의 통증이 점차 사라져서 춤을 출 수 있게 되었다. 춤을 추면서 목 통증에 대한 모든 저항을 항복하니 곧 몸이 자가 치유

자세와 움직임을 취하기에 이르렀다. 마치 내면의 척추 지압사가 척추를 맞춰 주는 것 같았다. 보이지 않는 치유자가 척추를 재조정해 주는 듯한 기묘한 느낌이었다.

그러는 동안 손발의 혈액 순환에도 변화가 와서 더 이상 손발이 차가운 일이 없어졌다. 손가락 끝의 진동 장애로 인한 괴저의 위험도 병세가 역전되었다. 손가락 끝의 부드러운 부분이 다시 부풀면서 핑크 색을 되찾았다. 손가락 끝의 타는 듯한 통증도 사라지고 감각이 돌아왔다. 그전에는 손가락에 감각이 없어서 책장 넘기는 일도 못할 정도였다.

정도가 심한 병들이 치유되면서 그보다 가벼운 증상들을 살펴볼 에너지와 여유도 생겼다. 비듬은 이발소에서 옮아오는 것이라는 오래된 신념이 있었다. 신념을 항복하자 비듬이 없어졌다. 무좀의 원인을 호텔 방바닥에서 찾았던 신념에 대해서도 비슷한 과정을 밟았다. 신념을 끊임없이 취소하자 무좀이 없어졌다.

어느 해의 추수감사절에 급성 통증 상황에 기법을 시험할 기회가 생겼다. 거대한 통나무가 왼발 위에 떨어져 발 앞쪽의 뼈를 모두 부러뜨렸다. 석고 붕대를 하는 대신, 놓아 버림 기법을 사용했다. 그랬더니 크리스마스에는 댄스 플로어로 복귀할 수 있었다. 또 발목을 심하게 삔 적도 있었는데 다치자마자 곧바로 통증 항복에 들어갔고 몇 분 만에 치유되었다.

눈의 치유

어느 날 저녁에 항복 기제에 관해 강의하면서 위에서 이야기한 치유 경험을 칠판에 열거하고 있었다. 청중 한 명이 이렇게 물었다. "선생님, 그 모든 병을 고치셨다면 왜 아직도 안경을 쓰시는 거죠? 시력이 안 좋은 것은 고칠 수 없으셨나요?"

"그러고 보니 안경 쓰는 것을 병으로 생각해 본 적이 없네요. 몸의 해부학적 구조 결함이라고만 생각했습니다. 그렇지만 지적을 받고 보니, 그것도 고치지 못할 이유가 없어 보입니다."

그러고는 이중 초점 안경을 벗어서 외투 주머니에 넣었다. 사실 그때는 시력이 더 나빠져서 삼중 초점 안경을 처방받아 주문한 참이었다. 그날 저녁에 강의를 마치고 떠날 때는 믿음과 신뢰가 충분하면 시력이 스스로 회복되리라는 이전과 동일한 앎이 있었다.

안경 없이 운전해 귀가하자니 시야가 흐릿했다. 헤드라이트 불빛이 도로 경계석을 비추는 것을 보면서 천천히 달렸다. *필요한 것은 항상 보이되 원하는 것은 보지 못하리라*는 내적 앎이 있었다. 이후로 6주 동안, 매일 눈을 쓰며 사는 일상의 이면에서 어떤 일이 벌어지는지에 대해 많은 것을 관찰하고 배웠다. 시각의 이면에는 단순한 호기심에서부터 경쟁심이나 성적 관심, 지적 자극에 이르는 무수히 다양한 감정이 있었다. 우리가 눈을 쓰는 용도 중에서 세상에서 제구실하는 데 반드시 필요한 것은 5퍼센트 정도뿐이었다.

그러자 이상한 현상이 일어났다. 봐야 하는 것만 보였다. 신문과 잡지를 읽거나, 텔레비전을 보거나, 영화를 보러 가는 것은 다 불가능했다. 눈 쓰는 일의 대부분이 회피 기제일 뿐이라는 사실이 명백해졌다. 도로에서는 마치 만화영화에 나오는 고도 근시의 행운아 미스터 마구가 운전하는 듯했다. 불가사의한 현상이 거듭되었다.

무언가를 보지 않으면 안 되는 순간에 이르면 곧바로 보였다. 도로를 달리다가 제대로 봐야 하는 바로 그 순간에 벼랑 끝이 보이는 식이었다. 대단히 불안했고, 끊임없이 공포를 항복했다. 6주가 지나자 마침내 공포가 바닥난 듯했다. 대신 깊은 항복이 일어났다. "보도록 허용된 것만 보지, 뭐." 감정이 원해서 이전까지는 시각의 도움을 받아서 보았던 다른 목표들을 기꺼이 포기했다.

그러자 내면에서 깊은 정적과 평화의 느낌이 생겨났다. 우주를 운영하는 것이 무엇이든 그것과 하나됨을 느꼈다. 그리고 그 순간 갑자기 시각이 완전하고 완벽하게 되돌아왔다. 전에는 볼 수 없거나 읽을 수 없었던 것이 아주 또렷이 보였다. 도로 표지판, 어두운 조명 밑의 작은 글씨, 방 건너편에 멀찍이 있는 물건들이 아주 세세하게 보였다. 운전면허 갱신을 위해 새로 시력 검사를 받았더니, 검사관이 시력이 완벽하니 안경은 더 이상 필요 없겠다고 했다. 이전의 눈 검사에서는 절대로 있을 수 없었던 이야기였다!

여기저기서 이 이야기를 한 이래로, 상당히 많은 사람이 안경을 벗고 같은 경험을 했다. 매우 흥미롭게도 다들 6주가 걸렸다고 했다. 성공한 이들 중 한 사람은 다시 안경을 쓰기로 결정했다. 이유를 물었더니, 안경 쓴 모습에만 너무 익숙한 아내가 안경을 안 쓰니 매력 없어 보인다고 했단다. 그래서 아내를 기쁘게 해 주려고 도수 없는 안경을 쓴다고 했다. 단지 아내를 사랑해 아내를 기쁘게 해 주고 싶어서 안경을 쓴 것이었으니, 시력 손상 때문에 안경을 써야 하는 것과는 이유가 사뭇 달랐다.

시력 치유의 경험을 한 사람들이 모두 발견하고 동의하는 사실한 가지가 있다. 우리는 안구로 보는 것이 아니라 마음으로 본다! 최근 사례로, 태어난 직후부터 앞을 보지 못했던 여자가 있다. 양쪽 안구에 심각한 이상이 있었다. 시력 회복에 대한 강의를 듣고 여자는 의학적 진료를 계속 받으면서 시력에 대해 놓아 버림 기법을 수행했다. 이틀도 안 되어 여자는 시각이 되돌아옴을 느끼기 시작했다. 여자는 강의가 끝난 뒤에 다가와 이런 이야기를 했다. "저는 박사님이 옳다는 것을 압니다. 우리는 마음을 통해서 본다는 것을 압니다. 그것이 저에게 일어나고 있는 일이니까요. 저는 보고 있습니다. 마음을 통해서요!"

이처럼 어떤 것은 기적에 가깝기까지 한 치유 사례들을 모두 이해하려면, 신체적 과정과 치유의 메커니즘, 의학적 치료의 원리에 대한 생각을 크게 바꿔야 한다. 끊임없이 항복할 때 활성화되는 어떤 것 속에 자가 치유의 힘이 있다는 사실이 발견되었기 때문이다.

묻고 답하다

이 장에는 지난 십 수 년간 세계 각처에서 열린 워크숍과 세미나에서 주고받은 질문과 대답을 그대로 옮겨 놓았다. 또한 독자로부터 받을 만한 질문을 예상해 항복 기제에 대한 가장 일반적이고 자주 받은 질문을 담았다.

종교적 목표와 영적 목표

일반적으로 영적 목표나 의식 확대 또는 종교적 신념이라고 일컫는 것을 성취하는 일에 항복 기제를 적용하는 문제는 항상 많은 질문을 받았다. 보편적으로 적용될 이야기를 함으로써 그중 많은 질문에 답할 수 있다.

놓아 버림 기법은 종교나 영적 노정, 자기 향상 프로그램과 전혀 어긋나지 않으며, 철학이나 형이상학적 입장과도 절대 상충되지 않는다. 놓아 버림에는 그 자체의 영적 가르침이 없다. 가르침 대신 스스로 이해해 영적 진보의 장애를 없앨 수 있는 메커니즘을 제공할 뿐이다. 또한 인간주의 심리학과도 통한다. 모든 영적 노정과 종교에서는 사랑하는 능력을 키우는 것을 강조하는데, 항복 과정은 본래 사랑을 목표로 하는 것이다. 사랑에 장애가 되는 것을 없애면 자신과 타인, 신을 사랑하는 능력이 커진다.

또한 항복을 통해 모든 위대한 종교의 근본 가르침을 터득할 수 있다. 이러한 가르침은 본질적으로 '작은 자아', 즉 흔히 '에고'라 부르는 것을 항복하는 데 목표가 있다. 놓아 버림 기법은 작은 자아를 녹여 없애는 목표에 도달하기 위해 단순하게 내면에서 항복 과정을 사용한다. 작은 자아를 초월할 때 내면의 진정한 큰나가 빛을 발한다. 대부분의 종교에서 이 항복 현상을 최대한 짧게 표현한 말들을 예로 들어 보자. 전형적으로 이런 패턴을 따른다.

놓아 버리고 신께 맡기라.
멈추고 내가 하느님임을 알라.
신을 어떻게 이해하고 있든
그 신의 보살핌에 인생과 의지를 넘기라.
있는 그대로에 항복하라. 신은 만물 속에 있으므로.

부정성을 놓아 버리면 분명, 모든 종교와 영적 노정에서 강력히 권고하는 바로 그 방향으로 갈 수 있다. 놓아 버림의 과정은 주로 감정과 관계가 있으며, 앞서 보았듯이 감정은 우리의 생각과 신념 체계에 깊은 영향을 미친다.

항복 기제를 사용하는 사람들은 대부분 영적, 종교적 목표 도달이 쉬워지는 경험을 한다. 의식적으로는 아무런 종교적, 영적 목표가 없는 사람들도 항복 기제 덕분에 사랑하는 능력이 커지면서 그에 따라 훨씬 행복하고 평안해졌음을 이야기한다.

칼 융은 신은 무의식 속의 주요 원형에 들어가는 것이어서 신을 좋아하든 그렇지 않든 각자 신에 대해 입장을 정리해야 한다고 지적했다. 무신론자조차 신의 개념에 대해 감정이 있다. 따라서 신이 존재하든 존재하지 않든, 신은 머잖아 해결해야 하는 문제다. 신에 대한 감정을 억제하거나 신이라는 문제에 의식이 압도되는 것은 만족스러운 해법이 되지 않는다.

놓아 버림 기법을 통해 무신론자와 신앙인 모두가 내면의 오랜 갈등에 답을 얻는다.

문 놓아 버림은 죄의 개념과 어떤 관계에 있습니까?

답 앞서 논한 부정적 감정들을 종교 용어로 묘사한다면, 지금까지 이른바 '대죄'를 서술하고 있었음을 알게 됩니다. 항복 기제는 그러한 것을 놓아 버리는 방법이므로, 그런 특질에 대한 애착을 놓아 버리면 개인의 삶에서 종교의 가르침을 터득하기가 쉬워지는 것이 분명합니다.

문 저는 특별히 어떤 영적 노정을 따르고 있지는 않고 저만의 개인적 노정이 있습니다. 놓아 버림 기법에서 어떤 도움을 얻을 수 있을까요?

답 모든 영적 노정은 예외 없이 에고를 녹여 없애는 기법에 기반합니다. 에고에는 우리의 부정적 프로그램 전체가 포함됩니다. 항복하는 것은 부정적 프로그램을 놓아 버리는 데 아주 탁월한 내적 과정입니다. 항복은 영적 이해를 얻기 위한 최고의 도구입니다.

문 놓아 버림 과정이 어떤 식으로든 저의 신앙에 지장을 줄 수 있을까요?

답 그 반대입니다. 무엇이 신앙의 장애물일까요? 온갖 형태의 부정성입니다. 그렇기 때문에 부정성을 놓아 버리면 신앙의 장애물을 없앨 수 있습니다.

문 저는 신앙이 없습니다. 그렇지만 영적인 주제에 대해 배우는 일에는 흥미가 있습니다. 놓아 버리는 방법이 저에게 도움이 될까요?

답 항복 기제는 도구일 뿐입니다. 100만 달러를 버는 데 장애가 되는 것을 없애는 데 항복 기제를 쓸 수도 있습니다. 아니면 영적 자각의 성장에 장애가 되는 것을 없애는 데 쓸 수도 있습니다. 끊임없이 항복하는 사람들은 대부분 사랑 자체에 가까운 어떤 것을 내면에서 발견한다고 이야기합니다. 그것은 몸이나 감정, 생각, 세상일과 무관한 것입니다. 그런 발견을 하니 불쾌해졌다는 사람을 본 적이 있습니까?

문 놓아 버림 기법과 모순되는 영적 가르침이나 종교적 가르침이 있습니까?

답 이 주제에 대한 연구에 따르면, 부정성 놓아 버림은 어떤 영적 가르침과도 상충되지 않음이 밝혀졌습니다.

문 저는 오래전에 종교를 버렸습니다. 종교 때문에 죄책감이 너무 많이 생겨 감당할 수가 없었습니다. 놓아 버림 기법을 사용하면 어떤 효과가 있을까요?

답 수년에 걸친 임상 관찰에서 종교를 버리는 이유 중 가장 흔한 것이 죄책감이라는 사실이 드러났습니다. 도달할 수 없는 목표로 보이기 때문입니다. 무엇 때문에 도달할 수 없는 것으로 보이는지를 자문해 보세요. 마땅히 어떠해야 한다고 배운 것과 실제 모습으로 지각되는 바 사이의 격차 때문입니다. 죄책감을 느끼는 대신 일어나는 부정적 감정을 모두 놓아 버리려고 시도하면서 마음가짐에 어떤 변화가 일어나는지 인내심을 가지고 기다려 보세요.

다시 말하지만 놓아 버림은 도구입니다. 삶의 모든 방면에서 목표를 쉽게 이루는 데 활용할 수 있습니다. 어떻게 사용할지는 자신에게 달렸습니다. 모든 죄책감을 놓아 버리는 것에서 출발하면 좋습니다. 죄책감은 고통과 질병이 생길 수 있는 감정적 환경을 조성하기 때문입니다.

명상과 내면 기법
문 놓아 버림과 항복하기는 다른 명상 기법과 어떤 관련이 있습니까?

답 거의 모든 명상 기법은 마음을 침묵시키는 것을 목표로 삼습니다. 그래서 『성경』의 시편에 "멈추고 내가 하느님임을 알라."라는 금언이 나오는 것입니다. 명상하는 사람 대부분이 알게 되듯이 마음의 침묵 도달은 명상 자체의 최대 난제입니다. 왜냐면 억제된 감정이 끊임없이 생각을 일으키는 것이 명상을 방해하는 가장 큰 요소이기 때문입니다. 그래서 억제된 감정 이면의 에너지를 인정하고 놓아 버리면 명상의 목표를 이루기 쉬워집니다. 줄을 잇는 생각의 이면에서 감정이 있는 곳을 정확히 찾아내어 항복하면, 그 일련의 생각 전체가 즉시 멈춥니다.

끊임없는 항복을 통해 지극히 고요한 마음 상태에 도달할 수 있습니다. 이렇게 하는 것은 일상의 활동으로 분주한 가운데서도 해낼 수 있는 일이고, 그 결과 명상 능력이 크게 향상됩니다. 반면 대부분의 명상 기법은 하루 중 몇 십 분 내지 몇 시간에 국한되는 수행입니다. 높은 의식 상태에 도달하는 것은 쉼 없는 항복을 통해 가능합니다.

문 저는 영적 노정을 밟고 있지는 않고, 확언과 시각화 기법을 실천하고 있습니다. 놓아 버림 기법이 저에게도 도움이 될까요?

답 놓아 버림을 하면 확언이 힘을 발휘하기가 아주 쉬워집니다. 확언은 긍정적 진술입니다. 확언의 힘이 제약을 받는 것은 의식적으로든 무의식적으로든 확언에 정반대되는 이야기를 하는 다수의 부정적 프로그램이 우리에게 있기 때문입니다. 이 사실을 직접 알아볼 수 있습니다. 확언을 적을 때 '그래, 그렇지만……' 하는 생각이 드는 것에 주목하면 됩니다. 이 '그래, 그렇지만……' 하는 생각들이 확언의 힘을 제한하고 확언의 효력을 떨어뜨립니다. 이런 확언의 장애물을 항복하면 확언의 효력이 급격히 증가함을 알게 될 것입니다.

심리 치료

문 저는 정신분석 일에 종사합니다. 분석 비용은 갈수록 올라가고 있는데, 이 일에 놓아 버림 기법이 도움이 될까요, 아니면 상충될까요?

답 놓아 버림 기법을 연구한 치료자들은 그 효과에 동의합니다. 기법을 배워 치료에 활용하고 있는 정신과 의사나 심리학자, 치료자들이 많습니다. 지금까지 들은 바로 활용 결과에 대한 평가는 100퍼센트 긍정적입니다. 부정성과 자기 한정을 놓아 버릴 수 있는 환자의 능력 덕분에 이른바 '겪어 내기'가 쉬워지기 때문입니다. 치료가 훨씬 빠르게 진전됩니다.

심리 치료자들 스스로도 놓아 버림을 하면 환자를 이해하거나 환자에 대해 느끼는 역전이 감정을 해결하기가 쉬워진다는 점을 알게 되었습니다. 부정적 감정을 인정하고 놓아 버리는 법을 아는 치료자는 치료 과정에서 자신에게 스트레스성 질환이 생기지 않도록 예방할 수 있습니다. 이렇듯 놓아 버림 기법은 심리 치료에 도움이 된다고 알려져 있습니다. 심리 치료의 효과가 좋아지고 치료 결과에 대한 만족도가 높아집니다.

문 저는 집단 심리 치료에 종사합니다. 항복 기제를 사용하면 어떤 영향이 있을까요?

답 개인 심리 치료의 경우와 똑같이 내면의 부정적 감정을 항복하는 능력이 커지면 집단 치유가 매우 쉬워집니다.

문 저는 융 학파 분석가입니다. 놓아 버림 접근법이 저의 일과도 맞을까요?

답 항복을 통해 원형의 영향에서 벗어날 수 있습니다. 원형도 분명 신념과 감정이 모인 것이고, 따라서 다른 모든 신념이나 감정처럼 일종의 프로그램입니다. 프로그래밍된 신념과 감정을 놓아 버리는 데 항복 기제를 사용하는 사람은 원형 패턴에 무의식적으로 휘둘리기보다는 그에 대해 선택할 힘을 갖습니다.

알코올 중독과 약물 중독

문 저는 '익명의 알코올 중독자들(A.A.)' 모임에 나갑니다. AA 모임 사람들 중에 놓아 버림 기법에서 혜택을 얻은 사람이 있는지 궁금합니다.

답 놓아 버림 기법을 행하면 '익명의 알코올 중독자들'에서 교육 중 하나인 '12단계' 밟기가 굉장히 쉬워지는 것을 공통적으로 경험합니다. 특히 3단계가 그렇습니다. 3단계에서는 "신을 어떻게 이해하고 있든 그 신의 보살핌에 의지와 인생을 넘길 결심을 했다."라고 진술합니다. 바로 이 3단계에서 좌절을 겪는 AA 사람들이 많습니다. 아무런 요령도 제시되어 있지 않기 때문입니다. 신이

나 어떤 높은 힘의 보살핌에 의지와 인생을 넘기려면 과연 어떻게 해야 할까요? 의지라는 것을 살펴보면 의지는 욕망임을 알 수 있습니다. 그런 욕망은 애착과 결부되어 있습니다. 항복 기제를 사용하면 애착에서 벗어나기가 쉬워지기 때문에 항복 기제는 기제의 의도 면에서 3단계와 거의 같습니다. 신에게 항복한다는 것은 자신의 고집을 놓아 버림을 뜻합니다. 고집은 에고 그 자체입니다.

음주 강박은 강제되는 상태, 애착으로 인해 강요받는 상태입니다. 이 강박을 항복 과정으로 약화시켜서 줄일 수 있습니다. 음주는 또한 부정적 감정이 주는 고통을 회피하는 것입니다. 그래서 부정적 감정을 놓아 버리면 음주라는 특정 형태의 회피를 하려는 심리적 욕구가 줄어듭니다. 이는 다른 약물에도 적용됩니다. 그 모두가 낮은 감정을 높은 감정으로 바꾸어 놓으려는 시도이기 때문입니다.

놓아 버림 기법은 '익명의 알코올 중독자들'과 같은 자조 집단의 필요성을 대체하지 않습니다. 그러나 기법을 활용하면 회복 프로그램으로 성공을 거두는 일이 대단히 용이해집니다. 이는 물론 12단계를 고스란히 도입한 여타의 모든 익명 집단에도 마찬가지입니다.

인간 관계

문 저는 오랫동안 영적인 길을 걸었는데, 왜 아직도 부정적 감정을 겪는지 이해가 안 됩니다.

답 영적으로 발전해 타인을 사랑하는 사람은 마치 천사인 양 부정성이 전혀 없을 것이라는 공동 환상이 있습니다. 이런 환상에 젖은 사람들은 자신에게 아직도 부정적 감정이 있는 것에 짜증을 내고, 거기에 죄책감과 자기 불만이 겹칩니다. 그들이 알아야 할 것은 감정은 일시적이고 발전하려는 의도는 변함없다는 점입니다. 천사가 되려는 야심에도 불구하고 여전히 평범한 인간에 불과하다는 점에 대해 죄책감을 놓아 버리세요! 자신이 타고난 인간적 측면과 신경계, 신경계에 따르는 뇌 기능에 대해 연민을 가지면 한결 담담해질 수 있습니다. 천국에 야심이 있다고 해서 반드시 천사가 되지는 않습니다!

문 일에서 자기 몫을 다하지 않는 동료가 있습니다. 그를 볼 때마다 울분을 느낍니다. 그러고 나면 그에게 분개한 것에 죄책감을 느낍니다. 이 상황에서 놓아 버림을 하려면 어떻게 해야 할까요?

답 상황에 대해 자신의 감정이 어떤지를 알아채고 이를 인정한 다음, 감정적 상태에 탐닉하기보다 감정을 치우는 일에 들어갑니다. 일터에서는 억울한 심정을 억제해야 한다고 생각하는 사람이 많습니다. 그러나 그렇게 해서는 문제를 해결할 수 없고 갈등이 곪아 터지게 됩니다. 놓아 버림 기법을 쓰려면 내면으로 들어가서 부정적 감정이 올라오는 대로 인정하세요. 감정을 억제하지도 말고 터뜨리지도 말고, 올라오게 놔두세요. 그런 다음 주의를 감정에서 다른 데로 돌리세요. 감정을 그대로 내버려 두어서 없어지게 하세요.

문 주의를 부정적 감정에서 다른 데로 돌릴 것을 권하시는데,

그렇게 하는 것이 감정을 억압하는 것과 어떻게 다른가요?

답 억압은 받아들이지 못한 감정을 자각 밖으로 밀어내어 상대하지 않으려는 무의식적 과정입니다. 주의 전환은 부정적 감정에 탐닉하지 않을 것을 택하는 행위입니다. 내면의 감정을 인간적 일면으로 인정하고 받아들이되 나아가 감정을 없애기 위해 선택하는 행동은 평화와 조화, 일의 완성 같은 더 높은 것을 원하기 때문입니다.

사람들은 주의를 돌리는 방법으로 가구 배치를 조금 바꾸거나, 창문 블라인드를 올렸다 내렸다 하거나, 화장실에 잠깐 다녀오거나, 커피 한잔하는 시간을 갖는 등의 행동을 합니다. 이런 행동을 하는 사이에 감정이 부정에서 긍정으로 전환되는 순간이 일어납니다.

문 어김없이 기법을 사용하는데도 어떤 감정들은 자주 재발하는 것 같더군요.

답 부정적 감정이 자주 재발한다면 재발 패턴에 대해 묵상하는 시간이 필요할 수 있습니다. 이를테면 부정적 감정을 다루는 방식이 부모나 기타 가족이 하는 방법을 답습한 것이거나 자신이 속한 문화를 반영한 것일 수 있습니다. 감정을 다루는 법은 각 문화마다 차이가 큽니다. 그러니 감정 반응의 바탕에 깔려 있는 무의식적 패턴을 살펴보고, 그런 패턴을 놓아 버리세요.

문 놓아 버리려는 의도와 노력에도 불구하고 어떤 사람이나 상황에 대해 부정적 감정이 지속되면 어쩌지요?

답 어떤 상황에 항복할 것을 거의 강요받다시피 하면서, 이런 상황은 카르마에서 오는 것이 아닐까 하고 짐작만 할 때가 있습니다. 영적 탐구를 해 보면 이런 상황은 정말로 카르마적임을 알게 됩니다. 이를테면 많은 이에게 못되게 굴었던 카르마를 갚는 중이라고 합시다! 이제 사람들이 나에게 못되게 구는 것이 어떤 느낌인지를 알 기회를 얻습니다. 어떤 상황에서는 취할 만한 행동으로 유일하게 남은 것이 카르마적 패턴에 항복하는 것일 때도 있습니다. 이렇게 하기 위해 카르마를 종교 교리로 믿을 필요는 없습니다. 그냥 '주는 대로 받는 법'이라는 사람 사이의 상호작용 기본 법칙을 받아들이면 됩니다. 법칙은 그렇지만 우리 대부분은 항상 성자처럼 살지는 못하고 있으니까요!

문 저는 교사인데, 짜증 나게 하는 학생들이 간혹 있습니다. 교사인 저는 그런 짜증을 극복해서 그들에게 도움이 될 수 있으면 좋겠습니다. 어떤 조언을 주실 수 있을까요?

답 짜증이 났으며 그렇게 짜증 나도 괜찮다는 사실부터 먼저 받아들이세요. 그런 짜증은 인간의 의식이 치러야 하는 대가일 뿐입니다. 짜증이 완전히 올라오게 놓아두고, 거기에 아무런 이름도 붙이지 말고, 특정 개인에 대한 것으로 보지도 마세요. 짜증에 저항하지 말고 도리어 짜증이 더 나게 해 달라고 하세요. 짜증은 단지 부정성의 에너지란 점을 보세요. 그러면 짜증이 특정인에 대한 것이 아니게 됩니다. 그런 다음 이렇게 자문합니다. 이 에너지를 기꺼이 놓아 버릴 것인가? 그러면 대개는 에너지가 사라질 것입니다.

문 저는 금실이 좋은 편입니다만, 배우자가 짜증 나고 불만스러울 때도 있고 배우자와 의견 충돌이 있을 때도 있습니다. 배우자에 대한 불만과 짜증은 어떻게 다뤄야 할까요?

답 짜증 나도 괜찮다는 점은 이미 이야기했습니다. 이런 감정은 인간적인 일면일 뿐입니다. 우선 할일은 상대방이 문제 삼는 바와 표현하는 방식에 익숙해지는 것입니다. 개개인 모두 사고방식이 다르고 선호하는 바가 다릅니다. 선호하는 실내 온도나 음량이 다르고, 돈 쓰는 방식이 다른 경우도 아주 많습니다. 문제의 열쇠는 상대가 선호하는 바를 걸핏하면 비판하는 일과 자신의 성향에 대해서는 이것이 '제대로'라며 자부하는 일을 놓아 버리는 것에 있습니다. 각자가 상대의 인간적인 면을 받아들이고 사고방식도 당연히 때로 다를 수밖에 없음을 받아들이는 것입니다.

문 그다지 중요해 보이지 않은 의견 차이로 인해 관계가 깨지는 것은 상대를 비난하거나 상대의 행동을 바꾸고 싶어 하기 때문입니다. 그러는 대신 어떻게 하면 평화롭게 살 수 있을까요?

답 모든 관계에는 기복이 있다는 점을 받아들이면 됩니다. 인간이라는 상태 자체와 그 상태가 보여 주는 모순과 역설에 대해 유머 감각을 가져야 합니다. 당신은 상대가 행복하고 마음이 편하기를 바라고, 상대가 행복하고 마음이 편할 때 당신도 행복하고 편안하다는 점을 알고 있습니다. 생활이 평화롭도록 서로 맞추어 나갑니다. 상대에 대한 비판과 비난, 통제를 놓아 버립니다. 상대가 현재 상태에서 달라지기를 바라는 기대를 놓아 버립니다. 우리는 모두 자신만의 기벽이 있습니다. 자신만의 기벽을 목록으로 만들어 보는 것도 나름 재미있을 수 있습니다. 우리는 환경이나 관계의 부정성에 초점을 맞추지 않겠다고 결정할 수 있습니다. 사람들은 얼마나 오랫동안 갈등과 의견 차이를 용인할 수 있는지 그 기간이 서로 다르고, 어느 나이에서 그렇게 할 수 있는지도 차이가 납니다.

문 아이들을 다룰 때 부모에게 올라오는 부정적 감정은요?

답 아이들의 행동을 어디까지 용인할 수 있는지는 문화적 맥락과 성별, 나이, 도덕관, 기타 요소에 따라 달라집니다. 유치원에서는 봐줄 수 있는 일도 초등학교 3학년에게는 용인하지 않습니다. 부모로서 자식에 대해 기대를 놓아 버려야 하는 경우도 많습니다. 음악가에게 음악적 재능이 없는 아이가 있는 경우는 어떨까요? 기대하는 것은 상대를 미묘하게 압박해 상대가 무의식중에 저항하게 만듭니다. 아이를 키우면서 당신은 기대를 걸거나 개인적으로 편애하는 것을 포기해야 합니다. 당신의 당구 솜씨가 도사라면, 아이의 당구 실력이 형편없을 때 실망을 놓아 버릴 수 있습니까?

흔히 볼 수 있는 또 다른 문제로 과보호가 있습니다. 때로 어떤 부모는 다 자란 자녀를 모든 곤경에서 구해 내는 것을 사랑으로 혼동합니다. 어떤 나이에 이르면 사랑은 때로 '엄격한 사랑'을 의미합니다. 즉 자기가 만든 혼란 상황에서 스스로 길을 찾아내게 해 자기 내면의 지략을 발견할 기회를 갖게 하는 것입니다.

문 죄책감을 너무 놓아 버리면, 기법으로 인해 성적으로 문란해지는 일은 없을까요?

답 성적 문란 상태는 자존감이 낮고, 상대를 이용하려 들고, 사랑이 없기 때문에 생기는 것입니다. 부정성과 이기심을 놓아 버리고, 상대를 배려하고, 함께 있는 즐거움이 커지고, 자존감이 높아지면, 관계를 보는 관점이 달라집니다. 사랑하는 능력이 빠르게 커집니다. 성적 문란 상태는 무의식적 공포를 극복해 안심을 얻으려는 시도인 경우가 많습니다. 이 모든 것을 놓아 버림으로써 한결 성숙한 관계가 자리 잡히도록 할 수 있습니다.

문 저는 행동 재훈련에 바탕을 둔 성 장애 치료를 받고 있습니다. 이것도 놓아 버림 기법과 상통하는 것일까요?

답 상충되는 점이 없습니다. 행동 재훈련은 부정적 프로그램을 긍정적인 것으로 바꾸어 놓으려는 시도입니다. "난 못해."를 "난 할 수 있어."로 바꾸는 것을 본질로 합니다. 그것이야말로 놓아 버림 기법으로 이루려는 바지요.

문 놓아 버림 기법으로 발기 불능이나 불감증이 치료될까요?

답 놓아 버림 기법은 무엇을 고쳐 주는 치료법이 아닙니다. 내면의 감정과 생각, 신념을 빠르게 자각할 수 있게 해 주는 자기 탐구 기법입니다. 발기 불능과 불감증 둘 다 행동 수준에서 "난 못해."라고 진술하는 것인데, 그런 진술은 무의식 수준에서 '난 안 해.'를 의미합니다. 모두 환희와 사랑, 표출, 생기에 대한 저항입니다.

가장 흔한 원인은 억압된 죄책감과 공포, 분노 같은 감정이 자율 신경계를 통해 흘러나오는 것입니다. 발기불능과 불감증은 갈등의 표출입니다. 놓아 버림 기법을 사용하는 사람들은 대부분 성생활이 여러 면에서 전반적으로 향상되었다는 이야기를 합니다. 성적 억제에서 회복되었다는 사람도 많습니다. 마찬가지로 성적 과잉 상태나 성에 대한 과도한 집착에서 해방되었다는 사람도 많습니다.

문 항복 기제가 노화 과정과는 어떤 관련이 있을까요?

답 우아하게 늙을 수 있게 해 줍니다. 늙어가면서 생활 방식이 크게 달라집니다. 대개 시력과 청력, 기동성이 떨어집니다. 이전에는 눈 깜짝할 사이에 해치우던 일을 다른 사람의 보살핌에 의존해 할 수밖에 없지요. 노년 자체에 짜증이 날 수도 있습니다. 전에는 탁월하던 방면에서 어느새 무능해지니까요. 그렇지만 짜증을 놓아 버리면 고령의 무능력도 나름으로 도움이 된다는 점을 알게 됩니다. 그 덕에 세상을 떠날 준비를 하게 됩니다. 삶의 어떤 분야에 여전히 '스타'로서 관여하고 있으면 세상을 떠나야 한다는 것에 분개할 수도 있습니다. 그에 대해 품위를 지키기가 어렵게 됩니다.

신체 기능이 점차 위축되어 가면 그 덕분에 노년에 적응하고, 조만간 떠날 것이라는 사실에 익숙해지며, 세상을 떠날 때까지는 원하는 영적 수행을 어떤 것이든 할 수 있는 시간이 생깁니다.

노화 과정은 인간이라는 상태의 일부일 뿐이라는 사실에 항복하면 노화 과정과 화평을 이루게 됩니다. 더욱 사랑을 베풀고, 타인이 자신에게 베푸는 사랑과 보살핌에 감사하게 됩니다. 사랑하면 할수록 모든 이가 내게 도움이 되려고 애쓰는 것이 보입니다. 그리고 그들이 날 도울 수 있게 하는 것이 그들을 사랑하는 것입니다. 사람들은 이렇게 생각합니다. "누가 내 삶을 돕게 한다면 내가 이기적인 거지." 그러나 실제로는 돕게 하는 것이 너그러운 것입니다. 너그러움은 나의 삶을 타인과 나누려는 자발성입니다. 타인이 나를 사랑할 수 있게 하는 것은 그들에게 선물을 주는 것입니다.

기제

문 더욱 끊임없이 항복하려면 어떻게 하면 될까요?

답 항복 기제를 더욱 자주, 더욱 한결같이 사용하는 비결은 그렇게 하려고 소망하는 것입니다. 그것이 첫걸음입니다. 감정을 유지하기보다 감정에서 벗어나고 싶어야 합니다. 잊지 않고 기제를 사용하기만 하면 해결될 때도 있으므로, 스스로 상기하기 위한 어떤 장치를 만들어 놓는 방법도 좋습니다.

또 다른 방법은 일과로 정해 놓는 것입니다. 기대하는 일에 대한 생각과 감정을 항복하는 것으로 하루를 시작하면 아주 좋습니다. 일이 어떻게 되면 좋겠다고 마음속에 그리면서 그날 하루가 그렇게 되는 것을 방해할 만한 부정적 생각을 모두 놓아 버리는 것입니다. 그리고 하루를 마칠 때에는 자리에 앉아 그날 생긴 일 중에서 대충 지나쳤거나 충분히 주의를 기울일 시간이 없었던 일을 떠올려 항복합니다. 이렇게 하는 것을 '청소하기'라고 부릅니다.

해본 사람들은 대부분 잠을 더 잘 잘 수 있다는 이야기를 합니다.

또 다른 방법은 성과를 적어 놓을 공책을 만드는 것입니다. 거기에 끊임없이 항복할 목표를 적고 이후의 결과가 어떤지를 덧붙여 적어 나갑니다.

또 다른 방법은 항복하는 일에 대한 저항을 놓아 버리는 것입니다. 하루를 시작하면서 그날 겪을 수 있는 모든 부정성을 놓아 버리겠다는 의도를 재확인합니다. 또한 항복하지 않을 자유도 있음을 재확인합니다. 결국 항복은 전적으로 스스로 선택하느냐 선택하지 않느냐의 문제입니다. 항복해야 한다는 강박감을 모두 놓아 버리세요. '해야 하는' 일은 아무것도 없습니다.

문 항복에 저항하는 원인으로 어떤 것이 가장 많다고 보십니까?

답 우리는 어떤 감정을 꽉 붙잡고만 있으면 어떻게든 그 감정 덕에 내가 원하는 바를 얻게 될 것이라고 생각합니다. 어떤 감정에 사로잡혀 있을 때는 그 감정을 움켜쥐면 무슨 일이 이루어진다고 생각하는지를 스스로 잘 살펴보면 좋습니다. 그때마다 매번 알게 되는 것은 그 감정이 다른 누군가에게 어떤 영향을 미쳐 나에 대한 상대의 행동이나 태도를 바꾸어 놓을 것이라고 상상하고 있다는 점입니다. 그 상상을 놓아 버리면 감정도 기꺼이 놓아 버리게 됩니다.

문 늘 항복하면 수동적으로 되고 마는 것이 아닐까요?

답 그와는 반대로 항복하면 효과적으로 행동할 채비를 갖추게 됩니다. 상황을 처리할 대안을 찾지 못해 주저하기 때문에 수동적일 때가 많습니다. 이를테면 이렇습니다. "회의 때 그 인간 때문에 너무 열 받아서 그냥 앉아서 아무 말도 안 했지." 문제가 무엇인지는 뻔합니다. 아무 말도 하지 않은 까닭은 화가 난 나머지 자신이 취할 수 있는 감정 반응은 분노밖에 없다고 상상했기 때문입니다. 그리고 비즈니스 상황에서 분노 반응은 적절한 것이 아닐 수 있기 때문에 아무 말도 하지 않은 것입니다. 분노를 놓아 버렸다면 입을 꼭 다무는 대신 적극적으로 의견을 명확하게 제시했을 것입니다.

문 심리 치료 요법에서 분노를 표출하는 법을 배웠습니다. 아주 유용한 방법이라고 생각되는데 그만두어야 할까요?

답 분노를 잘 살펴보면 분노의 바탕에는 항상 공포가 있음을 알 수 있습니다. 우리가 분노하는 것은 위협받았기 때문입니다. 위협받으면 공포가 생깁니다. 공포가 생긴다는 것은 자신이 상황을 감당할 수 없다고 느끼고 있음을 뜻합니다. 생물학적으로 분노는 상대방에게 겁을 주려고 몸을 부풀리는 것과 같습니다. 분노는 강함보다는 약함에서 나오는 것입니다. 따라서 항복하는 사람은 약함보다 강함에 의지합니다. 항복하는 사람은 상황을 감당하기 위해 분노에 기댈 필요가 없습니다. 게다가 분노에는 기댈 수도 없습니다. 또한 분노는 파괴적 영향을 많이 미칩니다. 예를 들어, 내가 분노를 휘두르기보다는 분노가 나를 휘두릅니다. 완전히 항복한 사람은 원한다면 분노 표출을 자유로이 선택할 수도 있지만, 그 분노는 표출하기로 선택한 것이지 불가피하게 일어나는 것이 아닙니다.

분노는 신체 기관에 파괴적 영향을 미치는데, 특히 만성적 분노가 그렇습니다. 억압된 분노는 고혈압이나 관절염, 기타 다양한 질병과 관련 있다는 것이 정신과 신체의 관계를 다루는 정신신체의학의 연구 결과입니다.

문 항복은 마음의 자연적 심리 기제라고 하셨습니다. 그렇다면 항복하는 법을 굳이 배워야 하는 까닭은 무엇인가요?

답 항복이나 놓아 버림이 마음의 자연적 기제라도 마음속에서는 다수의 동기가 서로 충돌하고 있음을 잊지 말아야 합니다. 마음의 일부는 감정에서 오는 긴장에서 벗어나고 싶어 하지만, 또 다른 일부는 감정을 움켜쥐고 있으면 어떻게든 마법처럼 어떤 원하는 목표가 이루어질 것으로 믿도록 프로그래밍되어 있습니다. 의식하고 자각해 기법을 완전히 익히지 않는 한 마음의 갈등에 지배당하고 장악됩니다. 놓아 버림 기법을 통해 우리는 기본적으로 마음의 경향을 선택할 능력을 얻습니다. 마음의 영향을 받는 대신 마음에 통달합니다. 기법을 통해 자유와 자유 선택 능력을 얻을 수 있는 것입니다.

문 저는 받아들임이 잘되지 않아 힘든 참입니다. 어떤 조언을 주실 수 있을까요?

답 경험상 정말로 본질적인 점에 주의를 기울이세요. 어떤 날은 비가 옵니다. 어떤 날은 화창합니다. 어떤 날은 흐립니다. 비 오는 날씨를 바꿀 수는 없지만, 우비를 입을 수는 있습니다. 현실을 직시해 비에 젖지 않는 데 필요한 조치를 취할 수는 있습니다. 바꾸어 놓을 수 없는 삶의 측면이 많지만, 있는 그대로와 다르기를 바라는 기대나 욕구를 놓아 버릴 수는 있습니다. 예를 들어 세상을 보면, 어딘가에서는 항상 전쟁이 벌어지고 있습니다. 그러니 마음이 평화롭기 위해서는 전쟁 발발도 인간 본성의 일면이며 역사 이래로 전쟁이 없었던 시기는 없었음을 받아들여야 합니다. 인류 역사의 97퍼센트가 전쟁 중이었습니다.

문 저는 제가 평생 공포와 불안에 쫓겨 살았음을 깨달았습니다. 하지만 그렇게 쫓겨 산 덕분에 경제적 성공도 가능했던 것 같습니다. 제가 항복하는 법을 배운다면 저의 수입에 좋지 않은 영향이 있지 않을까요?

답 낮은 수준의 동기를 놓아 버리면 마음은 저절로 높은 수준의 감정과 동기로 낮은 것을 대체합니다. 생활비를 벌되 공포에 쫓겨서 하는 대신 즐기며 하면 어떨까요? 그러면 동일한 활동이 이어지되 즐겁게 할 수 있고, 경제적 보상뿐 아니라 더 많은 것을 얻게 될 것입니다.

문 죄책감이 없으면 못된 짓을 하지 않을까요?

답 앞의 대답과 마찬가지로, 죄책감 때문에 하지 않은 것이 아니라 타인을 사랑하고 배려하기 때문에 하지 않게 됩니다. 더 사랑할수록 우리는 타인과 사회 전반에 대해 더욱 무해하게 됩니다. 사랑으로 타인의 안녕을 염려할 때, 자신의 안녕도 보살핌을 받고 해결됩니다.

문 저는 기억력이 좋지 않습니다. 저도 놓아 버림 기법을 익힐 수 있을까요?

답 기법을 익히기 위해 외워야 할 것은 아무것도 없습니다. 그냥 놓아 버리는 방법일 뿐입니다. 기법을 익힐 수 없는 사람이 있다는 이야기는 아직까지 들어 보지 못했습니다.

문 어떤 때는 제가 놓아 버릴 줄 아는 것 같은데, 또 어떤 때는 확신이 없습니다. 그래서 혼란스럽습니다. 무엇이 문제일까요?

답 항복 과정 자체에 대해 저항이 있는지 잘 살펴보세요. 기법 대로 할 수 있는 능력에 대해 조금이라도 부정적 생각이나 의심, 감정이 듭니까? 이런 저항이 모두 올라오게 해서 받아들이고, 놓아 버리세요. 더욱 행복하고, 더욱 사랑하고, 더욱 평화로운 사람이 되려는 의도를 분명히 하세요.

궁극에 대한 항복

문 '대단히 깊은 항복'은 '궁극의 현실'을 경험하는 수단이라고 하셨는데, 어떤 일이 일어나는지 묘사해 주실 수 있습니까?

답 그런 항복을 가리켜 '최종 수행'이라고 할 수 있습니다. 놓아 버림 기법을 삶의 모든 방면에 예외 없이 적용하면 영적 수행의 에너지가 점점 더 강해집니다. 무슨 일이 벌어지든 주의 집중이 흐트러지지 않고 계속해서 기법 수행이 이루어집니다.

"30년 동안 영적 수행을 하다 말다 했더니, 그 자리 그대로입니다." 이런 이야기를 하는 사람들이 있습니다. 여기서 명상 조금 하고, 저기서 기도 조금하고, 워크숍에도 가고, 강연도 듣고, 책도 읽고 하는 식으로 수행이 늘 산발적입니다. 다 괜찮습니다. 세상일로 바빠서 그런 것이고, 지금 축적하는 정보들은 나중에 가서 이용하게 될 것입니다. 그러나 그러다가 무슨 수행이 되었든 예외 없이 24시간 할 때가 옵니다. '진리'에 대한 헌신이 모든 것을 압도합니다. 스스로 밀어붙여 헌신하는 것이 아닙니다. 자신의 운명이 끌어당기는 것입니다. 궁극의 운명을 선택한 카르마로 인해 전념하는 것입니다. 이런 지점에서 항복 기법을 사용한다고 합시다. 일이 일어나는 바로 그 순간에 모든 것을 항복하고 놓아 버리는 것입니다. 사건이 1만 분의 1초 동안 일어납니다. 일어나서, 정점에 이르고, 사라집니다. 즉 모든 감정, 모든 생각, 모든 욕망을 그 정점에서 놓아 버립니다. 이렇게 하는 것이 연속적으로 쉼 없이 이루어집니다.

앞에서 이야기한 대로, 저는 11일에 걸쳐 어떤 심한 애착을 놓아 버린 적이 있습니다. 앉아서 아무것도 하지 않고 애착을 놓아 버리는 일만 했습니다. 그에 대한 모든 생각, 모든 감정, 모든 기억을 놓아 버렸습니다. 어떤 것이 올라오면 바로 그것을 항복했습니다. 가족의 일원을 잃었을 때 비탄을 느끼는 것은 단지 그 사람이 지금 여기에 없기 때문이 아닙니다. 모든 전생前生에서 겪은 모든 죽음으로 축적된 에너지가 터져 나오는 것입니다. 이 특별한 항복이 11일간 밤낮으로 계속되었습니다. 그리고 마침내 멈추었습니다. 영원히 사라졌습니다. 결코 다시는 그 영향을 받지 않았습니다. 이렇듯 진지한 영적 수행이란 일이 생기는 대로 끊임없이 놓아 버리는 자발성입니다. 만사를 통제하고 싶은 바람을 항복하는 자발성, 만사를 바꾸어 자기 좋을 대로 하고 싶은 바람을 항복하는 자발성입니다. 아주 빈번하게 '현실'의 본성에 대해 환상이 생길 텐데, 그 또한 놓아 버려야 합니다. 좋은 것과 나쁜 것, 바람직한 것과 바람직하지 않은 것이 존재한다는 환상입니다. 이것은 모두 마음속에 존재합니다. '현실'에서는 태양이 빛나고, 구름이 몰려옵니다. 비가 내리고, 풀이 자라고 시듭니다. 주식 값이 올라가고 떨어집니다. 자라나고 늙어갑니다. 사람들이 나타났다 떠나갑니다. 그렇게 밀려왔다 밀려갑니다. 우리가 이와 같은 순환의 한 지점에 있다면, 순환에 대해 울어 봐야 소용없습니다. 순환이 제 스스로 순환할 것이기 때문입니다. 순환하는 것이 무엇이든 그것에 항복하면 결국에는 순환이 사라집니다. 순환과 하나되기를 선택하고 순환이 일어날 때 순환을 바꾸어 놓으려는 바람을 거부해 사라지게 하는 것입니다. 끊임없이 그렇게 하세요. 무슨 일이 있더라도 쉼 없이 하세요.

이는 여기서 예외를 허용하고 저기서 예외를 허용할 수는 없음을 의미합니다. 모든 사람과 모든 일에 대해 끊임없어야 함을 의미합니다. 예외를 허용한 한두 가지가 실은 한 무더기를 상징하는 것일 수 있습니다. 그렇기 때문에 그 한두 가지에 집착하는 것입니다. 그 한두 가지가 자신에게는 그 에너지가 쌓인 무더기 전체를 상징합니다. 며느리라면 시어머니를 빼놓을 수는 없는 일입니다.

결국에는 '임재'로 가는 길 앞에 놓인 모든 것을 항복합니다. '임재'는 너무나 뚜렷하고 너무나 놀랍고 너무나 압도적이어서, 그에 대해 아무런 의문이 없습니다. '임재'는 깊고, 전체적이고, 모든 것을 아우르고, 절대적으로 압도하고, 완전한 변화를 일으키고, 오해의 여지가 전혀 없습니다. '임재'로 가는 길 앞에 놓인 모든 것을 항복할 때, '임재'가 그곳에서 눈부시게 빛을 발하고 있습니다.

　이를 미래의 어떤 일로 여기지 말고 지금 받아들이세요. 깨달음은 50년 동안 다리를 꼬고 앉아 "오움" 하고 만트라를 외운 끝에 일어나는 미래의 어떤 일이 아닙니다. 깨달음은 바로 여기에, 이 순간에 있습니다. 이 완전히 평화롭고 시간이 존재하지 않는 상태를 경험하지 못하는 까닭은 깨달음에 저항하고 있기 때문입니다. 깨달음에 저항하는 것은 이 순간을 통제하려 애쓰고 있기 때문입니다. 이 순간의 경험을 통제하려는 노력을 놓아 버리면, 이 순간이 음악의 음색인 양 끊임없이 항복하면, 정밀하게 끊임없는 상태의 물마루에서 살게 됩니다. 음악의 한 음처럼 경험이 생겨납니다. 음을 듣는 순간, 음은 이미 지나가 버립니다. 음을 들은 순간, 음은 이미 사라집니다. 그렇게 매 순간이 생겨나고 사라집니다. 다음 순간에 대한 기대를 놓아 버리고, 이 순간을 통제하려는 노력을 놓아 버리고, 지나간 순간을 붙들려는 노력을 놓아 버리세요. 방금 일어난 일에 매달리지 말고 놓아 버리세요. 곧 일어나리라 생각하는 일을 통제하지 말고 놓아 버리세요. 그러면 시간이 존재하지 않고 사건이 존재하지 않는 무한한 공간 속에서 살 것입니다. 형언할 수 없는 무한한 평화가 존재합니다. 이제 나는 집에 있습니다.

부록 A

의식 지도

신을 보는 관점	삶을 보는 관점	수준		로그	감정	과정
큰나	존재한다	깨달음	↑	700 ~1000	형언 못할 강도	순수 의식
모든 존재	완벽하다	평화	↑	600	지복	광명 얻기
하나	완전하다	환희	↑	540	평온	변모하기
사랑한다	상냥하다	사랑	↑	500	존경	계시받기
지혜롭다	의미 있다	이성	↑	400	이해	추상하기
자비롭다	조화롭다	받아들임	↑	350	용서	초월하기
격려한다	희망적이다	자발성	↑	310	낙관	마음먹기
가능하게 한다	만족스럽다	중립	↑	250	신뢰	풀려나기
허용한다	해낼 수 있다	용기	↕	200	긍정	힘 얻기
무관심하다	부담스럽다	자부심	↓	175	경멸	부풀리기

앙갚음한다	적대적이다	분노	↓	150	증오	공격하기
부인한다	실망스럽다	욕망	↓	125	갈망	사로잡히기
벌주려 든다	공포스럽다	공포	↓	100	불안	물러나기
업신여긴다	비극적이다	비탄	↓	75	후회	낙담하기
심하게 나무란다	절망적이다	무의욕	↓	50	절망	팽개치기
앙심을 품고 있다	악의적이다	죄책감	↓	30	원망	망가뜨리기
하찮게 여긴다	비참하다	수치심	↓	20	굴욕	없애기

부록 B

근육 테스트 절차

일반 정보

의식의 에너지 장은 크기가 무한하다. 그중 특정 수준의 장은 인간의 의식과 상관관계가 있으며, 1에서 1000까지 눈금을 붙일 수 있다. (부록 A의 '의식 지도'를 보라.) 이 에너지 장들은 인간의 의식을 나타내고 지배한다.

우주의 만물은 각기 특정 주파수로 극미한 에너지 장을 방출하는데, 이것이 의식의 장에 영구히 남는다. 따라서 지금까지 살았던 모든 사람과 모든 존재는 사건이나 생각, 행위, 감정, 마음가짐 등 관련된 모든 사항과 함께 영원히 기록되며, 현재와 미래 어느 때나 그 정보를 불러올 수 있다.

기법

근육 테스트 반응은 특정 자극에 대해 단순하게 '그렇다'나 '그렇지 않다(아니다)'로 결과가 나오는 반응이다. 테스트 방법은 보통, 피시험자가 팔을 옆으로 뻗쳐 들고 있으면 뻗친 팔의 손목을 시험자가 두 손가락으로 가볍게 누르는 것이다. 대개 피시험자는 다른 손으로 테스트 물질을 쥐고 명치 위에 댄다. 시험자는 피시험자에게 "저항하세요."라고 말하는데, 이때 테스트 물질이 피시험자에게 이로운 것이면 팔의 힘이 강하게 유지된다. 이롭지 않거나 불리한 효과가 있는 것이면 팔 힘이 약해진다.

중요한 주의 사항이 있다. 정확한 반응을 얻으려면 시험자와 피시험자의 의식 수준이 둘 다 200 이상으로 측정되어야 할 뿐 아니라 테스트 의도도 200 이상으로 측정되어야 한다.

온라인 스터디 그룹들의 경험담을 보면 측정 결과가 부정확한 사람들이 많다. 추가 연구 결과에 의하면 의식 수준이 200일 때 측정 시 오류 가능성은 30퍼센트다. 테스트 팀의 의식 수준이 높을수록 측정 결과도 더 정확하다.

마음가짐은 냉담하고 객관적으로 갖는 것이 가장 좋고, 측정할 진술 앞에 말머리를 붙여 "최고선의 이름으로 (   )은 진실로 측정된다. 100 이상, 200 이상."과 같이 진술한다. '최고선'이라는 맥락에 놓고 진술하면 정확도가 올라간다. 그렇게 함으로써 자기 이익만 생각하는 개인적 관심과 동기를 넘어서기 때문이다.

근육 테스트는 오랫동안 신체의 경락 체계나 면역 체계가 일으키는 국소적 반응으로 여겨졌다. 그러나 이후의 연구에서 근육 테스트 반응은 신체 자극에 대한 국소적 반응이 전혀 아니며, 물질이나 진술의 에너지에 대해 의식 자체가 일으키는 전반적 반응이라는 사실이 밝혀졌다. 참되고, 이롭고, 생명에 도움이 되는 것에 대해서는 살아 있는 모든 사람 속에 비개인적으로 존재하는 의식의 장에서 긍정 반응이 생겨난다. 이 긍정 반응이 신체의 근육계가 강해지는 것으로 나타난다. 또한 (거짓에 대해 확장하고 진실에 대해 수축하는) 동공 반응이 따르며, 자기 영상술로 밝혀졌듯이 뇌의 작용에도 변화가 생긴다. (편의상 반응을 보여 줄 근육으로 어깨의 삼각근을 이용하는 경우가 가장 많지만 원래는 신체의 어떤 근육을 이용해도 된다.)

(진술의 형태로) 질문을 제시하기 전에 먼저 허락을 받아야 한다. 즉 "마음에 품고 있는 것에 대해 질문을 허락받았습니다." 또는 "이 측정은 최고선에 기여합니다."라고 진술하고, 그렇다 혹은 아니다의 결과를 얻는다.

진술이 거짓이거나 물질이 해로운 것일 때는 "저항하세요."라고 명령받으면 근육이 빠르게 약해진다. 이 반응이 보여 주는 것은 진술이나 물질이 주는 자극이 부정적이거나, 진실이 아니거나, 생명에 좋지 않은 것이거나, 질문에 대한 답이 "아니오."라는 사실이다. 그런 다음 근육은 재빠르게 회복해 정상 강도를 되찾는다.

테스트 방법은 세 가지가 있다. 연구에서 사용하며 일반적으로도 가장 많이 사용하는 방법은 시험자와 피시험자 두 사람이 필요하다. 조용한 환경에서 하는 것이 좋고, 음악이 들리면 안 된다. 피시험자는 눈을 감는다. *시험자는 질문을* **평서문**의 *형태로 해야 한다.* 그러면 진술에 대해 근육 반응으로 "그렇다" 또는 "아니다"의 답을 얻을 수 있다. 틀린 형태의 예를 들면 "이 말은 건강한가?"와 같은 의문문이 있다. 맞는 형태는 "이 말은 건강하다." 또는 "이 말은 아프다."라고 진술하는 것이다.

진술 직후에 시험자는 바닥과 수평으로 팔을 뻗치고 있는 피시험자에게 "저항하세요."라고 말한다. 그러면서 뻗친 팔의 손목을 두 손가락으로 가볍고 빠르게 내리누른다. 그러면 피험자의 팔이 강하게 유지되어 '그렇다'를 나타내거나 약해져서 '그렇지 않다(아니다)'를 나타낸다. 반응은 즉각적으로 짧게 일어난다.

두 번째 방법은 오링법으로, 혼자 할 수 있는 것이다. 한 손의 엄지와 중지 끝을 단단히 붙여 알파벳 O자 모양의 고리를 만들고, 거기에 다른 손의 검지를 걸고 잡아당겨서 고리를 벌리려고 한다. '그렇다' 반응인지 '아니다' 반응인지에 따라 고리의 힘이 눈에 띄게 달라진다.

세 번째 방법은 가장 간단한 것이지만 다른 방법과 마찬가지로 어느 정도 연습이 필요하다. 큰 사전이나 벽돌 두어 장 같은 무거운 물체를 허리 높이 정도의 탁자에서 들어올리기만 하면 된다. 먼저 참인 진술을 마음에 품고 물체를 들어올린다. 그런 다음 대조를 위해 거짓인 진술을 마음에 품고 다시 들어올린다. 진실을 마음에 품을 때 들어가는 작은 힘과 (참이 아니고) 거짓일 때 물체를 드는 데 필요한 큰 힘의 느낌을 각기 새겨 둔다. 이 결과를 앞서의 두 방법을 사용해 검증할 수도 있다.

특정 수준 측정하기

긍정과 부정 사이, 참과 거짓 사이, 건설적인 것과 파괴적인 것 사이의 임계점이 측정 수준 200에 존재한다.(부록 A의 지도를 보라.) 무엇이든 200 이상인 것, 즉 진실인 것에 대해서는 피시험자의 근육이 강하게 유지되고, 무엇이든 200 이하인 것, 즉 거짓인 것에 대해서는 팔이 약해진다.

이미지나 진술, 역사적 사건, 저명인사를 포함해 과거나 현재의 어떤 것에 대해서도 측정할 수 있다. 반드시 입 밖에 내서 진술할 필요는 없다.

수치 측정

예 "라마나 마하리시의 가르침은 700 이상이다."(그렇다/아니다) "히틀러는 200 이상이었다."(그렇다/아니다) "히틀러가 200 이상이었던 것은 20대 이후다."(그렇다/아니다) "30대 이후다."(그렇다/아니다) "40대 이후다."(그렇다/아니다) "죽을 때다."(그렇다/아니다)

적용

근육 테스트는 미래를 예언하는 데 사용할 수 없다. 그 외의 질문에는 제한이 없다. 의식은 시간이나 공간상의 제약이 없다. 그러나 질문이 허락되지 않을 수는 있다. 현재의 사건이나 역사적 사건 전부에 대해 질문할 수 있다. 답은 비개인적인 것으로 시험자나 피시험자의 신념 체계에 따라 결정되는 것이 아니다. 예를 들어 유해한 자극을 가하면 세포의 원형질은 움츠러들고 피부에서는 피가 난다. 이런 반응은 테스트 물질의 특성을 나타내는 것이며 시험자 개인과는 무관하다. 의식은 사실 진실만을 안다. 진실만이 실제로 존재하기 때문이다. 의식은 거짓에 반응하지 않는다. 거짓은 '현실' 속에서 존재를 갖지 않기 때문이다. 또한 의식은 진실하지 않거나 이기적인 질문에 대해서는 반응이 정확하지 않다.

정확히 말해 테스트 반응은 '켜져 있음' 반응이거나 '켜져 있지 않음' 반응이다. 우리는 전기 스위치에 대해 전기가 "켜져 있다.", "꺼져 있다."는 말을 쓸 때는 전기가 존재하지 않음을 뜻한다. 꺼져 있음 같은 것은 현실에 존재하지 않는다. 이는 미묘한 진술이지만 의식의 본성을 이해하는 데는 중대한 것이다. 의식은 '진실'만을 알아볼 수 있다. 의식은 거짓에 대해서는 반응을 못한다. 이와 흡사하게 거울은 반사할 물체가 있어야 그 이미지를 반사한다. 거울 앞에 아무런 물체가 없으면 반사된 이미지도 없다.

의식 수준 측정하기

의식 수준의 눈금은 기준이 되는 척도에 따라 상대적으로 정해진다. 부록 A의 표에 눈금을 일치시키려면, 표에 준해 기준을 잡기 위해 다음과 같이 진술해야 한다. "1에서 1000까지며 600이 깨달음인 인간의 의식 척도에서, 이 (   )은 (숫자) 이상이다." 또는 "200이 진실의 수준이고 500이 사랑의 수준인 의식의 척도에서, 이 진술은 (숫자) 이상으로 측정된다."라고 진술한다.

일반 정보

사람들은 대체로 진실과 거짓을 밝히기를 원한다. 그러므로 진술은 아주 구체적이어야 한다. 지원하기에 좋은 일자리 같은 모호한 표현은 피한다. 어떻게 좋은 것인가? 급여 수준이 좋은가? 근무 여건이 좋은가? 승진 기회가 좋은가? 상사가 공정한 사람이라 좋은가?

숙련된 솜씨

테스트에 익숙해지면서 점차 솜씨가 숙련된다. 무엇을 질문할지 바로바로 떠오르기 시작하면서 진술 자체가 기이할 정도로 정확할 수도 있다. 같은 시험자와 피시험자가 일정 기간 동안 같이 테스트하면, 그중 한 사람이나 두 사람 모두가 구체적으로 무슨 질문을 할지 놀랄 만큼 정확하게 콕 집어내는 능력을 계발하게 된다. 두 사람 다 테스트 대상에 대해 전혀 모를 때도 그렇다. 예를 들어 시험자가 물건을 잃어버리고 이렇게 진술하기 시작한다. "나는 그것을 사무실에 두고 왔다." (답 : 아니다.) "나는 그것을 차에 두고 왔다." (답 : 아니다.) 피시험자가 그 물건이 보이기라도 한 양 별안간 "화장실 문 뒤라고 물어봐요."라고 해서 시험자가 그렇게 진술한다. "그 물건은 화장실 문 뒤에 걸려 있다." (답 : 그렇다.) 이 실제 사례에서 피시험자는 시험자가 주유소에 들렀으며 거기서 웃옷을 화장실에 놓고 왔다는 사실을 알지도 못했다.

현재와 과거의 시간과 공간에서 어디에 있는 무엇이든 그에 대해 무슨 정보든 얻을 수 있지만 사전 허락을 받아야 한다. (때로는 허락 여부를 묻는 진술에 "아니다."가 나온다. 카르마나 기타 알 수 없는 이유 때문일 수 있다.) 참·거짓이 바뀌도록 진술을 뒤집어 대조 측정을 하면 측정의 정확성을 쉽게 확인할 수 있다. 기법을 익힌 사람이라면 누구나 세계의 모든 컴퓨터와 도서관에서 보유할 수 있는 것보다 많은 정보를 즉각 이용할 수 있다. 따라서 그 가능성에는 분명 한계가 없으며, 전망은 숨이 턱 막힐 정도로 놀라운 것이다.

제약

시험자와 피시험자, 테스트 활용 의도가 모두 진실해 200 이상으로 측정되어야만 정확한 테스트를 할 수 있다. 주관적 의견보다는 사심 없는 객관성으로 진실을 지지해야 한다. 그래서 어떤 주장을 증명하려면 정확성이 없어져 버린다. 인구의 약 10퍼센트는 아직 알 수 없는 이유로 신체운동학 테스트 기법을 사용할 수가 없다. 때로는 결혼한 커플도 아직 밝혀지지 않은 이유로 서로를 피시험자로 삼을 수가 없어, 테스트 파트너로 제3자를 알아보아야 할 수도 있다.

피시험자로 적합한 사람은 사랑하는 사람이나 기타 사랑하는 것을 마음에 품으면 팔이 강해지고 (공포, 증오, 죄책감 같은) 부정적인 것을 마음에 품으면 팔이 약해지는 사람이다.(예를 들어 윈스턴 처칠을 떠올리면 강해지고, 오사마 빈 라덴을 떠올리면 약해진다.)

가끔은 적합한 피시험자에게서도 모순되는 반응이 나온다. 이럴 때는 대개 흉선 치기로 해결할 수 있다. (사랑하는 사람이나 기타 사랑하는 것을 마음속에 그리며 미소를 띤 채로 주먹 쥔 손으로 목 아래의 가슴뼈 윗부분을 세 번 치면서 칠 때마다 "하, 하, 하!" 하고 말한다.) 이렇게 하면 일시적 불균형이 사라진다.

최근까지 부정적인 사람들과 함께 있었거나, 헤비메탈 음악을 들었거나, 폭력적인 텔레비전 프로그램을 보았거나, 폭력적인 비디오 게임을 한 결과로 불균형이 생길 수 있다. 부정적 음악의 에너지는 음악을 끈 뒤에도 최대 30분까지 신체의 에너지 체계에 해로운 영향을 미친다. 텔레비전에 나오는 광고나 배경음도 부정적 에너지의 근원으로 흔한 것이다.

앞에서 알아보았듯이 이 방법으로 진실과 거짓을 파악하고 진실의 수준을 측정하려면 엄격한 요건을 만족시켜야 한다. 그러한 제약이 있기에 『진실 대 거짓』에서는 즉석에서 참조할 수 있는 다양한 측정치를 제공한다.

설명

근육 강도 테스트에서는 의식의 장이 개인적인 의견이나 신념에 영향 받지 않고 비개인적으로 반응한다. 자극에 대한 원형질의 반응이 비개인적인 것과 같다. 진술을 입 밖에 내든 말없이 마음에 품든 테스트 반응은 동일하다는 관찰 결과로 테스트의 비개인성이 입증된다. 피시험자가 질문에 영향받지 않는다는 것은 질문이 무엇인지 몰라도 되기 때문이다. 이 점을 입증하려면 다음과 같이 해 본다.

피시험자가 모르는 어떤 이미지를 마음에 품고 시험자가 이렇게 진술한다. "내가 마음에 품고 있는 이미지는 긍정적이다." (또는 "……진실이다" 또는 "……200 이상으로 측정된다." 등.) 지시에 따라 피시험자는 손목을 누르는 압력에 저항한다. 시험자가 (에이브러햄 링컨, 예수, 마더 테레사 같은) 긍정적 이미지를 마음에 품으면 피시험자의 팔 근육이 강해진다. 시험자가 거짓 진술이나 (빈 라덴, 히틀러 같은) 부정적 이미지를 마음에 품으면 팔은 약해진다. 피시험자는 시험자가 무엇을 마음에 품고 있는지를 모르기 때문에 테스트 결과는 개인적 신념에 영향받지 않는다는 점을 알 수 있다.

실격

무신론과 아울러 (측정치가 160인) 회의론, 냉소주의 등이 200 미만으로 측정되는 것은 부정적 속단을 나타내기 때문이다. 이에 반해 진정으로 질의하려면 지적 허세가 없는 열린 마음과 정직성이 필요하다. 근육 테스트 방법론에 대해 부정적 결과를 내놓은 연구들은 모두 200 미만으로 측정되며(대개 160), 그 연구자들도 마찬가지다.

유명한 교수조차 200 미만으로 측정될 수 있으며 실제로 그렇게 측정되는 사람이 있다는 사실은 일반인에게 놀라운 사실일 수도 있다. 그렇듯이 부정적 연구 결과는 부정적 편견이 낳은 결과다. 예를 들어 DNA 이중나선 패턴 발견을 가져온 프랜시스 크릭의 연구 설계는 440으로 측정되었다. 크릭의 마지막 연구 설계는 의식이 뉴런 활동의 산물일 뿐임을 증명하려는 의도였는데 겨우 135로 측정되었다.(크릭은 무신론자였다.)

연구자 자신이 200 미만으로 측정되거나(대개 160), 설계가 잘못된 연구의 실패 사례로부터 오히려 그들이 틀린 것이라 주장하는 방법론의 진실이 확인된다. 그들은 부정적 결과를 얻어야만 하고 그래서 그런 결과를 얻고 있다. 그 덕분에 역설적으로 편견 없는 진실성과 비진실성 간의 차이를 검출하는 테스트의 정확성이 증명된다.

뭐든 새로운 발견은 기존 판을 뒤엎을 수도 있어서 지배적 신념 체계가 보여 주는 현황에 위협이 된다고 볼 수도 있다. 의식 연구에 의해 영적 '현실'이 입증된다는 사실 때문에 저항이 일게 될 것이다. 에고는 본디 주제넘고 독선적인데, 의식 연구는 에고의 자기 도취적 핵심이 지닌 지배 권한에 사실상 직접 맞서는 것이기 때문이다.

의식 수준이 200 미만이면 '낮은 마음'에 지배되는 탓에 이해력에 한계가 있다. 낮은 마음은 사실을 인지할 수는 있지만 진실이라는 말이 무엇을 의미하는지 아직 완전히 이해하지는 못하며(내면의 가설과 외부의 실상을 혼동한다), 진실은 생리적으로도 거짓과는 다른 것을 수반한다. 아울러 진실을 직감하게끔 입증하는 데 쓰는 방법에는 음성 분석과 몸짓 언어 연구, 동공 반응, 뇌전도 변화, 호흡수와 혈압의 오르내림, 피부상 전류 발생 반응, 다우징 막대로 수맥 찾기는 물론 몸에서 방출되는 오라의 길이를 측정하는 후나 기법까지 있다. 어떤 사람들은 추처럼 서 있는 물체를 활용하는 아주 간단한 기법을 사용한다.(진실이면 물체가 앞으로 기울고, 거짓이면 뒤로 기운다.)

보다 진보된 맥락에 놓고 볼 때 테스트를 지배하는 원리는 어둠을 가지고 빛이 틀렸다고 입증할 수 없듯이 거짓을 가지고 '진실'이 틀렸다고 입증할 수는 없다는 것에 있다. 비선형은 선형의 한계에 영향 받지 않는다. 진리는 논리와 패러다임이 다르며 그래서 증명이 불가능하다. 증명 가능한 것은 기껏해야 400대로 측정되기 때문이다. 의식 연구 방법론은 600의 수준에서 기능하며, 600은 선형적 차원과 비선형적 차원이 만나는 접점이다.

불일치

다양한 이유로 측정 시간이 다르거나 질의자가 다르면 측정치도 다르게 나올 수 있다.

1. 상황과 사람, 정치, 정책, 마음가짐이 시간에 따라 바뀐다.
2. 사람마다 어떤 것을 마음에 품을 때 시각이나 촉각, 청각, 느낌 등의 감각 양식을 달리 적용하기 쉽다. 그래서 사람에 따라 어머니를 모습이나 느낌, 목소리 등으로 제각기 품을 수 있다. 헨리 포드를 아버지나 기업가로서 측정할 수도 있고, 미국에 미친 영향이나 그의 반유대주의에 대해 측정할 수도 있다.
3. 의식의 수준에 따라 정확성이 올라간다.(400 이상이 가장 정확하다.) 질의자는 맥락을 명시하고 지배적 감각 양식을 고수하는 것이 좋다. 같은 팀이 같은 기법을 계속 사용하는 경우가 내적으로 일관된 결과를 얻는다. 연습을 하면서 솜씨가 숙련된다. 그러나 과학적이고 사심 없는 자세와 객관적 입장을 취할 수 없는 사람들이 있는데, 그들에게는 테스트 결과가 부정확하다. 진실에 헌신하려는 의도를 '옳다'고 증명하려는 개인 의견의 의도보다 우선해야 한다.

유의 사항

200 미만으로 측정되는 사람들은 기법을 사용할 수 없다는 사실이 이미 발견되었지만, 테스트하는 사람이 무신론자면 기법이 말을 듣지 않는다는 사실이 추가로 발견된 것은 비교적 최근의 일

이다. 이는 단지 무신론은 200 미만으로 측정된다는 사실과 증오가 사랑을 부인하듯 진실이나 (모든 것을 아는) '신성'을 부인한 사람은 카르마적으로 자격을 잃는다는 사실의 귀결일 수 있다.

| 참고 문헌 |

Anonymous, A Course in Miracles. Huntington Station, New York: Foundation for Inner Peace. 1975.

Backster, c., Primary Perception. Anza, CA: White Rose Millennium. 2003.

Bailey, A., Glamour: A World Problem. New York: Lucis Publishing. 1950

Bohm, D., Wholeness and the Implicate Order. London: Routledge & Kegan Paul. 1980.

Brain/Mind Bulletin. Los Angeles, CA: Interface Press. 1980-1986.

Briggs, J., and Peat, F.D., Looking Glass Universe. New York: Simon & Schuster. 1984.

Briggs, J., Turbulent Mirror: An Illustrated Guide to Chaos Theory and the Science of Wholeness. New York: Harper & Row. 1989.

"Cancer United to Helplessness and Immune Suppression," Brain/Mind Bulletin. June 21, 1982.

Capra, F., The Tao of Physics: An Exploration of the Parallels Between Modern Physics and Eastern Mysticism. New York: Bantam. 1976.

Cannon, W., Bodily Changes in Pain, Hunger, Fear and Rage. New York: D. Appleton Co. 1915.

Davidson, R., "Towards a Biology of Positive Affect and Compassion," in Davidson, R., Harrington, A. (Eds.), Visions of Compassion. New York: Oxford University Press. 2002

Deliman, T., Holistic Medicine, Harmony of Body, Mind, and Spirit. Reston, VA: Reston Publishers. 1982.

Diamond, J., Behavioral Kinesiology. New York: Harper & Row. 1979.

———, Your Body Doesn't Lie. New York: Warner Books. 1979.

———, Life Energy: Using the Meridians to Unblock Hidden Power of Your Emotions. New York: Paragon House. 1998.

The Dhammapada: The Sayings of the Buddha. New York: Oxford University Press. 1987.

Dumitrescu, I., Kenyon, J., Electrographic Imaging in Medicine and Biology. Sudbury, Suffolk, u.K.: Neville Spearman Ltd. 1983.

Eadie, B. J., Embraced by the Light. Placerville, California: Gold Leaf Press. 1992.

"Early Stress Style Linked to Later Illness," Brain/Mind Bulletin. June 22, 1981.

Eccles, J., Evolution of the Brain: Creation of the Self. Edinburgh, Scotland: Routledge. 1989.

Ferguson, M., The Aquarian Conspiracy: Personal and Social Traniformation in the 1980s. New York: Tarcher. 1980.

Field, J., A Life of One's Own. New York: Tarcher. [1934J, 1981.

Frankl, V., Man's Search for Meaning. Boston: Beacon Press. [1959J, 2006.

Gray, W., LaViolette, P., "Feelings Code and Organize Thinking," Brain/Mind Bulletin. October 5, 1981.

Hawkins, D. R., Archival Office Visit Series: "Stress"; "Health"; "Illness and Self-Healing"; "Handling Major Crises"; "Depression"; "Alcoholism"; "Spiritual First Aid"; "The Aging

Process"; "The Map of Consciousness"; "Death and Dying"; "Pain and Suffering"; "Loosing Weight"; "Wony, Fear and Anxiety"; "Drug Addiction and Alcoholism"; and "Sexuality." Lectures in video and audio. Sedona, Arizona: Institute for Spiritual Research, 1986.

———, and Pauling, L., Orthomolecular Psychiatry. San Francisco: W.H. Freeman and Company. 1973.

———, Power vs. Force: Hidden Determinants of Human Behavior. Author'S Official Revised Edition. Sedona, AZ: Veritas Publishing. [1995J 2012.

"Healer Affects Growth of Bacterial Cultures," Brain/Mind Bulletin. April 18, 1983.

James, W., The Varieties of Religious Experience. New York: Random House. 1929.

Jampolsky, J., Love is Letting Go of Fear. 25th Anniversary Edition. New York: Celestial Arts. 2004.

Jung, C. G., Collected Works. Princeton, New Jersey: Princeton University Press. 1979.

———, (R. F. Hull, trans.), Synchronicity as a Causal Connecting Principle. Bollington Series, Vol. 20. Princeton, New Jersey: Princeton University Press. 1973.

"Kirlian Photos Predict Cancer," Brain/Mind Bulletin. May 7, 1984.

Krippner, S., Western Hemisphere Conference on Kirlian Photography. Garden City, New York. 1974.

Kubler-Ross, E., On Life after Death. New York: Celestial Arts. 1991.

Lamsa, G. (trans.), Holy Bible from Ancient Eastern ManusCripts. Philadelphia: AJ Holmes Co. 1957.

Liebeskind, J., Shavit, Y., article on endorphins and cancer experiment at UCLA, in Science (223: 188-190). 1980-1984.

Lloyd, v., Choose Freedom. Phoenix, AZ: Freedom Publications. 1983.

Luskin, F., Forgive for Good. San Francisco, CA: Harper One. 2003.

Maharaj, N., I Am That, Vols. I and II. Bombay, India: Cetana. 1973.

Matton, M., Jungian Psychology in Perspective. New York: Free Press. 1983.

Monroe, R., Journeys Out of the Body. Garden City, NY: Doubleday. 1977.

Moody, R., Life After Life. San Francisco: Harper One. 2001.

Moss, R., The I That is We: Awakening to Higher Energies Through Unconditional Love. Millbrae, CA: Celestial Arts. 1981.

"Multiple Personalities," Brain/Mind Bulletin, (Vol. 8., No. 16). October 3, 1983.

Neal, M., To Heaven and Back: The True Story of a Doctor'S Extraordinary Walk with God. Copyright: Mary Neal, M.D. 2011.

Pace, T.W., Negi, L.T., Adame, D.D., Cole, S.P., Sivilli, TJ., Brown, T.D., Issa, M.J., Raison, CL., "Effect of Compassion Meditation on Neuroendocrine, Innate Immune and Behavioral Responses to Psychosocial Stress." Psychoneuroendocrinology, 34: 87-98. 2009.

Sapolsky, R, in Lehrer,J., "Under Pressure: The Search for a Stress Vaccine," Wired Magazine. August 2010.

Selye, H., The Stress of Life. New York: McGraw-Hill. 1956.

"Three Brains of Eve: EEG Data," Science News, (Vol. 121., No. 22). May 29, 1982.

Tiller, W. Psychoenergetic Science: A Second Copernican-Scale Revolution. Walnut Creek,

CA: Pavior Publishers. 2007.

Wilber, K. (ed.), The Holographic Paradigm and Other Paradoxes: Exploring the Leading Edge of Science. Boston: Shambhala. 1982.

전기적 기록과 자전적 기록

데이비드 호킨스 박사는 세계적으로 저명한 영적 스승이자 저술가, 강연자로, 그가 다루는 주제는 영적으로 성장한 상태와 의식 탐구, 나아가 큰나로서 임재하는 신을 깨닫는 일을 망라한다.

호킨스 박사는 평범한 에고 상태의 마음으로 출발해 '임재'로 인해 마음이 없어지는 데 이르는 과정을 『의식 혁명』(1995), 『나의 눈』(2001), 『호모 스피리투스』(2003)의 3부작에서 서술했다. 모두 세계의 주요 언어로 번역되었고, 『의식 혁명』은 마더 테레사가 찬사를 보내기까지 했다. 호킨스 박사는 계속해서 『진실 대 거짓』(2005), 『의식 수준을 넘어서』(2006), 『내 안의 참나를 만나다』(2007), 『현실과 영성, 현대인』(2008)을 통해 에고가 표출되는 양상과 에고의 내재적 한계, 그러한 한계를 초월하는 법을 파고들었다.

위 3부작에 앞서 의식의 본성에 대한 연구 결과를 박사학위 논문으로 출간한 것이 「인간의 의식 수준에 대한 질적, 양적 분석과 계량화Qualitative and Quantitative Analysis and Calibration of the Human Consciousness」(1995)로, 이 논문에서 과학과 영성이라는 겉보기에는 전혀 다른 두 영역이 만난다. 이 만남은 중대한 기법을 발견함으로써 이루어진 것으로, 그 기법에 제시된 방법으로 인류 역사상 최초로 진실과 거짓을 식별하는 일이 가능해졌다.

이 첫 작품의 중요성을 인식하고 「브레인 마인드 불레틴Brain Mind Bulletin」에서는 매우 호의적인 논평을 내놓았고, '과학과 의식에 관한 국제 회의'와 같은 발표 현장에서도 인정받았다. 미국 내의 다양한 단체와 영성 콘퍼런스, 교회 모임, 수녀, 수도사 등을 대상으로 발표가 이루어졌고, 영국의 옥스퍼드 포럼을 비롯한 해외에서도 발표되었다. 극동 아시아에서는 호킨스 박사를 '깨달음에 이르는 길을 가르치는 스승太靈先覺道士'으로 인정하고 있다. 설명이 부족한 탓에 오랜 세월 동안 수많은 영적 진실이 오해받아 온 현실을 관찰한 호킨스 박사는 이러한 현실을 타개하기 위해 매월 세미나를 개최하고 책의 형식으로 정리하기에는 길만큼 자세한 설명을 제공했다. 현재는 그 강연 녹화물을 접할 수 있는데, 강연 말미마다 문답 시간을 통해 추가 설명을 제공하는 것을 알 수 있다.

호킨스 박사의 일생에 걸친 저작에 담긴 전체 의도는, 인간의 경험을 의식의 진화라는 새로운 맥락에서 보게 하고, 마음과 영혼은 둘 다 타고난 '신성'의 표출임을 이해하도록 그 둘의 이해를 통합시키는 것이다. 신성은 생명과 '존재'가 솟아나는 바탕이자 지속적 원천이기 때문이다. 이러한 헌신은 "오, 주님, 모든 영광은 당신께 있습니다!"라는 진술에 나타나 있는 것으로, 호킨스 박사의 저서는 이 진술로 시작하고 끝난다.

전기 요약

데이비드 호킨스 박사는 1952년부터 정신과 의사로 재직했고 미국정신의학회를 비롯한 수많은 전문가 조직의 종신 회원으로 활동했다. 그가 출연한 텔레비전 프로그램은 「맥닐 러헤어 뉴스 아워」, 「바바라 월터스 쇼」, 「투데이 쇼」, 과학 다큐멘터리 등 다양하다. 또한 오프라 윈프리와도 인터뷰를 가졌다.

또한 호킨스 박사는 수많은 과학적, 영성 출판물과 저서, CD, DVD, 강연 시리즈를 저술했다. 노벨상 수상자인 라이너스 폴링과 공동으로 편저한 『분자교정 정신의학Orthomolecular Psychiatry』은 해당 분야의 획기적 저술로 꼽힌다. 또한 호킨스 박사는 감독교회, 가톨릭, 수도회 및 기타 종교 조직에서 다년간 상담가로 종사했다.

호킨스 박사는 옥스포드 포럼, 웨스트민스터 사원, 아르헨티나의 대학교, 노트르담 대학교, 미시간 대학교, 포드햄 대학교, 하버드 대학교 등 많은 곳에서 강연했다. 샌프란시스코의 캘리포니아 주립 의과대학교에서는 연례 랜즈버그 강연에서 연설했다. 그는 또한 외국 정부들의 국제 외교 문제 상담가로서 세계 평화를 크게 위협한 오랜 갈등을 해결하는 데 중요한 역할을 했다.

또한 호킨스 박사는 1995년에 인류에 대한 공헌을 인정받아 1077년에 창설된 예루살렘의 성 요한 호스피털 기사단의 기사가 됐다.

자전적 기록

이 책에서 전한 진실은 과학적으로 얻어 낸 결과를 객관적으로 정리한 것이지만, 모든 진실이 그렇듯 개인적으로 먼저 경험한 것입니다. 어린 나이에 시작되어 평생 동안 이어진 강렬한 자각 상태로부터 주관적 깨달음의 과정이 우선 열정을 얻고 그런 다음에는 방향을 얻더니 마침내는 이렇게 차례로 책을 써내는 형태로 나타났습니다.

세 살 때 불현듯, 존재를 완전하게 의식했습니다. "나는 존재한다."의 의미를 비언어적으로 완전하게 이해했습니다. 곧이어 '나'가 아예 존재하게 되지 못할 수도 있었음을 깨닫고 겁에 질렸습니다. 의식이 없는 상태에서 의식이 있는 자각 상태로 한순간에 깨어난 것이었습니다. 그 순간에 개인적 자아가 탄생했고, '있다'와 '있지 않다'의 이원성을 주관적으로 자각했습니다.

어린 시절부터 사춘기 초기까지 존재의 역설과 자아의 참모습에 대해 내내 관심이 갔습니다. 개인적 자아는 때로 더욱 큰 비개인적 큰나 속으로 미끄러져 들어갔고, 그러면 비존재에 대한 최초 공포, 즉 무에 대한 근본적 공포가 되살아나곤 했습니다.

1939년에 저는 위스콘신 주의 시골에서 자전거로 27킬로미터를 돌며 신문 배달을 하던 소년이었습니다. 그러던 어느 컴컴한 겨울밤에 집에서 멀리 떨어진 곳에서 영하 20도의 눈보라에 갇혔습니다. 자전거가 얼음판에서 구르자, 사나운 바람에 신문이 핸들 바구니에서 날아가 얼음과 눈으로 덮인 들판으로 흩어졌습니다. 좌절하고 탈진해서 눈물이 났고, 옷은 얼어서 뻣뻣했습니다. 바람을 피하려고 높이 쌓인 눈 더미의 얼어붙은 표면을 뚫고 눈을 퍼내서 공간을 만들고 그 속으로 기어 들어갔습니다. 덜덜 떨리던 것이 곧 가라앉고 너무나 기분 좋은 온기가 느껴지면서 이루 말할 수 없는 평화 상태가 찾아왔습니다. 그와 더불어 빛이 퍼져 나가고 무한한 사랑이 존재했습니다. 그 사랑은 시작도 끝도 없었고 제 자신의 정수와도 구분이 되지 않았습니다. 모든 곳에 존재하는 이 광명 상태와 저의 자각 상태가 융합하면서 육체와 그 주변도 점차 사라졌습니다. 마음이 입을 닫았습니다. 생각이 완전히 그쳤습니다. 시간과 묘사를 초월해 어떤 무한한 '임재'만이 있거나 있을 수 있었습니다.

그렇게 시간을 벗어난 상태가 있은 뒤에 누군가 제 무릎을 흔들고 있음을 알아차렸습니다. 얼굴에 걱정이 가득한 아버지가 보였습니다. 몸으로 돌아가거나 몸이 있으면 따르기 마련인 여러 가지 일로 돌아가는 것이 도무지 내키지 않았지만, 아버지의 사랑과 애절함 때문에 '영'이 몸을 보살펴 다시 움직였습니다. 죽음을 겁내는 아버지에게 연민을 느끼는 동시에, 죽음이라는 개념이 우스꽝스러워 보이기도 했습니다.

이 주관적 경험에 대해 누구와도 상의하지 않았습니다. 어떤 맥락이 닿아야 경험을 설명할 텐데 그럴만한 맥락이 없었습니다. 성자의 삶을 전하는 이야기 외에는 영적 경험에 대해 들어볼 일이 별로 없었습니다. 그러나 그 경험 이후로는 세상의 현실이라 믿던 것들이 그저 얼마 못 갈 것들로 보이기 시작했습니다. 종교의 전통적 가르침이 의미를 잃으면서 역설적으로 저는 불가지론자가 되었습니다. 모든 존재를 비추던 신성의 광명에 비교하면 전통 종교의 신은 그 빛이 흐릿하기 이를 데 없었고, 그렇게 해서 영성이 종교와 자리를 바꾸었습니다.

제2차 세계대전 중에는 바다에서 기뢰를 제거하는 소해정에서 위험한 임무를 수행하다 죽을 뻔한 적도 많았지만 아무런 공포가 없었습니다. 마치 죽음이란 것이 진짜로 있을 수가 없는 일인 듯했습니다. 전쟁이 끝난 뒤 마음의 복잡성에 매료된 저는 정신의학을 배우고자 고학으로 의대에 다녔습니다. 수련 과정을 지도한 정신 분석가는 컬럼비아 대학교 교수로, 저와 같은 불가지론자였습니다. 그래서 둘 다 종교를 별로 좋게 보지 않았습니다. 분석 수련은 잘되었고, 직장 생활도 순조로웠으며, 성공이 뒤따랐습니다.

그러나 저는 전문직 종사자로 안주하지 못했습니다. 어떤 치료로도 호전되지 않는 치명적 진행성 질환으로 고통 받게 되었습니다. 38세도 안 돼 죽을 고비에 처했고, 곧 숨을 거두게 될 것임을 알았습니다. 몸은 어떻게 되든 상관없었지만, 저의 영혼은 극심한 고통과 절망에 빠진 상태였습니다. 마지막 순간이 다가오자 이런 생각이 스쳤습니다. "신이 존재한다면 앞으로 어떻게 될까?" 그래서 저는 기도 속에서 이렇게 외쳤습니다. "신이 존재한다면 지금 도와주실 것을 청합니다." 어떤 신이 되었든, 존재할 수도 있는 그 신에 항복하고 저는 의식을 잃었습니다. 다시 깨어나자 너무나 엄청난 변화가 일어나 있어서, 경외감으로 말문이 막혔습니다.

이전까지의 저라는 사람은 더 이상 존재하지 않았습니다. 개인적 자아나 에고는 없고 힘이 무한정한 '무한한 임재'만 있어서, 존재하는 모든 것이 그것이었습니다. 이전까지 '나'였던 것은 이 '임재'로 대체되었고, 육체와 그 움직임은 오로지 '임재'의 '무한한 의지'가 통제하는 것이었습니다. 무한히 아름답고 완벽하게 만물로 표출되는 '무한한 일체성'이 명료하게 세상을 비췄습니다.

삶이 계속되면서도 이 움직임 없는 상태가 지속되었습니다. 개인적 의지는 존재하지 않았습니다. 무한히 강력하면서도 섬세하고 온화한 '임재의 의지'가 인도하는대로 육체는 제 할 일을 바쁘게 해 나갔습니다. 이러한 상태에서는 아무것도 생각할 필요가 없었습니다. 모든 진실이 자명하게 드러나서 아무런 개념을 가질 필요가 없었고 가질 수도 없었습니다. 동시에 몸에서 신경계가 지극히 혹사당하는 느낌이었습니다. 마치 애초에 고안된 회로 용량에 비해 훨씬 큰 에너지가 신경계에 흐르는 것 같았습니다.

세상에서 효과적으로 제구실을 할 수가 없었습니다. 삶의 일상적 동기가 공포나 불안과 함께 모두 사라졌습니다. 모든 것이 완벽하기에 추구할 것이라고는 아무것도 없었습니다. 명성과 성공, 돈이 무의미했습니다. 친구들은 진료 업무에 복귀하라고 충고했지만, 그렇게 할 일상적 동기를 전혀 느끼지 못했습니다.

이제는 개인성 이면의 현실을 지각할 수 있는 능력이 있었습니다. 감정 질환은 *나의 개인성이 곧 나*라는 신념에서 생기는 것이었습니다. 이윽고 마치 저절로 그렇게 된 양 진료 업무가 재개되더니, 결국에는 일의 규모가 엄청나게 커졌습니다. 미국 전역에서 환자가 왔습니다. 2000명의 외래 환자를 보자니 50명이 넘는 심리치료사와 기타 직원, 25개의 진료실, 연구실, 뇌파 실험실이 필요했습니다. 1년에 1000명씩 환자가 늘었습니다. 게다가 앞서 언급했듯이 라디오와 텔레비전에도 출연했습니다. 1973년에는 그 동안의 임상 연구를 『분자교정 정신의학』이라는 책에 전통 양식을 빌려 기록했습니다. 이 책은 시대를 10년은 앞선 저작이어서 상당한 파장을 일으켰습니다.

신경계의 전반적 상태가 서서히 나아지더니 다른 현상이 시작되었습니다. 감미롭고 기분 좋은 에너지 가닥이 연달아 척추를 타고 올라가 뇌로 들어가면서 거기서 강렬하고 끊임없는 쾌감을 일으켰습니다.

만사가 동시 발생적으로 벌어져 완벽하고 조화롭게 전개되었습니다. 기적적인 일이 예사로 일어났습니다. 세상에서 기적이라 부르는 것의 근원은 '임재'였지 개인적 자아가 아니었습니다. 개인적 '나'로 남아 있는 것은 그러한 현상의 목격자일 뿐이었습니다. 이전의 자아나 생각보다 깊고 더욱 큰 '나'가 벌어지는 모든 일을 결정했습니다.

이러한 상태가 존재한다는 것을 알린 사람들이 역사 속에 있었기에 영적 가르침을 조사하기에 이르렀습니다. 부처, 깨달은 현자들, 황벽 선사, 또는 라마나 마하리시나 니사르가다타 마하라지 같은 최근 스승들의 가르침을 살펴보았습니다. 그렇게 해서 위에 서술한 경험들이 유일무이한 것이 아님을 확인했습니다. 『바가바드 기타』가 완벽하게 이해됐습니다. 때로는 스리 라마크리슈나나 기독교의 성인들이 전한 것과 똑같은 영적 황홀경에 빠지기도 했습니다.

세상의 만물과 만인이 빛을 발하며 지극히 아름다웠습니다. 살아 있는 존재 전체가 '광명'을 내뿜었습니다. 움직임 없는 상태와 웅장한 아름다움 속에서 그 '광명'을 드러냈습니다. 인류가 모두 내면의 사랑에서 동기를 얻는 것이 사실인데, 다만 자각하지 못하게 된 것이 분명했습니다. 대부분의 사람이 마치 잠이 안 깨 자신이 누구인지를 자각 못하는 사람처럼 삶을 살아갑니다. 주변 사람들이 마치 잠들어 있는 듯이 보였고 믿기지 않을 만큼 아름다웠습니다. 모든 사람과 사랑에 빠진 듯했습니다.

아침과 저녁 식사 전에 한 시간씩 명상 수행을 하던 일상을 중단해야 했습니다. 명상을 하면 지복이 너무나 강해져 때로 삶에서 제구실을 할 수가 없었기 때문입니다. 어렸을 때 눈 더미 속에서 일어난 것과 비슷한 경험이 다시 일어나곤 했고, 그 상태를 벗어나 세상으로 되돌아오기가 갈수록 힘들어졌습니다. 만물이 그 완벽한 상태 속에서 믿기지 않을 만큼 아름답게 빛을 발했고, 세상에서 추하게 보는 곳에도 시간을 벗어난 아름다움만이 존재했습니다. 이 영적 사랑이 지각 전체로 번져 나가 이곳과 저곳 또는 그때와 지금 사이의 모든 경계선이 사라졌습니다. 분리가 사라졌습니다.

내면의 침묵 속에서 세월이 가는 동안 '임재'의 강도가 커졌습니다. 삶은 더 이상 개인적인 것이 아니었습니다. 개인적 의지는 더 이상 존재하지 않았습니다. 개인적 '나'는 '무한한 임재'의 매개체가 되어 '임재'가 의도한 대로 계속 바쁘게 움직였습니다. 사람들은 '임재'의 오라 속에서 범상치 않은 평화를 느꼈습니다. 영적 추구자들이 질문에 답해줄 것을 청했지만, 데이비드와 같은 개인은 더 이상 존재하지 않았기에 그들은 사실 자신의 큰나로부터 솜씨 좋게 답을 얻어 내는 셈이었고, 그 큰나는 저의 큰나와 다른 것이 아니었습니다. 동일한 큰나가 각자에게서 눈을 통해 빛을 비추었습니다.

상식적으로 이해가 안 되는 기적들이 일어났습니다. 육체적으로 오랫동안 시달린 수많은 고질병이 사라졌습니다. 시력이 저절로 정상으로 돌아와 평생 착용한 이중 초점 안경이 더 이상 필요 없어졌습니다.

가끔 강렬한 지복에 찬 에너지 내지 '무한한 사랑'이 어떤 재난 현장을 향해 갑자기 가슴에서 내뿜어지곤 하였습니다. 한번은 고속도로를 지나고 있었는데, 그 강렬한 에너지가 가슴에서 방출되기 시작했습니다. 차가 길이 굽은 곳을 지나자 자동차 사고가 일어난 곳이 나왔습니다. 뒤집힌 차에서 바퀴가 아직도 돌고 있었습니다. 에너지가 대단한 강도로 차에 타고 있던 사람들에게 흘러들더니 제 스스로 멈췄습니다. 또 한 번은 어느 낯선 도시에서 거리를 걷고 있었는데, 에너지가 앞 블럭 쪽으로 흘러가더니 갱들이 막 싸우기 시작한 현장에 다다랐습니다. 그러자 싸움꾼들이 뒤로 물러나 웃음을 터트렸고 에너지는 도로 멎었습니다.

희한한 상황에서 예고도 없이 지각이 심원한 변화를 일으켰습니다. 롱 아일랜드 섬의 로스먼 식당에서 혼자 식사하던 중에 갑자기 '임재'가 강렬해지더니 급기야 보통 때의 지각으로는 분리되어 나타나던 만물과 만인이 시간을 벗어난 보편성과 일체성 속으로 녹아들었습니다. 그 움직이지 않는 '침묵' 속에서 '사건'이나 '사물'은 존재하지 않는 것이며 실제로는 아무 일도 '발생'하지 않는다는 점이 분명해졌습니다. 과거와 현재, 미래가 지각이 빚어낸 인공물이듯 생사를 거듭하는 분리된 '나'라는 환상도 마찬가지이기 때문입니다. 제약받는 가짜 자아가 그 진짜 근원인 보편적 큰 나에 녹아들자 모든 고통에서 벗어나 절대적 평화와 안도의 상태로 귀향했다는, 말로 표현할 수 없는 느낌이 들었습니다. 모든 고통의 유일한 근원은 개별성의 환상입니다. 나는 모든 것을 포함하는 우주이며 '존재하는 모든 것'과 끝없이 영원히 하나임을 깨달을 때 더 이상의 고통은 있을 수 없습니다.

세상의 모든 나라에서 환자가 왔고, 일부는 더 이상 절망적일 수 없는 최악의 상태였습니다. 많이 진행된 정신병과 불치의 심각한 정신 이상을 치료받을 수 있을까 싶은 마음에 온몸을 비트는 기괴한 사람들이 이동을 위해 둘러싸놓은 시트를 적시며 먼 곳의 병원에서 왔습니다. 일부는 긴장증으로 제대로 움직이지 못했고, 수년간 말을 못한 사람도 많았습니다. 그러나 환자들은 각기 그 불구가 된 모습의 이면에 사랑과 아름다움의 정수가 빛나고 있었는데, 평범한 시각으로는 그 빛을 보기 어렵다보니 세상에서 전혀 사랑받지 못하게 된 것이었습니다.

하루는 말을 못하는 긴장증 환자가 구속복에 제압된 채 병원으로 이송돼 왔습니다. 심각한 신경 장애가 있어서 서 있지도 못했습니다. 환자는 바닥에서 꿈틀대다 경련을 일으키기 시작했고 눈도 돌아갔습니다. 머리칼은 떡이 져 엉겨 붙어 있었습니다. 옷도 죄다 찢었고, 귀에 거슬리는 소리로 웅얼거렸습니다. 환자는 집안이 상당히 부유했습니다. 덕분에 다년간 세계 도처에서 수없이 많은 의사와 유명한 전문가들에게 진찰을 받았습니다. 갖은 치료를 다 받아보았지만, 의료계에서는 가망 없는 것으로 보고 포기한 상태였습니다.

비언어적 질문이 짧게 떠올랐습니다. "신이시여, 이 여성에게 어떻게 하기를 바라십니까?" 그러자 여자는 사랑받을 필요가 있을 뿐이며 그것이면 된다는 점을 깨닫게 되었습니다. 여자 내면의 자아가 눈을 통해 빛났고, 큰나가 그 자애로운 정수와 연결되었습니다. 그 순간 여자는 자신이 진정 누구인지를 스스로 알아봄으로써 치유되었습니다. 마음이나 몸에 일어났던 일은 더 이상 여자에게 중요하지 않았습니다.

본질적으로 같은 일이 수없이 많은 환자에게 일어났습니다. 통상적 기준으로 볼 때 일부는 회복했고 일부는 회복하지 못했지만, 임상적으로도 회복되었는지는 그 환자들에게 중요한 것이 아니었습니다. 그들의 내면에서 분노가 그쳤습니다. 사랑받고 있음을 느끼고 내면에서 평화를 느꼈을 때 고통이 그쳤습니다. 이런 현상은 '임재의 연민'에 의해 각 환자의 현실이 새로운 맥락에 놓인 덕에 세상과 세상의 겉모습을 초월한 수준에서 치유를 경험했다는 말로만 설명할 수 있습니다. 내면에서 큰나가 주는 평화가 시간과 정체성을 초월해 우리를 에워싸고 있었습니다.

아픔과 괴로움은 오직 에고에서 생기며 신에게서 생기는 것이 아님이 분명했습니다. 이 진실이 환자의 마음에 말없이 전해졌습니다. 다년간 말이 없었던 또 다른 긴장증 환자의 경우도 그 점이 정신적 장애물이었습니다. 큰나가 남자에게 마음을 통해 말했습니다. "당신은 당신의 에고가 당신에게 한 일에 대해 신을 원망하고 있습니다." 남자는 바닥에서 벌떡 일어나더니 말하기 시작했고 이 일을 목격한 간호사는 놀라움을 금치 못했습니다.

일이 갈수록 버거워지더니 결국에는 수습이 되지 않을 정도가 됐습니다. 병원 측에서는 환자를 수용할 병동을 증축하기도 했지만, 병상이 나기를 기다리는 환자들이 여전히 줄을 이었습니다. 한 번에 한 명의 환자를 보는 것으로 인간의 고통에 대응할 수밖에 없다는 사실에 크나큰 좌절을 느꼈습니다. 마치 바닷물을 퍼내는 일과도 같았습니다. 영적 고뇌와 인간적 고통이 끝없이 쏟아진다는, 이 공통 난제의 원인을 다룰 수 있는 무언가 다른 방법이 있어야 했습니다.

이에 따라 다양한 자극에 대한 신체운동학적 반응(근육 테스트)을 연구하게 되었고, 그 결과 정말 놀라운 사실이 밝혀졌습니다. 근육 반응은 물리적 세계라는 우주와 마음과 영혼의 세계라는 우주 사이의 '웜홀', 즉 다른 차원 간의 인터페이스였습니다. 자신의 근원을 잊고 잠자는 이들로 가득한 세상에서 상위 현실과의 끊어진 연결을 복구해 모두가 알 수 있게끔 보여줄 수단이 거기에 있었습니다. 그리하여 생각해 낼 수 있는 모든 물질과 생각, 개념을 테스트하기에 이르렀습니다. 여러 제자와 조수의 도움을 받아 연구에 매진했습니다. 이때 중대한 발견을 했습니다. 형광등 불빛이나 살충제, 인공감미료 같은 부정적 자극을 받은 모든 피시험자가 근육 약화 반응을 보였지만, 영적 수련을 함으로써 자각의 수준이 진보한 사람들은 일반 사람들처럼 약해지지 않았습니다. 그들의 의식 속에서 결정적으로 중요한 무언가가 바뀌었습니다.

나는 세상에 휘둘리는 것이 아니라 내 마음이 믿는 바에만 영향 받는 것이라는 점을 깨달을 때 그런 현상이 일어나는 것이 분명했습니다. 아마도 깨달음으로 가는 과정 자체가 질병을 포함해 존재가 겪는 우여곡절에 인간이 저항할 수 있게끔 능력을 키워주는 것임을 보여줄 수도 있을 것입니다.

세상일을 마음속에 그리는 것만으로 세상일을 바꾸어 놓는 능력이 큰나에게 있었습니다. 사랑이 사랑 아닌 것을 대체할 때마다 사랑에 의해 세상이 바뀌었습니다. 이런 사랑의 능력을 매우 구체적으로 어떤 점에 집중하면 문명의 체계 전체가 심원한 변화를 일으킬 수 있었습니다. 이런 일이 일어날 때마다 역사는 새로운 갈림길에 이르렀습니다.

이제 이 같은 중대한 통찰을 세상에 전할 수 있을 뿐만 아니라 눈으로 보여줘 반박의 여지가 없도록 입증할 수도 있을 것 같았습니다. 인간의 삶에서 엄청난 비극은 언제나, 인간의 정신이 너무 쉽게 기만된다는 점에서 비롯하는 듯했습니다.

불화와 갈등은 인류에게 참과 거짓을 구별할 능력이 없는 데 따르는 불가피한 귀결이었습니다. 그러나 이제 이 근본적 딜레마에 대한 답이 있었습니다. 의식의 본성을 새로운 맥락에서 이해할 수 있게 해주고, 다른 방법으로는 추론만 가능한 문제도 풀어서 설명해줄 수 있는 방법이 있었습니다.

더 중요한 어떤 일을 위해 뉴욕 생활을 접고 시내의 아파트와 롱아일랜드의 집을 떠날 때가 되었습니다. 저 자신을 도구로 완성해야 했습니다. 그러자면 뉴욕과 그곳의 모든 일을 떠나 작은 마을에서 은둔하는 삶을 살아야 했기에, 그곳에서 이후 7년을 명상과 연구를 하며 지냈습니다.

아주 강한 지복의 상태가 구하지 않는데도 되돌아와서 결국에는 '신의 임재' 상태로 있는 채 세상에서 제구실하는 법을 익힐 필요가 있었습니다. 세상에서 전체적으로 어떤 일이 일어나고 있는지를 마음이 자꾸 놓쳤습니다. 연구와 저술을 하려면 영적 수행을 모두 중단하고 형상의 세계에 초점을 맞출 필요가 있었습니다. 신문을 읽고 텔레비전을 보면 누가 누구고, 주요 사건으로는 어떤 것이 있으며, 이 시대의 사회적 담론의 본질은 어떤지 등 그동안 놓친 이야기를 따라잡는 데 도움이 되었습니다.

진실에 대한 비범하고도 주관적인 경험은 집단 무의식에 영적 에너지를 보내 인류 전체에 영향을 미치는 신비가의 소관이지만, 그러한 경험은 인류 중 다수에게 이해되지 않는 것이어서 영적 추구자들에게는 큰 의미가 있지만 그외 사람들에게는 한정된 의미만 있습니다. 그래서 평범해지려고 노력하게 되었습니다. 그냥 평범한 것도 그 자체로 '신성'의 표현이기 때문입니다. 진정한 자아의 참모습은 일상생활의 노정을 통해서 발견할 수 있는 것이기 때문입니다. 주위를 보살피고 친절을 베풀며 사는 것으로 충분합니다. 나머지는 때가 되면 알게 됩니다. 흔한 일상과 신은 분간되지 않습니다.

그리하여 멀리 한 바퀴 돌아오는 영혼의 여정 끝에 가장 중요한 일로 복귀하였습니다. 그 일은 되도록 많은 동료 존재들이 '임재'를 조금이라도 더 잘 파악할 수 있게 하는 것이었습니다.

'임재'는 말없이 평화의 상태를 전달합니다. 평화의 상태는 공간이며, 모든 것이 공간 속에서 공간에 의해 존재와 경험을 갖습니다. '임재'는 한없이 온화하지만 바위처럼 든든하기도 합니다. '임재'와 더불어 모든 공포가 사라집니다. 조용한 수준의 불가해한 황홀경으로서 영적 환희가 일어납니다. 더 이상 시간을 경험하지 않으므로 미래를 우려하거나 과거를 후회하지 않고, 지난 일로 고통 받거나 다가올 일을 기대하지 않습니다. 또한 환희의 근원은 종료되는 일 없이 항상 존재합니다. 시작도 결말도 없기에 상실이나 비탄, 욕망이 없습니다. 아무런 할 일이 없습니다. 모든 것은 이미 완벽하고 완전합니다.

시간이 멈추면 모든 문제가 사라집니다. 문제란 어느 시점의 지각이 빚어낸 인공물에 불과합니다. '임재'가 세를 이루면 몸이나 마음과 동일시하는 일은 더 이상 없습니다. 마음에 말이 없어지면 '나는 존재한다'는 생각 또한 사라지고 '순수한 자각'이 빛을 발하면서 모든 세상과 모든 우주를 넘어, 시간을 넘어, 시작도 끝도 없이, 나인 그것이자 나였던 그것이고 언제나 나일 그것에 광명을 비춥니다.

사람들은 "어떻게 그러한 자각의 상태에 도달하는 것인지"를 궁금해 하지만, 그 단계를 밟는 사람은 드뭅니다. 단계가 너무 간단하기 때문입니다. 우선 그런 상태에 도달하려는 욕망이 강렬했습니다. 그러고는 예외 없이 거듭 누구나 용서하고 온화하게 대하는 행동 훈련을 시작했습니다. 자신의 자아와 생각을 포함해 모든 것에 연민을 가져야 합니다. 그런 다음에는 욕망을 정지시킨 채로 매순간 개인 의지를 항복하려는 자발성이 생겼습니다. 각각의 생각이나 감정, 욕망, 행위를 신께 항복하자 마음은 갈수록 말이 없어졌습니다. 처음에는 모든 이야기와 구절이, 다음에는 발상과 개념이 마음에서 떨어져 나갔습니다. 그런 생각을 가지려는 바람을 놓아 버리면, 더 이상 생각이 구체화되지 않고 절반도 형성되기 전에 산산이 부서지기 시작합니다. 마침내는 생각 이면의 에너지가 채 생각이 되기도 전에, 에너지를 다른 데로 돌릴 수 있게 되었습니다.

명상 상태에서 한 순간도 주의를 돌리는 일 없이 끊임없고 흔들림 없이 초점을 고정시키는 과제를 일상 활동을 하는 동안에도 계속해 나갔습니다. 처음에는 매우 힘든 것 같더니, 시간이 가며 습관이 되고 자동적으로 되면서 힘이 점점 덜 들어갔고, 마침내는 하나도 힘들지 않게 되었습니다. 이 과정은 로켓이 지구를 떠나는 것과 비슷합니다. 처음에는 막대한 힘이 필요하다가 지구 중력장을 벗어나면서 힘이 점점 덜 들고, 마침내는 자체의 탄력만으로 우주 공간을 날아가는 것입니다.

돌연 예고도 없이 자각의 변화가 일어나면서 오해의 여지가 없으며 모든 것을 아우르는 '임재'가 들어섰습니다. 자아가 죽을 때 잠시 우려하는 순간이 있었고, 이어 '임재'의 절대성에 경외감이 솟구쳤습니다. 이 중대 발견은 실로 극적이었고 이전의 어떤 것보다도 강렬했습니다. 일상의 경험에는 이에 견줄 만한 것이 없습니다. 그 심원한 충격이 '임재'와 공존하는 사랑에 완화되었습니다. 그 사랑이 지지하고 보호해 주지 않았으면 이 사람은 완전히 파괴되었을 것입니다.

에고가 무無로 되는 것을 두려워하며 자기 존재에 매달리면서 공포에 떠는 순간이 왔습니다. 대신, 에고가 죽으며 에고는 '만유'로서의 큰나, '모두'로 대체되었습니다. 그 '모두' 속에서 모든 것이 인지되며 그 각각의 본질이 완벽하게 표출되어 뚜렷이 드러나 있습니다. 비국소성과 함께 나는 존재한 적 있거나 존재할 수 있는 모든 것이라는 자각이 들었습니다. 이 사람은 전체적이고 완전해 정체성과 성별, 인간이라는 상태조차 넘어서 있습니다. 결코 다시는 괴로움과 죽음을 두려워할 필요가 없습니다. 그 시점부터는 몸에 일어날 일은 중요하지 않습니다. 영적 자각이 어떤 수준에 이르면 몸의 병은 치유되거나 저절로 사라집니다. 그러나 절대적 상태 속에서는 그런 점도 고려 사항이 못 됩니다. 몸이 알아서 예견된 경과를 거쳤다가 출발점으로 되돌아오게 됩니다. 그런 일은 하나도 중요하지 않습니다. 이 사람은 영향 받지 않습니다. 몸이 '나'라기보다 '그것'인 것 같이 됩니다. 물건 같이, 방 안의 가구 같이 됩니다. 그 몸이 개인인 '나'인 양 사람들이 뭐라고 부르는 광경이 우스워 보일 수도 있지만, 그런 자각 상태를 자각 못하는 이들에게 설명할 방법은 없습니다. 그냥 자기 일 이야기를 계속하면서 '섭리'로 하여금 사회 적응을 다루게 하는 것이 최선입니다.

그러나 지복에 도달하면 그 강렬한 황홀경을 감추기가 매우 어렵습니다. 세상 사람들이 눈부셔 하기도 하고, 지복에 수반되는 오라 속에 있고자 도처에서 사람들이 찾아오기도 합니다. 영적 추구자들과 영적 호기심이 있는 사람들이나 중병을 앓아 기적을 구하는 이들을 끌어들이기도 합니다. 그들에게 자석이자 환희의 근원이 되기도 합니다. 대개 그 지점에서는 모두의 혜택을 위해 그런 상태를 타인과 공유해 활용하려는 욕망이 있습니다.

그런 상태에 수반되는 황홀경은 처음에는 전적으로 불안정합니다. 크나큰 고통이 따를 때도 있습니다. 가장 극심한 고통이 일어나는 것은 상태가 변동을 거듭하다 뚜렷한 이유 없이 별안간 그칠 때입니다. 그런 때 '임재'로부터 버림받았다는 극심한 절망과 공포가 생기기 시작합니다. 이런 하락기로 인해 길 가기가 몹시 힘들어지므로 이런 좌절을 극복하려면 크나큰 의지가 요구됩니다. 이 수준을 초월해야 하며 그렇지 않으면 심히 괴로운 '은총에서의 하강'으로 거듭 고통 받아야 한다는 점이 결국에는 명확하게 느껴집니다. 그러니 서로 반대되는 모든 것과 그것들이 상충되게 잡아당기는 것을 넘어설 때까지 이원성을 초월하는 고된 과업을 시작할 때면, 황홀경의 영광은 포기해야 합니다. 그러나 에고의 쇠사슬을 기쁘게 포기하는 것과 황홀한 환희의 금 사슬을 포기하는 것은 아주 별개의 일입니다. 마치 신을 포기하는 것처럼 느껴지고 전에는 결코 예상 못한 새로운 수준의 공포가 생깁니다. 이것이 절대 고독이 주는 최후의 공포입니다.

에고에게 비존재의 공포는 어마어마한 것이었고, 그래서 에고는 그 공포가 다가온다 싶으면 되풀이해서 물러섰습니다. 고통의 목적, 영혼의 어두운 밤의 목적이 이제 명백해졌습니다. 너무나 견디기 힘든 것이라 그 격렬한 고통 때문에 스스로 고통을 극복하는 데 필요한 극도의 노력에 박차를 가하게 되는 것입니다. 천국과 지옥 사이를 자꾸 오가는 일을 참을 수 없게 되면, 존재하려는 욕망 자체를 항복해야 합니다. 그렇게 했을 때만 마침내 '모두인 상태' 대 무無, 존재 대 비존재라는 이원성 너머로 나아갈 수 있습니다.

내면 수행에서는 이 정점이 가장 힘든 단계, 즉 궁극의 분수령이며, 이 단계에서 사람은 존재의 환상을 초월하고 나면 되돌릴 수가 없음을 완전하게 자각합니다. 이 단계에서는 되돌아올 수가 없으며, 그래서 그 비가역성의 유령 때문에 이 마지막 장애가 모든 선택 중에서 가장 공포스러운 선택처럼 보입니다.

그러나 사실 이렇게 최종적으로 자아가 종말을 맞이하면서 존재 대 비존재라는 유일하게 남아 있는 이원성, 즉 정체성 자체를 해소하는 일은 '보편적 신성' 속으로 녹아서 사라지고, 어떤 선택을 할 개인적 의식이 남아 있지 않습니다. 그때 그 마지막 걸음은 신께서 내딛는 것입니다.

— 데이비드 R. 호킨스

옮긴이 | 박찬준

서울대학교 물리학과를 졸업했다. 1994년 세계 최초의 전자책 서비스 '스크린북 서점'을 발표했다. 현재는 외국어 인터페이스 '링고래더'를 개발하고 있으며, 데이비드 호킨스 박사의 저술과 강연 내용을 연구하는 모임(cafe.daum.net/powervsforce)의 운영진으로 활동 중이다. 옮긴 책으로 어니스트 홈즈의 『마음과 성공』 등이 있다.

놓아 버림

1판 1쇄 펴냄 2013년 10월 10일
1판 33쇄 펴냄 2024년 9월 24일

지은이 | 데이비드 호킨스
옮긴이 | 박찬준
발행인 | 박근섭
펴낸곳 | 판미동

출판등록 | 2009. 10. 8 (제2009-000273호)
주소 | 06027 서울 강남구 도산대로 1길 62 강남출판문화센터 5층
전화 | 영업부 515-2000 **편집부** 3446-8774 **팩시밀리** 515-2007
홈페이지 | panmidong.minumsa.com

도서 파본 등의 이유로 반송이 필요할 경우에는 구매처에서 교환하시고
출판사 교환이 필요할 경우에는 아래 주소로 반송 사유를 적어 도서와 함께 보내주세요.
06027 서울 강남구 도산대로 1길 62 강남출판문화센터 6층 민음인 마케팅부